TE LLAMARÉ CELIA

TE LLAMARÉ CELIA

María Montesinos

Papel certificado por el Forest Stewardship Council®

Penguin
Random House
Grupo Editorial

Primera edición: mayo de 2024

© 2024, María Montesinos
Autora representada por Editabundo, Agencia Literaria, S. L. / www.editabundo.com
© 2024, Penguin Random House Grupo Editorial, S. A. U.,
Travessera de Gràcia, 47-49. 08021 Barcelona

Printed in Spain – Impreso en España

ISBN: 978-84-666-7511-6
Depósito legal: B-4467-2024

Compuesto en Comptex & Ass., S. L.

Impreso en Rotoprint by Domingo, S. L.
Castellar del Vallès (Barcelona)

BS 7 5 1 1 A

Para Martín, Diego, Guillermo y Pablo

Para que yo me sienta desterrada,
desterrada de mí debo sentirme,
y fuera de mi ser y aniquilada,
sin alma y sin amor de que servirme.
Pero me miro adentro, estoy intacta,
mi paisaje interior me pertenece,
ninguna de mis fuentes echo en falta.
Todo en mí se mantiene y reverdece.

CONCHA MÉNDEZ

Para el tiempo que vendrá y querrá saber
cómo nos amamos, el motivo de nuestro sufrimiento
y en qué nos distinguimos del triste rebaño,
para el tiempo que vendrá a culparnos
mientras nos imita, para ese tiempo también nuestro.

MARTÍN LÓPEZ-VEGA

Prólogo

Madrid, mayo de 1952

Abro los ojos a la blancura mortecina del techo. Noto una presencia silenciosa a mi alrededor, olor a cloroformo, el crucifijo sobre el cabecero. ¿Todavía sigo aquí, dentro de estas cuatro paredes, atrapada en este cuerpo amorfo e inerte? ¿Hasta cuándo este castigo, Dios mío?

Siento cada centímetro de piel cuarteada y tersa como una mortaja. Mis dedos están tan hinchados que no pueden sostener ni un lápiz. Ya no soy capaz de leer, de escribir, y el dolor incesante que me recorre las entrañas apenas me deja pensar. Y sin eso, Señor, sin el vuelo de la imaginación que siempre acudió en mi auxilio para rescatarme, ¿qué me queda?

Mis pensamientos flotan deshilvanados entre el sueño y la vigilia, envueltos en una bruma impenetrable. Intento atraparlos, retenerlos un instante antes de que se desvanezcan, de que se deshagan como ceniza entre mis dedos. Fuera sopla el viento, agita el follaje de las ramas que golpean el cristal. Silba con fuerza a través de las rendijas de mi memoria y no se detiene ante nada, ante nadie. Rostros arenosos de facciones erosionadas que deambulan por la casita de Chamartín, rodeada del jardín donde me sentaba cada mañana a escribir a la sombra del pino centinela. Desde allí te veía escribiendo en tu cuarto, junto a la ventana. Esos ratitos de paz y complicidad, qué poco nos duraban, ¿verdad, querida?... Ven, abre los postigos, deja que corra el aire, que levante el polvo de tantos años de ausencia y barra las miguitas de recuerdos desperdigadas por los suelos de madera... La oigo, sí. La voz suave, melodiosa. Me susurra: sigue tu camino, Encarna, que ya queda poco, muy poco... Poco, sí... pero ¿cuánto? Hace tiempo que estoy lista para partir.

¡Eusebio! Vuelve hacia mí el rostro atormentado, su mirada febril me busca con la misma inquietud con la que me buscó siempre, con miedo a perderme. Me hace señas con el brazo, no oigo su voz, pero me llama: ven, Encarna, ven. De su mano un niño, nuestro ángel. ¡Bolín, hijo mío! Me sonríe con sus ojitos dulces y su ternura me colma el alma impaciente por partir a su encuentro. Bolín, mi lucero. ¡Espérame! Pronto me reuniré contigo.

Mi voz se pierde en el fragor del viento. Irrumpe el vendaval en el despacho, lanza al vuelo papeles, cuadernos, cartas, manuscritos míos escondidos en los armarios. Todos vuelan. Escapan por el balcón abierto de par en par y ascienden al cielo revoloteando como una bandada de pájaros hacia el ocaso, y yo corro, los persigo, voy tras ellos en un barquito de papel a merced de las olas de un océano estruendoso que me llama, y me hundo, me hundo, me ahogo, no puedo respirar...

—Elena, ¡respira! Tranquila, tranquila... Vamos, cálmate, coge aire.

Suena la voz serena a mi lado, la oigo a través de mi tos cavernosa. Carolina está aquí, me sostiene con fuerza, me cuida como podría cuidar una hija a su madre enferma, con el mismo cariño, la misma dedicación incansable. Ojalá hubiera sido cierto, una hija como ella a mi lado.

—Voy a incorporarte un poco, así respirarás mejor.

—Agua, tengo mucha sed...

Vierte el agua en un vaso que me acerca a los labios agrietados. Bebo a sorbitos, *así, despacito, con cuidado no te atragantes como el abuelito de Carlotica, ¿te acuerdas? Se le iba el agua por los agujeritos equivocados y no podía respirar hasta que le salía disparada por la nariz y nos moríamos de risa.* Eso no está bien, Celia, no debes reírte de esas cosas. *¡Pero si no era yo! Era Cuchifritín...*

—Esta mañana he hablado por teléfono con Matilde —me dice Carolina—, está muy preocupada por ti; quería saber si el tratamiento te está haciendo efecto, si te quita los dolores, si consigues descansar algo por las noches... Le he dicho que vas poco a poco, a ratos, pero que esta noche la has pasado bien, has dormido tranquila. —Se interrumpe un instante—. ¿Te puedes creer que ahora me resulta extraño que te llamen Encarna? A mí me gusta más Elena y presumir de ti, de mi amiga: la famosa Elena Fortún.

Termino de beber. Me canso, ya no quiero más. Carolina coge el vaso y lo deja en la mesilla.

—Espera, que te voy a peinar un poco estas pelijas que tienes, que cualquiera que te vea pensará que te ha crecido un plumero en la cabeza. —Sus dedos acarician mi pelo ralo mientras habla con esa voz suya tan rotunda, tan sensata—: Ella sigue insistiendo en venir a verte a la clínica, pero ya le he dicho que no es posible, que los médicos te tienen prohibidas las visitas y que si a mí me lo permiten es solo por mi condición de enfermera, no por la amistad que nos une.

Cierro los ojos, asiento. Así es como debe ser. No deseo ver a nadie, tampoco a Tilde. A ella menos que a nadie. No quiero que me vea así, en este estado lastimoso. No quiero que la visión de esta Elena consumida, sin apenas aliento para respirar, invada su recuerdo de mí, de mi cara, de mi ser, de todos los momentos que pasamos juntas.

Le pido a Carolina que abra la ventana, deseo escuchar el trino de los pájaros escondidos entre las ramas del magnolio.

—La voy a dejar entreabierta, no quiero que cojas frío.

Vuelve a mi lado con una caja de cartón entre las manos, se sienta con ella en su regazo.

—Mira, ¿sabes lo que hay aquí dentro? —Niego con la cabeza. Ella destapa la caja—. Pues un montón de cartas de las niñas del Sagrado Corazón que han participado en el concurso de dibujo de Celia y sus amigos. Don Manuel quería que te las enseñara, para que veas lo mucho que te admiran y te quieren. A Celia y también a ti, que les has hecho el regalo de esas historias tan divertidas. Si pudieras leer las cartas, te morirías de risa. ¡Dicen cada cosa! Para ellas, Celia es casi como una más, la amiga a quien quieren parecerse y con la que sueñan cuando se van a dormir.

—Carolina saca una de un sobre, desdobla el papel y sonríe. Me enseña el dibujo de Celia haciendo el pino con Paulette y Cuchifritín agarrándola de una pierna cada uno—. Esta se llama Ana Isabel, tiene once años y mira lo que pone: «Cada vez que sor Consuelo me pide hacer algo y no sé hacerlo, pienso en cómo lo haría Celia, lo imagino dentro de mi cabeza y entonces lo hago igual que ella y me sale requetebién». ¿Qué te parece el desparpajo que tiene? Y esto es solo una muestra muy pequeña de todo lo que llega a la editorial, según don Manuel, que es mucho. Cartas de niños y también de sus padres, que te agradecen tus cuentos porque les has hecho reír y revivir los buenos ratos de su niñez. Ese va a ser tu legado literario, aquello por lo que te recordarán generaciones enteras de niños y niñas en este país, Elena…

—Mi legado…

Es cierto. La escritura es lo único para lo que he valido en esta vida, lo único que merece la pena salvar de mi paso por la Tierra. Porque bien sabe Dios que no fui buena esposa, ni buena madre, ni buena en nada de lo que se esperaba de mí, y erré el camino tantas y tantas veces…

—Y también te he traído otra cosa que he encontrado entre las páginas de un libro tuyo. —Sujeta ante mis ojos una vieja foto de hace muchísimos años, casi de otra vida—. He pensado que te gustaría verla, estáis tan jóvenes y tan guapos los tres, Eusebio, Luis y tú… En el reverso pone «Puerto de Cádiz, 1924».

Contemplo la foto, casi no nos reconozco. Acabábamos de desembarcar del barco que nos había traído de vuelta a la Península después de dos años viviendo en Tenerife. Míranos, qué buen aspecto teníamos, qué contentos los tres. Qué descalabro de vidas, Señor.

Alargo la mano y agarro la de Carolina, tan suave.

—Carolina, prométeme que cuando muera…

—Ni se te ocurra, Elena. No digas esas cosas…

Le aprieto los dedos con las últimas fuerzas que me quedan.

—Pero tú prométemelo… Que cuando muera, te asegurarás de que mis cartas, mis papeles, los manuscritos que tú ya sabes… ardan todos en el fuego hasta que se conviertan en cenizas.

1

Madrid, octubre de 1924

Encarna llevaba un rato despierta, acurrucada en la tibieza de la cama, escuchando el ir y venir de Eusebio por el piso. Ruido de cajones, puertas cerradas con descuido, un tarareo alegre e intermitente. Le oyó llamar a Luis imitando el soniquete de una trompetilla, señal de que se había levantado con buen pie, gracias a Dios.

Se dio media vuelta y se quedó mirando la cama deshecha de su marido, el hueco moldeado bajo su cuerpo en el grueso colchón de lana. Suspiró, rendida de antemano. No podía hacerlo, no se sentía capaz. Tantas vueltas como le había dado esas últimas semanas en Tenerife, durante sus paseos solitarios por el muelle, y lo natural que le parecía entonces. Cuanto más lo pensaba, más claro veía que debía separarse de él. Había imaginado cómo se lo diría: en qué momento y, sobre todo, con qué palabras. Reproches, ninguno; para qué, no ayudaría en nada. Solo razones irrebatibles hasta para él, si es que se atrevía a mirar dentro de su corazón y olvidar su orgullo herido. Le diría: «¿Para qué seguir engañándonos, Eusebio? ¿Qué nos obliga a permanecer juntos si no hacemos más que discutir o ignorarnos? Apenas queda nada que nos una, salvo un hijo que pronto hará su vida, lejos de nosotros. Y entonces, qué. Nos quedaremos solos, tú y yo, alimentando nuestras amarguras, cada uno en su mundo. ¿Es que no lo ves?». Y cuando él la mirara con expresión de desconcierto, de animalillo abandonado, como si lo estuviera traicionando, y le reprochara que lo hiciera justo ahora que empezaban a salir del pozo, después de todo lo que habían pasado juntos («Encarna, cariño mío, ¿cómo puedes venirme con esas ahora?»), ella insistiría: «Precisamente por eso, Eusebio, porque hemos logrado salir de tanta desgracia y aquí estamos. Tengo casi treinta y ocho años, tú cuarenta y tres… Todavía estamos a tiempo de enderezar un poco nuestra vida, de seguir cada uno su camino. Tú el tuyo —pues ¿no repetía él cada dos por tres que debía retomar la escritura de su próxima novela como si fuera culpa suya, de ella y de Luis, o de quien fuera, que no lo hiciese?, ¿no se quejaba de que sin silencio y tranquilidad no podía concentrarse?— y yo el mío, mi propio camino que apenas he empezado a atisbar, oculto bajo capas y capas de resignación. No creas que solo pienso en mí; pienso en lo mejor para los dos, también para ti y esa necesidad tuya de tener una esposa dulce y servil, una mujer de su hogar que te idolatre, que te dé cuanto necesitas, y no una que te rechaza, que no quiere ser esposa, que se asfixia metida en casa…».

Ella no había nacido para el matrimonio, lo supo incluso antes de casarse con el teniente de infantería Eusebio de Gorbea, en un sueño premonitorio al que no quiso hacer caso. Y no era culpa de él. «Pobre, cómo lo iba a saber si ni siquiera yo entendía mi desazón, mi angustia al estar con él», se dijo. No era culpa de nadie, solo era así y punto. Se sentía distinta de las demás mujeres de su entorno, comenzando por su madre, y su amiga Mercedes y las amigas de Mercedes que había conocido en Tenerife; todas ellas volcadas en su afán doméstico con un orgullo dócil, voluntarioso, resignado que, en ocasiones, envidiaba. ¿Por qué no podía ser así, como ellas? ¿Por qué no podía contentarse con su condición de esposa y madre, sin darle más vueltas? Quizá así dejaría de pensar tanto, de imaginarse en otras circunstancias, en otros lugares, con otras vidas que no le traían más que infelicidad y disgustos. ¿Es que no había otra manera de ser mujer en este mundo? Suspiró, conocedora de la respuesta: «No, no la hay, Encarnita». Nunca se había llevado bien con su feminidad, desde que era casi una niña le costaba interpretar lo que los demás esperaban de ella: recato, delicadeza, ¡coquetería! «¿No podrías esforzarte en parecer más dulce, más femenina, hija? —le solía reprochar su madre—. Si no pones un poco de tu parte, ningún hombre se va a fijar en ti». ¡Pero si no quería que se fijaran en ella! No buscaba la atención de los hombres, ni atraer sus miradas, ni su deseo. Le inspiraban un difuso temor. Prefería la compañía de las mujeres, qué se le iba a hacer. Se sentía más a gusto entre ellas, más segura y libre para mostrarse como era. Mujeres como ella, a las que se sentía unida por un vínculo invisible de entendimiento y comprensión que nunca había experimentado con un hombre, ni siquiera con su marido.

Durante sus paseos por Santa Cruz, comenzó a fantasear con la ilusión de vivir sola, dedicada simplemente a sus libros, a sus ensoñaciones, a los mundos imaginarios que a veces plasmaba en un papel, y poco a poco la fantasía de libertad fue cobrando sentido, todo el sentido del mundo. Sobre todo, una vez que Eusebio y ella vieron llegado el momento de regresar a la Península. No se le presentaría una ocasión mejor: volver a Madrid y empezar de nuevo, pero, eso sí, cada uno por su lado.

Sin embargo, ahora que estaban ahí, recién instalados

en el piso de la calle Caracas, de vuelta a la realidad anestesiada de la vida familiar, sus fantasías de libertad habían ido perdiendo fuelle, consistencia. ¿De qué viviría? ¿Cómo saldría adelante si no sabía hacer nada de provecho? ¿Y qué sería de Eusebio si lo abandonaba? Temía que su frágil equilibrio se rompiera y lo condenara a la oscuridad de su temperamento melancólico. No levantaría cabeza, ya podía verlo: dejaría de comer, de lavarse, ni siquiera iría a trabajar... Se hundiría definitivamente en el pozo de las amarguras y no saldría de allí, convertido en una sombra de sí mismo. Y todo por su culpa. Aun así, lo que más le preocupaba era cómo se lo tomaría Luis, que tenía a su padre en un pedestal. Todavía era muy joven, un adolescente introvertido y apegado a ellos. No lo entendería. Y entre los dos, padre e hijo, la culparían de todos sus males. Sentía náuseas solo de pensarlo. No podía perder a otro hijo, eso no.

Oyó los pasos de Eusebio acercarse por el pasillo, renegando de que no encontraba nada, ni el cinto del uniforme, ni las botas reglamentarias, ¡nada!

—¿Tú has visto mi cinturón, Encarna? —le preguntó cuando entró en el dormitorio. Venía en camiseta interior, con una toalla cubriéndole los hombros—. ¡Lo metí en la maleta y no aparece! Y ahora ¿qué hago yo sin el cinto? ¡No me puedo presentar así en el ministerio!

—Anoche lo vi en el suelo, tirado debajo de la butaca, y lo metí en el armario.

—Ya decía yo... Así es imposible, si me escondes mis cosas... —protestó al tiempo que abría las puertas del ropero. Con el cinturón en la mano, se volvió a mirarla—. ¿No te levantas? Ya sabes que hoy tengo que darme prisa, es mi primer día... —le recordó con voz melosa antes de desaparecer por la puerta.

Encarna asomó la nariz por el embozo y amagó con levantarse, pero el frío que se respiraba en el dormitorio la retuvo entre las sábanas un ratito más, anidada en la tibieza de la lana. Se le hacía muy raro pensar que apenas una semana antes estaban paseando por el espolón de Santa Cruz bajo el sol tinerfeño con Mercedes, Eduardo y los niños. Fue el último día, la víspera de embarcar con destino a la Península. Eusebio y ella habían planeado invitarlos a todos a merendar en uno de los elegantes cafés de la plaza de España a modo de despedida. Ya no sabían cómo agradecerles el cariño y la generosidad con que los habían acogido dos años atrás a su llegada a la isla, después de que por fin le concedieran a Eusebio el ansiado destino en la Capitanía General de Canarias junto con el ascenso a capitán. No podía ni imaginar qué habría sido de ellos si no se lo hubieran dado: los tres atrapados en el dolor insoportable de la muerte de Bolín, sin saber cómo seguir adelante. Luis se había convertido en un niño solitario y callado que andaba como perdido sin su hermano. A Eusebio y a ella les consumía por dentro la pérdida de su hijo Manuel, o Bolín, como lo llamaban en familia, porque de pequeñín era peloncho y regordete, una hermosura de niño. ¿Qué fue lo que le diagnosticó el médico? ¿Cómo lo llamó? Ah, sí: encefalitis letárgica. Era la primera vez que lo oían. Luego supieron que fueron muchos los afectados por esa misma enfermedad en España, hasta el punto de derivar en una epidemia de la que nadie sabía nada. Encarna prefería consolarse con la explicación del doctor Ibarra, su médico de confianza, especialista en medicina naturista, con quien compartía afición por las ideas teosóficas: su Bolín era un alma de luz, un espíritu puro nacido para brillar diez años. Una vez cumplidos, su alma se liberó del cuerpo infantil y retornó a la luz divina, el espacio de la Nada, el Todo y lo Absoluto donde habitan todas las almas que fueron y serán, porque revivirán otra vez, en otro momento, en otro cuerpo, como otro ser. ¿Qué sentido tenía la muerte de un niño de diez años, si no? El cuerpo se pudre, pero el alma permanece; eso era lo que deseaba creer. Pero ¿cómo podía doler tanto, Dios mío? Aun mantenerse en pie parecía un milagro.

Al desembarcar en Tenerife, Eduardo y Mercedes los acogieron en sus brazos y ya no los soltaron hasta mucho tiempo después —semanas, meses incluso—, una vez que se cercioraron de que volvían a ser los Gorbea que ellos habían conocido diez años atrás, en aquel verano de 1912 que pasaron juntos en Segovia.

Al principio los instalaron en su casa, lo cual fue un alivio para ella, que se distrajo con el bullicio que reinaba en ese hogar, los cuatro niños pequeños de la pareja correteando de un lado a otro, las animadas reuniones familiares y con amigos. Y Mercedes se multiplicaba, como los panes y los peces, para repartirse entre todos. Raro era el día en que perdía la paciencia. Encarna no conocía a nadie que disfrutara realmente de su condición de esposa y madre como lo hacía su amiga, con espíritu apacible y práctico, y una sabiduría innata que a ella le provocaba verdadera admiración. ¡Se la veía tan a gusto en su piel!

A lo largo de esos meses les enseñaron la ciudad y la isla, los invitaron a la finca que poseían en las afueras y, llegada la hora, los aconsejaron en el alquiler de la que sería su vivienda. No mucho después los introdujeron en su círculo de amistades, gente buena y bien situada, al que también pertenecía Leoncio, director del diario *La Prensa*, hombre excesivo, campechano, de conversación generosa. Al saber que a Encarna le gustaba escribir, le encargó un artículo sobre «lo que quiera, algo que les interese a ustedes, las señoras, que de eso no andamos muy sobrados en la redacción», le dijo con su gracejo tinerfeño. Y debió de gustarle porque, al cabo de poco tiempo, Leoncio le pidió dos artículos más en esa misma línea que también le publicó sin cambiar una coma.

Por aquel entonces había transcurrido más de un año desde que desembarcaron en Tenerife y ya se habían aclimatado a la suave laxitud de la vida isleña. A Eusebio y a Luis no les costó mucho adaptarse. Su marido se sentía muy a gusto con la tranquilidad que se respiraba en el cuartel de Santa Cruz, incluso después de que, en septiembre de 1923, se produjera el alzamiento militar del general Primo de Rivera contra el Gobierno liberal, al que acusaba de no afrontar los problemas de España. Fueron dos días de mucha tensión, con todo el destacamento acuartelado pendiente de la evolución de los acontecimientos y las órdenes que llegaran de Madrid, después de que se supiera que se había declarado el estado de guerra en toda España. Eusebio se temía que los embarcaran con destino a la Península o, peor aún, que les ordenaran tomar las armas y luchar contra quienes se resistieran al cambio de régimen, y entonces ¿qué ocurriría? ¿Qué sería de él, un pacífico hombre de letras enfundado en un uniforme que le venía grande o estrecho, según se mirara, pero que, en cualquier caso, lo aprisionaba en un papel que no era el suyo? No tenía alma ni vocación militar, nunca los tuvo; solo hacía su trabajo, casi siempre detrás de un escritorio, nada más.

Por suerte, su desazón no duró mucho: la tarde del segundo día recibieron comunicación de que el rey don Alfonso XIII había encargado al general Primo de Rivera conformar Gobierno, a lo cual este dio inmediato cumplimiento e instauró un directorio militar que él mismo presidiría temporalmente, hasta restaurar «el debido orden». Para sorpresa de muchos, no hubo protestas en las calles ni enfrentamientos ni revueltas violentas que sofocar, por lo que la única orden remitida a los mandos fue la de volver a las rutinas de la disciplina militar. Eso fue todo. Al día siguiente, Eusebio y Eduardo regresaron a casa con sus familias y, allí en Tenerife, la vida siguió su curso como si nada hubiera ocurrido.

Luis, por su parte, solo necesitaba distanciarse de la tristeza que los rodeaba en Madrid y disfrutar de lo poco que le quedaba de infancia en compañía de otros niños, como Eduardito, el hijo mayor de Mercedes, con quien tan buenas migas había hecho, tal vez porque volcó en él el vacío que su hermano le había dejado. ¿Cómo no lo iba a echar de menos, con lo unidos que estaban? Los primeros meses después de su muerte, a Encarna le rompía el corazón ver a su hijo sentado en la quietud de su habitación sin saber qué hacer.

En cuanto a ella... cómo explicarlo. El recuerdo de Bolín fue despegándose lentamente de su ser, como la costra seca de una herida. Y al desprenderse, sintió como si emergiera de un letargo prolongado. Podía deleitarse horas enteras contemplando el mar, meciéndose en el sonido de las olas que lamían la orilla rocosa, respirando el olor a salitre y a océano. Volvió a degustar los aromas y sabores de la comida, la ternura del tacto infantil, la belleza sutil a su alrededor, invisible a sus ojos desde la muerte de su hijo (porque ¿cómo soportar la belleza que surge en torno al misterio de la vida, si ese mismo dios creador le había arrebatado a Bolín? Le resultaba cruel, intolerable). Su piel mudó del tono macilento que traía a una leve tonalidad dorada que la rejuvenecía, y también ganó peso, no solo por su mayor apetito, sino también porque las habituales molestias de estómago que padecía desde niña desaparecieron casi sin darse cuenta. En Tenerife, la compañía de Mercedes actuó como un bálsamo sobre su espíritu roto, reconfortándola, recomponiéndola. Su ánimo inquieto se apaciguó, se contagió de la serenidad y de la confianza que irradiaba su amiga, y con ella a su lado se sintió revivir.

—Ahora os tocará a vosotros venir a hacernos una visita a la Península, cuando mejor os parezca. Nosotros nos encargaremos de todo, no tendréis que preocuparos de nada —les había dicho Eusebio la tarde de su partida. Llevaba toda la semana contento y dicharachero ante la perspectiva de volver a Madrid.

—No sé cómo… ¡Tendría que organizar casi una expedición con todos los que somos! —se rio Eduardo.

—Quizá algo más adelante, cuando los niños sean un poquito más mayores —convino Mercedes con su dulzura habitual, mirando primero al bebé en su cochecito y luego a sus dos hijos pequeños, que revoloteaban alrededor de Encarna como mariposas atraídas por la luz.

«No sé qué les das, Encarna, que es verte aparecer y ya no se mueven de tu lado», le decía a veces su amiga con expresión alegre. ¡Pero si no hacía nada! Solo se sentaba con ellos a jugar, escuchaba sus parloteos y, a veces, inventaba cuentos para ellos. Quizá por eso el seriecito Félix, de cinco años, se pegaba a ella en cuanto la veía aparecer y ya no la soltaba; y a Florinda o Ponina, la pequeñina de tres años, una avispilla inquieta y juguetona, le gustaba sentarse encima de sus rodillas y hacerle florituras con las manos. Encarna peinaba entre sus dedos el pelo sedoso y rizado mientras se imaginaba ese mismo pelito rubio, *de ese rubio tostado que se aclara al sol y se oscurece con el paso del tiempo*, en otra niña, una chiquilla un pelín mayor que Ponina —de cinco o seis años tal vez, o casi mejor siete, que a esa edad ya son personitas que discurren solas— que la observaba con sus ojitos azules y risueños sin decir nada, porque todavía no tenía mucho que contar, salvo eso, que *acababa de cumplir siete años, la edad de la razón, como decían las personas mayores*, y que se llamaba... ¿Cómo podría llamarla? Tendría que pensarlo... Ya se le ocurriría un nombre, un nombre bonito que le evocara a esta Ponina revoltosa, se decía, disfrutando de cómo se retorcía de risa entre sus manos, incapaz de aguantar las cosquillas. Félix las miraba con envidia. «¿Tú también quieres cosquillas, Félix? Ven, acércate, déjame ver dónde escondes tú las moneditas, ven que yo las busque...». Los niños se tronchaban de risa y Mercedes con ellos, feliz de verlos reír.

Desde que estaban en Madrid, los echaba mucho de menos, pensó girándose en el colchón hasta quedar boca arriba. Todavía llevaba impregnada en la piel la languidez isleña, la tibieza del clima, el olor de la tierra fértil, palpitante. Pero fue poner el pie en la estación de Atocha y empezar a tiritar de manera descontrolada de la cabeza a los pies. Cualquiera diría que se les había olvidado cómo eran los inviernos de la capital.

Eusebio volvió a entrar en la habitación. Necesitaba el betún para las botas y no sabía dónde estaba.

—Debe de estar en la maleta —le dijo Encarna.

—Ya he mirado y no está.

—¿Has mirado en el baúl?

—¿Y por qué iba a estar en el baúl? ¡Yo lo guardé en mi maleta!

No era cierto. Se lo había olvidado en una caja vieja en el altillo del armario y ella lo metió en el baúl en el último momento.

—Pues si lo guardaste, deberías tenerlo tú, ¿no? —respondió con calma, al tiempo que se levantaba, ahora ya sí, de la cama. Un escalofrío le recorrió el cuerpo y se apresuró a enfundarse la bata de franela que abotonó hasta el cuello. Eso le recordó—: ¿A que no has encendido aún la estufa de la salita?

Eusebio le dio la espalda sin contestar.

Mira que se lo había dicho: lo primero que debía hacer al levantarse era prender la estufa para que se fuera templando el ambiente. Con tanto como llevaba deshabitado el piso, normal que estuviese helado como un témpano; iban a necesitar mucho carbón para calentarlo y, aun así, les costaría lo suyo, porque la vivienda ocupaba dos torretas en la azotea del edificio expuestas a las inclemencias del tiempo por los cuatro costados.

Encarna salió del dormitorio en dirección a la cocina, pero se detuvo a la altura del cuarto de Luis y asomó la cabeza por la puerta. Vio a su hijo ya vestido, sentado en la cama, calzándose.

—¿Cómo te encuentras, Luisín? ¿Estás mejor?

El chico asintió.

—Tengo mocos, pero estoy bien. —Aspiró fuerte por la nariz.

Encarna sonrió. Había vuelto de Tenerife hecho un jovencito sensato y guapo de dieciséis años. Tenía la cara ovalada y las mejillas regordetas de su padre, pero los ojos grandes y reposados eran de ella.

—Tienes que abrigarte bien. ¿Te ves con fuerzas de ir a clase? Cuando escribí al director del instituto le dije que no sabía si te incorporarías antes del día quince.

—Sí voy a ir. Además, en la escuela estaré más caliente que aquí.

En eso tenía toda la razón del mundo.

—Cógete dos pañuelos, por si acaso. Voy a preparar el desayuno.

Encendió el fogón y puso dos cacerolas al fuego: una con agua, otra con leche. Luego abrió la alacena y sacó las cuatro cosas que había comprado la víspera en la tienda de ultramarinos para esos primeros días: café de moler, pan, miel y un poco de manteca, porque a Eusebio le gustaba untarla en pan y comérsela con el café. Se frotó las manos y las extendió al calor del fogón. ¡Quedaba tanto por hacer! Por lo pronto, en cuanto terminara de organizar la casa, saldría a la calle, realizaría unas cuantas visitas y empezaría a buscar alguna ocupación a la que dedicar su tiempo. Pero lo primero era lo primero: necesitaba poner orden a su alrededor.

La cocina era más pequeña de lo que recordaba. Entre la mesita tocinera y los fogones apenas quedaba espacio para un par de sillas, pensó mientras servía la leche para Luis en un vaso y llenaba un plato con galletas. Tendrían que apañarse como fuera. Se sirvió café en una taza y, con ella entre las manos, fue hasta la salita de estar. La luz de la mañana entraba a raudales y dibujaba sobre el entarimado de madera los tres cuerpos del ventanal en forma de arco, y parecía como si habitaran una torre encantada. Desde ahí se podía divisar los tejados y las azoteas de la ciudad, y el cielo, ese cielo otoñal de un tono desvaído que con el transcurrir de las horas iba tornando en el azul límpido tan propio de Madrid. Suspiró contenta de haber vuelto. ¡Tenía tantos planes en la cabeza!

Se giró hacia la salita y contempló el espacio abigarrado. Había demasiados muebles, demasiados trastos inútiles que en su día se habían traído del viejo piso de la calle Ponzano a este otro nuevo a estrenar en la calle Caracas, al que se habían mudado poco antes de marchar a Canarias. Con lo que le costó decidirse a desmantelar el dormitorio de Bolín, convencida de que su espíritu permanecía allí, entre sus artísticos dibujos, en el aroma de su ropa, en las cajitas donde guardaba recuerdos de sus aventuras de niño explorador: unas conchas que recogieron juntos en la playa del Sardinero, en Santander, cortezas de pino talladas, sellos que le traía su padre… En aquel entonces, no había día que no entrara en el cuarto con el único deseo de sentirlo cerca, de olerlo, de invocar su espíritu. «¡Dime algo, Bolín! ¡Hazme alguna señal, aunque sea solo una vez para mostrarme que estás aquí!», le suplicaba. Ella lo sentía, percibía el espíritu de su hijo cerca, en el titileo de las luces, en la leve ondulación de los visillos, velaba sus pasos en la casa y se sentía reconfortada.

Meses después de su muerte, se le apareció una noche en el cuarto. Ella dormía un sueño intranquilo del que despertó de repente al percibir una presencia a su lado. Abrió los ojos y allí estaba Bolín, sentado sobre la alfombra junto a su cama, dibujando en un papel. Encarna lo llamó en voz baja, no fuera a desvanecerse como cualquiera de sus sueños. El niño la miró y le dijo que siguiera durmiendo, que él estaba bien ahí, no le faltaba de nada, tenía todo cuanto necesitaba.

—Pues quédate aquí conmigo, no te vayas. Solo quiero sentirte cerca —le respondió ella, sin darse cuenta de que no podía parar de llorar.

«Por eso he venido —le dijo el niño—, para que no te preocupes más por mí, y te quedes tranquila. Mi espíritu está en paz, mamita, ¿no lo ves?». Al día siguiente empaquetó su ropa, las ceras y los dibujos para llevárselos al piso nuevo de la calle Caracas. Una semana después emprenderían los tres el viaje a Tenerife. Apenas tuvieron tiempo de colocar nada; dejaron los muebles y las cajas allí, repartidos de cualquier manera, a la espera del día en que volviesen de Canarias.

Y ese día había llegado.

Encarna se paseó por la salita examinando el interior de las cajas abiertas. Cuánto adorno horrible, cuánto objeto inservible. Y no solo eso. Al contemplar ahora los muebles de talla barroca, los cuadros insulsos, le parecieron un lastre en ese nuevo comienzo. Lo que ella ansiaba a su alrededor era luz, claridad, sencillez.

Parte del equipaje con el que habían llegado de Tenerife seguía ahí, sin deshacer: una saca militar y dos baúles que, previo pago, les habían traído los mozos de la estación a la mañana siguiente de su llegada a Atocha en el último tren procedente de Sevilla, horas después de desembarcar en Cádiz. Estaban tan cansados tras el largo trayecto, que no se vieron con fuerzas de esperar a que lo descargaran y, cada uno con su maleta en la mano, salieron a tomar un autotaxi que los dejó delante del portal. Eso fue pasada la medianoche, llevaban de viaje desde el amanecer. Casi ni recordaba cómo pudo llegar a la cama.

—Encarna, ¿has puesto agua a calentar? —le preguntó Eusebio a voz en grito desde el baño—. Sale helada del grifo y yo así no me puedo afeitar.

—¡Ya voy!

Le dio un sorbo largo al café y, con el cazo en la mano, se dirigió al baño. Eusebio se había colocado el paño encima de los hombros mientras se rizaba con esmero las puntas del bigote, convencido de que le conferían carácter y originalidad a su rostro.

—Vamos, aprisa. Va a venir a recogerme el alférez para acompañarme al ministerio y no voy a estar preparado.

—Si llega, le pedimos que espere un ratito y ya está. No creo que le importe —le dijo Encarna mientras vertía el agua caliente en la palangana del lavabo—. Ten cuidado con la navaja al afeitarte, no te cortes.

Eusebio no pareció hacerle caso, se extendió la crema de afeitar por el rostro y continuó donde lo había dejado.

—Voy a ir a hablar con el comandante Alonso Gutiérrez, a ver si puede arreglarlo para que me asignen un puesto en Madrid, no vaya a ser que alguien se adelante y me destinen otra vez a cualquier ciudad de provincias. Digo yo que, después de los dos años de servicio en Tenerife, alguna prerrogativa me merezco. —Levantó la barbilla y comenzó a deslizar la navaja por la mejilla, bajo el bigote—. Ah, por cierto, almorzaré fuera, en el ministerio. Y luego, si me da tiempo, haré una visita a Gregorio Martínez Sierra, que me cuente a ver qué se trae ahora entre manos. Acaba de estrenar obra en el Teatro Español y, conociéndolo, estará ya pensando en la siguiente. En la última carta que le escribí le dije que tengo varias ideas para una comedia ligera que me gustaría comentarle...

Encarna lo observó mientras se afeitaba. Lo veía tan dispuesto, tan animado, tan parlanchín, que parecía mentira, con lo mal que le había sentado el largo viaje en tren.

—Si ves a María de la O, dale recuerdos de mi parte —le dijo.

Encarna se arrebujó en la bata y retornó a la cocina. Prefería verlo así que no arrastrando los pies de un cuarto a otro, como si cargara con el peso del mundo sobre sus hombros, malhumorado, sin ganas de nada. Además, a ella le convenía que saliera a la calle, que se entretuviera todo el día por ahí con sus gestiones, y la dejara en paz organizando la casa con tranquilidad, poniendo orden entre tanto caos. Debía empezar por colocar el equipaje y guardar la ropa ligera, revisar los abrigos y los trajes que se dejaron en los armarios, ver si necesitaban algún arreglo...

—¿Quedan más galletas? —le preguntó Luis al verla aparecer en la cocina. Se había zampado todas las que había en el plato.

Encarna le dio las últimas que quedaban en la caja. Tendría que ir al mercado y, de paso, le preguntaría al portero si sabía de alguna mujer dispuesta a echarle una mano en la casa. A lo mejor era buena idea pedirle que avisara a quien pudiera interesar en el vecindario de que se quería desprender de algunos muebles y trastos viejos. Si se daban prisa en venir, se los dejaría a buen precio. Ya que había renunciado a la separación —al menos de momento, mientras buscaba su propio camino—, decidió cambiar la distribución de las habitaciones, ahora que tenía la oportunidad: instalaría el despacho de Eusebio en el que era el dormitorio de matrimonio y trasladaría su cama al cuarto contiguo.

Señor, ¡cuánta tarea por hacer!

2

Encarna observó las esforzadas maniobras que hacían los dos hombres para pasar el gran aparador de madera maciza a través de la puerta. Apretaban los dientes y resoplaban con fuerza, los brazos tensados como alambres, las piernas bien plantadas avanzaban a pasos cortitos, arrastrados.

—Tengan mucho cuidado por la escalera, no vayan a descalabrarse —les advirtió sin moverse del rellano.

Le daba pavor que ocurriera una desgracia por un triste mueble. Siguió con aprensión el lento descenso de los hombres, escalón a escalón, cargados con el aparador tambaleante sobre sus espaldas. Si lo hubiera sabido, se habría deshecho de él hace años, en la mudanza del piso de Ponzano.

De pronto oyó un gran estrépito de cristales rotos. Encarna se inclinó sobre la barandilla, había sonado en el interior de la casa de uno de sus vecinos de abajo, y no tuvo que esperar mucho para averiguar de cuál se trataba. Los gritos de la señora Fina traspasaron las paredes y se propagaron por el hueco de la escalera como si fuera un altavoz: «¡Ay, Señor! ¡Juan José! ¡Ana! Pero ¿qué habéis hecho ahora, *Diosmíodemividaydemicorazón*? ¡Un día de estos me vais a matar de un disgusto! ¿Es que no os podéis quedar quietecitos ni un rato? ¿Quién ha sido?». No le llegó la respuesta. «¡Os voy a dar yo a vosotros accidentes!». Oyó los lloros infantiles, los pasos irritados de la madre por el parquet, un portazo aterrador. Le entraron ganas de bajar y llevárselos de paseo un rato, pobrecillos. ¡Pero si solo eran niños!

Sabía que la mujer estaba sola a cargo de los críos —el niño de siete años y la niña de seis—, y que el esposo, marino mercante, se pasaba meses sin aparecer por la casa (Basilio, el portero, se lo había contado a todos los vecinos con cara de lástima, como si eso justificara el mal carácter y las regañinas vociferantes a las que los tenía acostumbrados la señora Fina). Sí, cómo no iba a compadecerla, pobre mujer. Imaginaba lo sola y desesperada que se sentiría, pero había veces en que le hervía la sangre al escuchar cómo trataba a sus hijos, no lo podía remediar. ¿Qué culpa tenían los pobres críos? Muchas tardes se los encontraba jugando muy quietecitos en el rellano de la escalera los dos solos, sin apenas hacer ruido, cuando deberían estar en la calle o en el parque corriendo y jugando con otros niños, que les diera el aire. No se necesitaba mucho más para disfrutar una infancia feliz, y sin embargo, qué fácil era despreocuparse de todo y amargarles la existencia. Ya le gustaría a ella soltarle unas cuantas verdades bien dichas a su madre.

Encarna volvió a entrar y contempló el salón con gesto satisfecho. El aparador era el último mueble que le quedaba por vender. Esa misma mañana, la esposa de un teniente coronel conocido de Eusebio se había presentado en su casa, lo había examinado con ojo experto por dentro y por fuera, y finalmente le había hecho una oferta que Encarna aceptó sin pensárselo demasiado.

Día tras día se iba deshaciendo de todo cuanto le resultaba inútil, feo, un estorbo en el escenario de esa nueva vida que le hormigueaba en la yema de los dedos, como un anticipo de la felicidad. Cuantos menos muebles y adornos, mejor, menos que limpiar, le dijo a Rosa, la criada que le había venido recomendada por Basilio. «Es la cuñada de mi hermana —le dijo como única referencia—, gente de fiar, puede usted estar segura. Yo respondo por ella». Con eso le bastaba. Rosa era una mujer robusta, de hechuras cuadradas y aspecto pulcro, que desde el primer instante le causó buena impresión. Tampoco es que fuera ella demasiado exigente con el servicio, a diferencia de su madre, desconfiada por naturaleza, y más con las criadas, a quienes ponía pequeñas trampas con las que comprobar su honradez: una peseta olvidada por ahí, un anillito por acá... Ella no era así, más bien todo lo contrario: tendía a confiar y desentenderse de las criadas con tal de que estuvieran dispuestas a cargar solas con el peso de la casa, porque a ella le sobrepasaba todo lo que tuviera que ver con las tareas domésticas. No se manejaba bien en la cocina ni con la limpieza, no conseguía poner orden en las ropas y era un desastre administrando las cuentas del hogar, que a la mínima —ya fuera un imprevisto, un gasto mayor de lo esperado o un pequeño capricho que se concedía más a menudo de lo que debería— se le descabalaban sin remedio. ¿A quién le importaba si los estantes acumulaban un poco de polvo o si la plata no brillaba como un espejo? A ella no, desde luego. Lo consideraba una pérdida de tiempo, sobre todo cuando podía estar haciendo otras cosas mil veces más placenteras, como leer, salir a pasear (antes llevaba a los niños a jugar al Retiro casi cada día; ahora salía ella sola) y observar a la gente por la calle o perderse en sus pensamientos. *Pensando, pensando, piensa que los mayores son tan diferentes que no entienden nada de lo que los niños dicen o hacen. Porque, vamos a ver, ¿de qué serviría estar en la edad de la razón si no sirviera para razonar?*

A esas alturas de su existencia, ya había asumido que jamás sería un ama de casa como Dios manda, qué se le iba a hacer.

—*Usté* no se preocupe, señora, que yo sé lo que me hago —le dijo Rosa y, según entró en la cocina, se puso a organizar los cacharros y los armarios.

Encarna la dejó hacer y deshacer a su criterio, mientras ella se esmeraba en terminar la decoración del que sería su cuarto. Lo amuebló con una sencilla mesa donde escribir, un estante para sus libros y una mesilla de noche en cuyo interior guardó sus cuadernos, no necesitaba mucho más. Es decir, sí, faltaba un último detalle, el más importante. Se dirigió al dormitorio de matrimonio, se colocó a los pies de la que era su cama y barruntó la mejor forma de llevársela a su cuarto. Levantó una esquina del colchón de lana y examinó la estructura de madera que unía el cabecero y el piecero de nogal, con el somier, también de madera, entre ambos. Tendrían que desmontarla para poder sacarla de ahí. Se asomó al pasillo y llamó a la criada, que apareció al momento, secándose las manos con el delantal.

—*Usté* dirá.

—Ayúdame, por favor. Vamos a desmontar mi cama para trasladarla al cuartito del fondo.

Entre las dos levantaron el colchón de lana y lo depositaron sobre la cama de Eusebio. Luego Rosa, tan fuerte como mañosa, desencajó las piezas de madera, que cargaron entre ambas a lo largo del pasillo, para luego volver a montarlas en la habitación.

—Ay, señora, con la alcoba tan hermosa que tienen, ¿de veras quiere *usté* mudarse a este cuartucho? —se lamentó la criada mientras colocaba el cabecero.

—Claro que sí. A mí con esto me basta y me sobra, Rosa.

Además, no me digas que no ha quedado bonito. Aquí estaré la mar de a gusto.

—Si *usté* lo dice… —murmuró casi con lástima.

Una vez hubieron terminado, Rosa volvió a sus ocupaciones y Encarna se quedó un rato apoyada en el quicio de la puerta, contemplando su obra. Esa noche ya dormiría en su propia habitación.

Sabía que a Eusebio no le gustaría encontrarse con que había cambiado la distribución de las estancias, claro que lo sabía. Pensó que al principio armaría un poco de jaleo, se quejaría con muchos aspavientos, pero luego terminaría cediendo, aunque fuera a regañadientes. Sin embargo, cuando llegó su marido y descubrió el «humillante desmantelamiento del dormitorio conyugal», como él lo llamó, montó en cólera. ¿Cómo se le había ocurrido? ¡En su propia casa! ¡Y a sus espaldas!

—¡Tendrías que habérmelo consultado antes de realizar ningún cambio! —gritó recorriendo la salita de un lado a otro, irritado.

Encarna le hizo una seña con la mano.

—Eusebio, por Dios, baja la voz, que te va a oír Rosa.

—¿Y a mí qué más me da? ¡Que me oiga todo el edificio, si quieren! ¡Que se enteren de la esposa que tengo!

Ella lo miró fijamente, herida en lo más hondo.

—Muchos matrimonios duermen en alcobas separadas, y no se acaba el mundo —replicó con voz contenida.

—¡Pero el mío no!

—En la casa del pueblo hemos dormido siempre separados y no protestabas —insistió.

—Porque aquella no era mi casa. ¡En mi casa quiero dormir con mi esposa!

—Y yo en mi casa quiero tener mi propio cuarto, Eusebio —se revolvió ella, impaciente. Estaba harta de contenerse, de callar, de ceder siempre a sus imposiciones—. Hace tiempo que deberíamos haberlo hecho, es lo mejor para los dos.

—Dirás, lo mejor para ti. A mí no me has preguntado.

—Eusebio, por favor, entra en razón...

—¿Qué razón? Si crees que así vas a evitar tus obligaciones...

Encarna notó una súbita punzada en el pecho y se dio media vuelta, nerviosa. Siempre lo mismo. La dichosa intimidad conyugal que la traía por la calle de la amargura. Conocía demasiado bien las señales: en el momento en que se cerraba la puerta, mudaba el ánimo dentro del dormitorio. Eusebio la miraba de reojo, el tono de su voz se volvía suave, juguetón, y se demoraba en ordenar su ropa mientras ella terminaba de desvestirse despacio, meditabunda, porque sabía por dónde iban los tiros, y pensaba: «¿Otra vez? Pero si no hace tanto que lo hicimos... Señor, qué cruz». Ese sometimiento al deseo acuciante del marido que la buscaba sin tregua, que le reclamaba con mudo apremio cumplir con sus deberes de esposa, le suponía un verdadero calvario. Ella lo esquivaba como podía, alegaba alguna dolencia (el estómago o una incipiente jaqueca eran su mejor recurso) o se inventaba imaginativas excusas a las que él terminaba rindiéndose, malhumorado. Se metían cada uno en su cama, él enrabietado, rumiando su frustración sin dejar de dar vueltas de un lado a otro, entre sonoros suspiros lanzados como dardos; ella, acongojada, reconcomida por la culpa de ser la causante de ese estado de ansiedad y nervios en que vivía Eusebio.

En el fondo, lo compadecía. Qué culpa tenía él. Era un hombre bueno, orgulloso pero de buen corazón, y había ocasiones en que a Encarna no le quedaba más remedio que cerrar los ojos y consentir. Se movía a un lado para hacerle hueco en su cama y dejaba que la tocara, que gozara de su cuerpo inerte, rígido. Su carne se hallaba presente, sí, pero su alma, su mente, había volado lejos a refugiarse en sus mundos, en sus laberintos interiores. ¿Qué otra cosa podía hacer? Bien sabía Dios que lo intentaba (recordó una discusión muy fuerte que tuvieron un año después de la muerte de Bolín, cuando ella aún era una sombra de sí misma y él intentó forzarla, persuadiéndola de que así ambos hallarían consuelo a su pena), pero ella se sentía incapaz de explicar su desazón interna, la repulsión que le provocaba el acto carnal, pese al gran cariño que le profesaba. Él tampoco se mostraba muy dispuesto a entenderla. Y así un año tras otro tras otro. Hasta ahora.

Por tanto, esa tarde ninguno de los dos se engañaba respecto a su decisión de mudarse de alcoba. Para Eusebio era poco menos que un agravio a su hombría, al sagrado vínculo del matrimonio, a sus deberes de esposa; mientras que para ella era casi una necesidad vital: la de distanciarse, romper la intimidad física que la obligaba a soportar las visitas nocturnas del marido a su cama. La mera idea de pensar en compartir otra vez lecho con él, de respirar el aliento de su boca, el peso de su cuerpo sudoroso encima del suyo… No, no podía. Se le revolvía el estómago. No lo podría soportar más.

—Créeme que lo he hecho porque así estaremos mejor —le dijo ella en tono conciliador—. Tendremos menos motivos para discutir por mi necesidad de leer hasta muy tarde o por tu manía de pasear de arriba abajo cuando te desvelas de madrugada.

—Si me desvelo es por tu culpa, que haces mucho ruido. Eso, si no te olvidas la luz encendida —le replicó.

—¿Ves? Razón de más para dormir en habitaciones separadas, Eusebio.

No hubo manera de convencerle, pero en esa ocasión, ella tampoco dio su brazo a torcer. Si cedía ahora, como cedía en tantas otras discusiones, adiós a su ilusión recuperada, a sus planes. No volvería a levantar cabeza. En represalia, Eusebio se pasó casi diez días sumido en un silencio hosco, entrando y saliendo de la casa sin dirigirle la palabra.

Ella ya estaba acostumbrada a esos desplantes de su marido, no así su hijo Luis, que los vivía como si se adentrara en un terreno minado. A su carácter pacífico le afectaban demasiado las discusiones, los gritos, los cambios de humor del padre, por más que Encarna se esforzara en evitarle disgustos. Cuando llegaba de clase, se encerraba en su habitación a estudiar y no salía hasta la hora de la cena. Se sentaba a la mesa taciturno, como si el simple hecho de compartir ese rato con ella implicara una traición al padre. Encarna intentaba entablar conversación con él, le preguntaba por sus clases, qué estaban estudiando, qué les explicaba el profesor, qué había aprendido ese día. Él respondía con monosílabos, desganado, como si arrastrara un pesado fardo, y ella insistía con paciencia y una chispa de humor, hasta que le sonsacaba más, mucho más. Lo quería saber todo. Y entonces Luis le contaba lo que el profesor les había enseñado sobre el arte en el Renacimiento, del preciosismo de Rafael, del genio de Miguel Ángel, y también sobre el pensamiento de Maquiavelo o los autores del Siglo de Oro… Ojalá ella pudiera estar allí, mirando a través de un agujerito en la pared, como una alumna invisible sentada en uno de los pupitres del fondo. Sería la más callada y aplicada de todos.

—¿Tan malo sería que volvieras al dormitorio? —le preguntó Luis una noche. Los ojos negros la miraban inmóviles a través de sus lentes gruesas.

—No es eso, hijo.

Encarna cortó la tortilla francesa en trocitos pequeños, sin despegar la vista del plato.

—Entonces qué es, dime —exigió el muchacho.

¿Qué podía decirle? ¿Que no soportaba que su padre la tocara? ¿Que enfermaba solo de pensar en tumbarse a su lado?

—Es que tu padre duerme mal, se despierta a menudo y me despierta a mí. Ya verás como al final me lo agradecerá. Tú no te preocupes, ya lo arreglaremos.

Estaba convencida de que si Eusebio se resistía a aceptarlo, era más por terquedad que por convicción, por esa arrogancia suya un tanto infantil que le empujaba a imponer su voluntad, por absurda o irracional que fuera. Pero no estaba dispuesta a retractarse; se sentía tan a gusto a solas en su habitación, rodeada de sus cosas, de sus libros, ¡de sus cuadernos! Por la mañana se sentaba ante el pequeño secreter y le escribía una carta a Mercedes o anotaba en la libreta ideas que se le ocurrían para futuros artículos que pensaba ofrecerle a Leoncio para *La Prensa*. Algunas noches, sin embargo, se ponía a escribir en el papel sin ninguna idea concreta, tan solo seguía el dictado de una voz interior que arrancaba sus historias, invariablemente, con un «pues, Señor, esto era…» y ya no se detenía hasta llegar al final. La madrugada anterior, sin ir más lejos, se había despertado de repente y, en medio de su desvelo, oyó en su cabeza la vocecita de esa niña imaginativa tan parecida a Ponina que le contaba cómo se había escapado con su amiguita a casa de su hada madrina, que vivía en un palacio de cristal y oro preciosísimo en medio de un jardín con fuentes y flores y pajaritos de todos los colores, que cuando el hada quisiera, agarrarían entre todos un manto volador para cruzar el océano y…

No, por nada del mundo renunciaría a su pequeño remanso de libertad personal.

Miró a su hijo sentado a su lado, aún con el gesto enfurruñado, removiendo la comida en el plato con desgana. Se fijó en que el pijama se le había quedado pequeño, las mangas no le llegaban a las muñecas, la camisa era estrecha, parecía un muñeco. Su hombrecito.

—¿Te cuento una cosa muy graciosa que me ha ocurrido hoy?

Luis la miró de reojo sin responder y ella prosiguió:

—Pues resulta que estaba en mi cuarto escribiendo una carta y he empezado a oír un maullido lastimero a través de la ventana. Algo así: miaaaaauuuuuu... —Le pareció ver un atisbo de interés en la mirada de su hijo—. Sonaba cerca, aunque cada vez más débil y triste, como si pidiera auxilio sin ninguna esperanza... He salido a la terraza, por si descubría de dónde venía, y he rebuscado detrás de los maceteros, por los huecos de la fachada, en la canaleta de desagüe... Nada. Luego he ido a la parte de atrás, donde estaba tendida la ropa, y de pronto he visto que algo se revolvía dentro de la funda del almohadón. He mirado dentro ¡y ahí estaba! Un gato gordo y atigrado con los ojos dorados como monedas de oro... Debía de haberse caído dentro y no podía salir. Lo he sacado con cuidado y antes de que pudiera dejarlo en el suelo, ha pegado un salto asombroso y, ¡zas!, se ha escabullido corriendo. Pero poco antes de desaparecer tras el murete, se ha parado, se ha dado media vuelta, me ha mirado con sus ojos dorados y ha levantado la patita como si me diera las gracias...

Su hijo hizo un gesto de disgusto.

—Mamá, no te inventes... No necesito que me cuentes cuentos, ya soy mayor.

—No, cielo, te prometo que es verdad... Ojalá lo hubieras visto: era un gato precioso y muy listo, a pesar de todo... Dile a Rosa que te enseñe el almohadón y verás que no te miento. Se ven los arañazos en la tela.

Él guardó silencio un rato, hasta que al fin dijo:

—Pues podrías haberlo metido en casa, nos lo habríamos quedado. Yo lo habría cuidado.

Encarna asintió con ternura.

—Lo sé. Lo habrías cuidado muy bien. Pero no habríamos podido retenerlo mucho tiempo, porque es un gato callejero y los gatos callejeros, no sé si lo sabes, sufren de claustrofobia, no pueden vivir en lugares cerrados, se ponen tan tristes que se arrancan los bigotes y arañan las paredes hasta quedarse sin uñas, y por eso tienen tantas vidas, porque son capaces de lo que sea, incluso de salir volando, con tal de huir.

Luis la miró unos segundos en silencio y, al fin, se echó a reír, divertido.

—Madre, ¡eso también te lo acabas de inventar!

Encarna le devolvió la sonrisa, sin admitirlo ni negarlo. Se levantó a recoger la mesa y al pasar junto a su hijo le alborotó el pelo negro y ondulado con ternura.

3

Unos días después, Marieta Martos de Baeza le mandó recado animándola a acompañar a Eusebio a la tertulia que se celebraría esa tarde en su casa, que parecía mentira que llevara en Madrid más de un mes y no le hubiera hecho todavía ni una triste visita, cuando a su marido se lo cruzaba en reuniones y tertulias cada dos por tres. Y tenía toda la razón del mundo, se reprochó Encarna, ya recuperada de varios días de vómitos, mareos y una flojera general que la arrastraba del sillón a la cama y de la cama al sillón. Lo achacó al cansancio de la mudanza y a los nervios, que enseguida se le agarraban al estómago. Ya era hora de dejarse ver, de reencontrarse con las pocas amigas que conservaba en Madrid.

Abrió el armario, escogió un sencillo vestido de lanilla marrón, se colocó el sombrerito cloché, el abrigo de paño y esperó en la salita a que Eusebio saliera camino de su tertulia, como cada tarde.

Él se detuvo sorprendido al verla sentada en el filo de una butaca, tan compuesta.

—¿Acaso vas a salir?

—Iré contigo a casa de los Baeza, si no te importa. María me ha dicho que me esperan. Dice que también van a asistir las esposas de otros amigos de Ricardo.

Al momento notó que él se animaba, que la expresión tirante de su rostro se suavizaba al aceptar la inesperada tregua que ella por fin le ofrecía.

—Cómo me va a importar, al contrario. Marieta me pregunta por ti cada vez que me ve, se llevará una alegría. Entonces, ¿nos vamos? —le dijo, cediéndole el paso.

Esa tarde, como cada jueves, el salón del matrimonio Baeza acogía la tertulia del teatro, entre cuyos asiduos figuraban Gregorio Martínez Sierra, Eduardo Marquina, Ceferino Palencia, Eusebio y algún otro cuya cara le sonó a Encarna al entrar, aunque no lo conociera. Antes de que se entretuviera demasiado en los saludos, Marieta la enganchó del brazo y la condujo a la salita de estar. «A mis dominios», le confió al oído. Ahí encontraron reunidas a las mujeres, en torno a la bandeja de café y pastas de la merienda, y al calor del brasero que ardía bajo la mesa camilla.

—¡Encarna! ¡Cuánto tiempo! ¡Dichosos los ojos, criatura! —María de la O, la mujer de Gregorio Martínez Sierra, se levantó de su asiento y la recibió con un efusivo abrazo—. No sabía que vendrías esta tarde…

—Eso es porque no estaba yo muy segura de que por fin apareciera —afirmó Marieta mientras la ayudaba a quitarse el abrigo—. Llevo diciéndole que venga a vernos desde que volvió de Canarias y no ha habido manera.

Esas dos mujeres, Marieta y María de la O (Mariola, como la llamaba ella), eran lo más parecido que tenía a unas amigas en Madrid desde la época anterior a Canarias. A ambas las conoció el mismo día, en otoño de 1918, en una de las tertulias de Santiago Regidor, su antiguo vecino en la calle Ponzano. Don Santiago era un viudo, educadísimo y encantador, que vivía con su hija, una niña de la edad de Luisín, dos pisos por encima de ellos. Trabajaba de ilustrador para el diario *ABC* y otras publicaciones, por lo que sus tertulias solían reunir a un variopinto grupo de periodistas, ilustradores y afamados autores teatrales, entre los que se contaba también Eusebio, que pronto se convirtió en un asiduo. «Santiago me ha insistido mucho en que subas esta tarde a la tertulia, porque van a venir también algunas señoras que quiere presentarte», le dijo su marido. Ella accedió de mala gana; haría acto de presencia por respeto a don Santiago, nada más; luego se marcharía, tenía cosas que hacer. No le gustaban las reuniones en las que no conocía a nadie, no se sentía a gusto. Le costaba relacionarse con la gente y, cuando lo intentaba, no sabía de qué hablar ni qué decir, solo se le ocurrían simplezas.

Esa tarde dejó a sus hijos entretenidos con sus juegos y subió las escaleras hasta el piso de su vecino, quien nada más abrirle la puerta, la recibió con un saludo entusiasta. «¡Encarna! ¡Qué alegría que te hayas animado a venir!», y la enganchó del brazo para conducirla hasta el rincón donde se hallaban las señoras. «Estoy seguro de que congeniaréis muy bien, ya verás», le susurró tranquilizador. María de Baeza, Marieta para su círculo íntimo, era casi de su misma edad y, al igual que ella, tenía dos hijos de edades similares a los suyos. No sabría decir si fue eso o la dulzura de su mirada cuando la saludó, pero enseguida se sintió acogida a su lado como si se conocieran de toda la vida. Era una mujer cálida, muy sociable, acostumbrada a moverse entre personas muy distintas, aunque lo que más le llamó la atención era que parecía dotada de una sensibilidad especial para captar pequeños detalles a su alrededor y actuar con delicadeza si la situación así se lo requería, ya fuera reorganizar los sitios que ocupaba cada cual en el salón de estar o mediar en una conversación que comenzaba a tensarse o limpiar la mancha del vino derramado sobre el traje de algún caballero. Estaba al tanto de todo, era admirable. Encarna lo atribuía, quizá, a la intensa actividad de su marido, Ricardo Baeza, quien tan pronto fundaba una compañía de teatro con la que se iba de gira por España, como editaba obras de autores extranjeros o aceptaba una corresponsalía en Londres para el diario *El Sol*, adonde se llevó a toda la familia.

María de la O Lejárraga, sin embargo, era distinta. Don Santiago se la había presentado como el *alma mater* tras la colosal obra de Martínez Sierra. «Ya conoces el dicho: detrás de un gran hombre hay una gran mujer, y sin ti, María, dudo que nuestro gran autor pudiera ser tan prolífico como lo es ahora, ¿no crees?», le preguntó en un tono de complicidad que parecía tender un hilo invisible entre ambos. Ella sonrió enigmática, sin responder.

—Pues le confieso —se atrevió a decir Encarna— que yo siempre pensé que la columna de «Cartas a las mujeres de España» que firmaba su marido en *Blanco y Negro* la debían de escribir entre los dos, porque no me creía que un hombre pudiera conocer tan bien la naturaleza de las mujeres, ni nuestras preocupaciones ni, por supuesto, llamarnos a despertar y a defender el feminismo como él lo hacía, con tanto conocimiento y tanta razón.

Lo que calló, por miedo a parecer una lectora demasiado simple y entusiasta, fue que esas cartas habían avivado su conciencia de mujer con aspiraciones e inquietudes en un momento de su vida en que carecía de un solo segundo para pensar en sí misma; en su realidad cotidiana de entonces —la única que conocía— solo había espacio para la Encarna que criaba a sus hijos, atendía a su marido y cuidaba de su madre enferma. La otra, la ensoñadora, la insatisfecha, la que se sentía extraña y aprisionada en algún lugar perdido, solo aparecía en sueños que olvidaba en cuanto abría los ojos al nuevo día que tenía por delante.

—Su columna era lo primero que buscaba cada sábado al abrir las páginas de *Blanco y Negro* —le había dicho, sin ocultar su admiración—. Fíjese si me gustaban, que guardo más de una docena de recortes de las «Cartas» para releerlas de vez en cuando.

María de la O le había sonreído agradecida e, inclinándose hacia ella, le confesó:

—Escribir y firmar son dos decisiones distintas, aunque no lo crea. Esas cartas salieron de mi pluma, pero en ese instante, tanto Gregorio como yo pensamos que si las firmaba Martínez Sierra tendrían mayor repercusión, las tomarían más en serio.

—Eso sin contar que al director de *Blanco y Negro* le interesaba mucho incluir a Gregorio en su plantilla de colaboradores —añadió Regidor, poco dado a hablar sin conocimiento de causa—. Hubo quien le recriminó que la columna defendiera ideas demasiado modernas para las lectoras de la revista, y si aguantó lo que aguantó (casi dos años, una barbaridad) fue gracias a que las firmaba Gregorio —explicó—. Con la firma de María no habría durado tanto.

Entonces que firmara como quisiera, pero que siguiera escribiendo, le pidió Encarna, porque de no ser por esas cartas insumisas ni ella ni otras muchas señoras habrían descubierto el valor de ser mujer y defender sus derechos, y su felicidad, y el trabajo fuera de la casa, y los estudios, y el pequeño refugio de su vida interior en un mundo que comenzaba a desprenderse con desparpajo de los temores, la incertidumbre y los horrores que había sembrado la Gran Guerra.

Así empezó su amistad con las dos Marías. A partir de ese día no es que se vieran mucho, pero sí de vez en cuando, sobre todo cuando las tertulias se organizaban en casa de los Baeza y Marieta la animaba a acudir acompañada de sus hijos, y así pudieran jugar con los suyos. No era consciente del bien que le hacían esos ratitos con ellas hasta que llegaba a su casa y se ponía a preparar la cena de buen humor, como si le hubieran inyectado una dosis de reconstituyente espiritual a su mente adormecida.

Sin embargo, al cabo de unos meses, sus hijos comenzaron a caer enfermos con frecuencia y su única preocupación era alimentarlos y cuidarlos bien para que se recuperaran. Cuando no era un mal de estómago, era un resfriado fuerte agarrado al pecho con accesos de tos, y cuando no, las fiebres. Eso era lo que más temía, las fiebres altas y persistentes que se ensañaban con Bolín y lo debilitaban día tras día, por mucho que el doctor Ibarra dijera que era normal que el niño empeorara antes de empezar a sanar. Y ella se desesperaba, le consumía ver a su hijo apagarse poco a poco, no sabía qué más hacer, cómo insuflarle fuerza, vida. Le acercaba la cama a la ventana, le señalaba las nubes en el cielo, los pajaritos que se posaban en la cornisa, se sentaba a leerle, le contaba cuentos que él escuchaba adormilado, hundido entre los almohadones. Bolín murió a principios de la primavera de 1920. Eusebio y ella decidieron trasladarse los tres solos una temporada al pueblo, a Ortigosa. Necesitaban alejarse de allí, apartarse de todo el mundo, llorar. Le dolía el alma, le dolía el cuerpo, le dolía presenciar el incesante curso de la vida alrededor, como un recordatorio constante de su pérdida. Y a la vez miraba a Luis, triste y solitario, y se decía que debía continuar, buscar fuerzas donde no las tenía y seguir adelante, aunque solo fuera por él. Pero ¿cómo se hacía eso cuando todo tu ser se niega, Dios mío? Durante mucho tiempo no quiso ver a nadie, no deseaba la compañía de nadie, ni siquiera de Marieta, que no dejaba de llamarla e interesarse por ella. Fue de la única de quien se despidió cuando por fin a Eusebio le asignaron destino en Canarias.

Y ahora, casi tres años después, ahí estaba de nuevo. Una mujer distinta, pensó reconfortada por los brazos de sus amigas, que la recibieron como si hubiera regresado a ellas desde los oscuros abismos del purgatorio en el que la sumió la muerte de Bolín.

—Me hubiera gustado venir antes, pero he estado muy atareada montando la casa, y eso que me he deshecho de un montón de trastos... A veces tengo la impresión de que debe de haber unos duendecillos riéndose de mí por los rincones: me aparecen y desaparecen cosas que pensaba haber ordenado ya. ¡Es el cuento de nunca acabar! —bromeó al tiempo que tomaba asiento en una silla libre.

Marieta no pudo estar más de acuerdo con ella, las mudanzas eran peor que un calvario. Se lo decía una que había pasado por cuatro, ¡una de ellas, a otro país!

—Lo importante es que ya estás aquí —concluyó Mariola, que sin pausa alguna le presentó a las dos mujeres sentadas a su lado—: ¿Conoces a Carmen y a Zenobia? Zenobia es la esposa de Juan Ramón Jiménez y Carmen es hermana de Ricardo y de Pío Baroja.

No, no tenía el gusto. Encarna saludó a una y a otra, las dos debían de rondar su misma edad, los treinta y muchos, pero su mirada se demoró en el rostro diáfano de Zenobia, el sedoso pelo castaño claro, los ojos de un azul tan límpido que resultaban hipnóticos. Por un instante se quedó en blanco, las palabras huyeron de su boca, y desvió la vista, azorada ante la visión de la mirada celeste. Reaccionó enseguida: antes de que derivara en una situación incómoda, se declaró admiradora de ambos, tanto de la poesía de Juan

Ramón como de las novelas de don Pío. Carmen le agradeció el cumplido con una sonrisa escueta.

—¿Qué prefieres, Encarna, té o café? —le preguntó Marieta, señalando dos jarras de distinta altura sobre la bandeja—. Después de mi estancia en Londres, me he convertido en la mejor embajadora del té en Madrid.

—Entonces probaré el té —sonrió—. Manchado, si puede ser, por favor.

—Con una nube de leche, como dirían los ingleses —dijo la anfitriona, tendiéndole la tacita humeante de porcelana fina—. Zenobia nos estaba leyendo el texto de la conferencia que va a impartir la semana que viene sobre Rabindranath Tagore en la Residencia de Señoritas. Nos ha pedido que le demos nuestra opinión, aunque nadie mejor que ella conoce la obra del señor Tagore, de quien ha traducido... ¿cuántos de sus cuentos, Zenobia?

La aludida terminó de beber un sorbo de café antes de responder.

—Ahora mismo no te sabría decir... Diría que más de veinte. Yo los traduzco del inglés y Juan Ramón los revisa y afina el tono poético característico del estilo de Tagore que tanto admiramos los dos. De los muchos autores británicos o norteamericanos que he traducido en estos años para Juan Ramón, incluidos los poemas de Walt Whitman, ninguno resulta tan cercano y evocador como Tagore. Por eso se han vendido tan bien sus libros en España, supongo.

—Si no fuera porque lo has traducido tú, querida, aquí nadie lo conocería, por mucho Nobel de Literatura que le hayan otorgado —confirmó Marieta.

—Zenobia ha vivido parte de su infancia y juventud en Estados Unidos, de ahí su dominio del inglés y de la literatura anglosajona —se vio empujada a aclarar Carmen sobre las habilidades traductoras de su amiga.

Encarna se sintió intrigada. No solo no había leído nada del escritor indio, es que ni había oído hablar de él hasta esa tarde. Y mira que había leído novelas de autores extranjeros...

—¿Y cuándo será la conferencia? —le preguntó a Zenobia—. Me encantaría asistir...

—El jueves de la próxima semana, si nada lo impide.

—Tú te vienes con nosotras, Encarna —afirmó rotunda la Lejárraga—. Además de la conferencia, verás como te gusta el ambiente cosmopolita que se respira allí, entre tanta juventud llegada de distintas partes de España y alguna hasta de Norteamérica. Da gusto ver a nuestras jóvenes estudiando lo que nosotras no pudimos: ciencias, derecho, farmacia, medicina, filosofía o lo que sea que les permita labrarse un futuro de mujeres libres e independientes.

—Mucho tiene que cambiar este país para que eso sea una realidad, María —intervino Carmen con cierto retintín—. Por mi experiencia te puedo asegurar que no es algo que dependa solo de esas muchachas. Dependerá también de los padres, de la presión en torno a la familia y de las ideas que tengan los novios con los que, probablemente, se casen. —Vio que la Lejárraga movía la cabeza dubitativa y añadió—: ¿No lo crees? Mírame a mí: pasé toda mi juventud lamentándome de la existencia estúpida y aburrida con la que debíamos conformarnos las señoritas de clase media, cuando lo que yo deseaba era salir, viajar, hacer lo que me viniera en gana, como mis hermanos. ¿Y crees que habría podido? ¿Crees que mi madre, mi familia, me lo habrían permitido? ¿Que podría aguantar lo que nuestras amistades y conocidos murmurarían de mí? —preguntó sin esperar respuesta—. No, no habría podido.

—Mujer, algo ya habría empezado a cambiar, que estuviste viviendo sola en París casi seis meses con tu hermano Pío —dijo Marieta.

—Aquello fue algo excepcional. Si no hubiera sido por Pío, que insistió ante mis padres para que lo acompañara, jamás habría ido. Tenía veinte años y alternaba feliz por los ambientes artísticos de la ciudad, me formé con uno de los mejores orfebres parisinos y a la vuelta monté mi taller de orfebrería. ¿Y sabes qué ocurrió después? —Hizo una pausa, durante la cual paseó la vista por sus amigas, que la escuchaban en silencio, pese a que conocían la respuesta—. Que me casé, llegaron los hijos y cambié las filigranas y los engarces de plata por lavar pañales y calzones, los de mi marido y hasta los de mi hermano Pío, que es un desastre.

—Y por eso, permitidme que insista —intervino Zenobia con voz suave y cantarina—, yo sigo diciendo que deberíamos crear el club de señoras del que llevamos tanto tiempo hablando. Sería el lugar perfecto donde reunirnos nosotras, las mujeres, y compartir nuestros intereses y aficiones.

—Yo soy la primera en defender la creación de esos clubes, Zenobia, ya lo sabéis, ¡si hasta dediqué una de las «Cartas a las mujeres de España» a ellos! —replicó María Lejárraga—. Pero ¿quién lo organizaría? No es tan sencillo, y yo ahora no tengo fuerzas para meterme en algo así. —Luego se dirigió a Carmen y añadió—: Respecto a lo que decías, querida, es cierto. Puede que nosotras ya hayamos perdido ese tren, pero esas muchachas de hoy, las nuevas generaciones, vienen con otros aires, con otras ideas de modernidad, no hay más que verlas, qué entusiasmo, qué vitalidad. Y si no, fíjate en esa señorita que se ha licenciado en Derecho este año, Victoria Kent, en la que María de Maeztu tiene puestas tantas esperanzas; o en Margarita Nelken, cuyos estudios sobre la condición social y política de la mujer no creo que tengan mucho que envidiar a los de las sufragistas inglesas.

—Sea como fuere, amigas —terció Marieta, siempre diplomática—, debemos reconocerle el mérito a nuestra admirada María de Maeztu, que es capaz de atraer a la Residencia a cualquier personalidad que le resulte interesante para la formación de sus alumnas. Y eso incluye a nuestra Zenobia.

—¡A ver quién le dice que no a doña María! —se rio la aludida—. ¡Es casi imposible! Tiene una capacidad de persuasión maquiavélica. Ya consiguió enredarme hace años para que fuera secretaria del Comité de Becas que seleccionaba a las alumnas candidatas a participar en los intercambios estudiantiles entre la Residencia de Señoritas y algunas universidades femeninas norteamericanas, y llevaba tiempo persiguiéndome con lo de Tagore para que impartiera la charla, pero Juan Ramón y yo hemos tenido tanto trabajo con la editorial que no encontraba el momento. Cuando el maestro Ortega y Gasset le canceló su conferencia debido a un imprevisto, me rogó que ocupara yo su lugar, y como yo a doña María no le puedo negar nada, accedí sin pensarlo, ¡con lo que me cuesta a mí hablar en público!

—¿A usted? —preguntó Encarna, sin dar crédito.

—No le haga caso, Zenobia es demasiado modesta —le dijo Carmen a Encarna, antes de dirigirse a su amiga—: Termina de leernos tu charla. Lo que hemos escuchado hasta ahora me ha parecido de lo más interesante. Además, estaremos nosotras en primera fila apoyándote.

—Yo espero llegar a tiempo —avisó Marieta—. Tengo clase de español con mis dos estudiantes norteamericanas. En cuanto termine, saldré hacia allí pitando.

—No te apures. Ya se encargará doña María de que no falte nadie —afirmó la Lejárraga—. Me han dicho que todavía resuenan en las aulas la conferencia que impartió el mes pasado Isabel Oyarzábal de Palencia sobre los derechos de las mujeres, incluido el derecho al voto del que tanto se habla ahora. ¡Casi monta una revolución allí mismo!

Todas rieron la gracia de la combativa Isabel se podía esperar cualquier cosa. Zenobia cogió sus cuartillas y retomó la lectura en voz alta.

Escuchándola hablar del escritor indio y de la profunda sabiduría que guiaba a los personajes de sus historias, a Encarna le dio por pensar en lo ignorante que era, en lo pobre y timorata que había sido su educación. Señor, cuántas lagunas en su conocimiento. Pero cómo no iba a tenerlas, si de pequeña faltaba al colegio cada dos por tres. Fue una niña enfermiza, en eso había salido a su madre, que se pasaba semanas de reposo en la cama o sin salir a la calle. Con lo aprensiva que era, en cuanto la oía toser, estornudar o dolerse de la tripa, la dejaba en casa, porque «donde mejor está la niña es aquí conmigo, a ver si por aprender cuatro cosas mal aprendidas se nos va a poner mala», le decía al padre, poco dado a llevarle la contraria. Y con las mismas, no la dejaba bajar al patio a jugar con Vicentita («¿Dónde se ha visto eso? ¡Una hija mía no se mezcla con la hija del portero!»), ni salir al parque («No, que te conozco, que eres una alocada, te caes y vuelves llena de magulladuras. Y si te rompes algo, a ver qué hacemos»), ni tampoco le permitía pasar la tarde en la casa de alguna de sus compañeras del colegio si no tenía referencias de su familia. Y ante semejante carácter —inflexible, aprensivo, quejumbroso—, ella corría a refugiarse en la ternura y la alegría del padre, que se las apañaba para sacarla de paseo al parque sin que la madre se enterara o la llevaba al colegio por las tardes, de camino al trabajo. Encarna se agarraba a su mano y se marchaban los dos juntos calle arriba, tan contentos.

Por un momento volvió a escuchar la voz serena de Zenobia, que recitaba emocionada unos versos del autor en los que reflejaba esperanza hasta en la mayor de las tristezas. ¡Qué hermoso! Si lo pensaba bien, su infancia también tuvo una parte luminosa: se creó su propio mundo, con sus libros, sus invenciones y fantasías. Porque, eso sí, leía mucho, muchísimo, aunque —ahora se daba cuenta— eran lecturas sin orden ni concierto, libros elegidos a su escaso criterio, un poco por capricho, un poco por curiosidad —la que le suscitaba un título intrigante o una cubierta colorida y llamativa—, según le dictaba su intuición. El escaso conocimiento que podía tener lo sacaba de ahí, de sus lecturas, antes y ahora. Y a Dios gracias que pudo disfrutar al menos de eso, porque el colegio lo abandonó a los doce años con escaso provecho.

Observó a hurtadillas a las señoras allí reunidas y sintió un poco de envidia. Eran mujeres cultas, instruidas, conocían mundo, hablaban idiomas; frecuentaban los círculos literarios y culturales más importantes de Madrid. Más que eso: comían, dormían, convivían con los hombres artífices de esa cultura. Escuchaban sus palabras, sus ideas, puede que hasta se las discutieran con la libertad que proporcionan la confianza, la intimidad, el respeto. Las imaginaba respirando a diario los aires de la modernidad que llegaban procedentes de Inglaterra, Alemania o Estados Unidos, cuyos desafíos y oportunidades suscitaban horas y horas de apasionadas tertulias. Y ella, sin embargo, apenas había empezado a dar algunos pasos en esa dirección. Intentaba absorber todo cuanto escuchaba, veía o leía, como una miga de pan en un cuenco de leche, y aun así, no era suficiente. Sentía cómo la devoraban las prisas, la impaciencia por aprender en poco tiempo todo lo que no había aprendido en casi media vida.

Zenobia fue la primera en marcharse aquella tarde. Juan

Ramón era de costumbres fijas y aguantaba las reuniones sociales solo por darle el gusto a su esposa, porque, si por él fuera, no saldría de su casa, ni de su despacho; en ocasiones, ni siquiera de la cama. Enseguida se cansaba y se encerraba en un silencio absorto que sus amigos conocían bien.

Al rato fue Carmen la que se despidió de ellas. Había dejado la cena preparada, pero en su familia nadie movía un dedo si no se ocupaba ella de organizarlo todo. Marieta la acompañó a la puerta, mientras María y Encarna recogían las tazas de la merienda y las depositaban en la bandeja de plata.

—No sabes cuánto me alegro de verte tan bien, Encarna —dijo María Lejárraga con una mirada de aprecio—. Tienes muy buen aspecto, como si hubieras florecido bajo el sol de Canarias.

Encarna rio de buen humor.

—Habrá sido por todo un poco: el sol, el clima, el carácter de la gente… ¿Sabes que he publicado unos artículos en un diario de allí?

—¡No me digas! —se sorprendió María. Pero casi al instante su sorpresa mudó en un gesto de satisfacción—. ¿Qué te decía yo? ¿Ves como solo tenías que soltarte un poco? Será por eso por lo que te veo tan bien.

Ella se echó a reír sin dejar de recoger las servilletas de hilo en un montoncito. Tiempo atrás, cuando María la animaba a encontrar sus talentos ocultos y enseñárselos al mundo, ignoraba incluso qué quería decir con eso. Estaba convencida de que no sabía hacer nada más que imaginar historias que les contaba a sus hijos antes de dormir, y como era algo que le salía sin esfuerzo, nunca creyó que se tratara de un talento especial. Pero en Tenerife descubrió que a los niños les gustaba escuchar sus cuentos y a ella le gustaba contarlos.

—Sí, puede ser... —respondió—. Y poner distancia con Madrid y sus recuerdos. Eso también.

Las dos callaron. María de la O se hallaba en Niza cuando murió Bolín y, en cuanto se enteró, le escribió una carta muy bonita que Encarna se guardó a mano durante mucho tiempo para releerla cada vez que la invadía la desesperanza. Nunca se lo podría agradecer lo suficiente.

—No me extraña. Es lo mejor que podíais haber hecho. ¿Cómo está tu hijo?

—¿Luis? Bien, muy mayor. Ya no quiere saber nada de mí, salvo cuando necesita que le ayude con alguna tarea. Pero está contento. Cursa el bachillerato en el instituto de San Isidro.

—No te pregunto por Eusebio porque a él lo he visto con más frecuencia. Ya me contó que al final le han asignado el puesto que solicitó en el ministerio.

—Ah, sí. Es ayudante de campo en el Consejo de Guerra y Marina. Le queda cerca de casa y, además, le deja tiempo para dedicarse a sus aficiones literarias, que es lo que más le gusta. ¿Te ha dicho que quiere escribir una comedia ligera para vuestra compañía de teatro?

—Sí, algo he oído.

—Está muy ilusionado con eso, pero no sé yo... También quería retomar la escritura de *Toleitola*, la segunda parte de *Los mil años de Elena Fortún*, y parece que nunca es el momento... —Encarna suspiró resignada—. Está pasando una época regular. En el ministerio le están exigiendo mucho, su coronel no lo deja respirar tranquilo y ya sabes cómo es Eusebio, se altera enseguida.

—Le diré a Gregorio que hable con él, le tiene mucho aprecio. Pero ahora lo que importa es que estás aquí. Y ya que estás más libre, tienes que unirte a nosotras y salir más. No sé si sabes... —comenzó a decir María, que de pronto parecía más preocupada en limpiar las miguitas del mantel que en terminar la frase. Encarna aguardó intrigada hasta que al fin su amiga se decidió a proseguir—: Supongo que habrás oído que Gregorio y yo nos hemos separado…

Encarna la miró fijamente, asombrada.

—No. No lo sabía, Mariola. ¿Cómo ha sido? ¿Cuándo?

Hacía ya algo más de un año, cuando nació la niña que tuvo con esa actriz, Catalina Bárcenas, que resultó ser su amante, por más que ella se negara a creerlo cada vez que algún buen amigo se lo advertía.

—Si hubiera sido una aventura o un enamoramiento pasajero sin más, quizá habría podido cerrar los ojos, mirar a otro lado, no sé. Pero engendrar una hija con ella es distinto, ¿no crees? Es un vínculo difícil de romper —murmuró con voz dolida. Encarna se acercó a ella y le apretó el brazo con un gesto compasivo. María suspiró y, con tono resuelto, agregó—: Ya basta, no quiero hablar más de tristezas, que suficientes he tenido. Ahora solo quiero mirar adelante. Tengo cincuenta años, una salud de hierro que ya quisiera Gregorio para sí y más vitalidad que otras mujeres mucho más jóvenes que yo.

Se quedaron en silencio las dos, cada una perdida en el hilo de sus pensamientos. A Encarna se le ocurrió pensar en lo bien que le vendría a Eusebio enamorarse de otra mujer y, tal vez, tener otro hijo. Le haría feliz, estaba segura. Y a ella también. No tendrían más remedio que separarse, claro está. Esas cosas están a la orden del día, ya se sabe. Y a los hombres se les perdonan esas faltas más fácilmente. Nadie le podría reprochar que se separaran y ella sería libre para continuar con su vida.

Oyeron las voces de los hombres en el salón. La discusión había subido de tono, como ocurría cada vez que surgía el tema de Unamuno, al que Primo de Rivera había despojado de su cátedra y había mandado al exilio de Fuerteventura en castigo por su continua y feroz denuncia de la tiranía del dictador. En los ambientes intelectuales y universitarios estaban todos indignados, no había tertulia en la que no saliera el asunto a relucir porque siempre había alguien que traía noticias de don Miguel. «Al parecer, está escribiendo mucho y, por lo que cuenta, hasta en sus versos arremete contra el dictador», oyó que decía uno. Encarna distinguió la voz de Eusebio, sonaba como si declamara algo. Hubo un instante de silencio y, enseguida, un estallido de risas masculinas.

Ya estaba su marido con sus payasadas. ¡Cómo le gustaba ser el centro de atención en las reuniones!

—Si puedo serte de ayuda en algo, dímelo, Mariola.

—Te lo agradezco de corazón, querida, pero no te preocupes, la vida sigue, ¡la función debe continuar! Por eso te digo que no te encierres en casa, que salgas, te relaciones y cultives tus aficiones. Y no dejes de escribir, porque puede que encuentres otros diarios o revistas interesados en tus artículos.

—¿Tú crees? Porque a mí nada me gustaría más que eso, dedicarme a escribir y ganarme la vida con ello. Yo no sé hacer gran cosa, ni siquiera se me da bien llevar una casa, pero me he dado cuenta de algo: cuando me pongo delante de un papel, mi mano escribe al dictado de mis pensamientos con la misma naturalidad con la que respiro. Gustará más o menos, pero sé que lo puedo hacer. Lo siento en mi corazón.

María de la O le sonrió con cariño.

—Pues si lo sientes así, así tendrás que hacerlo, Encarna.

Fue como si le quitaran un gran peso de encima. De pronto comprendió que necesitaba oír esas palabras de aliento en boca de alguien como Mariola, a quien respetaba tanto. En casa no tenía a nadie con quien hablar de sus inquietudes, no la entenderían. Con Eusebio ya ni lo intentaba, era imposible. ¡Con lo que le había molestado que escribiera para *La Prensa*! Enseguida se ponía a la defensiva y solo veía pegas en cualquier idea que ella tuviese.

—¿Verdad que sí? —Quería oírlo otra vez, muchas veces más. Mariola asintió y ella notó una cálida emoción agarrada al pecho. Las palabras le salieron atropelladas—: Eso pienso yo también.

Encarna hizo hueco en la bandeja para el azucarero. Ya no quedaba nada más por recoger.

—Hazlo, ¿quién te lo impide?

Encarna suspiró, risueña. Nadie; nadie se lo impedía. Tenía que acostumbrarse a decidir por su cuenta, a seguir el rastro de su instinto, que no solía equivocarse. Por eso había vuelto a la sede que la Sociedad Teosófica tenía en Madrid y, esta vez, se había inscrito formalmente como miembro. Allí se sentía acompañada en su afán de entender el sentido de la vida y la existencia del universo, porque todas esas personas compartían, al igual que ella, la búsqueda de la sabiduría divina, esa necesidad de indagar en la verdad de todas las cosas, de lo visible y de lo invisible a los ojos, de lo que estaba dentro de cada uno y de lo que los unía a los demás para formar parte del Todo, más allá de religiones, creencias y filosofías.

En ese momento apareció la criada para llevarse la bandeja. La había mandado la señora Baeza a decirles que la excusaran unos minutos, había ido a dar las buenas noches a sus hijos.

Encarna aguardó a que la criada se marchara para decir:

—También quisiera encontrar algún modo de ayudar y servir a los demás, lo que sea. ¿Tú sabrías de algo?

María de la O se acercó al perchero y cogió su pelliza.

—Ahora mismo, no se me ocurre… —murmuró pensativa, poniéndose el abrigo.

—No tiene que ser ahora mismo. Te lo digo por si acaso, como tú conoces a tanta gente en Madrid…

—Espera, que tal vez sí que haya algo. —La miró con un brillo alegre en los ojos—. Déjame indagar un poco y en unos días te cuento lo que sea. Despídete por mí de Marieta, dile que no podía quedarme más. Ella lo entenderá. Donde hay confianza…

4

—¿Has terminado ya? —le preguntó, impaciente, María Lejárraga por segunda vez, asomando la cabeza por la puerta del despacho.

—Ahora sí, hermosa. Recojo estos documentos y salgo —respondió Encarna.

Mariola no había tardado ni tres días en encontrarle una ocupación a la que dedicar su tiempo. Se presentó una mañana ante la puerta de su casa y, enganchándola del brazo, la condujo a la recién creada Asociación de Mujeres Amigas de los Ciegos de la cual era presidenta honoraria. «Necesitamos una secretaria que se encargue de los papeles y de organizar las actividades que ofrecemos a las personas ciegas que acuden a nosotras, y le he asegurado a Aurora, la directora, que nadie con mejor predisposición que tú para hacerlo», le dijo poco antes de llegar a la asociación, ubicada en un local de la calle Fuencarral cedido por una benefactora.

—Pero yo no sé nada de ciegos…

—Ni falta que hace para ese puesto. Y lo que necesites saber, ya lo aprenderás.

La directora le explicó que, como eran una asociación muy joven, todavía contaban con pocas señoras dispuestas a echar una mano, pero ya vendrían, no tenía ninguna duda. Lo más urgente era darse a conocer entre la gente del barrio y, de esa forma, llegar a todo aquel invidente que precisara ayuda. Así que, para empezar, les bastaba con que Encarna acudiera dos tardes a la semana. Eso sí, no podrían pagarle nada. Al ser una asociación benéfica, todo el dinero que recibían de donaciones y cuotas se destinaba a cubrir las necesidades de los ciegos y sus familias, que eran muchas.

—¡Faltaría más! No lo hago por dinero, me basta con poder ayudar y sentirme útil.

—Entonces, bienvenida. —Aurora le tendió la mano a modo de saludo. Luego se giró y le señaló una sencilla mesa arrinconada contra una pared—. Nos tendremos que organizar las dos aquí dentro, porque, como ves, no nos sobra el espacio.

En ese austero despacho fue donde la encontró Mariola esa tarde, cuando acudió a recogerla para ir juntas a la conferencia de Zenobia. Al salir de allí, cruzaron la plaza de Santa Bárbara, subieron por la calle Almagro hasta Fortuny y al llegar al número 53, se adentraron en el jardín que rodeaba el palacete de la Residencia de Señoritas.

Nada más poner el pie en el amplio vestíbulo, Encarna entendió lo que quería decir su amiga cuando le habló del ambiente que reinaba allí dentro.

—¿Habías estado aquí antes, Encarna? —le preguntó Zenobia, que había acudido a recibirlas junto con María de Maeztu, la directora.

Encarna dijo que no con un leve movimiento de cabeza. Hasta entonces, su vida había transcurrido entre personas y lugares muy alejados de ese vibrante mundo académico femenino que apenas ahora empezaba a desvelarse ante ella con el brillo de la juventud. Contempló admirada el animado trasiego de las estudiantes por los pasillos de la Residencia. Jóvenes de aspecto y maneras «modernas» —pasaron por delante de ellas con sus melenas cortitas, vestimentas rectas y ligeras, los gestos desenvueltos, la risa fácil—, preparándose para un futuro esperanzador. Eso era lo que se respiraba allí: ilusión. Una ilusión de la cual Encarna se contagió también y, mirara adonde mirara, ahí estaba: en el caminar grácil de las chicas que venían de jugar al tenis, en el vuelo de las batas blancas de las que regresaban del laboratorio de química o en el parloteo de las estudiantes que entraban y salían.

Al llegar al distribuidor principal, Zenobia y la Lejárraga la dejaron a cargo de doña María, que le iba a hacer una breve visita por el edificio mientras ellas preparaban lo necesario para la conferencia en la biblioteca. Las esperarían allí.

—Este de aquí es el salón en el que cada tarde, a las cinco en punto, tomamos el té y conversamos todas juntas, profesoras y residentes —le dijo, invitándola a entrar.

La sala estaba casi vacía. Solo había dos señoritas que hojeaban juntas una revista, acomodadas con languidez en el sofá. Un poco más allá, un grupito de muchachas se apelotonaban alrededor de la mesa que solían utilizar para jugar a los naipes u otros juegos, le contó doña María. Porque no todo debía ser estudio, también había tiempo para cultivar otros intereses como la lectura, el teatro, la actividad física o las salidas a la montaña, que contribuían a reforzar los lazos de comunidad y ayuda mutua entre las alumnas. La directora se interrumpió al ver entrar a una de sus colaboradoras, que llegó hasta ella con gesto apremiante y le entregó un papel que doña María leyó de un vistazo.

—Discúlpeme un minuto, debo responder de inmediato —se excusó antes de alejarse unos pasos hasta el aparador más cercano.

Encarna se dedicó a deambular por la estancia movida por la curiosidad. Pasó junto al piano de madera de ébano pegado a la pared y continuó hasta un pequeño buró colocado junto a la ventana sobre el que reposaban varias revistas femeninas y literarias. La invadió una agradable sensación de familiaridad, como si esa escena ya la hubiera vivido antes, quizá en alguno de sus sueños. Oyó un leve revuelo entre las muchachas reunidas en torno a la mesa y, al aproximarse, descubrió la presencia de una señora sentada entre ellas cuyas palabras escuchaban en ávido silencio.

—Tu escritura es suave y regular, Emilia. Si te fijas, las letras son de tamaño medio y cargan hacia la derecha, todo lo cual refleja una personalidad sensible, expansiva y sociable —la oyó explicar con voz melodiosa.

Encarna se asomó por entre las cabezas juveniles con curiosidad y observó a la mujer inclinada sobre una gran lupa que sostenía delante de sus ojos. Le llamó la atención el esmerado recogido de su cabello en dos gruesas trenzas unidas en la coronilla, a modo de diadema. Le recordaba a los peinados de las esculturas femeninas de la Grecia clásica.

—Pero entonces, ¿aprobaré mis exámenes? —inquirió una joven con voz trémula.

La mujer apartó la lente y le dedicó una mirada severa no exenta de un leve brillo irónico.

—Eso no lo puedo saber, querida mía. La grafología es una ciencia seria, no el oráculo de Delfos. Lo único que te puedo decir es que eres una persona perseverante y ordenada, dotada de la inteligencia necesaria para superar con éxito cualquier cosa que te propongas. Y esto no lo dice la grafología, te lo digo yo —concluyó, devolviéndole el escrito.

Encarna asistió perpleja al griterío desatado entre las jóvenes que competían por ser las siguientes.

—Ah, parece que hoy han sustituido la partida de tute por el consultorio grafológico... —oyó murmurar a la directora, que había aparecido de repente a su lado.

—¿Quién es esa señora? —la interrogó Encarna discretamente.

—Es Matilde Ras, una conocida grafóloga que nos visita de vez en cuando. Siempre que aparece por aquí, las alumnas la persiguen por los pasillos para que les analice su escritura. Y ya ve el alboroto que arman a su alrededor —dijo antes de poner orden con dos sonoras palmadas que aplacaron de golpe el bullicio.

La grafóloga alzó la vista sobresaltada y sonrió al verlas.

—Ah, doña María. No la había visto llegar, disculpe.

—No sabía que estaría aquí hoy, me alegro de verla.

—He aprovechado que venía a la conferencia para traer un par de ejemplares de mi libro de grafología a dos de sus alumnas que me lo habían pedido. Y, como suele ocurrir, nos hemos entretenido un poquito más de la cuenta, pero ya hemos terminado, ¿verdad? —inquirió mirando a las chicas a su alrededor, que se apartaron con un gesto de decepción. Mirando de nuevo a la directora, añadió—: Espero que no le haya molestado.

—No, por favor. Le estaba diciendo a la señora Aragoneses que es usted siempre bienvenida, Matilde. —Sus miradas se cruzaron saludándose con un leve movimiento de la cabeza, mientras doña María continuaba diciendo—: Y a la vista de tanto interés, se me ocurre que quizá podría deleitarnos más adelante con una conferencia sobre sus conocimientos en grafología.

—Me encantaría, pero tendrá que ser ya a la vuelta de mi estancia en París. La Junta de Ampliación de Estudios me ha concedido una nueva beca para cursar un año de la especialidad de Criminalística en la Escuela de Grafología. Salgo de viaje justo después de las Navidades —anunció sonriente.

—Vaya… Enhorabuena, entonces. En ese caso, ya hablaremos a su regreso. Así nos podrá contar cómo ha sido su estancia en la capital francesa —dijo la directora. Y antes de darse media vuelta, advirtió a las allí presentes—: Señoritas, recuerden que la conferencia de la señora Camprubí comenzará en breve, espero verlas allí.

Cuando entraron en la biblioteca, estaba todo prácticamente dispuesto para que diera inicio el acto. Habían colocado un atril elevado sobre un cajón de madera y varias filas de sillas delante para el público. Mientras llegaban los asistentes, Encarna se acercó con curiosidad al panel-vitrina colgado de la pared donde figuraba la programación de actividades culturales para el trimestre: había visitas a museos, excursiones al campo, sesiones de cine y un listado de conferencias a cual más interesante. La siguiente, fijada a mediados de diciembre, la impartiría una poeta y pedagoga chilena llamada Gabriela Mistral, que leería sus poemas. Una semana más tarde, la conocida periodista Carmen de Burgos ofrecería una charla sobre los derechos de la mujer española. Las dos le interesaban, pensó, memorizando ambas fechas.

La sala estaba casi llena cuando fue a reunirse con Carmen Baroja y María Lejárraga en los asientos de la primera fila, donde le habían reservado un sitio. Esta última aprovechó su llegada para ir al aseo antes de que diera comienzo la conferencia.

—Ya está a punto de empezar —le advirtió Carmen en voz baja—, ¡qué nervios!

Encarna asintió, observando a la gente que tenía alrededor. La mayoría eran señoritas de la Residencia, una veintena de señoras y un puñado de caballeros mayores (ninguno de ellos era don Juan Ramón, a quien no le gustaban ese tipo de eventos, ni aunque los protagonizara su mujer) a los que las muchachas saludaban con deferencia. En ese momento se produjo un pequeño revuelo junto a la puerta de entrada y Encarna se giró con curiosidad. El motivo era la llegada de dos mujeres a las que muchas residentes parecían conocer. Una de ellas, la de aspecto más joven, de tez aceitunada y rasgos muy marcados, avanzó por el lateral con gesto serio, examinando la sala en busca de dos asientos libres.

—¿Quiénes son? —le preguntó a Carmen, que también se había vuelto a mirarlas.

—La morena es Victoria Kent, la protegida de doña María —dijo en un tono que a Encarna le sonó un tanto despectivo—. Es muy popular entre las alumnas porque ha sido la primera señorita residente que se ha licenciado en Derecho en la universidad. Claro que eso no quita para que tenga fama de arrogante entre algunas señoras que no la miran con buenos ojos. Su acompañante es Julia de Meabe, la coordinadora de actividades de la Residencia. Se quedó viuda hace un tiempo, con un hijo a su cargo, y por lo que he oído, le ha rentado un cuarto a Victoria en su casa. —Carmen bajó la voz y le susurró al oído—: Hay quien dice que tienen una amistad muy estrecha… Ya me entiendes.

—¿Qué quieres decir? ¿Te refieres a…?

No necesitó terminar la frase. El gesto de reprobación de Carmen lo decía todo. Encarna volvió la cabeza y las observó con disimulo mientras se acomodaban en sus asientos, varias filas por detrás. Las vio hablar entre ellas, ajenas a los cuchicheos que suscitaban a su alrededor.

—Es lo que se rumorea por ahí, aunque quién sabe —agregó Carmen.

—A la gente le gusta mucho hablar de lo que no le importa —murmuró Encarna, sin apartar la vista de ellas.

—Eso también es cierto. Yo lo siento, sobre todo, por Julia. Sinceramente, me cuesta creer que una mujer como ella, que ha estado casada varios años y es madre de un hijo, haya caído en... —se interrumpió sin atreverse a nombrar lo innombrable—. Ya sabes.

Encarna posó la vista en ella. Era una mujer que pasaba de la treintena, de rostro muy pálido y límpido, sin ningún artificio. Tenía la mirada serena y el gesto grave de quien ha sufrido y se ha levantado con dignidad inquebrantable. Le gustó sin siquiera conocerla. Y Victoria Kent, también. Por la actitud desafiante con la que reaccionaba ante quienes las observaban y la suavidad de los gestos que compartía con su amiga, le dio la impresión de que debía de ser una mujer fuerte, decidida, sin miedo a nada ni a nadie. Justo entonces, sus miradas se cruzaron por un instante. Encarna notó una súbita ola de rubor antes de girarse rápidamente, como si hubiera sido pillada en falta.

—Lo que quería decir —prosiguió Carmen, sin percatarse de nada— es que me extraña que una viuda respetable, con la vida ya hecha, de repente pueda sentirse atraída por una relación así de... inmoral.

Encarna no respondió y su amiga la miró, insistente:

—¿No te parece? Sería algo contra natura.

—Sí, supongo que sí —murmuró de nuevo, bajando la vista.

—Hay que guardarle un sitio a Marieta, que estará a punto de llegar —oyeron decir a la Lejárraga, que había vuelto a ocupar su asiento.

—Toma. —Carmen le pasó su abrigo—. Déjalo encima de la silla que tienes a tu lado, así no se sentará nadie.

Las voces se acallaron cuando María de Maeztu y Zenobia atravesaron la sala para situarse detrás del atril. Encarna admiró la serenidad con la que Zenobia contemplaba el pequeño auditorio congregado allí. Si estaba nerviosa, no lo mostraba en absoluto. Antes de empezar, la directora hizo ademán de hablar y la sala enmudeció. Pronunció unas breves palabras sobre una mujer que «no creo que precise demasiada presentación, puesto que, como bien saben, es colaboradora y amiga incondicional de esta casa desde hace tiempo. Hoy les sorprenderá descubrir otra faceta suya muy desconocida: la de traductora y experta en el gran escritor Rabindranath Tagore», anunció antes de cederle la palabra a Zenobia. Su voz sonó clara cuando comenzó a hablar del escritor, poeta, místico y filósofo bengalí, a quien empezó a traducir «gracias al que por aquel entonces era solo un amigo y poeta al que yo admiraba, Juan Ramón Jiménez. Él me convenció para que le ayudara a traducir el cuento *La luna nueva*, del escritor recién laureado con el Premio Nobel del que nadie antes había oído hablar en España. Así arrancó mi labor de traducción de ese y otros cuentos de Tagore que se han publicado después. Los dos, Juan Ramón y Tagore, representan para mí la esencia de la poesía, la expresión más sublime del alma y del universo, de la que yo solo soy una fiel traductora, rendida a la belleza de sus textos». Al finalizar, se produjo un gran silencio que rompió el aplauso entusiasmado del público en la sala.

Encarna nunca había asistido a una conferencia tan apasionante como la de Zenobia. Lo único que deseaba era salir corriendo a comprar todos los cuentos de Rabindranath Tagore y empezar a leerlos cuanto antes para deleitarse en las poéticas imágenes descritas por la traductora.

—¡Menos mal que no se le daba bien hablar en público! —se rio Marieta, que había llegado a mitad de la conferencia.

—¡Como si no la conociéramos! —exclamó Carmen, sonriente, mientras se levantaba de su asiento.

Un puñado de chicas habían rodeado a Zenobia y la estaban acribillando a preguntas. Tendría que ir a rescatarla de ese enjambre humano.

María Lejárraga, por su parte, dejó vagar la mirada por los asistentes hasta detenerse en su amiga Asita de Madariaga. La vio acompañada de su hermana Pilar, la más pequeña de todos y, al parecer, aventajada estudiante de Química en la universidad; iba con ellas su hermano Salvador, a quien le sorprendió encontrar allí. Por lo que sabía, se había mudado a vivir a Ginebra, después de que le ofrecieran un puesto de asesor en la Sociedad de Naciones.

—Acabo de ver a unos amigos a los que quiero saludar... No os vayáis sin mí, enseguida vuelvo —dijo antes de desaparecer de su vista.

También Marieta se alejó un momento para saludar a otra conocida suya, y Encarna aprovechó para contemplar el bullicio de la sala. En la última fila divisó a Matilde Ras junto a una joven residente, que la miraba atenta y admirada mientras la grafóloga le dedicaba un libro. Observó su figura menuda, las maneras afectuosas y delicadas con las que le devolvía el ejemplar y la pluma antes de despedirse. Encarna avanzó hacia ella con la intención de presentarse, pero a mitad de camino vio cómo la abordaba un matrimonio mayor. Se detuvo, indecisa, debatiéndose entre continuar o darse media vuelta. Al ver que se despedían, resolvió acercarse.

—Disculpe... —Matilde Ras se volvió a mirarla con un brillo de curiosidad en sus ojos oscuros—. Perdone que la aborde de esta forma, la he visto a usted en la salita de té con las señoritas, yo estaba con doña María. —La señora asintió, sonriente. La había reconocido, sí—. Me ha parecido fascinante lo que hace, analizar el carácter de las personas a través de su escritura…

—¡Ah, gracias! A mí también me lo parece, es un poco como descifrar jeroglíficos… Aunque debo advertirle que aquello no era un verdadero análisis grafológico, sino más bien… juegos malabares, por así decirlo.

—¿Quiere decir que no es verdad lo que le ha explicado a la muchacha?

—¡Por supuesto que sí! Todo lo que le he contado es cierto —replicó casi ofendida—. Me refería más bien a que era un análisis somero de su escritura. En otros trabajos, ya sean de tipo jurídico o patológico, se necesita un examen más profundo y concienzudo.

—A mí me ha parecido muy interesante cuanto ha dicho. Y creo que a las señoritas que estaban allí, también.

—A todos nos gusta que nos hablen de nosotros mismos y nos descubran aspectos de nuestra personalidad que, aparentemente, desconocemos.

—¿También los defectos?

Matilde Ras se echó a reír.

—Eso nos gusta menos, tiene usted razón. Aunque a más de uno le iría mejor si se aplicara la máxima griega de «conócete a ti mismo», se evitaría muchos bochornos y sinsabores.

—Pero usted tendría menos trabajo…

La grafóloga se volvió a reír con una carcajada divertida. Sus ojos se clavaron en Encarna con simpatía.

—¿Quiere que le analice su letra?

Esbozó una tímida sonrisa de aceptación.

—¿No le importa?

—Claro que no, pero necesitaré que me muestre su firma.

Ella hurgó dentro de su bolso en busca de la libretita de notas que siempre llevaba consigo. La abrió por una hoja cualquiera y, apoyada en el asiento de una silla, garabateó su nombre.

Matilde cogió el papel y lo examinó con atención, bajo la expectante mirada de Encarna.

—«Encarnación Aragoneses...» —leyó, silabeando despacio. Levantó la vista y la miró sin un parpadeo, como si quisiera confrontar la grafía con la mujer que tenía delante. Luego acercó la lupa al papel y agregó—: Tiene usted una letra muy clara, natural, sin ornamentos ni elementos rebuscados, ni siquiera en la rúbrica, lo cual no es muy frecuente. Muestra confianza y un carácter generoso. Los trazos de las letras son sencillos, limpios, con poca inclinación, aunque las mayúsculas exceden la proporción respecto a las minúsculas. En conjunto, su caligrafía refleja a una persona intuitiva, creativa, bastante introvertida y sensible, con mucha imaginación. —Alzó la vista y la observó con gesto intrigado—. ¿Se dedica usted a algún tipo de actividad artística?

Antes de que pudiera responder, apareció a su lado una señora oronda y de sonrisa explosiva que se enganchó del brazo de Matilde con desparpajo.

—¡Virgen santa, lo que me ha costado escaparme de esa mujer! Cualquiera diría que tiene un loro metido en la garganta, loado sea Dios —se quejó aventando con fuerza el abanico delante de su cara congestionada—. Debemos marcharnos de inmediato, Matilde, tenemos el coche fuera esperándonos.

—Dame un segundo, que ya termino —dijo. Dobló el papel que tenía en sus manos y se lo devolvió—. Lamento no poder extenderme más, tal vez en otra ocasión.

—¡Claro! Faltaría más.

—Ha sido un placer, señora Aragoneses.

—Lo mismo digo. Le agradezco su interés, señorita Ras,

me ha encantado conocerla —dijo mirándola a los ojos—. Confío en que volvamos a coincidir, tal vez a la vuelta de su estancia en París, quién sabe. Estaré pendiente para no perderme su conferencia, si es que finalmente la imparte.

—¡Se ve que no conoce usted bien a doña María! —replicó alejándose.

5

Cuando por fin abandonaron el edificio de la Residencia, hacía rato que había anochecido y una ligera neblina difuminaba la calle escasamente iluminada. Las personas que habían asistido al acto se fueron dispersando, unas a pie, otras a bordo del automóvil que las aguardaba junto a la acera y algunas más, entre las que se encontraban ellas, se detuvieron junto a la puerta enrejada, esperando que pasara algún autotaxi. Encarna se abrochó el abrigo hasta el cuello, debatiéndose entre quedarse o despedirse de sus amigas y volver andando a su casa.

—¡Allí viene uno! —exclamó Mariola, que se apresuró a asomarse a la calzada con el brazo levantado. A un par de metros vio a otra señora que le hacía señas al mismo coche con su paraguas en alto, y le espetó—: Disculpe, pero lo he visto yo primero.

—Eso lo dirá usted. Nosotras estábamos aquí antes de que ustedes llegaran, ¿verdad, Teresa? —La amiga que la acompañaba le dio la razón muy vehemente.

En cuanto el vehículo se detuvo junto a la acera, Carmen corrió a abrir la portezuela, al tiempo que la señora del paraguas intentaba meterse dentro.

—¡Oiga! ¡Que el coche se ha parado delante de nosotras! —protestó Mariola airada, tirando de ella—. Corred, adentro.

Antes de que pudieran darse cuenta, la señora del paraguas se había acomodado en el asiento al lado de Carmen, y le hacía señas a su amiga de que entrara también.

—Señoras, como mucho puedo llevar a cinco, no caben más —oyeron decir al conductor.

Encarna observó los movimientos de sus amigas sin moverse de la acera. Mariola se había colocado a modo de barrera delante de la portezuela para impedir el paso a la amiga de la «asaltante».

—Encarna, ven, sube tú también —la llamó Zenobia, con un pie ya dentro.

—No, id vosotras. Yo vivo muy cerca de aquí y casi prefiero caminar. Así cabéis todas.

Mariola insistió, cómo iba a marcharse ella sola, con el frío que hacía, pero no logró convencerla. Su calle estaba a menos de diez minutos de la Residencia, no merecía la pena.

Siguió el rastro del coche hasta que desapareció de su vista devorado por la oscuridad y echó a andar. No había mentido cuando le dijo a Mariola que le apetecía caminar. Necesitaba ese rato a solas consigo misma para disfrutar de la sensación de plenitud y efervescencia que la embargaba al pensar en todas esas mujeres interesantes hablando de cosas interesantes, de poesía, de literatura, del amor, el sentido de la vida y la espiritualidad. Eso era lo que había estado buscando toda su vida sin saberlo siquiera, mujeres así, como ella, con las que hablar de temas que no fueran la crianza de los niños, los bordados o los vestidos. Resulta que no era ella sola, que no era un bicho raro, siempre ensimismada en sus sueños y fantasías, siempre insatisfecha; había muchas otras que sentían esa misma inquietud, ¡y allí estaban todas!

Llegó a la calle Caracas y subió despacio las escaleras de su edificio. En el último tramo antes de alcanzar el rellano, la puerta de su casa se abrió y vio salir a Luis corriendo a su encuentro. Traía el rostro pálido y desencajado, como si acabara de presenciar una desgracia.

—Madre, ¿dónde estabas? ¿Adónde has ido? ¡Tienes que venir corriendo!

Encarna apresuró el paso, alarmada. Por un instante le vino a la cabeza una escena similar muchos años atrás. Tenía ella quince años cuando llegó a casa y su madre salió a recibirla descompuesta por el llanto y el dolor, se colgó de su brazo y entre sollozos le dijo que su padre estaba muy enfermo, que lo habían traído desmayado de la calle, que habían llamado al doctor y el doctor no venía, que dónde se había metido, que debería haber estado allí a su lado. Ella se quedó en el sitio paralizada, lívida de espanto, ¿cómo podía ser? Unos días atrás había soñado que su padre caía muerto en mitad de la calle y ella lo veía desde el balcón de su casa y quería avisarle pero no la oía, nadie la oía por más que gritaba y no podía hacer nada. Y, de pronto, eso que soñó había ocurrido. Le había fallado el corazón, dictaminó después el médico. Y entonces se sintió culpable, debería haberle avisado, haberle dicho que no saliera a la calle, que no se moviera de casa por si le ocurría algo. Pero ¿de qué habría servido? Ella solo tenía quince años. Pensó que si lo había soñado, es que el destino ya estaba escrito.

Su hijo la enganchó del brazo y tiró de ella, apremiándola a entrar.

—¿Por qué? ¿Qué ha pasado? —le interrogó con el corazón encogido—. ¿Tú estás bien? ¡No me asustes, Luis, por Dios te lo pido!

—¡No soy yo, es padre! Se ha metido en su despacho y ha empezado a arrancar las hojas de los libros, y le he dicho que no lo hiciera, pero no me hacía caso y ya no sabía qué hacer...

Encarna dejó el bolso, se quitó el abrigo y fue directa al despacho de su marido. Lo encontró en el suelo presa de una extraña agitación que le tensaba los rasgos hasta deformarlos. Tenía un aspecto deplorable, sentado en medio de un círculo de hojas desperdigadas a su alrededor, con la camisa sucia y medio desabrochada, los faldones colgando fuera del pantalón, los pies descalzos de un blanco lechoso.

—Eusebio, por el amor hermoso, ¿qué haces? —Se acercó a él.

—¡Encarna! —Él levantó la vista y la miró fijamente con los ojos muy abiertos, como si le costara ubicarla—. ¡Estás aquí!

—Sí, pero ¿qué te ocurre? ¿Qué haces ahí sentado?

—Es que tengo tantas ideas en la cabeza que necesito papeles donde apuntarlas y que no se me olviden para convertirlas en obras de teatro o novela, eso ya lo veré, ahora no es lo importante, ahora lo importante es escribir, escribir, escribir, escribirlo todo antes de que vuelen y se me escapen, ¿sabes?, y para eso necesito papel, muchísimo, porque, una vez que empiece, tengo la sensación de que ya no podré parar...

Hablaba muy rápido, encadenando las palabras, como si su voz no pudiera seguir el ritmo de los pensamientos que se atropellaban en su mente. Sus manos se movían frenéticas, arrancaban las hojas del libro casi a espasmos y las lanzaba de cualquier modo.

Ella no se asustó, ya le había ocurrido otras veces, aunque hacía tiempo que no lo veía tan nervioso. La última vez que sufrió un episodio así fue cuando Eduardo y él organizaron la función de teatro para amigos y familiares en Santa Cruz, la primavera anterior. Eusebio pasó unos días muy exaltado, en parte por los nervios de la obra, en parte porque apenas dormía, y no había quien lo aguantara. Una vez terminó todo, se encerró en su dormitorio, se acostó en la cama y permaneció así tumbado, mustio como una planta agostada, sin ganas de nada. Al cabo de una semana, una mañana se levantó de repente, como si no hubiera pasado nada.

Encarna se arrodilló a su lado y le habló con suavidad:

—Eusebio, no puedes utilizar estas hojas, no se distinguiría bien tu letra. Te confundirá más que otra cosa.

Él siguió rasgando las hojas en silencio, como si no la hubiera escuchado. De pronto paró y la miró con gesto orgulloso, como si hubiera dicho una ridiculez.

—No voy a escribir sobre el texto, sino en los márgenes, Encarna. No soy tonto.

—¿Qué necesidad tienes de hacer eso? —dijo ella, que empezó a recopilar las hojas del libro desperdigadas por el suelo—. Yo te daré todo el papel que quieras, pero deja de arrancar más hojas, haz el favor.

—Pero es que necesito sacármelas de la cabeza, porque todas las historias las tengo almacenadas aquí dentro, ¿sabes? —Se señaló la sien y se dio unos golpecitos con el dedo—. Y cuando termine de transcribirlas, ya verás: se pelearán por mis obras, todos querrán que escriba para ellos, teatro, novela, poesía, columnas para los diarios... ¡lo que sea!

Encarna fue a su cuarto, sacó un buen montón de cuartillas del cajón de su secreter y volvió al despacho con ellas. Se las puso delante a Eusebio, agitándolas delante de sus ojos.

—Mira, ¿esto es lo que quieres? Aquí tienes mucho más espacio para escribir que en esas hojas. Cógelas, tengo más. Y Luis también tiene papel que te puede dar, ¿verdad, Luis?

Su hijo asintió con la cabeza cuando los ojos de su padre se clavaron inquisitivos en él. Había estado todo ese tiempo allí de pie, en el umbral de la puerta, sin atreverse a entrar, observando la escena con gesto de aprensión.

—Tengo un paquete entero de cuartillas, si lo quieres —le dijo.

—Sí, tráeselo, hijo —le pidió Encarna, que aprovechó para quitarle el libro abierto sobre el regazo y, cerrándolo, lo apartó de su vista.

Eusebio se levantó de un salto y se puso a ordenar los papeles amontonados en su escritorio. Dijo que se iba a sentar a escribir, que ya estaba listo, que no le molestaran hasta que él les avisara de que había terminado.

—¿No quieres cenar? Le dije a Rosa que dejara preparada una sopa de ajo antes de irse.

—No, nada de comer. No es bueno para el proceso de creación, me da sueño. Lo último que quiero ahora es dormir. Solo quiero café. Mucho café. —Alzó la cabeza y casi gritó—: ¿Me has oído, Encarna? ¡Traedme café! —Luego volvió a su tarea, y con un aleteo despectivo de la mano, los despachó—: Y cerrad la puerta al salir, necesito silencio. Silencio absoluto.

Madre e hijo se retiraron a cenar a la cocina. Rosa había dejado encima de los fogones una cacerola con caldo de patatas y berza que puso a calentar mientras Luis preparaba la mesa sumido en un silencio enfurruñado.

—¿Dónde estabas? ¿Adónde te has ido toda la tarde? ¡Deberías haber estado en casa para ocuparte de padre! —le recriminó cuando ya no pudo aguantarse más.

—He estado en la asociación de Amigas de los Ciegos en la que colaboro, ya os lo conté —respondió en voz baja—. Voy dos tardes a la semana a ayudar y, al salir, María Lejárraga me ha recogido para asistir a una conferencia en la Residencia de Señoritas. Es lo único que he hecho.

—Pues deberías habernos avisado, porque ya era tarde y yo no sabía dónde estabas, ni dónde buscarte, ni a quién acudir y no sabía qué hacer y...

«Y te has asustado mucho», pensó Encarna. Se sintió culpable al imaginar el mal rato que debía de haber pasado su hijo al ver así a su padre. Rosa se había marchado sobre las seis de la tarde y él estudiaba en su cuarto cuando comenzó a oír ruidos: muebles arrastrados por el suelo, golpes secos, un cristal roto al caer. Saltó de su silla alarmado y corrió al despacho, donde halló a Eusebio de pie encima de una silla. Sostenía sobre la palma de una mano un libro abierto y con la otra pasaba las páginas con tanto apremio, tanta ansia, que algunas se rasgaban.

—Te prometo que no volverá a ocurrir. —Le acarició la mejilla con ternura, arrepentida de haber sido tan egoísta. No debería haber ido a la conferencia, debería haber vuelto directa a casa al salir de la asociación como hacían el resto de las señoras, que corrían a ocuparse de su familia, eso era lo que debería haber hecho—. Voy a marcar en un calendario los días que tengo ocupaciones fuera de casa para que estés tranquilo, ¿te parece bien?

Luis asintió con la cabeza. Ella lo besó en la frente.

—Ahora, siéntate a la mesa, que la sopa ya está caliente.

Encarna cogió un cuenco y lo llenó con una ración generosa para su hijo. Luego sirvió medio cazo en su plato, por acompañarle en la mesa. Si no fuera por eso, ni siquiera cenaría. Se le había quitado todo el apetito que traía. Se notaba el estómago algo revuelto, como si se le hubiera indigestado de repente algo de lo poco que había merendado.

Los dos se sentaron a cenar en silencio. Luis llenó la sopa de trozos de pan y se lanzó a comer con ansia. Se metía una cucharada tras otra en la boca, casi sin respirar, como si quisiera ahogar lo ocurrido. Encarna no se lo recriminó. Desde la muerte de Bolín, Luis se había vuelto muy aprensivo con todo lo que tuviera que ver con la enfermedad. Le asustaba la visión de la sangre, el dolor; cualquier síntoma de malestar se convertía a sus ojos en la antesala de una enfermedad casi incurable o incluso mortal, que podía llevarse por delante a sus seres queridos, por muy sanos que parecieran.

—No quiero que te preocupes por tu padre, Luis. Pronto estará bien, esto es algo pasajero, ya verás. Es solo que, a veces, padece de los nervios, igual que le pasaba a su padre, tu abuelo, pero no es nada grave. Es como cuando tú te pones nervioso la víspera de los exámenes y no quieres que nadie te moleste.

—Pero él no tiene exámenes.

No, exámenes no tenía. Pero desde que lo conocía, Eusebio libraba una dura lucha interior entre las obligaciones militares a las que se debía y su verdadera vocación, la literatura, a la que le habría gustado dedicarse en cuerpo y alma si su padre no le hubiera empujado a la carrera militar. «Porque dedicarse al teatro y a las letras puede que te parezca muy bonito, pero serás un muerto de hambre toda tu vida —le auguró don Eusebio, después de que su hijo le dijera que su vocación no estaba en las armas sino en las letras—. Si eso es lo que quieres, no cuentes con mi dinero para financiar esas mandangas». Por aquel entonces, Eusebio pensaba que la herencia de su padre bien merecía ese sacrificio por su parte, y claudicó. Unos años después, cuando don Eusebio falleció y se abrió el testamento, los tres hermanos descubrieron que el patrimonio había sido dilapidado hacía tiempo, que el caserío estaba hipotecado, las tierras vendidas y de capital quedaba poco más que para cubrir los gastos del entierro.

—Últimamente tiene obligaciones en el ministerio tan exigentes o más que tus exámenes.

Tras la cena, los dos se retiraron a sus cuartos sin apenas hacer ruido. Encarna se acercó a la puerta de Eusebio y arrimó la oreja a la madera. Durante un rato no oyó nada en su interior, pero al cabo escuchó una leve tosecilla y sonó el lento tecleo de la máquina de escribir. Respiró más tranquila; al menos, parecía calmado.

Despertó de madrugada, alertada por un golpeteo sordo, insistente, que se había colado por las rendijas de su sueño. «Es mi ángel, mi Bolín, que quiere que me despierte». Abrió los ojos en la oscuridad del cuarto, se incorporó y buscó la presencia del niño a su alrededor, a los pies de la cama, en la silla y también bajo la mesa, donde solía esconderse a dibujar cuando no quería que nadie lo encontrara, pero allí no había nadie, solo silencio y oscuridad. Entonces volvió a oírlo, un sonido lejano, amortiguado. Con la bata puesta, salió al pasillo y aguzó el oído. Parecía provenir del salón. Avanzó unos metros a oscuras. Comprobó que Luis dormía como un bendito, pero la puerta del despacho de Eusebio estaba abierta y al mirar dentro de su dormitorio, vio su cama sin deshacer. Volvió sobre sus pasos y se dirigió al salón.

El resplandor níveo de la luna entraba por el ventanal e iluminaba la estancia de una tenue luz que le ayudó a distinguir junto a la estantería la silueta de su marido. Estaba sacando los libros de los estantes; algunos los soltaba sobre una pila que tenía en el suelo, otros los lanzaba a la mesa del comedor sin ningún cuidado.

—Eusebio, ¿se puede saber qué haces?

Él le dedicó una mirada fugaz, sin interrumpir su tarea.

La luz lechosa iluminó el semblante alterado, de un blanco casi espectral.

—Busco el libro de Historia de España, el que utilicé en la primera parte de mi novela *Margerit*, ¿tú lo has visto? No sé dónde puede estar, no lo encuentro por ningún sitio. Es por el orden, están colocados a la buena de Dios y así es imposible —le oyó murmurar. De pronto se acercó a ella y la miró fijamente—. ¿Has sido tú? ¿Lo has guardado tú? Seguro que me lo has escondido para que no pueda terminar de escribir *Toleitola*...

—Yo no he escondido nada.

Encarna se sintió traspasada por sus ojos febriles, idos, que se precipitaron al escote abierto y de ahí resbalaron a lo largo de su cuerpo con lentitud lasciva. Ella se apresuró a cerrar la bata y cruzó los brazos bajo el pecho.

—Acuéstate, Eusebio, haz el favor. Mañana Luis y yo te ayudaremos a buscarlo.

Él movió la cabeza con energía, negándose.

—Ese libro está aquí, lo sé. Además, no tengo sueño, y aún me queda mucho por escribir... —Extendió la mano temblorosa hacia su rostro. La voz se suavizó, adquirió un tono gutural al hablar—: Ay, Encarna. Estás tan guapa... Pareces una joven vestal, una guardiana del fuego de los dioses.

—No sabes lo que dices, Eusebio. Necesitas descansar.

—... una diosa, una reina, mi reina... —siguió diciendo él. Y antes de que ella pudiera impedirlo, la agarró de los hombros y la estrechó contra sí, intentando besarla.

Su cuerpo se tensó al contacto con los labios de su marido. Hizo amago de quitárselo de encima, de apartarse de él, pero enseguida renunció: ¿qué le costaba a ella ceder a su deseo si eso le calmaba, le ayudaba a volver en sí? Si eso servía para evitarle más frustración, más sufrimiento a su mente agitada, lo haría. Así que se quedó inmóvil, lacia, y dejó que los labios húmedos de su marido recorrieran su rostro, su cuello, que sus manos amasaran sus pechos con tal frenesí que casi le dolía. La arrastró hasta el sofá, se tumbó sobre ella en un estado de excitación tan intenso, que le bastó con restregarse un poco contra su vientre para eyacular con un largo gemido.

Se le desplomó encima, exhausto. Encarna aguantó muy quieta unos segundos. La respiración agitada de Eusebio le retumbaba en el oído, la pesadez de su cuerpo la ahogaba. Se removió incómoda y él se dejó caer a un lado, liberándola. Ella se levantó del sofá y, dándole la espalda, se limpió como pudo con manos temblorosas.

—No he podido aguantarme… Hacía tanto tiempo… —le oyó murmurar—. Ven, túmbate a mi lado.

Sintió una opresión en el pecho y antes de que pudiera evitarlo, las lágrimas se deslizaron silenciosas por las mejillas.

—No, me voy a dormir —dijo sin mirarlo.

—Tú no me quieres —le oyó mascullar, agrio.

Ella no respondió, tenía un nudo en la garganta que le estrangulaba la voz.

—Me rehúyes, no eres cariñosa conmigo, nunca lo has sido. Parece que te corriera escarcha por las venas.

Encarna se limpió las lágrimas con la manga del camisón y le dijo en voz baja:

—Sabes que te quiero, pero no de esa manera, no como te gustaría.

—¿Como me gustaría? ¡Me gustaría que me quisieras como cualquier esposa quiere a su marido! ¡Eso me gustaría!

—Te quiero como al mejor amigo, ¿no es suficiente?

Él se quedó mirándola con ojos ausentes, como si se

hubiera desvanecido la fantasía que dominaba sus pensamientos.

—Vete, no te necesito —dijo al fin. Le dio la espalda y se volvió a la estantería como si no hubiera pasado nada—. Seguiré buscando ese libro...

—Aquí no lo vas a encontrar, Eusebio —le interrumpió ella, suavemente— y tampoco son horas de ponerse a buscar por toda la casa, vas a despertar a Luis.

—Aunque, ahora que lo pienso, fue en esa época cuando el rey Alfonso VI conquistó Toledo... —murmuró para sí, ignorándola.

Se quedó mirándolo, desfallecida por el cansancio. Le vino de pronto el recuerdo del joven serio y envarado vestido con el uniforme de teniente que se presentó de visita en su casa una tarde de 1904.

Su madre y ella vivían con estrecheces en el pequeño piso al que se habían mudado tras la repentina muerte de su padre unos años atrás, y apenas recibían a nadie. Eusebio dijo venir a presentarles sus respetos por expreso deseo de su padre, miembro de una rama de la familia a la que Encarna no había visto jamás hasta ese día. «Sí, hija, sí, el padre de este muchacho es Gorbea Urquijo; los dos somos de los Urquijo de Mendieta, una familia de buena estirpe», se apresuró a explicarle su madre, irguiéndose sobre su bastón ante el sobrino. Y con esas entró Eusebio en el recibidor, se quitó ceremonioso su gorra y la saludó con dos besos llamándola «prima».

Ella tenía diecisiete años, él veintidós y acababa de regresar de la guarnición militar en el norte de África, donde había pasado casi un año de servicio. Su madre le invitó a sentarse en la salita, sacó la botella de jerez que guardaba al fondo del aparador y un platito de callos que les habían sobrado del almuerzo para que comiera, porque lo veía demasiado delgado, debía alimentarse bien, «que vete a saber las penurias que habrás pasado por aquellas tierras». Eusebio cabeceó, dándole la razón muy serio, mientras intercambiaba una mirada divertida con Encarna. Entre cucharada y cucharada, se fue olvidando de su envaramiento y les habló entusiasmado de los agrestes paisajes rifeños, de las medinas laberínticas y bulliciosas en las que un extranjero podía perderse y no hallar la salida nunca jamás, y la imaginación de Encarna voló hacia allí embelesada.

Desde entonces, comenzó a visitarlas a menudo. Venía siempre con un libro bajo el brazo, porque pronto le confesó que lo que a él le gustaba de verdad eran las letras. Quería ser escritor, un escritor de renombre, para así demostrarle a su padre que se equivocaba, que el de literato era un oficio tan digno como el de militar. Y ella lo apoyaba, convencidísima: prefería el alma de un poeta a la gallardía del militar. «Pero ¿estás loca? —le gritaba su madre, escandalizada—. Deja de darle alas a esa tontería de las letras, que con eso no va a ninguna parte. Como deje el ejército, olvídate de él. ¡Solo nos faltaba!». ¡Pero si esa afición suya era lo que más le gustaba de Eusebio! Que le hablara de libros, que escuchara con verdadero interés sus opiniones y le aconsejara lecturas interesantes para ella. Le gustaba cómo la miraba y que le leyera sus poemas y sus cuentos como si le estuviera abriendo su corazón. Y ella creyó sentir lo mismo. Creyó que serían felices juntos, así que se casaron dos años después. Quizá si ella le hubiera animado a que dejara el ejército y se dedicara a las letras, habría sido todo distinto. Él no habría sufrido tanto, no habría tenido que retorcer una y otra vez su espíritu, quebrarse por dentro y envenenarse lentamente, solo por amoldarse al mundo.

—Eusebio, por favor. Vete a la cama, te va a dar algo si sigues así.

—Los sarracenos gobernaban la ciudad desde mucho antes, claro… —prosiguió él, como si no la oyera—. El espíritu de Rodrigo, el joven soldado cristiano, se reencarna en Elena y lo lleva a participar en una escaramuza entre moros y cristianos cerca del cauce del río… Sí, eso es… Tengo que escribirlo ahora mismo, me voy al despacho.

Pasó por delante de ella sin mirarla. Encarna suspiró rendida y volvió a su cuarto.

6

Cenaron los tres solos en la mesa de comedor a la tenue luz de los candelabros de plata, unos de los pocos objetos de su madre que había decidido conservar de la mudanza. Las doce campanadas sonaron en el reloj de pared y Encarna contuvo la respiración, la mirada fija en la trémula llama de la vela, atenta al preciso instante en que el viejo año alumbrara al nuevo. Aún no se había apagado el eco de la última campanada cuando los cristales del salón temblaron bajo el ruido de las tracas de petardos procedentes de la calle. Encarna y Luis corrieron al ventanal y, de repente, el cielo nocturno de Madrid se iluminó con una explosión de colores. La ciudad celebraba la entrada en 1925.

Miró el rostro de su hijo, las lucecitas de los fuegos artificiales se reflejaban en los vidrios de sus gafas, como en una verbena, y ella lo agarró de la mano.

—Cierra los ojos y pide un deseo, Luis.

Él lo hizo y ella también. Cerró los ojos, inspiró profundo y deseó con todas sus fuerzas que Eusebio se recuperara y volviera a ser el mismo de antes. No pedía más.

Echó la vista hacia la cabecera de la mesa donde seguía sentado su marido, comiéndose las uvas con expresión absorta. Lo había intentado, esas semanas atrás se había esforzado en crear un ambiente agradable y acogedor, en decorar la casa con bonitos adornos navideños que los ayudaran a olvidar las penas y a celebrar esas fiestas como una familia normal, con alegría, afecto y toda la esperanza del mundo, que tanto necesitaban. Pero ni siquiera así había conseguido que Eusebio saliera de su hermetismo y rompiera el silencio en el que se sumía con frecuencia, ya fuera en las comidas o en el rato de sobremesa que compartían en la salita, sentados junto a la chimenea, en el que ella solía sacar algún tema de conversación que a él le interesara o bien le leía alguna noticia o crítica teatral de las que se publicaban en el periódico. Él la escuchaba y solo a veces se decidía a comentar algo, como si eso le supusiera un enorme esfuerzo. En ese estado llevaba casi tres semanas, desde aquella tarde aciaga en que lo encontró en el suelo, desquiciado con la obsesión por la escritura.

Encarna contempló los ramilletes de luces convertidos en una lluvia de lágrimas que desaparecían en la noche y pensó en la fragilidad de sus vidas, expuestas a los designios ¿de qué?, ¿de quién? De un día para otro, sin previo aviso, recordó cómo su mundo se había puesto del revés al atravesar la puerta de su casa.

Cuatro días le había durado a su marido aquel estado de euforia creativa. Cuatro días en los que Encarna permaneció en la casa sin salir, pendiente en todo momento de él y de lo que pudiera ocurrir tras la puerta del despacho en el que se encerraba y no dejaba que entrara nadie. Aun así, ella se asomaba sin hacer ruido y comprobaba que estuviera bien. Nunca lo había visto así, tan agitado, tan fuera de sí. Y lo peor era que tampoco escribía nada coherente.

Sin embargo, en aquellos días, lo que más le preocupaba a Encarna era que apenas durmiera ni se alimentara, y que la falta de sueño empeorara su estado, que le provocara delirios o alucinaciones o incluso un colapso de todo el organismo, como le ocurrió a Evaristo, el hijo del notario amigo de su padre, que se derrumbó en plena calle con convulsiones tan fuertes que la gente no se atrevía ni a tocarlo. Decían que los ojos se le volvieron del revés y que le caía la baba por la boca, como un lelo. A su madre le impresionó mucho, parecía cosa del demonio, y eso que los padres eran de misa diaria, bien que lo sabía ella, que se los cruzaba a menudo en la iglesia. Después de aquello, un médico ordenó su ingreso en un manicomio, y cuando salió ya no era el mismo, parecía un muchacho frágil y tenso, como si estuviera en un estado de alerta permanente, incapaz de seguir una simple conversación. Al cabo del tiempo, Encarna se enteró de que había tenido otro ataque y lo habían vuelto a ingresar. Los padres se habían mudado de allí huyendo de las miradas acusadoras, de las murmuraciones a sus espaldas por el hijo enloquecido, un peligro para él y para todos, decían, porque con las cosas de la cabeza nunca se sabe. No volvió a saber más de él.

Lo de Eusebio era distinto, se repetía a sí misma. Era un problema de nervios y, en cierto modo (así lo creía ella), también de carácter: le faltaban arrestos y fortaleza para afrontar los desafíos de la vida; ante cualquier contratiempo, parecía que se le venía el mundo encima, era incapaz de soportarlo y eso le destrozaba por dentro. Puede que esta vez le hubiera afectado con más virulencia que otras, pero, aun así, no tenía nada que ver con el ataque de Evaristo.

—¿Y si no se recupera, madre? ¿O si va a peor? A lo mejor deberíamos llamar a un médico... —le decía Luis, preocupado. Lo primero que hacía al volver de clase era comprobar cómo seguía su padre.

Encarna se resistía. El doctor Ibarra se hallaba de viaje

y ella no confiaba en los médicos tradicionales; tenía la íntima convicción de que los remedios que aplicaban a los enfermos eran casi peores que la misma enfermedad. Casi nunca servían de gran cosa. Además, estaba segura de que Eusebio no accedería a que lo examinaran, no en ese estado de agitación y suspicacia.

—Vamos a esperar un par de días, a ver si se le pasa. Si vemos que empeora, llamaré a algún doctor. Pero tú no hables de esto con nadie, Luis. No quiero que se enteren en el ministerio, ni tampoco sus amigos. Nadie tiene por qué saberlo.

Al quinto día, la máquina de escribir enmudeció. Eusebio se levantó de su escritorio, se metió en la cama y durmió dos días seguidos. «Por fin, gracias a Dios», respiró Encarna, aliviada. Sintió como si se liberara de una gran presión en el pecho y el cuerpo no la sostuviera de lo blanda que se quedó. Señor, qué flojera le había entrado así, de repente. Necesitaba tumbarse un rato, ella también. Se refugió en su cuarto, cerró la puerta tras de sí y rompió a llorar en silencio.

El doctor Ibarra siempre decía que el sueño era la mejor medicina, y tenía razón, eso era lo que Eusebio necesitaba: dormir, descansar, alimentarse. Sin embargo, cuando al fin despertó, picoteó el plato como un pajarillo y volvió a meterse en la cama, preso de un profundo abatimiento que le robaba las ganas de todo, de vestirse, de lavarse, de leer y hasta de hablar. Se daba media vuelta en la cama y se quedaba de cara a la pared, acurrucado. Le molestaba la luz que entraba por la ventana, le molestaba el canturreo de Rosa por la casa, y el frío y el calor. Le molestaba su presencia allí.

—¿Te cierro los postigos? —preguntó ella. Y como no respondía, los cerró—. Te dejo el batín a los pies de la cama, por si te quieres levantar. ¿Necesitas algo?

Eusebio se removió en el colchón con un gruñido. Ella se acercó un poco más y volvió a preguntarle.

—Vete, déjame solo.

Encarna no dijo nada, tampoco se lo tuvo en cuenta. Apagó la lamparita, recogió el batín de franela del suelo y, antes de salir de la alcoba, le sirvió la infusión de melisa en una taza que dejó a su alcance, sobre la mesilla de noche. Conocía bien ese estado de ánimo de su marido, estaba acostumbrada a soportar las épocas de apatía y hermetismo en las que se sumía cada cierto tiempo. Había aprendido a manejarlo, a convivir con esa faceta de su personalidad. Bastaba mucha paciencia y molestarle lo menos posible.

Se alejó de puntillas por el pasillo. Necesitaba salir a la calle, airearse un poco después de tantos días de tensión encerrada en la casa, durante los cuales se había visto obligada a aplazar sus salidas, sus planes. El primer día mandó recado a la asociación excusando su ausencia y, poco después, avisó a María de que no podría asistir a la tertulia del Ateneo, como habían planeado; en otra ocasión sería. La única visita que realizó fue al Centro de Estudios Históricos por recomendación expresa de Marieta: «Tienes que conocerlo, creo que es lo que estás buscando. Al llegar, pregunta por doña María Goyri y le dices que vas de mi parte. Es la profesora de lengua de mi hija, un auténtico referente en el Instituto-Escuela, además de esposa y colaboradora de don Ramón Menéndez Pidal, el director del Centro de Estudios. Ella te guiará en lo que necesites saber. Ya verás, es una mujer dotada de una fuerza, una energía arrolladoras», le dijo convencida.

Resultó que el centro estaba situado en una calle perpendicular a la suya, en la calle de Almagro, a trescientos metros escasos de su portal. Tenía que ser una señal, estaba segura. Así que una de aquellas mañanas previas a la Navidad, bien temprano, se había escabullido un ratito de la casa y se había presentado allí. Mencionó el nombre de la señora Baeza y enseguida apareció doña María Goyri a recibirla con un cálido abrazo, como si la estuviera esperando desde hacía tiempo. ¡Claro que sabía quién era! Marieta le había hablado de ella. Encarna le comentó su intención de ponerse a estudiar y recuperar los años perdidos, para lo cual necesitaba algunos libros de texto con los que empezar.

—Pues entonces le vendrá muy bien el manual que creamos entre Ramón y yo como complemento a mis clases de lengua —le dijo la profesora, instándola a seguirla a su despacho, de cuya estantería cogió un ejemplar del manual en cuestión que puso en sus manos—. Lo han editado aquí porque de esa forma también los pueden utilizar en los cursos de Lengua y Literatura española que organizan para estudiantes extranjeros.

Encarna se fijó en cómo se le iluminó la cara cuando se le ocurrió una alternativa aún mejor:

—Y digo yo, ¿no le interesaría más hacer el curso? Dura un semestre y lo imparten los mejores profesores que podrá encontrar en Madrid e incluso, si me apura, en toda España. Si lo aprovecha bien, podría obtener el diploma que la habilita para enseñar español a extranjeros, que no deja de ser algo muy interesante hoy en día. Cada año recibimos más estudiantes y profesores visitantes de otros países interesados en conocer y estudiar la cultura de nuestro país.

Encarna no se lo pensó dos veces. Al día siguiente de su visita, se presentó en el despacho de doña María a rellenar la ficha de inscripción.

Mientras se ponía el abrigo, le dijo a Rosa que se asomara de vez en cuando al dormitorio del señor, por si necesitaba algo, que lo dudaba. Su hijo apareció en el salón con la expresión taciturna del condenado a galeras. Llevaba toda la tarde encerrado en su habitación, estudiando. Cada vez que pasaba por delante de su puerta, lo veía inclinado sobre el libro abierto, recitando la lección en voz alta, como si hablara consigo mismo, hasta que se atascaba o se le olvidaba algo y entonces golpeaba la mesa con tanta rabia que se oía en toda la casa. Cuando aumentaba la frecuencia de los golpetazos y las maldiciones, Encarna se empezaba a preocupar. Tantas horas ahí metido, eso no podía ser bueno para nadie, por el amor de Dios. Y otra vez se acordaba de Evaristo, y de la obsesión de Eusebio, y cuanto más lo pensaba, más se angustiaba por el temor a que su hijo pudiera romperse como se habían roto ellos.

—Luisín, voy a salir un rato. Quiero acercarme a la plaza Mayor. Acompáñame y así descansas un rato, hijo.

—¿Ahora? Pero ¿y padre? ¿Y si le pasa algo?

—Está en la cama, medio dormido. Le he dicho a Rosa que esté pendiente de él.

Su hijo cabeceó, dudoso.

—Vamos, no lo pienses tanto —insistió Encarna—. A los dos nos vendrá bien despejarnos un poco.

—Es que me queda una lección entera por aprenderme.

—No tardaremos mucho, ya verás. Solo voy a comprar un poco de turrón y alguna figurita para el nacimiento, que al ponerlo lo he visto muy pobretón. Y luego te invito a merendar en San Ginés un chocolate caliente.

En la calle, Encarna se enganchó del brazo de su hijo y dejó que él la guiara en un recorrido que presumía conocer mejor que nadie, ya que era el mismo que realizaba a diario para asistir a clase en el instituto de San Isidro, situado casi al lado de la plaza Mayor. De camino, pasaron por delante de una sastrería ante la que Encarna obligó a su hijo a detenerse.

—Mira qué paño tan elegante. —Señaló la chaqueta expuesta en un maniquí, sobre una camisa de finas rayas azules a juego con la corbata—. Deberíamos encargarte un traje nuevo, Luis. Como sigas creciendo, ya no queda bajo que sacarles a tus pantalones.

—Lo que más necesito son camisas, madre. Mira —le enseñó los puños—, están muy desgastados.

Los dos se pegaron al escaparate y contemplaron la colección de camisas y corbatas expuestas. Le vino a la cabeza la imagen de Victoria Kent vestida de traje sastre con una camisa de corte masculino.

—Pues entonces compraremos un traje y un par de camisas. Y, de paso, puede que también me encargue una para mí.

—¿Una camisa de hombre? —Luis sonrió escéptico.

—Una blusa camisera, sí —aclaró ella, convencida—. He visto que algunas señoras las llevan, es la moda de ahora.

Cuando por fin llegaron a la plaza, comenzaba a llenarse de parejas y familias que salían a pasear con los niños. A Encarna le brillaron los ojos al contemplar el preciosismo con el que los tenderetes exponían los productos y adornos navideños: en uno habían alzado torres de turrones y pirámides de frutos secos; en otro vendían distintos tipos de instrumentos musicales para las fiestas, panderetas, zambombas, flautas, tambores y otros cachivaches, y en un tercero, un ejército de figuritas formaba filas entre portales de Belén y castillos de Herodes. Este último era el que más clientela congregaba a la espera de su turno. Encarna estiró el cuello y se asomó por encima del hombro de un señor con un elegante abrigo de paño gris.

—Madre, mientras esperas, voy a comprar unas almendras garrapiñadas allí —le dijo Luis, señalándole un puestecillo ambulante colocado en el centro de la plaza, a los pies de la estatua de Felipe III—. Vuelvo enseguida.

Observó cómo su hijo se alejaba entre la gente.

—¡Mira, papá! ¡Tienen corderitos y patitos! —oyó exclamar a una voz infantil.

Delante del señor del abrigo había una niñita de no más de cinco años, con un sombrerito azul bajo el que asomaban dos gruesas trenzas negras, atadas con sendos lazos celestes.

—Pero ¿no decías que querías a los pastorcillos? —replicó el padre.

La niña se quedó pensativa y al instante respondió:

—Pero ¿qué van a hacer los pobres pastorcillos sin sus corderitos?

El padre se rio de la ocurrencia.

—Bueno, pero ya no pidas más, esto es lo último que te voy a comprar hoy —accedió. El señor se dirigió a la tendera y le dijo—: Póngame también dos pastores y tres corderitos, haga el favor.

—¿Y los patitos, papá? A Miguelín le gustan mucho los patitos... —dijo la niña con voz mimosa.

—A Miguelín no le pueden gustar los patitos porque, afortunadamente, todavía no ha salido de su cuna.

—Pero cuando yo le hago cuá, cuá, cuá, como un patito, él da palmitas y se ríe muchisísimo... —rebatió ella, muy seria. El padre meneó la cabeza, desarmado, pero antes de que pudiera añadir los patos a la cuenta, la niña le tiró de la manga para que se agachara y entonces señaló otra figurita que había visto—. Ay, ay, ay... mira qué niña tan bonita, ¡y lleva un cántaro! Como ya tenemos un pozo, necesitamos a la niña para que pueda llevarle agua al niño Jesús, papá.

—¡Qué niña ni qué cántaro! Me vas a volver loco, hija mía.

Encarna ahogó la risa cuanto pudo. Así, con esa viveza y desparpajo, se imaginaba ella a la chiquilla que se le aparecía en su cabeza de vez en cuando, contándole alguna ocurrencia o travesura que ella apuntaba luego en su cuaderno lleno de ideas.

—¿Encarna? —oyó que la llamaban. Al girarse, se encontró frente a Santiago Regidor y su hija Carolina, sus antiguos vecinos en la casa de la calle Ponzano.

—¡Don Santiago! ¡Qué casualidad! —exclamó ella—. ¡Y qué alegría verles aquí a los dos!

Se saludaron muy efusivos, con el mismo aprecio que se profesaban cuando eran vecinos. Él le preguntó por la estancia en Canarias, por su hijo Luis, por Eusebio y sus libros.

—¿Sigue escribiendo? ¿Terminó su segunda novela? —inquirió con curiosidad—. Más de una vez nos hemos acordado de él en las tertulias, no te creas. Solía intervenir con alguna ocurrencia divertida cuando menos lo esperabas. Siempre tan ingenioso, Eusebio... —Sonrió al recordarlo—. Tenéis que venir a casa un día, tengo muchas ganas de veros y que me contéis.

Encarna eludió comprometer una visita, aún no sabía cuándo estaría Eusebio en condiciones de asistir a reuniones, pero por lo demás... ¡qué ilusión le había hecho encontrarlos allí! ¡Qué pequeño era el mundo! Él no había cambiado apenas, conservaba el mismo aire distinguido y solitario con el que lo recordaba. Pero la muchacha...

—¡Qué mayor y qué guapa estás, Carolina! Si casi no te reconozco... Estás hecha una mujer.

Ella sonrió azorada y su rostro se iluminó. Tenía los ojos verdes y vivaces, los pómulos altos y la boca ancha se elevaba en las comisuras confiriéndole un gesto siempre risueño. De pequeña era una niña muy sensata y responsable, quizá demasiado para su edad, aunque tampoco debía extrañarle, teniendo en cuenta que había perdido a su madre tan pronto, pensó Encarna, que ya entonces le había cogido mucho cariño. En aquellos años, Carolina bajaba a menudo después del colegio a jugar con sus hijos, sobre todo las tardes en que su padre se encerraba en el despacho a dibujar los encargos del periódico y ella se quedaba a solas, sin saber qué hacer. Cuando terminaba de trabajar, Santiago se presentaba a recoger a su hija con gesto de apuro y algún detalle en señal de gratitud. «No tiene que traernos nada, don Santiago, haga el favor; Carolina es una niña buenísima, mis hijos se lo pasan muy bien con ella y yo estoy encantada de tenerla aquí siempre que quiera», le decía Encarna cuando aparecía sofocado por lo que consideraba un «abuso de confianza» por su parte. A todo esto, ¿dónde se había metido Luis?, se preguntó buscando a su hijo con la mirada. Lo vio venir a lo lejos con su cucurucho de almendras en la mano. Cuando sus miradas se cruzaron en la distancia, ella le hizo un gesto para que apresurara el paso.

—Luis, ¡mira a quién me he encontrado! —le dijo al llegar—. Son don Santiago y su hija Carolina, con quien solíais jugar en casa. ¿Te acuerdas de ellos?

Él asintió, tan azorado como la chica.

—Tu hijo también está hecho casi un hombre —se rio el señor Regidor, dándole una palmada en la espalda—. ¿Cuántos años tienes ya, Luis?

—Dieciséis, señor.

—Carolina y Luis son de la misma edad, si no recuerdo mal —dijo Encarna.

La chica lo confirmó: había cumplido dieciséis en julio.

Aun así, quizá por sus maneras de señorita o por la expresión de su rostro, le parecía mayor que su hijo, más madura.

Don Santiago movió la cabeza con resignación.

—Los años no pasan en balde, Encarna, sobre todo para mí. Tú eres todavía muy joven, pero yo me siento cansado, cada vez estoy más oxidado. Menos mal que tengo a mi hija, que me cuida como si fuera un niño.

—Eso es porque a veces se comporta como un niño —respondió su hija, sonriente—. Sobre todo cuando cae enfermo. El invierno pasado cogió una neumonía muy fuerte de la que le costó mucho recuperarse, y no desearía que volviera a enfermar otra vez.

—Y, a raíz de aquello, quiere estudiar Enfermería —le explicó don Santiago a Encarna, con una mezcla de orgullo y temor—. Estoy intentando convencerla de que, si de verdad quiere estudiar, elija otra profesión menos sacrificada, ¿no te parece?

—Pero a mí me gusta Enfermería —insistió Carolina.

—Lo importante es que estudie algo con lo que luego pueda trabajar y ganarse la vida por sí misma —dijo Encarna, que le dedicó una sonrisa de ánimo—. Al menos, ya tiene claro hacia dónde encaminarse. Luisín todavía no sabe lo que quiere estudiar después del bachillerato.

—Claro que lo sé, madre —replicó él en tono ofendido—. Voy a estudiar Derecho y después quiero ingresar en la carrera diplomática.

Encarna miró a su hijo estupefacta. Era la primera noticia que tenía. Jamás había mencionado que le gustara ser diplomático; de hecho, ella pensaba que, llegado el momento, si no se decidía por nada en especial, la docencia podría ser una profesión muy adecuada para él.

—Esa es una buena carrera, sí, señor —afirmó don Santiago—. Aunque tengo entendido que no es fácil entrar, los exámenes de acceso son difíciles. Y tendrías que acostumbrarte a vivir siempre en el extranjero, lejos de la familia.

Luis guardó silencio como si nada de eso fuera un impedimento.

—Pues a mí no me importaría viajar y conocer otros países del mundo durante una temporada —repuso Carolina, sonriente.

—¿Ya estás pensando en abandonarme? —dijo, divertido, su padre. Luego se volvió a Encarna y bromeó—: Estos hijos nuestros son unos ingratos, vaya que sí.

—Imagino que lo ha dicho sin meditarlo bien. Ya habrá tiempo de decidirlo, ¿verdad, hijo? —dijo ella.

Después de despedirse de ellos, Luis se volvió enfadado hacia su madre.

—¿Por qué me tienes que avergonzar delante de la gente? —le reprochó.

—¿Cómo? —se sorprendió Encarna—. Yo no te he avergonzado, hijo.

—¿Cómo que no? Me has llamado «Luisín», como si todavía tuviera diez años, y encima, por si fuera poco, insinúas que digo las cosas sin pensar. ¡Carolina y su padre habrán pensado que soy un atolondrado!

Ella lo miró de hito en hito.

—¿Y eso por qué? Nadie piensa eso de ti, y Carolina, menos aún. Es una muchacha muy sensata y educada, ya la has visto —dijo, pero Luis seguía enfurruñado, así que añadió—: Y si he dicho eso, habrá sido porque me ha pillado por sorpresa, nada más, pero no tiene mayor importancia, hijo. Ha sido un comentario intrascendente.

—¡Intrascendente será para ti, para mí no lo es! ¡Y menos delante de extraños!

—¿Cómo puedes decir eso? Carolina y tú erais casi como hermanos no hace tanto tiempo.

—Pues no lo es, no es mi hermana.

—De acuerdo, pero tampoco son extraños; son personas muy queridas para nosotros —zanjó ella.

El rostro de Luis se ensombreció, como si una nube negra se hubiera posado encima de su cabeza.

—Estoy harto de que me trates como a un crío, como si no contara para nada.

—Eso no es verdad, yo no... —replicó Encarna.

—¡Sí es verdad! —la interrumpió—. Siempre estás encima de mí, diciéndome lo que debería hacer, como si yo no lo supiera. ¡No me extraña que padre sufra crisis nerviosas! Le sacas de quicio, como a mí.

Que Luis se revolviera contra ella de una manera tan inesperada, tan cruel, le dolió en lo más hondo. Semanas después, todavía le escocía al recordarlo, aunque supiera que su hijo no lo decía en serio, eran solo palabras que se escapaban sin pensar en el fragor de una discusión. Al día siguiente, cuando apareció en el desayuno, le bastó mirar su cara somnolienta para confirmar que ya se le había pasado el enfado. Era de rencores efímeros, como ella.

Después de brindar juntos por el nuevo año, Luis se puso el abrigo y se despidió de ellos. Lo habían invitado a festejar la Nochevieja en la casa de uno de sus compañeros de clase y el coche estaba a punto de llegar para recogerlo. Encarna lo acompañó hasta el rellano y, arrebujada en su mantilla de lana, siguió con la mirada su carrera escaleras abajo hasta que lo perdió de vista. Cada vez que salía de casa le volvían los miedos, los temores a que le pasara algo, ¡con lo que había sido ella de confiada mientras fueron pequeños!

Disfrutaba viéndolos correr, saltar, trepar a los árboles o aventurarse por los alrededores, porque eso era lo que a ella le habría gustado hacer cuando era niña, pero su madre nunca la dejaba alejarse de su lado ni medio metro. Y ahora se angustiaba si su hijo tardaba un poco más de lo previsto en volver a casa. No tenía sentido, lo sabía. Luis ya no era un niño, sabía cuidarse. Era un chico sano, de naturaleza fuerte y carácter prudente. Un buen muchacho.

De vuelta al salón, se encontró con que Eusebio se había levantado de la mesa, dispuesto a marcharse. Le dijo que estaba cansado, que se iba a la cama.

—¿Quieres que nos abriguemos y salgamos un ratito a la azotea a ver las celebraciones por la calle? Se oye mucho bullicio.

Él negó con la cabeza.

—No quiero más celebración, ya he tenido suficiente.

No intentó retenerlo. Siguió su figura oscilante arrastrando los pies por el pasillo, con una mezcla de compasión y resentimiento. Estaba atada a ese hombre de por vida, por más que le pesara. Sintió pena por él, por ella, por los dos.

Al menos, ya no se pasaba el día derrotado, como en las semanas anteriores. Se levantaba por la mañana, se vestía con su ropa de estar por casa y, tras el desayuno, se sentaba en el salón a hojear el periódico un rato, hasta que se cansaba y se encerraba en su despacho. Mejoraba despacio, pero mejoraba. Incluso ya había hablado de regresar al trabajo en cuanto pasara la Pascua Militar, temeroso de que, si prolongaba su ausencia, el coronel se buscara un sustituto y le relevara de su puesto.

Encarna dejó vagar la mirada por el salón en penumbra. Estaba sola. En la chimenea se apagaban los últimos rescoldos de la lumbre y el frío de la noche había empezado a colarse por las rendijas. Todo era quietud y silencio alrededor. Solo se oía el leve tictac del reloj de pared, acompasado a los latidos de su corazón. A través del cristal contempló la luna creciente que brillaba en la negritud del cielo. Cuántos corazones palpitarían en ese instante al unísono con el suyo, cientos de miles repartidos por el mundo, en París, en Nueva York, en México, en Persia, en Tombuctú, en China. Fantaseó con que, si pudieran escucharse en alto, compondrían una melodía de ritmos palpitantes que se elevaría más allá del cielo, donde habitan las almas que aguardan su tránsito, como su Bolín. Pero ahora no escuchaba nada, solo silencio.

Recogió las copas de la mesa y las llevó a la cocina. Ya las fregaría al día siguiente, cuando pudiera. En ese momento solo le apetecía salir a la azotea y respirar un poco de aire. Rebuscó en un cajón las cerillas con las que prender el candil. Escondida al fondo, bajo unos trapos, descubrió una cajetilla de cigarrillos Ideales. Dudaba mucho que perteneciera a Rosa. «Ah, Luis, qué granuja», se sonrió. Por eso tanto interés por el palomar. «Voy a ver si tienen agua las palomas», decía. Y lo que hacía era salir a fumar. Extrajo un cigarrillo y se lo colocó entre los labios antes de encenderlo. Inhaló una larga calada, como había visto hacer a una elegante señora en la cubierta del barco procedente de Tenerife. La exhaló enseguida. Se notó la boca áspera, seca.

A Eusebio no le gustaban las mujeres que fumaban, se burlaba de ellas, le resultaban ridículas, burdas imitadoras de una costumbre que les era impropia y poco favorecedora, en su opinión. A ella le parecían tonterías, pero como hasta ahora no era algo que le hubiera llamado la atención, ¿qué sentido tenía discutir con él? Si la viera ahora, con un cigarrillo en los labios, pondría el grito en el cielo…

Apagó la luz y, envuelta en la mantilla, salió a la terraza de la azotea. Aún se oían cánticos de fiesta acompañados de panderetas y matasuegras alejándose calle abajo. Cuando por fin se desvanecieron, la envolvió de nuevo la oscuridad de la noche, y así permaneció, inmóvil, degustando a solas el cigarrillo con la única compañía del arrullo de las palomas. Puede que no tuviera a nadie con quien celebrarlo, pero tampoco le podrían arrebatar la alegría que la embargaba al pensar en los días repletos de ocupaciones y actividades, en el año ilusionante que se desplegaba ante sus ojos.

Apoyada en la balaustrada, dejó vagar la mirada por las ventanas iluminadas del edificio de enfrente hasta detenerse en el ambiente festivo que se vislumbraba en el interior de un amplio salón. Parecía una familia acomodada —las mujeres lucían bonitos vestidos a la moda, los señores vestían de traje oscuro—, todos sentados a la mesa del comedor, que una criada recogía entre idas y venidas. Se los veía alegres y relajados, una familia bien avenida. Imaginó sus vidas, las relaciones entre ellos, los temas de conversación, los chistes que debía de estar contando el hombre del puro para que el resto se echara a reír a carcajadas. Ella sonrió también. Imaginó que en una familia como esa podría vivir su pequeña Ponina de cuento. Sería el ojito derecho de su padre, el quebradero de cabeza de su madre, el tormento de una institutriz inglesa inflexible que no acertaba a manejarse con esa chiquilla que tenía respuestas para todo. Sí, podía verla como si estuviera ahí mismo, con la naricilla pegada al cristal del balcón, su vestidito de organdí azul y el lazo a juego prendido del pelito rubio, observándola con ojos curiosos a través del cristal. Celia. Ese era su nombre. Así la llamaría.

De vuelta a su cuarto, Encarna sacó unas cuartillas del

cajón de su secreter y, pluma en mano, comenzó a escribir
lo primero que se le ocurrió:

*Celia ha cumplido siete años. La edad de la razón. Así lo
dicen las personas mayores...*

7

Octubre de 1927

Encarna cogió el último libro que quedaba dentro de la caja, apuntó su título y la fecha en la hoja de registro: «*Cartas marruecas*, de José Cadalso, 4 de octubre de 1927». Lo hojeó de un vistazo, recordando la escritura sobria y elegante del militar, poeta y viajero español. Había sido una de las lecturas comentadas en el curso de Lengua y Literatura que realizó dos años atrás, bajo la tutela de don Ramón Menéndez Pidal. «Ay, Señor, aquella época fue una auténtica locura», recordó. Las mañanas que no tenía clase las dedicaba al estudio, y por las tardes salía corriendo a la Asociación de Mujeres Amigas de los Ciegos o a la sede de la Sociedad Teosófica, según el día. Y si había alguna conferencia o tertulia que le interesara en el Ateneo, se las apañaba también para asistir. Raro era el día que regresaba pronto a casa, pero eso sí: nadie la oyó quejarse, jamás. En realidad, había disfrutado tanto de sus clases que tentada estuvo de matricularse en otro curso del que le habló doña María Goyri, el de profesora de español para extranjeros. Si no lo hizo fue porque le ganó la impaciencia por escribir para alguna revista y ver sus artículos publicados lo antes posible. Y no se arrepentía. Ahí mismo, ante sus ojos, estaba la prueba de que había tomado la mejor decisión: en la mesita auxiliar dedicada a las revistas y otras publicaciones periódicas, se podían encontrar varios números de *La Moda Práctica* en los que aparecían sus colaboraciones mensuales desde el mes de marzo pasado y un par de boletines de una asociación feminista que también le habían publicado algún que otro artículo.

—Ya he terminado de colocar los libros que faltaban, Marieta. ¡A este paso, vamos a necesitar otra estantería más! —anunció después de dejar a don José bien ubicado y mejor acompañado, entre las obras de Fernán Caballero y Cervantes.

Su amiga alzó la vista y contempló la gran librería de madera que ocupaba una de las paredes de la sala destinada a albergar la biblioteca del flamante Lyceum Club Femenino, el club que, por fin, se habían lanzado a crear unas cuantas señoras lideradas por María de Maeztu, para quien ningún proyecto, por exigente o complicado que fuera, parecía irrealizable. «¡Qué mujer! ¡Qué capacidad de organización!», se admiraba Encarna cada vez que coincidía con ella. Era como la locomotora brava e incansable de un tren al que no paraban de subirse pasajeras en cada estación. Y ahí estaba la prueba de que tenía razón: pese a las feroces críticas lanzadas desde los periódicos, pese a las burlas de los señores agraviados por la desfachatez de esas mujeres con ínfulas de intelectuales y, sobre todo, pese a la oposición de la Iglesia —cuyos sacerdotes alertaban desde sus púlpitos contra esas ovejas descarriadas del rebaño de Dios que abandonaban cada tarde a sus hijos, a sus familias, por correr a reunirse en ese lugar pernicioso para la virtud de cualquier alma cristiana—, el Lyceum había abierto sus puertas hacía justo un año, en el otoño de 1926, en un noble edificio del centro de Madrid, y ya contaba con más de un centenar de socias, mujeres con una cierta formación todas ellas, casadas o solteras, más jóvenes o más mayores, de aquí o de allá, daba igual. Todas tenían cabida en ese espacio de reunión en el que disfrutar no solo del placer de la conversación en torno a una taza de té, sino también de un nutrido programa de actividades sociales, literarias, artísticas, científicas o de cualquier índole, siempre que fuera de interés para las asociadas. Pero, en su opinión, lo más bonito del Lyceum, como le contaba a su amiga Mercedes en su última carta a Tenerife, era que cada una de ellas aportaba lo que podía o sabía hacer y, con ello, todas recibían más de lo que daban. ¿Que una era concertista de piano, como María Rodrigo? Pues un día ofrecía un concierto y otro día daba clases de piano allí mismo. ¿Que otra era profesora de Filosofía o licenciada en Derecho? Enseguida se organizaban unas charlas de filosofía o una serie de talleres sobre los derechos de las mujeres en el marco de la legislación española que impartían entre las abogadas del club: Victoria Kent, Clara Campoamor o Matilde Huici. Tertulias literarias, lecturas de poesía, conferencias, exposiciones… no había tarde que no se celebrara algún acto de interés para unas mujeres ávidas de ampliar sus horizontes y cultivar un poco su espíritu adormecido.

—Ya le he dicho a Zenobia que, por el momento, no hace falta comprar más libros, salvo que alguien lo pida expresamente. Con las donaciones que están haciendo algunas señoras tenemos más que suficiente —respondió Marieta, que se había tomado muy en serio su misión de crear una buena biblioteca en el club. Señaló una caja llena de ejemplares que descansaba sobre una silla—. Esa la trajo ayer Rosa Spottorno, la mujer de Ortega y Gasset. Dice que a su marido le llegan tantos de regalo cada semana que ya no le caben en el despacho.

—¿Quieres que los apunte en el libro de registro? —Encarna se acercó a la caja y echó una ojeada a los títulos en su interior.

—No, déjalo, ya es tarde. Lo haremos el próximo día, por hoy ya es suficiente.

—Entonces, si no necesitas nada más, te espero en el salón. He quedado en verme allí con Mariola —dijo según cogía la chaqueta del perchero y se la enfundaba con un movimiento grácil.

—Sí, vete, vete. Yo iré enseguida, en cuanto termine con esto. Me queda muy poco —contestó Marieta, animosa. Y mientras la observaba dirigirse hacia la puerta, añadió—: Muchísimas gracias por tu ayuda, Encarna. No sabes cuánto me alegro de que fueras tú quien se ofreciera a echarme una mano en la biblioteca, con lo bien que nos entendemos entre nosotras.

En eso tenía razón. Su amistad con Marieta se había estrechado más en el último año, sobre todo desde que se dio cuenta de que echaba mucho de menos la cercanía de una amiga como Mercedes. En los años de Tenerife había sido casi una hermana para ella, la única persona con la que sentía que podía ser ella misma sin preocuparse por lo que pudiera pensar o decir, porque siempre estaba de su parte, siempre podía confiar en que la escucharía sin juzgarla y le daría su opinión sincera, aunque no le gustara. Pero Mercedes ya no estaba a su lado, ya no podía contar con ella en cualquier momento, ni correr a su casa cuando necesitaba hablar o desahogarse. Seguían carteándose, eso sí, pero la distancia —y no se refería solo a la distancia física, sino a lo distantes que le parecían ahora los intereses y las aspiraciones vitales de ambas— le hacía cada vez más difícil explicarle los nuevos derroteros que había tomado su existencia, las inquietudes intelectuales que guiaban su anhelo por recorrer su propio camino al margen de la vida familiar y doméstica, así que las cartas que le escribía eran cada vez más esporádicas, más cortas y anodinas. Era inevitable. Y sin Mercedes cerca, Marieta era la persona en la que más confiaba (junto con la Lejárraga, aunque últimamente se prodigaba poco, siempre andaba atareada con sus muchos compromisos y apenas se veían) por su bondad, su generosidad, su sensatez.

A Marieta acudió en busca de apoyo el día en que Eusebio irrumpió en tromba en su cuarto y arrojó al suelo sus papeles y cuadernos, recriminándole que estaba desatendiendo a su hijo, a su marido y su hogar al completo con tanto encerrarse a escribir y a estudiar cosas inútiles, si es que no estaba por ahí con sus amigas. Las discusiones que tenían eran tan fuertes y escandalosas que espantaban hasta a las palomas del palomar, que huían volando en busca de otras cornisas. Todavía se le encrespaba el humor al recordar aquellos meses previos al verano. El ambiente que se respiraba dentro de la casa los mantenía a todos en permanente tensión. Cuando ya no podía más, Encarna se escapaba a ver a Marieta, que la escuchaba, la consolaba, la convencía de que fuera prudente y tuviera calma, aunque sin intervenir demasiado. «Sé lista, no te enfrentes a él; déjalo que se desahogue y luego tú haces lo que creas oportuno», le decía. Después de cada visita, Encarna regresaba a casa más tranquila, con el ánimo apaciguado, hasta que Eusebio volvía a la gresca. Pero en aquella ocasión, su amiga debió de verla tan derrotada, que se decidió a intervenir y le aconsejó que se tomara unas semanas de vacaciones con su hijo «en algún sitio lejos de Madrid, y deja que las cosas se calmen por sí mismas. A los dos os vendrá bien, ya lo verás. Cuando se vea solo, tendrá tiempo para pensar y echaros de menos». Y eso hizo Encarna. En cuanto Luis terminó sus clases, compró dos pasajes de tren hasta Hendaya y, de ahí, tomaron otro tren que los dejó en un pueblecito costero de las landas francesas, en el que disfrutaron de dos plácidas semanas de playa y tranquilidad. Funcionó: de vuelta a casa, Eusebio parecía otro. Estaba contento, relajado, y los colmaba de tantas atenciones que llegaba a ser empalagoso como un dulce de miel. «Mujer, ¿y de qué te quejas? ¿No es mejor así?», se reía Marieta cuando se lo contaba.

Al salir de la biblioteca, descendió las escaleras hasta la primera planta y se adentró en el amplio salón, buscando con la mirada a Mariola entre los grupos de señoras. Alguien, no recordaba quién, le había comentado unos días atrás que ya eran cerca de trescientas las socias apuntadas al Lyceum Club, aunque solo una parte de ellas se citaban allí cada tarde a la misma hora a tomar café con sus amigas. Llegaban y ocupaban su sitio habitual en alguno de los cómodos sofás y sillones de estilo *art déco* repartidos por el salón, el mismo estilo que predominaba en la decoración, obra de Pura Ucelay, quien había demostrado un gusto refinado y de lo más moderno, a la vista estaba. Tapicerías de colores intensos, mesas de madera con formas geométricas, alfombras de piel, cortinajes de aire teatral... Encarna atravesó el salón sin prisa. Mariola no estaba allí, pero divisó a Carmen y a Zenobia al fondo de la estancia, sentadas a su mesa de costumbre, al calor de la gran chimenea cercana.

—¿Sabéis si ha venido la Lejárraga? —preguntó nada más tomar asiento.

—No, justo estábamos comentando que hace varios días que no la vemos por aquí —dijo Zenobia—. ¿Le habrá pasado algo?

—No. Hablé con ella ayer y estaba perfectamente; con mucho trabajo, como siempre —respondió Encarna—. De hecho, nos hemos citado aquí para que me dé su opinión sobre unos textos que le he dado a leer.

—¿Qué tipo de textos? ¿Una novela? —inquirió Carmen con curiosidad.

—No, mujer. Son escenas cotidianas que veo por la calle y las convierto en relatos cortitos, nada más. Y tampoco sé si merecen mucho la pena...

—¡Pues claro que merecerán la pena! —la reconvino Zenobia—. Los artículos que publicas en *La Moda Práctica* me gustan mucho. Están escritos con un estilo ligero, fácil de leer.

Le agradeció el elogio, sin creérselo del todo. ¿Qué iba a decir Zenobia, siempre predispuesta a ver la cara positiva de las cosas? Y, sin embargo, le gustó escucharlo porque eso era lo que pretendía, que sus artículos fueran entretenidos, amenos y, en la medida de lo posible, didácticos. No es que se considerara maestra en nada, pero a lo largo de los dos últimos años que había pasado estudiando se había planteado muchas preguntas, preguntas de todo tipo suscitadas por la curiosidad, para las que había buscado respuestas en libros, conferencias y en cualquier lugar que le permitiera averiguarlas. Y ahora que se sentía un poco menos ignorante, un poco más segura en sus conocimientos, le parecía inevitable compartir algunas de esas cuestiones en las columnas que escribía para las publicaciones femeninas con las que colaboraba.

Carmen se removió en su asiento, inquieta. Encarna advirtió el sutil gesto dirigido a Zenobia con el que la instó a mirar hacia la puerta por la que acababan de aparecer dos mujeres enganchadas del brazo. Eran dos señoritas jóvenes. Una de ellas, de complexión robusta, llamaba la atención por el estilo masculino de su vestimenta; la otra era más baja y regordeta, de expresión dulce, algo apocada en comparación con la fuerza vital que destilaba su compañera.

—Ahí está —susurró Carmen.

—¿Quiénes son? —preguntó Encarna con curiosidad.

—La más grandota es Victorina Durán y la otra es Matilde Calvo —dijo mirándolas de reojo—. Me las presentó doña María de Maeztu cuando le pregunté si tenía alguna joven que me pudiera ayudar con los decorados de mi pieza de teatro, la que vamos a representar aquí. Me dijo que Victorina había realizado ya algunas escenografías para autores teatrales porque tenía formación en artes decorativas, pero, si te digo la verdad, no acaba de convencerme...

—¿Y eso por qué? Doña María no suele recomendar a cualquiera. —Encarna las siguió con la vista hasta que tomaron asiento en un rincón de la sala, apartadas del resto.

—Sí, lo sé. Pero cuando hablé con ella, me pareció un poco soberbia en sus maneras, no sé... Le empecé a explicar lo que quería y antes de que terminara de hablar, se puso a garabatear unos bocetos en un papel sin prestarme ninguna atención. Y luego, sin decir ni una palabra, me los entregó como si no hubiera más que hablar —zanjó en tono ofendido.

—A lo mejor es que, con lo que oyó, le bastó para inspirarse —dijo Zenobia, siempre conciliadora.

—Lo importante es que te gustara lo que te enseñó —añadió Encarna.

—¿El qué, los dibujos? —Carmen se encogió de hombros con un gesto despectivo—. Tampoco es que fueran nada del otro mundo. Me gustaba más mi idea. Pero, en fin, le dije que me lo pensaría.

—Pues no te queda mucho tiempo para pensarlo, Carmen. Yo, en tu lugar, le diría que sí y listo. No tienes otra alternativa a la vista y debes centrarte en los ensayos —le aconsejó Zenobia.

En ese momento, María Lejárraga apareció en el salón y antes de que Encarna pudiera alzar la mano para avisarla de que estaba allí, la vio dirigirse al rincón donde se hallaba Victorina y su amiga. Se quedó allí de pie, hablando con ellas. Sin pensárselo dos veces, se levantó de su silla, disculpándose con Carmen y Zenobia.

—Acabo de ver a María. —Las dos amigas volvieron la vista a la entrada, y ella añadió—: Perdonadme, pero voy a buscarla, no vaya a ser que se me escape, tenemos mucho de que hablar. Si no os importa, ¿podéis esperar a Marieta? Debe de estar a punto de llegar de la biblioteca.

—Claro. Nosotras todavía nos quedaremos un rato.

Se despidió y apresuró el paso hasta llegar junto a la Lejárraga, que la recibió con una cálida sonrisa.

—¡Encarna, querida! ¡Qué bien que hayas venido! —dijo, estrechándola contra su costado—. Justo te iba a buscar, cuando me he cruzado con Victorina y Mati... —dijo, señalando a las jóvenes sentadas en el sofá—. ¿Os conocéis?

Ella negó con un leve movimiento de cabeza. Mientras María la presentaba, su mirada se cruzó con la de Victorina, que fumaba un cigarrillo en una postura de tranquila indolencia, con la espalda recostada en los cojines del sofá y las piernas cruzadas. Le pareció ver en ella un cierto aire de muchacho, con ese mechón rebelde que le caía de medio lado, los ojos vivaces, la nariz altanera.

—No debemos de haber coincidido... —dijo Mati, de cara dulce y aniñada. Ella también sostenía un cigarrillo entre los dedos, pero, a diferencia de su amiga, parecía más retraída, sentada en el filo del asiento, los codos apoyados sobre las rodillas.

—Es que últimamente hemos venido poco —convino Victorina, que aprovechó para erguirse un poco—. Entre las clases, los proyectos para el teatro y los encargos que nos han llegado a raíz de la exposición de París, las dos tenemos mucho jaleo.

—Aquí donde las ves, Encarna, estas dos señoritas son dos renombradas artistas —explicó Mariola—. Realizan artesanías con telas, cueros, metales, encuadernaciones... Una auténtica preciosidad, ¡tendrías que verlos! Hace dos años fueron artistas invitadas a la Exposición Internacional de Artes Decorativas de París, así que nosotras, para no ser menos, les hemos pedido que vayan preparando una exposición de sus trabajos aquí, en el Lyceum, ¿verdad?

—De hecho, ya hemos empezado a seleccionar las obras y en cuanto termine la exposición de Marisa Roesset, montaremos la nuestra —dijo Victorina.

—Ah, yo ya he visitado la de Roesset —dijo Encarna—. Tiene unos autorretratos preciosos. Qué bien pinta, con lo joven que es... ¡Y qué guapa!

Victorina sonrió de medio lado exhalando el humo del cigarrillo.

—Pues debería verla al natural: es mucho más guapa, ¿verdad, Mati?

La compañera asintió, distraída.

—Cuando quiera se la presentamos, es amiga nuestra.

Se sintió examinada y desvió la vista, incómoda, ante los ojos escrutadores de Victorina. En ese momento llegaron Julia de Meabe y Adelina Gurrea, la señorita de origen filipino, autora precoz de delicados poemas de juventud, que aparecía por la biblioteca a echarles una mano de vez en cuando, y tras saludarse entre ellas, tomaron asiento junto a las dos jóvenes.

—¿No os sentáis con nosotras? —inquirió Julia.

—Quizá más tarde. —Mariola la engarzó del brazo—. Encarna y yo tenemos un asunto pendiente del que hablar.

La arrastró fuera del salón de té, hasta el sofá colocado bajo el ventanal de la antesala. Le hizo un gesto para que se sentara a su lado y abrió la carpetilla de cuero que traía en la mano, de la que sacó el cuaderno de tapas desgastadas que Encarna le había prestado.

—Pero vamos a ver, alma de Dios, ¿cómo se te ocurre esconder esto en un cajón? ¿Tú eres consciente de lo que tienes aquí? —le preguntó, mirándola muy seria.

Encarna se encogió en el asiento y la miró inquieta, sin saber qué responder.

—Solo son unas cuantas escenas infantiles. Si no te han gustado...

—¿Que no me han gustado? —la cortó con una carcajada—. ¡Pero si son deliciosos, Encarna! No había leído nunca algo así, unos relatos tan divertidos. Están escritos con mucha gracia, y los personajes son tan simpáticos, tan reconocibles, tan tiernos... ¡Estoy enamorada de Celia! ¡Qué chiquilla! ¿De dónde te la has sacado?

—¿De veras te han gustado? Puedo cambiar alguna cosa si lo crees necesario.

—No hay nada que cambiar, ¡esto es una joya! No sabes cómo he disfrutado leyéndolos. ¡Tienes que escribir más! ¿Y vas a firmarlos así, con el nombre de Elena Fortún?

—Sí, ¿no te gusta?

Ese era el nombre con el que había empezado a firmar las columnas que Leoncio le pidió para su periódico, *La Prensa* de Tenerife. «Si te lo ha pedido, habrá sido por amistad con Eduardo y Mercedes, nada más... No deberías aceptarlo», le dijo Eusebio en aquel entonces. Ella se negó: ¿cómo lo iba a rechazar, si hasta le había invitado a conocer la redacción del diario? Pero Eusebio, erre que erre: «Al menos, espero que no firmes con tu nombre auténtico. No creo que sea apropiado, porque aquí, en Santa Cruz, todos nos relacionan con la familia de Mercedes». En eso Encarna admitió que podría tener razón. Por otro lado, su nombre completo le parecía demasiado largo, enrevesado: Encarnación Aragoneses de Gorbea. Pero ¿de qué otra forma podría firmar, si no? Le estuvo dando vueltas un día entero sin encontrar un seudónimo de su gusto. Aquella tarde, cuando Eusebio regresó del destacamento de Santa Cruz, le recitó la lista de nombres que había apuntado en su cuaderno. En parte por congraciarse con él y en parte porque —eso había que reconocérselo— su marido tenía mucha inventiva para esas cosas. Ninguno le gustó. «Tiene que ser un nombre original, sonoro, fácil de recordar... —le indicó él—. ¿Te acuerdas de lo que me costó elegir el de la protagonista de mi novela *Los mil años de Elena Fortún*? Primero fue Inés, luego Elisa y al final se quedó con Elena, Elena Fortún». Los dos se quedaron pensativos un instante, y de pronto a Eusebio le chispearon los ojos: «¿Y si firmaras esa columna como Elena Fortún? ¿No crees que sería ingenioso?». Encarna lo había mirado dubitativa. Jamás se le habría ocurrido, pero sí, no le disgustaba la idea... Según lo pensaba mejor le sonaba, quizá porque el nombre le resultaba ya familiar o quizá porque siempre le había atraído ese personaje, el de la dama que recorre la historia de Madrid transmigrando su alma en los cuerpos de las mujeres y hombres que encarnó en el pasado. Aun así, había mirado a su marido con cierta aprensión: ¿de verdad no le importaba que lo utilizara? ¿No se arrepentiría después? «¡Al contrario, estoy encantado!», replicó Eusebio, exultante. De hecho, cuantas más vueltas le daba, más le seducía la idea de que fuera una especie de juego de espejos en el que su personaje literario, su Elena Fortún, se encarnara en su esposa, quien, a su vez, ocultaba su identidad de autora tras el nombre de su creación literaria. ¡Era brillante! Encarna le dio la razón sin entender muy bien lo que quería decir, ni falta que le hacía.

Mariola sostenía el papel ante sus ojos, mientras sus labios silabeaban en silencio el nombre, una y otra vez.

—Sí, me gusta... Suena bien: Elena Fortún. ¡Decidido, pues! —resolvió contenta. Pero al instante recuperó la seriedad para añadir—: Ahora viene lo importante: hay que pensar bien el siguiente paso. ¿Qué te gustaría hacer con ellos?

—Me gustaría publicarlos en algún sitio, si es que a alguien le interesan —respondió Encarna sin dudar.

La Lejárraga se quedó pensativa y Encarna la miró expectante, pendiente de cada uno de sus gestos.

—Ya sé lo que vamos a hacer. ¿Tú confías en mí?

Ella asintió. Confiaba en ella completamente.

—Pues, si me lo permites, voy a enseñárselos a don Torcuato Luca de Tena, el director de *ABC*. Es un señor listísimo y me llevo muy bien con él. Estoy segura de que sabrá apreciar enseguida lo que tiene entre manos y tengo la impresión de que algo se le ocurrirá, ya verás. Algo bueno, de eso no me cabe la menor duda.

—¿Estás segura?

—Absolutamente, doña Elena Fortún. A partir de ahora solo te llamaré así: Elena Fortún.

8

Cuando su amiga la llamó unas semanas más tarde para decirle que a don Torcuato le habían gustado mucho sus relatos y deseaba conocerla, creyó que el corazón le saltaba del pecho de la emoción. ¿Los había leído? ¿Qué le había dicho exactamente, con qué palabras? Mariola le respondió con una de sus carcajadas cantarinas.

Tan contenta se sentía que se encerró en su cuarto un rato para tranquilizarse un poco antes de ir a contárselo a Eusebio. Porque se lo tendría que contar, ocultárselo no era una opción. Cosa distinta era cómo se lo explicaría para que no se molestara ni le royera la envidia o los celos o lo que fuera eso que le avinagraba el humor cada vez que ella conseguía una nueva colaboración en alguna revista, como le ocurrió con *Royal*, el magacín aristocrático de sociedad. Le encargaron escribir dos artículos por los que le pagaron más de lo que (en su opinión) se merecía; un sueldito del que se sentía muy orgullosa porque se lo había ganado ella sola, con su esfuerzo y su voluntad, por más que él los despreciara fingiendo desinterés (o eso pretendía hacerle creer, pese a que lo había pillado en su despacho leyéndolos a escondidas). Los apartaba a un lado, tildándolos de frívolos, vacuos, puro «merengue de fresa», decía, carentes de consistencia. No debían de pensar así en la revista, se defendía ella, puesto que la editora, una mujer culta y encantadora a la que había conocido en una de las reuniones de señoras del Lyceum, no dejaba de preguntarle con mucho interés por lo que tenía entre manos cada vez que coincidían. Y aunque tuviera razón, ¿qué había logrado él después de tantos años enviando sus sesudas reseñas a los periódicos? Nada más que silencios, excusas, devoluciones a vuelta de correo con una escueta nota de rechazo. Solo de vez en cuando, ya fuera por compasión o por compromiso o puede que por auténtico interés, le publicaban un artículo que ni siquiera le pagaban. Y no por eso ella dejó de animarlo a escribir; nunca, jamás. Para que luego él la menospreciara de esa manera tan mezquina. Sus palabras calaban dentro de ella como una lluvia gélida, afilada e hiriente. Fingía que no le importaba, pero cómo no le iba a importar, si era la primera admiradora de las dotes literarias y el ojo crítico de su marido. Así que calló y, ella también, devolvió indiferencia por indiferencia. Decidió que a partir de ese instante dejaría de consultarle o de pedirle opinión sobre los textos que escribía; no lo necesitaba.

—Por mucho que diga María de la O, me extraña que el dueño de *ABC* pueda dedicarle tiempo a estas cosas —le respondió él en tono condescendiente, después de que ella se lo contara—. Además, en ese periódico no escribe cualquiera.

Ya se vería. Tampoco era seguro que lo quisieran publicar, Mariola no le había dicho nada al respecto.

—He intentado sonsacarle algo, pero no me ha querido adelantar nada hasta la reunión —le dijo su amiga cuando le preguntó unos días más tarde, de camino al edificio de *ABC*—. Pero tú tranquila: vamos a escuchar qué propone y, sea lo que sea, te lo piensas y ya decidirás. No tienes por qué responder en el momento.

Ella asintió en silencio, aunque por dentro era un manojo de nervios. Hasta que no se vio delante del anciano de rostro afable y mirada despierta que salió a recibirlas a la antesala de su despacho, no comenzó a relajarse. Don Torcuato saludó primero a María con grandes muestras de cariño y luego se volvió hacia ella, mientras su amiga la presentaba.

—Así que usted es doña Elena Fortún, la autora de esos relatos espléndidos. —Tomó su mano entra las suyas, unas manos tibias, de suavidad casi femenina, y se quedó observándola con curiosidad.

—Eso espero.

—Vengan, tomen asiento, hagan el favor. —Les indicó las butacas dispuestas alrededor de una mesa velador en la que Encarna descubrió su cuaderno de tapas desgastadas. Esperó a que ambas se hubieran acomodado para dirigirse de nuevo a ella—: Y dígame, ¿de dónde es usted? ¿Desde cuándo escribe? ¿De dónde ha salido?

—Pues soy de Madrid. He vivido aquí prácticamente toda mi vida... —respondió Encarna, un tanto desconcertada. Ni que fuera un ave exótica.

—Don Torcuato, no me sea usted tan inquisitivo, la está asustando —rio Mariola.

El editor del diario le dio la razón, riéndose también.

—Usted perdone. Me puede la curiosidad. Siempre que me encuentro con un talento así, original y desconocido, deseo averiguarlo todo sobre esa persona. Imagino que es deformación profesional.

Encarna sonrió aliviada.

—No se preocupe, lo entiendo. La única referencia que tiene de mí es María.

—Que no es poco, créame. Si María Lejárraga me recomienda que lea algo, yo obedezco a pies juntillas, ya lo sabe ella —dijo, dedicándole una sonrisa de complicidad a la aludida—. Pero dígame, ¿dónde ha aprendido usted a escribir así?

—Así, ¿cómo?

—Con esa mirada al mundo tan infantil, y al mismo tiempo, tan espontánea, tan auténtica. Los leía ¡y era como si estuviera escuchando el parloteo de mi nieta! Y lo digo como un halago, no me entienda mal.

—No, no, se lo agradezco. Pero no sabría decirle... —titubeó indecisa. Agarró con fuerza el asa de su bolso y añadió—: Siempre me ha gustado escuchar las conversaciones de los niños, me divierten mucho; supongo que de ahí me viene lo que escribo.

—Pues debe de tener usted muy buen oído, señora mía, porque nadie hasta ahora había captado así sus voces y las había reflejado de una manera tan real, tan cercana.

—Y sin moralinas ni ñoñerías, don Torcuato, que eso también es lo bueno que tienen —apuntó María Lejárraga con buen ojo.

—Cierto, cierto. Así que vayamos al grano: hace tiempo que le doy vueltas a la idea de volver a publicar el suplemento infantil *Gente Menuda* en nuestra revista *Blanco y Negro*, aunque con un aire distinto, más actual, más moderno. No sabía bien cómo hacerlo hasta que ha aparecido usted con esos cuentos fabulosos y, de pronto, lo he visto clarísimo. Esto es lo que le propongo: vamos a lanzar *Gente Menuda* con sus relatos como motivo central. Ese tipo de historias, divertidas, cercanas, son las que quieren leer mi nieta y los niños de hoy en día. Todavía quedan por afinar muchos detalles, pero la idea es publicar uno cada semana, acompañado de bonitas ilustraciones. ¿Qué le parece? ¿Le interesa?

Mariola y ella intercambiaron una mirada de entusiasmo contenido. «¿Ves? Ya te lo había dicho», parecía decirle su amiga, y a Encarna se le olvidó por completo el consejo que le había dado hacía apenas un rato para que se tomara su tiempo de pensarlo. No necesitaba pensar nada de nada, ya lo había decidido. No podía dejar pasar la oportunidad de publicar sus «Celias», como llamaba ella a sus cuentos, en una revista tan conocida como *Blanco y Negro*. Sería un salto sustancial en sus colaboraciones, y el dinero que le ofrecía don Torcuato por cada entrega era considerable.

—Entonces, daré orden de que avancen con el proyecto. Empezaremos publicando estos relatos que tiene ya escritos —cogió el cuaderno que tenía sobre la mesa y lo hojeó sin prisa, deteniéndose en alguna página, antes de devolvérselo—, pero si todo va como imagino, tendrá que escribir muchos más. ¡Estoy deseando conocer las peripecias de esa niña!

—Eso no será ningún problema, se lo aseguro. Si algo me sobra, son ideas —repuso ella tras recuperar su cuaderno.

Don Torcuato se echó a reír, satisfecho.

—Pues, por mi parte, ya está todo hablado —concluyó. Posó las manos en sus rodillas y se incorporó con gran esfuerzo.

Los tres se dirigieron hacia la puerta mientras él le explicaba que, a partir de ese momento, la dejaría en manos del jefe de redacción de *Blanco y Negro* para que le explicara los procedimientos con los que trabajaban. Ella lo seguía en volandas, sin ser demasiado consciente de lo que hacía ni de lo que decía. Don Torcuato se asomó a la antesala donde se encontraba su secretario y le pidió que acompañara a las señoras al despacho de don Julio Olmos.

—No sabe cómo se lo agradezco, don Torcuato —se despidió ella, tendiéndole la mano.

—El que está agradecido soy yo, señora Fortún.

Por un instante, Encarna se quedó descolocada: ¡qué raro le sonó oír ese nombre en boca del director! No le sacó de su error, faltaría más; que la llamara como quisiera, se dijo, y sonrió agradecida mientras él seguía hablando:

—Ha sido un placer conocerla, a partir de ahora espero verla más por aquí. Sepa que tiene la puerta de mi despacho siempre abierta para lo que necesite.

Las dos siguieron los pasos del joven enchaquetado que las guiaba a través de un pasillo en dirección al despacho del jefe de redacción. Sin embargo, antes de llegar, Mariola se detuvo y se despidió de ella con cierto apuro. No podía quedarse más tiempo, tenía una cita en el Círculo de Bellas Artes y, si no se apresuraba, llegaría tarde.

—Claro, no te preocupes por mí. Ya has hecho más que suficiente acompañándome hoy, te lo agradezco de corazón. Volveré por mi cuenta, estoy muy cerca de casa.

En realidad, lo que tenía que hablar con el jefe de redacción eran detalles que a su amiga no le interesaban lo más mínimo; ya tendrían tiempo ellas dos de comentar el tema con más tranquilidad, como le susurró al oído antes de separarse.

El secretario de don Torcuato le franqueó la entrada al despacho del señor Olmos, que ya estaba al tanto de su visita. El jefe de redacción, hombre seco y expeditivo como ningún otro que hubiera conocido, la invitó a tomar asiento delante de su mesa, mientras extraía de su cajonera un cuadernillo que colocó ante sus ojos. Era un primer boceto de cómo imaginaban el suplemento infantil: habría una portadilla ilustrada con la cabecera, varias viñetas de humor con poco texto y la página dedicada a su cuento, le explicó con cierto tono condescendiente. Aparecería en la primera página interior con una ilustración que le encargarían a alguno de sus dibujantes, ya verían cuál.

—¿Y podría sugerirles yo algún nombre? —Encarna estaba pensando en Santiago Regidor, en quien confiaba para captar el estilo de la niña que tenía en mente. Al ver la expresión inescrutable del jefe de redacción, aclaró—: Es uno de los ilustradores que trabajan para ustedes, por supuesto. No se lo he comentado todavía, pero es amigo de la familia, y si fuera posible...

—Ah, bueno. Si forma parte de la plantilla de ilustradores de *Blanco y Negro*, podemos tomarlo en consideración, aunque no le garantizo nada —respondió él, más relajado—. De todas formas, todavía no hay fecha prevista de lanzamiento. Debemos hablarlo con don Torcuato, pero por las fechas en las que estamos, con la Navidad a la vuelta de la esquina, será ya para el próximo año. Primavera de 1928, quizá.

—Ah, pensé que sería antes... —dijo algo decepcionada.

—Estas cosas llevan su tiempo de preparación, aunque no lo parezca. Y queda mucho por hacer todavía. Aun así, cuanto antes tengamos el texto definitivo de los tres primeros cuentos, mejor.

Luego le explicó los plazos con los que trabajaban, el proceso de edición que seguían los textos y la forma de pago estipulada para los colaboradores.

—¿Tiene usted máquina de escribir? Si no tiene, puede entregar los textos a mano, pero, si fuera posible, los preferimos a máquina.

Sí, su marido tenía una Remington que le habían regalado antes de marcharse a Canarias y supuso que podría utilizarla. Ese fue el único momento en el que el señor Olmos la obsequió con algo parecido a una sonrisa, antes de levantarse de su sillón y acompañarla en silencio a la salida a través de la sala de redacción.

El sonido de las máquinas de escribir y las voces se apagaron de golpe tras cerrarse la puerta a su espalda. Se quedó quieta allí de pie, en el rellano de la segunda planta, todavía alterada por la emoción. «¡Dios mío de mi vida y de mi corazón! Las peripecias de Celia, en las páginas de *Blanco y Negro*, ¡quién me lo iba a decir!». Respiró hondo con expresión risueña, sin llegar a creerse lo ocurrido allí dentro. ¿Es así como suceden las cosas buenas? ¿Por una feliz sucesión de carambolas inesperadas? Descendió las escaleras con la ligereza de la felicidad bailándole en los pies, imaginando lo que dirían Eusebio, Luis... ¡y sus amigas! ¡Estaba deseando contárselo!

A mitad del segundo tramo de escaleras, vio salir del primer piso a una señora menuda cargada con una carpeta abultada y una pila de libros. Se paró en el rellano y comenzó a contonearse adelante y atrás en un intento de evitar que los tomos se le escurrieran de entre los brazos. Encarna bajó aprisa los escalones y corrió a ayudarla.

—Espere, que le cojo estos libros.

—Muchas gracias, creí que podría con todo... —suspiró, aliviada, levantando la cabeza.

Fue entonces cuando la reconoció. Tenía el pelo entreverado de canas, pero el peinado era el mismo, el trenzado en forma de pulcra diadema enmarcándole la cara, dominada por la fuerza de atracción de los ojos grandes, absorbentes.

—Usted es Matilde Ras, la grafóloga, ¿verdad? —dijo Encarna, observándola con más atención.

Es posible que su piel hubiera perdido algo de firmeza, de tersura, pero era ella, estaba segura. La mujer la miró sorprendida y ella añadió:

—No sé si me recordará... Soy Encarna Aragoneses, nos conocimos en la Residencia de Señoritas, hace casi tres años. Me analizó usted la firma, ¿se acuerda?

La expresión de su rostro se relajó al instante.

—¡Ah, sí! ¡Claro que la recuerdo! En la conferencia de la señora Camprubí, ¿verdad? —preguntó. Encarna asintió, adulada de verse reconocida—. ¡Qué casualidad encontrarnos aquí! ¿Es usted colaboradora de *ABC*?

—No, no... —Dudó si contárselo a alguien que era casi una desconocida, pero tenía tantas ganas de compartir la noticia, que no pudo contenerse—: Aunque, si todo va bien, espero serlo de *Blanco y Negro*, porque acabo de saber que me van a publicar una serie de cuentecitos infantiles que he escrito. Ahora mismo vengo de cerrar el acuerdo con don Torcuato Luca de Tena y le confieso que todavía estoy en las nubes. Un poco como si se me hubiera subido el vino a la cabeza, ¿sabe?

La mujer se echó a reír con una carcajada y su cuerpo menudo se agitó de la cabeza a los pies. Encarna sonrió, contagiada de su buen humor.

—La entiendo perfectamente... Yo me sentiría igual —le confesó Matilde—. ¡Y se ha reunido usted con don Torcuato, ni más ni menos! La felicito, piense que no es nada fácil publicar en la revista. Yo intenté que publicaran uno de mis relatos y no hubo manera. ¡Qué se le va a hacer! —dijo, encogiéndose de hombros—. A lo máximo que he llegado es a traducir del francés una de las novelas por entregas que publicaron el año pasado. ¿Cuándo le han dicho que se los van a publicar? ¿Le han dado fecha?

—El jefe de redacción ha dicho que no será antes de la primavera del año que viene, pero quiere que le entregue el material ya mismo.

—Ah, ¡cómo no! —replicó ella en tono burlón—. Conozco a Julio Olmos: exige mucho y devuelve poco o nada, lo sé por experiencia. No se deje intimidar por él, ponga la cara que ponga.

—¿No cree que se parece mucho a los hombres retratados por el Greco? Con ese rostro alargado y huesudo que te mira fijamente, sin pestañear...

—¡Como el caballero de la mano en el pecho! —exclamó Matilde, y las dos se rieron abiertamente. Luego, sus ojos oscuros se clavaron en ella con curiosidad e inquirió—: Así que, ¿es usted escritora?

Encarna movió la cabeza vacilante.

—Uy, no. Eso son palabras mayores... —dijo con cierto reparo—. Por el momento, escribo artículos para un par de revistas femeninas.

—Y van a publicar sus cuentos en *Blanco y Negro*, no lo olvide. Yo diría que, si no lo es ya, va por buen camino —le reconvino Matilde, antes de señalar la escalera y preguntarle—: ¿Se dirige hacia la salida?

Encarna asintió y descendieron las dos juntas el último tramo que conducía al vestíbulo.

—Y usted, ¿escribe entonces para el *ABC*?

—¿Para el periódico? No, ¡ya quisiera yo! —se rio, esta vez de forma más discreta—. Llevo la sección del consultorio grafológico desde hace años. No me pagan mucho, pero al menos me da cierto renombre y atrae a personas a mi consultorio particular, que, a fin de cuentas, también me interesa... —Se interrumpió de repente, deteniéndose en mitad de la escalera, y la miró alarmada—: ¡Perdóneme! Me he puesto a hablar y no me había dado cuenta de que sigue usted cargando con mis libros.

—Ah, no se preocupe, no me cuesta nada llevárselos hasta la calle —dijo, fingiendo que los dos gruesos tomos no pesaban lo suyo.

—¿Está segura? Me da apuro que cargue con mis cosas...

—Pues no se apure, yo voy bien. Es usted la que acarrea más peso.

—No sé cómo me las apaño para salir siempre de aquí cargada como una mula. Cuando no son libros, son revistas o el montón de correspondencia que me llega a la redacción.

Alcanzaron al amplio vestíbulo y el conserje les abrió la puerta de reja y cristal por la que salieron al paseo de la Castellana. Era una de esas doradas tardes de otoño en Madrid tan propicias para pasear bajo los últimos rayos del sol, prestos a apagarse cada vez más pronto y dejar paso al anochecer.

Matilde se plantó en la acera y la miró sonriente.

—Ha sido un verdadero placer verla de nuevo, señora Aragoneses... Deje que la libere de mis libros —dijo, extendiendo un brazo hacia ella—, ya ha cargado usted suficiente con ellos.

La miró titubeante, sin decidirse.

—¿Hacia dónde se dirige? Si vamos en la misma dirección, puedo acompañarla un rato.

—Ah, pues... Voy hacia la glorieta de Bilbao, a la calle Trafalgar, casi esquina con Luchana, aunque...

—¡No me diga! Yo vivo cerca, en la calle Caracas —la interrumpió, sin disimular su contento.

—Pensaba coger un autotaxi, por no andar tan cargada hasta mi casa. No creo que mi espalda lo soportase sin darme un disgusto. —Hablaba mirando a un lado y otro de la calle, y a poca distancia divisó un taxi aparcado junto a la acera, que reclamó con un gesto de la mano—. Véngase conmigo, la puedo dejar donde me diga.

Encarna aceptó de buena gana, pero a condición de que no se desviara de su camino, no era necesario. Se bajaría en el mismo lugar que ella y volvería andando tranquilamente, porque hacía una buena tarde y no había ni tres manzanas de distancia hasta su calle.

Las dos se acomodaron en el interior del coche después de que Matilde le diera al conductor la dirección de destino.

—¿Lleva mucho tiempo viviendo en Chamberí? —le preguntó Encarna con curiosidad.

—No, me mudé aquí hace poco más de seis meses, después de volver de París. Un buen amigo de la familia me ayudó a encontrar un departamento con una renta asequible para mí, lo cual no crea que era una misión fácil.

El barrio de Chamberí le había gustado desde el primer instante, le recordaba un poco al Barrio Latino, donde se alojó mientras duró el curso de Grafología Criminalista que le había pensionado la Junta de Ampliación de Estudios. Ella se hospedaba en un modesto hotelito en la Rive Gauche, situado en el corazón del Barrio Latino, al igual que otros tantos españoles con los que se cruzaba por esas calles, gente más joven que ella y también becados por la JAE, sobre todo artistas y estudiantes de Filosofía y Letras, todos cautivados por los aires de bohemia, libertad y vanguardismo artístico que agitaban la ciudad en esos años. Algunos de ellos solían reunirse en un café muy popular hasta altas horas de la noche, y ella los divisaba a través de las cristaleras, bebiendo y charlando difuminados tras la densa humareda de sus cigarrillos, cuando atravesaba el barrio a última hora de la tarde de camino a sus clases nocturnas en la Sorbona. De vista, se conocían casi todos. En persona, había hecho amistad con dos pintores y una maestra a la que la unía una edad más cercana a la suya y la afición por el teatro, al que solían asistir juntas. Pero, sobre todo, había aprovechado para deambular por sus calles a un lado y otro del Sena, visitar los jardines (los de Luxemburgo eran sus preferidos), las iglesias, el edificio de la Ópera, los museos (los domingos tocaba el Louvre; los jueves, el Rodin o algún otro escondido en el corazón de un parque), e incluso había entrado en el precioso edificio de los almacenes Printemps y se había comprado una fruslería por darse el gusto, simplemente...

—¿La estoy aburriendo? Discúlpeme, cuando me entusiasmo con algo hablo demasiado.

—¡No, por favor! Me encanta escuchar lo que cuenta de París, se lo aseguro. Si alguna vez tengo la ocasión de viajar allí, ya sé a quién pedirle referencias.

—Le podría dar muchas, lo tengo todo apuntado en mi diario. Además, esta vez he aprovechado para visitar lo que no me dio tiempo a ver en mi primera estancia, hace cuatro años. He recorrido hasta los cementerios parisinos donde reposan los restos de los grandes escritores y poetas franceses, Victor Hugo, el gran Baudelaire, mi admirado Verlaine, Balzac... —Se calló, pensativa, y luego preguntó—: ¿Ha leído *Eugenia Grandet*?

Encarna negó con la cabeza.

—Es una novela sublime, conmovedora... ¡Debería leerla!

—Me la apuntaré, quizá la tengan en la librería del barrio.

El coche giró en la calle Trafalgar y Matilde le indicó al taxista que se detuviera delante de un portal con puertas de madera encastradas en un dintel de granito. Encarna se apeó con los libros todavía entre sus brazos y aguardó a la grafóloga de pie en la acera. Ahora sí, había llegado el momento de devolvérselos y despedirse de ella, pensó mientras la veía salir del taxi. Una vez el coche se hubo marchado, Matilde se volvió a mirarla y le preguntó:

—No sé si tendrá prisa, pero ya que está aquí, ¿le apetece subir y tomar un café? Es lo mínimo que puedo hacer para agradecerle su ayuda...

Encarna vaciló, dubitativa. Eusebio no llegaría hasta después de cenar, tenía ensayo con la compañía de teatro, y en cuanto a Luis, desde que había empezado las clases del primer curso de Derecho en la universidad y había hecho nuevos amigos, no solía aparecer antes de las nueve de la noche. Nadie la echaría en falta.

—Encantada, señora Ras.

—Por favor, llámeme Matilde. Ya que somos casi vecinas, podemos dejarnos de tanta formalidad, ¿no le parece?

Le parecía, por supuesto. Ella, a su vez, podía llamarla Encarna. Subieron despacio la escalera de madera hasta llegar al tercer piso. Matilde dejó su carga sobre un escalón para sacar la llave del bolso y abrir con ella la puerta, empujándola con su cuerpo menudo. Las recibió un largo maullido procedente del interior.

—Es mi gato, no se asuste. Se queja porque lo he dejado solo —le aclaró según entraba—. ¡Hola, Eneas! Ya estoy aquí, bonito. —Matilde se agachó a acariciar a un enorme gato persa de color gris tormenta plantado en mitad del recibidor y luego continuó en dirección a la salita. Al darse cuenta de que Encarna no la seguía, la llamó—: Pase, pase, no se quede ahí. No se preocupe por Eneas, enseguida se volverá a su rincón, es muy suyo.

Pero si a ella le encantaban los gatos, siempre habían tenido alguno en la casa de sus padres. Se inclinó a acariciarlo, pero antes de que llegara a extender la mano, el felino bufó, arisco, se dio media vuelta y desapareció de su vista. Ella continuó hacia la salita, iluminada por la luz anaranjada del atardecer que se filtraba a través de los visillos del balcón. Matilde había descargado el carpetoncio y los libros sobre una mesa camilla invadida por varios montones de papeles.

—Tendrá que disculparme el desorden, pero este es el

lugar más luminoso de la casa y a falta de una estancia que me sirva de despacho, aquí es donde trabajo a diario.

—No se preocupe. ¡Si viera cómo tengo yo mi escritorio y mi cuarto entero! No me cabe ni un papel más —le dijo, soltando los libros donde ella le indicó.

Matilde se quitó la chaqueta y le pidió también la suya, que colgó en el perchero. La vio alzar las faldas de la mesa camilla e inclinarse a avivar el brasero.

—En cuanto se esconde el sol, se nota un poco de fresquito aquí dentro, pero verá qué pronto se caldea —dijo al tiempo que se incorporaba—. Voy a preparar el café. ¿Le gustan los mantecados? Son de canela y limón, muy ricos. —Desapareció por una puerta antes de escuchar su respuesta, y aún la oyó decir—: Póngase cómoda, no tardo nada.

Encarna tomó asiento en una de las sillas y dejó vagar la vista por la pequeña estancia, que combinaba la austeridad de un gabinete de lectura y la calidez de una salita de estar. El mobiliario era sencillo, la decoración austera, sin más adornos que algunas flores frescas repartidas en vasitos y violeteros por aquí y por allá. De las paredes colgaba un grabado de la catedral de Notre Dame de París y los diplomas enmarcados de sus estudios de grafología en la academia francesa, entre los que destacaba el de la Sorbona, con una historiada orla alrededor. Frente a la mesa camilla había una estantería de tres cuerpos repleta de libros cuyos títulos examinó a distancia: numerosos volúmenes de literatura francesa, otros tantos de autores españoles y un estante entero dedicado al mundo helénico, con obras de los clásicos griegos, de historia, de mitología. Sin embargo, lo que más le llamó la atención fue descubrir su nombre, el de Matilde Ras, en los lomos de varios libros arrinconados en una balda. Solo uno de ellos trataba de grafología.

—Lo que no tengo es leche, espero que no le importe —oyó la voz de Matilde desde la puerta.

Entró escoltada por el gato, que caminaba junto a sus pies, y una bandeja entre las manos que apoyó sobre la mesa.

Encarna tomó la taza y el platito que le ofreció.

—No, está bien así. Me gusta el café solo —dijo. Esperó a que terminara de servir las tazas para preguntar—: Esos libros que tiene ahí, ¿son suyos?

Matilde dirigió la vista hacia la estantería que ella señalaba.

—Ah, esos. Vaya por Dios, ¡sí que tiene usted buena vista! —Sonrió, un poco azorada—. Son unas novelitas que publiqué hace unos años en una pequeña editorial catalana, cuando todavía creía que podría labrarme una carrera literaria y vivir de ella. No ocurrió ni una cosa ni la otra, y ahí terminaron mis aspiraciones literarias.

—¿Por qué? ¿Ya no escribe?

—¿Cómo que no? ¡Pero si escribo muchísimo! —replicó Matilde, de buen humor. El gato maulló a sus pies y ella se inclinó a darle un trocito de mantecado—. Todos los días, sin excepción; soy la versión femenina del incansable Sísifo. Cuando no son artículos y relatos para la prensa, escribo ensayos breves para un par de revistas literarias, realizo traducciones que me encargan o respondo decenas de cartas de mis consultorios... Incluso he empezado a trabajar en una nueva obra sobre grafología que me ha pedido mi editorial. ¿Le parece poco?

—Madre mía, pero ¿descansa usted en algún momento? —inquirió Encarna, sin ocultar su asombro—. Yo me refería, más bien, a la creación literaria...

—Ya me imagino... —afirmó, sonriendo con complicidad—. Pero no, ya no escribo novelas; es un lujo que no me puedo permitir. Tengo demasiados compromisos a los que no puedo renunciar porque vivo de mi trabajo, no dispongo de nada más —dijo con una sinceridad que a Encarna le pareció admirable.

Se quedó mirándola absorta unos segundos, imaginándose a sí misma allí, en ese acogedor saloncito, con sus libros y sus escritos. Tal vez hasta tendría un gato como Eneas, que, de un salto, se encaramó al brazo del sillón y levantó la cara a su ama, a quien dirigió un maullido demandante. Ella lo atrajo hacia sí con cuidado y se lo colocó en su regazo.

—¿Siempre ha vivido usted sola? —preguntó Encarna—. ¿No se ha casado?

—¿Casarme? ¡No, por Dios! —renegó, fingiéndose alarmada—. Si le soy sincera, no he conocido a ningún hombre que me resultara mínimamente interesante... salvo mi hermano, claro está. Dirige una revista de pensamiento en Barcelona, ¿sabe? —Hizo una pausa, pensativa, antes de añadir—: A veces pienso si no será por la educación tan liberal que nos dio mi madre, que desde muy niños nos empujó, a mi hermano y a mí, a los dos por igual, a cultivarnos, a leer, a indagar y elaborar nuestras propias opiniones... Con ese bagaje encima, no crea que es fácil conocer a hombres que aprecien esas cualidades en una mujer.

—Entonces tuvo suerte, mi madre era todo lo contrario: no le daba mayor importancia a la escuela ni le gustaba que leyera, ni tampoco que me mezclara con otras niñas a las que no consideraba «adecuadas». Todo cuanto veía a su alrededor eran peligros o pecados: más peligros que pecados durante mi infancia y más pecados que peligros en mi juventud; no podía imaginar que existiera otra cosa. Por eso se pasaba el día rezando, creo yo.

Matilde se llevó la taza a la boca y, antes de beber un sorbo, le preguntó:

—¿Usted está casada?

—Sí, casada y con un hijo de diecinueve años que acaba de empezar la universidad.

—¡Qué mayor! Nunca lo habría dicho, parece usted más joven...

En ese instante sonaron las campanadas de alguna iglesia cercana. Encarna buscó con la mirada la hora en el reloj de mesa. Las ocho ya, ¡qué rápido se le había pasado el tiempo!

—Creo que ya es hora de marcharme, se ha hecho un poco tarde —anunció, cogiendo su bolsito. Lo abrió para sacar los guantes y, al hacerlo, se topó con la hoja del programa de actos del club para las siguientes semanas—. ¿Conoce usted el Lyceum? Es el club en el que nos reunimos un grupo de señoras y organizamos actividades culturales de lo más interesantes.

Matilde le echó una ojeada con curiosidad.

—Algo he leído sobre él, opiniones de todo tipo, si le soy sincera, pero todavía no he tenido ocasión de conocerlo. Creo que es necesario ser miembro para entrar y no sé yo... —Bajó la vista al gato adormilado en su regazo y acarició despacio el pelaje suave.

—Venga conmigo una tarde y se lo enseño —dijo, incorporándose para marcharse—. Y si le gusta, puede apuntarse allí mismo. El único requisito es tener estudios superiores o una carrera en el mundo del arte o de las letras, y usted lo cumple con creces. Además, la cuota es bastante asequible.

Matilde esbozó una sonrisa amable, aunque no parecía muy convencida. El gato saltó al suelo y se escabulló bajo los muebles casi al mismo tiempo que la mujer hacía amago de incorporarse. Le pidió que esperara un minuto y Encarna la observó mientras se volvía hacia la estantería dándole la espalda. Examinó los títulos de uno de los estantes hasta hallar el que buscaba.

—Tenga, es el libro del que le hablé antes, *Eugenia Grandet*, de Balzac. —Le tendió el ejemplar.

—Ah, pero no hace falta… Pensaba comprarlo en la librería.

—Cójalo, por favor; se lo regalo yo —insistió—. Y cuando lo haya leído, me encantaría que me dijera qué le ha parecido. Me interesa mucho conocer su opinión.

¿Cómo rechazarlo si le dicen a una algo así? Le aseguró que lo aceptaría a cambio de que la acompañara una tarde a conocer el Lyceum, cuando mejor le viniera. Ella solía ir los martes y los jueves.

Las dos se miraron a los ojos unos segundos y, finalmente, Matilde asintió con la cabeza, sonriendo. Encarna agarró entre las manos el libro y acarició despacio la bonita cubierta entelada en azul celeste con el título grabado en letras doradas.

—Ha sido una tarde estupenda, Matilde. Muchas gracias por todo —se despidió en la puerta.

—Ahora que ya sabe dónde vivo, venga cuando quiera. Tiene siempre la puerta abierta.

9

Encarna se remetió un mechón de pelo bajo el sombrerito cloché, se enfundó los guantes de piel y, de un vistazo, repasó el rostro de la mujer que le devolvía el espejo del recibidor. Cara lavada, cejas delineadas en un fino arco y un fulgor en los ojos que contrastaba con la imagen sobria y discreta de su vestimenta. Poco a poco había ido sustituyendo en su ropero los vestidos de puntillas, frunces y volantes por la sencillez de los conjuntos de blusa y falda recta de tres cuartos en colores neutros que lucían ciertas mujeres en las que se fijaba cuando iba a conferencias o reuniones. Se miraba ahora y, por primera vez en mucho tiempo, se sentía a gusto con la mujer que veía, se reconocía en ella.

Miró el reloj de pared y se dio cuenta de que se le había hecho tarde, debía darse prisa si quería llegar a tiempo a todos los sitios.

—¡Rosa, me marcho! —anunció con una voz lanzada al pasillo. La criada asomó medio cuerpo por la puerta de la cocina y ella agregó—: No hace falta que prepares nada de cenar. El señor tiene ensayo hasta las tantas y Luis me ha avisado de que hoy cenará fuera con unos compañeros. Cuando vuelva, me haré cualquier cosa.

Cerró la puerta tras de sí y bajó las escaleras con paso

ligero. No sabía si era cosa suya, pero ese último año se sentía como si hubiera rejuvenecido una década. Y eso que no hacía ni una semana que había cumplido los cuarenta y uno, qué barbaridad. Ya casi era una mujer madura y, sin embargo, nunca, ni siquiera en su juventud, se había sentido tan viva, tan pletórica de fuerzas, ilusión y propósito como en ese momento de su vida.

En el portal se cruzó con la señora Fina y su hija Anita, tan mona, con el gorrito de lana del que sobresalían las dos trenzas de su pelo castaño. Al verla, le vino a la mente una imagen fugaz del sueño de la noche anterior que intentó retener. Tenía relación con Celia y la publicación del cuento en la revista, pero ¿qué era? Entonces lo recordó: se hallaba en el despacho de don Torcuato. Él le estaba enseñando contentísimo las ilustraciones de Celia que había encargado y ella las miraba horrorizada. ¡Le habían puesto cara de viejita! Llevaba el pelo recogido en un moño y un vestido largo de color gris que parecía más un hábito de monja que otra cosa. Ella intentaba explicarle que así no era su Celia, que se habían equivocado, que no podía publicar eso, pero el director se mostraba encantado ¡porque lo había dibujado su nieta!

Dios mío, casi le dio algo ahí mismo al recordarlo. ¡Qué angustia, Señor! Se agarró con fuerza al pomo de la puerta del portal y respiró hondo hasta calmarse.

Ya en la calle, la envolvió una suave ráfaga de viento con los olores del otoño húmedo. «Ay, Encarnita. ¿Y si no fuera un sueño, sino una de tus premoniciones?», se dijo. Quita, quita. No quería ni pensarlo.

Echó a andar en dirección al recién inaugurado teatro del Círculo de Bellas Artes, donde ensayaba la compañía de don Ramón del Valle-Inclán, de la que había entrado a formar parte Eusebio. Era un grupo pequeño, integrado en su mayoría por actores aficionados, con el que el dramaturgo pretendía representar «Teatro de Arte», una propuesta renovadora, experimental, confrontada al teatro comercial del que echaba pestes a diario, por ridículo, inane y anquilosado.

Su marido llevaba poco tiempo con ellos, no más de dos meses, pero estaba tan contento, tan centrado y animoso, alejado de sus demonios literarios y del nerviosismo malhumorado al que la tenía habituada, que parecía otra persona. Él bromeaba con que lo era, era el misterioso actor don Juan Calibán, el shakespeariano seudónimo que había adoptado para encubrir su actividad teatral ante sus mandos en el ejército, no fuera a ser que alguien lo considerara poco honorable o indecoroso para un militar de su graduación. En su departamento, solo un par de compañeros estaban al tanto de sus aficiones literarias, pero lo que nadie sabía era que el capitán Gorbea le robaba horas al sueño, al trabajo y a lo que hiciera falta con tal de subirse a un escenario y convertirse durante unas horas en el protagonista de una obra de Valle-Inclán, próxima a estrenarse. Cada día, al concluir su jornada en el ministerio, se encerraba en su despacho a estudiar su papel como un estudiante aplicado. Encarna lo oía repetir una y otra vez sus líneas, modulando su voz grave y portentosa, y si se atascaba o le surgía alguna duda, enseguida abría la puerta y la reclamaba a voz en grito. Quería que asistiera a la lectura dramatizada de su papel y le diera su opinión. Después del almuerzo salía corriendo al ensayo, que podía prolongarse hasta la medianoche o más, según la predisposición que mostrara el viejo dramaturgo, que tan pronto se quedaba traspuesto en su butaca como blandía su bastón por todo el escenario repartiendo indicaciones a todo el mundo.

—Tendrías que verle, Encarna, qué carácter. Y no creas

que se le escapa detalle, que parece que no, pero se entera de todo —le contó Eusebio con admiración infinita, mientras engullía distraído el delicioso guiso de pollo de Rosa sin apenas degustarlo.

Ella no lo dudaba ni por un instante, ahora que lo conocía. Se lo presentó Eusebio poco después de entrar en su compañía de teatro y a ella le imponía tanto respeto, que unos días antes se leyó *Luces de bohemia* solo por tener algo de que hablar con él si surgía la ocasión. Por suerte, no hizo falta. Él la saludó con gesto distraído y apenas intercambiaron unas palabras. Su atención retornó a Eusebio, que seguía diciendo:

—A Victorina, la joven que ayuda a Cipri Rivas Cherif con la escenografía, la trae loca con sus peticiones, a cual más extravagante. Con lo que es ella, que si es por carácter, no sé quién lo tiene más fuerte, si Valle-Inclán o esa muchacha.

—¿Victorina Durán?

—Sí, esa misma. ¿La conoces?

Las había presentado María Lejárraga, y poco más. No sabía que Victorina trabajara con ellos, aunque no debía sorprenderle tanto, y menos aún tras oír lo que contaba Eusebio de ella:

—En el fondo, yo creo que Valle-Inclán lo hace por fastidiarla, porque él es así, un poco «picajoso» cuando se le cruza el aire. Pero la muchacha no lo hace mal, tiene inventiva y buena mano con los decorados. Es asombroso cómo se las ha ingeniado con la iluminación de la escena del cementerio, y no creas que era fácil. —Bebió un traguito de vino antes de añadir—: He estado pensando que, si esta obra tiene éxito y hacemos gira por toda España, tal vez sería el momento de pedir el pase a la reserva.

Por lo que le contó, ya estaba casi todo listo (decorados, luces, vestuario, etcétera) de cara al estreno previsto para ese mismo mes de noviembre, dentro de una semana. Valle-Inclán les había advertido de que se fueran preparando: harían una primera tentativa de ensayo general esa misma tarde o la siguiente.

—No sé si estaré a la altura —se quejó Eusebio—. Conforme se acerca la fecha, me parece que lo hago cada vez peor: me trabo en las escenas, se me olvidan algunas frases... ¿Por qué no vienes esta tarde al ensayo y así me dices cómo me ves, cariñín?

—¿Esta tarde? No creo que pueda, he quedado en el Lyceum con Matilde Ras, la grafóloga de la que te hablé, ¿recuerdas? —Pero él insistió tanto, se puso tan dramático, que finalmente accedió. Al menos, pensó, serviría para tranquilizarle un poco. Las últimas noches lo había oído de madrugada pasearse por la casa, señal de que le dominaban los nervios—. Está bien. Me acercaré un rato a verte actuar y de ahí iré luego al Lyceum Club.

A fin de cuentas, ambos sitios estaban muy próximos.

Al llegar al Círculo de Bellas Artes, atravesó la sala de columnas al fondo de la cual se hallaban las puertas del teatro. Abrió una de las hojas y, con tiento, se adentró en la penumbra del patio de butacas vacío. Le llegó un leve olor a pintura fresca, a barniz del entarimado del suelo. Sobre el escenario, Eusebio daba la réplica a una actriz. Se detuvo ahí mismo a observarlo. Lo hacía muy bien, sin ninguna afectación ni rigidez, como si le saliera de forma natural, casi consustancial a él.

Avanzó por el pasillo central con sigilo y solo al final se fijó en que había dos espectadoras sentadas en la segunda fila. Ambas giraron la vista para mirarla y enseguida reconoció a Victorina. La joven sonrió y, con un gesto, la invitó a tomar asiento a su lado.

—¿Cómo usted por aquí? ¿Ha venido a ver a alguien? —le preguntó entre susurros.

—A Eusebio, mi marido. —Lo señaló en el escenario.

Victorina dirigió hacia allí sus ojos, que volvieron a ella sin disimular su sorpresa.

—No sabía que era usted su esposa.

—Yo tampoco sabía que colaboraba usted con la compañía, me he enterado hoy. Eusebio habla maravillas de usted. Dice que tiene mucho arte para los decorados —respondió en voz baja.

La joven le dedicó una mirada escéptica y, suspirando, replicó:

—El verdadero arte es manejar a Valle-Inclán, eso sí que requiere tablas.

Fue nombrarlo y la figura desaliñada del anciano de melena cana, quevedos de miope y larga barba blanca irrumpió en el escenario exigiendo que se detuviera el ensayo porque una de las actrices se había despistado y había entrado «¡tarde, tarde, tarde!». Tenían que volver a empezar, ordenó de mal humor. Mientras todos se recolocaban en sus sitios, Eusebio la saludó con gesto circunspecto sin abandonar la postura de firmes, como correspondía a su papel de don Friolera, el teniente cornudo en la obra. El director golpeó el suelo dos veces con su bastón y se hizo el silencio. Eusebio se estiró las mangas de la camisa, se abrochó el cuello de la descolorida guerrera que él mismo se había encargado de rescatar para su personaje de un viejo ropero del ejército y esperó a ver al resto del elenco colocado para entrar en escena con paso seguro.

Al lado de Encarna, las dos mujeres comenzaron a cuchichear con las cabezas muy juntas. Ella las miró de soslayo, molesta por el bisbiseo constante, y fue entonces cuando vio sus manos entrelazadas sobre el reposabrazos. Apartó la vista, pero sus ojos volvían allí una y otra vez, atraídos por las leves caricias que intercambiaban.

Le vino de súbito el recuerdo de Betina, la maestra de sus hijos en Torrelavega que tanto le gustaba. Cada vez que iba a recogerlos a la escuela, inventaba alguna excusa con la que entretenerse a hablar con ella mientras los niños jugaban por el patio. La visualizó tal y como la recordaba, el gesto risueño, la mirada luminosa de quien solo ve bondad alrededor. La apartó de su cabeza en cuanto fue consciente de que la asaltaban sentimientos de los que se avergonzaba y sentía que algo había mal en su interior, algo torcido, equivocado. Pero no atinaba a saber qué.

—Dice mi amiga que su marido luce el uniforme militar con tanto empaque que parece como si hubiera nacido con él puesto —le comentó Victorina, girándose de pronto hacia su oído.

Ella esbozó una sonrisa.

—Ah, será porque ha pasado mucho tiempo en el ejército —susurró prudente.

No sabía lo que habría contado Eusebio a los miembros de la compañía sobre su relación con el ejército, así que se limitó a contar una verdad a medias, suficiente para satisfacer la curiosidad de la mujer.

—Algo de eso he oído, pero me costaba creerlo —afirmó Victorina—. En cierto modo, me recuerda un poco a mi padre, que parecía cualquier cosa menos un militar. Hizo siempre lo que le vino en gana, hasta el último de sus días. Su marido también engaña, no crea: aparenta ser un hombre serio y estricto y, en realidad, es de lo más divertido.

La boca de Encarna se torció en una mueca que pretendía ser una sonrisa. ¡Si ella le contara «el jolgorio» que suponía convivir con Eusebio!

—Sí, es posible que tenga una cierta vis cómica —murmuró con la vista puesta en él—. Yo siempre le digo que debería haberse dedicado a la actuación, porque en cuanto se sube a un escenario, sea el que sea, no lo reconozco ni yo.

Victorina ahogó una carcajada, al tiempo que cabeceaba como si le diera la razón.

—¿De qué os reís? —Su amiga se inclinó hacia delante para mirarlas a las dos.

—Ah, ¡mil perdones! ¡Qué cabeza la mía! No las he presentado —se excusó Victorina—. Esta es mi amiga Marga Solano. Acaba de llegar de Valencia, está de visita en Madrid. —Encarna y ella intercambiaron un leve gesto a modo de saludo, mientras la escenógrafa proseguía—: Se ha empeñado en acompañarme al ensayo, por más que le he advertido que se iba a aburrir.

—Ya te he dicho que no me importa, Vic —le reconvino su amiga suavemente. Y dirigiéndose a Encarna, añadió—: No se da cuenta de que en provincias no tenemos ocasión de asistir a un ensayo del gran Valle-Inclán.

El director descendió del proscenio con lentitud y se sentó en una butaca de la segunda fila, desde donde dio la señal de que se reiniciara el ensayo. Tras unos segundos de silencio, Eusebio entró en escena con paso marcial y voz atronadora. Encarna asistió maravillada a la transformación de su marido en don Friolera. Actores y actrices se movían y dialogaban en el escenario sin errores ni titubeos, como si, más que un ensayo, fuera la representación real. O eso le parecía a ella, aunque estaba claro que Valle-Inclán no opinaba lo mismo, porque saltó indignado de su asiento y, con el bastón en alto, detuvo otra vez el ensayo quejéndose de la falta de expresividad y de ritmo en las intervenciones.

—¡Desde el principio! —ordenó.

Una y otra y otra vez volvieron a ensayar la dichosa escena que nunca era del gusto del director. Al cabo de un rato, Victorina y su amiga comenzaron a moverse en sus asientos. Encarna las vio recoger sus cosas despacio.

—Nosotras nos vamos ya —le susurró Victorina—. Ya he visto lo que tenía que ver. ¿Usted se queda?

Ella consultó el reloj: faltaba media hora para su cita con Matilde. Contempló el escenario, indecisa. Entre tantas interrupciones y repeticiones, se le estaba empezando a hacer pesado, y decidió que no tenía mucho sentido quedarse. Además, ya había visto la actuación de Eusebio, y cuando él le preguntara —que lo haría— qué le había parecido, podría comentarle un par de detalles de los que había tomado nota en su cabeza.

—No, yo también me voy —resolvió, recogiendo su abrigo.

Las tres se levantaron de sus asientos y enfilaron el pasillo central rumbo a la salida.

—¿Os importa esperarme? Debo ir un momento al aseo —dijo Victorina en cuanto traspasaron la puerta. Le murmuró algo en el oído a su amiga y le dejó el abrigo a su cargo—. Enseguida vuelvo.

Las dos la vieron alejarse y desaparecer por un lateral de la sala. Encarna se apostó junto a una columna, mientras Marga vagaba unos pasos a su alrededor con andar cadencioso, contemplando distraída los frescos del techo. Era una mujer de edad indefinida, entre los treinta y cinco y los cuarenta y cinco, le calculó. Mayor que Victorina, eso seguro. Tenía un atractivo que no sabía exactamente a qué atribuir, si a la femenina sensualidad de su cuerpo, a la seguridad que traslucían sus gestos o a ambas cosas a la vez. De vuelta a su lado, la vio abrir una bonita cajetilla plateada, cogió un cigarrillo y le ofreció otro a ella.

—Ahora no, muchas gracias. Estoy sedienta y no creo que el tabaco ayude mucho.

Marga colocó el cigarrillo en la boquilla de nácar y lo encendió con un elegante gesto que contradecía su pretendido carácter provinciano.

—¿Es usted amiga de Víctor? —inquirió, mirándola a través del humo con los ojos entornados—. No recuerdo haberla visto antes.

—¿Víctor?

—Victorina, disculpe. Sus amigos la llamamos así.

Encarna negó con la cabeza.

—No somos realmente amigas. Hemos coincidido alguna vez en el Lyceum Club, nada más.

—Ah, el famoso club de señoras. —Esbozó una sonrisa ladeada—. Está empeñada en que lo conozca, pero cuando vengo a Madrid prefiero otro tipo de diversión, si le soy franca. Me tragué demasiadas reuniones de señoras en mis primeros años de matrimonio.

—¿Está usted casada? No la imaginaba yo…

—Casada y bien casada. Mi marido y yo disfrutamos de un matrimonio perfecto: él tiene a sus amigos y yo a mis amigas —dijo en tono burlón.

Por un instante la envidió profundamente. Un matrimonio así querría también ella.

—¿Y viene usted a menudo?

La mujer apoyó el hombro en la columna con gesto indolente.

—Menos de lo que me gustaría, de hecho. La mayoría de las veces es por motivos de trabajo. —Les llegó el eco de unas risas no muy lejanas. Las dos interrumpieron la conversación unos segundos y luego Marga continuó—: Soy marchante de arte, así que suelo andar siempre de aquí para allá, como una viajante. Pero me gusta venir a Madrid. Aquí tengo buenos clientes y algunos amigos a los que me gusta ver, como a Vic.

—Ya me imagino. ¿Y se conocen desde hace mucho?

—¿Vic y yo? —Una sonrisa asomó a sus labios al tiempo que le daba una última calada a su cigarrillo, lo dejaba caer al suelo y lo apagaba con la suela del zapato de salón—. Hace un tiempo, no tanto. Nos conocimos en París, durante la gran exposición de artes decorativas. Yo estaba allí en busca de nuevos talentos y ella era una de las artistas invitadas, así que coincidimos en los mismos ambientes donde se reunían los participantes. Lo pasamos tan bien... —Sonrió al recordarlo—. Cada noche nos invitaban a una fiesta o una reunión en las que se podía encontrar gente de todo tipo, pintores, intelectuales, músicos, artistas de muchos países y procedencias, y a nadie le importaba de dónde eras, cómo vestías o con quién amanecías a tu lado... —Se calló de repente—. ¿La escandalizo?

—¡No, mujer! ¡Qué me va a escandalizar! —Encarna se echó a reír—. Ya me hubiera gustado a mí nacer diez o quince años antes para disfrutar de mi juventud en estos tiempos modernos. Conmigo puede hablar con libertad, no se preocupe.

—Menos mal. En según qué ambientes, una nunca sabe el terreno que pisa, ¿sabe? Parece que en este país no conseguimos librarnos nunca de la beatería rancia de algunos. —Guardó silencio unos segundos con la mirada abstraída, antes de concluir en tono resuelto—: Por eso me gusta tanto París. Puede encontrarse con artistas de todo el mundo, también los españoles, que llegan deseosos de contagiarse del espíritu de libertad y modernidad que allí se respira.

Y por eso, al finalizar la exposición, decidí quedarme unas semanas más. Vic quiso regresar a España, así que dejamos de vernos durante una larga temporada.

—Y ahora han vuelto a reencontrarse...

Marga esbozó una enigmática sonrisa como única respuesta. Sonó un portazo lejano y, poco después, apareció la figura corpulenta de Victorina, frotándose las manos todavía húmedas.

—¿Vamos? —inquirió al llegar.

Su amiga le tendió el abrigo y ella se lo enfundó con un movimiento fluido. Después pasó el brazo por los hombros de Marga y la estrechó contra sí, en actitud más que cariñosa. Encarna desvió la mirada, incómoda, fuera de lugar. Se dio media vuelta y se alejó despacio hacia la salida. Hizo como si no hubiera visto ni oído nada, y sin embargo, todos sus sentidos estaban pendientes de lo que ocurría a su espalda, de los susurros y las risas ahogadas, de la voz de Marga quejándose: «Estate quieta, no seas mala, compórtate», y de la respuesta de Victorina en forma de sonora carcajada que reverberó por las paredes sin complejos. Lo siguiente que oyó fue el repiqueteo apresurado de sus pasos corriendo hacia ella hasta alcanzarla.

Las miró de soslayo, con una mezcla de pudor y de fascinación irresistible. No sabía qué era mejor, si fingir y hacerse la tonta o comportarse con total naturalidad, como si ser testigo de ese amor fuera algo normal para ella. Y no, no lo era (aunque, en el fondo, le halagaba que ellas pudieran pensarlo, como si estuvieran seguras de su complicidad), y no porque le escandalizara o lo criticara, sino porque era la primera vez que atisbaba esa clase de intimidad entre dos mujeres. Fue una revelación. Como si, de repente, cayera de sus ojos un velo que ni siquiera era consciente de que llevaba puesto.

—¿Le ocurre algo, Encarna? Me está mirando como si tuviera un grano en la nariz y no me lo quisiera decir.

Ella apartó enseguida la vista y un súbito rubor encendió sus mejillas.

—No, qué va —respondió turbada—. Solo me preguntaba dónde se hace usted las chaquetas, porque la que lleva me gusta mucho.

Victorina intercambió una mirada con Marga y las dos se echaron a reír, como si supieran algo que ella ignoraba.

—No me pregunte por qué, Encarna, pero tengo la impresión de que los trajes le sentarían a usted muy bien... Le apuntaré el nombre de mi sastrería por si quiere pasarse.

10

Cuando salieron del edificio, ya había empezado a anochecer en Madrid y la temperatura descendía por momentos. Encarna dejó vagar la vista en derredor mientras se enfundaba los guantes. Una leve niebla en el ambiente empañaba la visión de la calle iluminada con la luz amarillenta de las farolas y agudizaba la sensación de frío. Más que pasear, la gente parecía correr de aquí para allá encogida en sus abrigos, porque lo que más apetecía era refugiarse en cualquier café o establecimiento de la calle Alcalá a tomar algo calentito que atemperara el cuerpo.

—¿Se marcha ya? —preguntó Marga, ciñéndose la pelliza.

—Sí. Ha sido un placer, pero yo las dejo. He quedado en el Lyceum con una amiga y debo irme si no quiero llegar tarde.

—No tendrá que caminar mucho, está aquí al lado —dijo Victorina. De pronto la expresión de su rostro cambió y, volviéndose a su amiga, le propuso—: ¿Qué te parece si nos acercamos al club nosotras también y así lo conoces?

—Creí que íbamos a ir a cenar a la Granja del Henar.

—Todavía es pronto, podemos ir después. Antoñito y los demás nunca llegan antes de las nueve. —Marga movió la cabeza reticente y Victorina insistió—: Vamos, mujer. Te gustará, ya verás. Además, ¿no estabas interesada en la pintura de la Roesset? Pues en el club tenemos una exposición de su obra que está a punto de finalizar.

Eso pareció convencerla un poco más y, sin darle tiempo a pensárselo mejor, Victorina la enganchó de un brazo, a Encarna del otro, y las condujo con paso ufano en dirección a la plaza del Rey donde se hallaba el Lyceum Club. Cruzaron a la carrera la Gran Vía ignorando las bocinas de los automóviles y los pitidos estridentes del guardia de circulación. «¡Dios mío! No sé qué es peor, si esquivar los coches o el silbato del guardia», se rio Encarna, tras alcanzar la acera casi sin aliento.

—Y ahora, ¿hacia dónde? —preguntó Marga.

Hacia abajo, y luego había que doblar la esquina de la calle Barquillo, indicó Encarna, que echó a andar sin más dilación, apremiada por la hora. Al llegar a la plazoleta les sorprendió ver a un grupo de guardias civiles desplegados delante del edificio del Lyceum. Victorina y ella intercambiaron una mirada de extrañeza. En ese instante, la puerta del club se abrió y surgió la figura de otro guardia, seguido de dos socias del Lyceum: una era Rosario Lacy, a quien conocía de la sección social, y la otra, Adelina Gurrea, su compañera en la biblioteca.

—¿Qué habrá pasado? —oyó preguntarse a Victorina, según se acercaban.

—Algo malo. Tenéis aquí congregada una brigada entera de la Guardia Civil. No me habías dicho que este club vuestro era un nido de subversión, Vic, querida —remató Marga, tirando de ironía.

Encarna sonrió distraída mientras escudriñaba los alrededores en busca de Matilde Ras. Pasaban dos minutos de las seis, debería haber llegado ya. Se fijó en una figura menuda que emergía de la penumbra hacia la luz desvaída de una farola próxima al Lyceum. Era ella, la reconoció enseguida. La vio venir a su encuentro con andar ligero, envuelta en un sobrio abrigo oscuro. Sus miradas se cruzaron en la distancia y se sonrieron a la vez.

—Espero no llegar tarde, odio la impuntualidad. —La saludó con dos besos.

—Qué va, ha sido puntualísima. Yo también acabo de llegar.

—Menos mal. He venido andando desde casa, pero con las prisas, no sé qué me ha pasado que me he desorientado, he torcido por una calle que no era y de repente ya no sabía dónde estaba. Menos mal que un señor muy amable me ha indicado el camino. Le he dicho que venía a la plaza del Rey, al Lyceum Club, ¡y resulta que lo conocía!

Encarna se echó a reír. Le hizo gracia la expresión de incredulidad con que lo dijo.

—Pues ha tenido suerte. Más de uno la habría mandado con gusto en dirección contraria.

—¡No me diga! ¿Y eso por qué?

—Uy, si usted supiera… Ya se lo contaré en otro momento. —Señaló la fachada a su espalda y le dijo—: Mire, es aquí, en este edificio.

—¿Este palacete? —Matilde lo observó con interés—. ¡No está nada mal! Y los guardias, ¿qué hacen aquí? ¿Ha ocurrido algo?

—Sé lo mismo que usted. Venga, acompáñeme, vamos adonde están aquellas amigas mías, a ver qué nos cuentan.

Se dirigieron hacia Victorina y Marga, que se habían parado a esperarla a una distancia prudencial de la entrada. Nada más llegar, Encarna quiso saber si habían averiguado algo.

—Huele como a huevo podrido —advirtió Matilde a media voz.

—Eso estábamos comentando... Huevos podridos o algo peor —añadió Victorina.

—Sea lo que sea, es asqueroso. —Marga se sacó un pañuelo de la manga y se tapó la nariz.

Se produjo un breve silencio que Encarna aprovechó para hacer las presentaciones.

—Yo creo que la he visto antes en alguna parte... —dijo Matilde, mirando a Victorina con la expresión reconcentrada de quien se esfuerza en hacer memoria. Unos segundos después, se le iluminó la cara al recordarlo—: ¿No estuvo usted en la inauguración de la exposición de pintura de María Luisa Pérez Herrero en el consulado español de París?

—¡Sí! Estuvimos las dos, Marga y yo. ¿Usted también estuvo allí? —inquirió sorprendida—: Qué casualidad, ¿verdad? María Luisa es amiga mía, tiene muchísimo talento. ¿De qué la conoce?

—Coincidí con ella en París el año pasado. Las dos estábamos pensionadas por la JAE y salíamos juntas de vez en cuando, si nos quedaba alguna mañana libre. Las tardes las teníamos ocupadas: yo con mis clases y ella con sus sesiones de pintura.

—Desde luego, aquella exposición fue un éxito, creo que vendió varias obras —afirmó Victorina. Luego la miró con curiosidad y añadió—: La noté feliz para lo reservada que suele ser ella. Me dijo que me iba a presentar a una amiga suya, pero no hubo ocasión...

—No sé, no le sabría decir... —replicó Matilde, mirándola fijamente—. No éramos tan íntimas.

—Claro, pensé que igual usted la conocía...

—No, me temo que no. A lo mejor se refería a alguna compañera de su escuela.

—Te dije que era aquella alemana que la perseguía por la galería, Vic —intervino Marga, muy segura.

—Parece que los guardias civiles ya se van a marchar —advirtió Encarna.

Las cuatro se volvieron a mirarlos. Se habían reagrupado delante de la puerta, a la espera de las órdenes de su superior. Esperaron a que el sargento se despidiera de Rosario y Adelina para acercarse a interrogarlas sobre lo ocurrido.

—Lo único que sabemos es que unos desalmados han arrojado una docena de huevos podridos contra la puerta y la fachada del Lyceum —respondió Rosario.

Había tan poca luz que costaba apreciarlo a simple vista, pero si una se fijaba con atención, podía distinguir las manchas de huevo con chorretones por la pared.

—¡Jesús! Pero ¿a quién se le ocurre hacer algo así? —se indignó Encarna.

—Ya nos gustaría a nosotras saberlo. El sargento nos ha prometido que van a hacer todo lo necesario para averiguarlo —contestó Adelina al tiempo que abría de un tirón la puerta de madera y les franqueaba el paso.

Ya en el vestíbulo, Rosario y Adelina se marcharon enseguida. Habían quedado en reunirse en el despacho de Isabel Oyarzábal, que sustituía a doña María de Maeztu en la dirección del club, para organizar el asunto de la limpieza de la puerta y la fachada. Aquello no se podía dejar así, la peste que había en torno a la entrada era de lo más desagradable. Encarna esperó impaciente a que Victorina y Marga se marcharan a ver los cuadros de Marisa Roesset para volverse a Matilde y preguntarle:

—¿Empezamos?

Estaba deseando enseñarle el club y explicarle lo que hacían allí, que era más de lo que parecía a simple vista. No era tanto el lugar (que también, tendría que haber visto cómo estaba cuando entraron la primera vez: polvoriento, desangelado; un horror) como el proyecto que habían conseguido sacar adelante entre todas, y en especial, el grupo formado por las socias fundadoras, en el que ella también se incluía. Se habían inspirado en los clubes de señoras londinenses pero adaptados a la situación y las necesidades que tenían ellas, las mujeres españolas. ¡Si supiera cuánto le había dado el Lyceum! Empezando por la primera sala que le mostró, la nutrida biblioteca a disposición de las socias de la que se sentía tan orgullosa.

—Aquel de allí es un rincón de lectura y estudio —le señaló dos cómodas butacas y un gran escritorio con lámpara propia— para quienes necesitan un poco más de tranquilidad.

Matilde avanzó despacio por las estanterías, conforme dejaba vagar la vista por la sala.

—No habrá muchas señoras que vengan aquí a estudiar, me imagino.

—Algunas hay, no crea. Sobre todo las más jóvenes, que no tienen ataduras familiares.

—¿Y dice usted que viene a ayudar dos días en semana?

—Sí, me ocupo de rellenar las fichas de los libros nuevos y de colocar las devoluciones. No es gran cosa, pero yo disfruto haciéndolo.

—A mí también me encantan las bibliotecas, podría quedarme a vivir en ellas, si me dejaran —reconoció Matilde, volviendo a su lado—. Yo voy a menudo a la Biblioteca Nacional a consultar libros y manuscritos históricos que me sirven de fuente para mis artículos, y confieso que más de una vez he perdido la noción del tiempo allí acunada entre libros, hasta el punto de que tienen que venir a echarme a la hora de cierre.

—¿Se imagina que un día se olvidaran de usted? —inquirió Encarna en tono de guasa—. A mí no me importaría; me dedicaría a revisar las estanterías, repasaría todos los títulos, me detendría a hojear los que me llamaran la atención... ¡Sería mejor que un sueño!

—¿Verdad? ¡A mí me ocurre lo mismo! —exclamó Matilde, mirándola a los ojos—. Yo pienso que un buen libro puede ser el mejor de los amantes, ese del que no querrías separarte nunca porque te da cuanto necesitas.

Encarna soltó una carcajada, divertida con la comparación. Sí, aunque ella diría más: donde haya un buen libro, que se quite cualquier amante.

La guio por las salas en las que se reunían las distintas secciones del club encargadas de organizar las actividades. Algunas, como los cursos de la sección de ciencias, las conferencias de la de literatura o los conciertos de la de música, tenían lugar arriba, en el llamado «salón del piano», que también servía de sala de exposiciones; otras, como las de la sección social, de la que ella formaba parte, salían fuera del club, como era natural: entre todas se repartían varios proyectos benéficos de ayuda a familias pobres con niños pequeños.

—Ahora solo podemos ofrecer atención médica para los niños gracias a Rosario, que es ginecóloga y cirujana, ¡la primera de España!, pero ya hemos abierto las suscripciones para construir un pabellón en un terreno de Cuatro Caminos que albergará La Casa de los Niños, una guardería en la que acogeremos a los hijos de familias trabajadoras que no tienen dónde dejarlos. En ese lugar, los niños podrán comer, jugar, estarán calentitos y aprenderán hábitos sencillos de higiene y alimentación que les servirán de por vida.

—Me temo que yo tengo poca mano con los niños —respondió Matilde, nada convencida—. Supongo que si tuviera que elegir, optaría por la sección de literatura, pero honestamente, no sé si podría comprometerme.

—No tendría por qué hacerlo, no es obligatorio. Hay señoras que no forman parte de ninguna sección y disfrutan de las actividades —se apresuró a decir Encarna—. Yo me inscribí porque me resulta muy gratificante la labor social, me hace sentir bien y útil por pequeña que sea mi contribución.

—Pero dígame, con tanta actividad, ¿cómo saca tiempo para leer, para escribir, para pensar? Me tiene usted admirada. ¡No para!

Encarna esbozó una tímida sonrisa, en cierto modo halagada.

—No crea. Parece mucho, pero, en realidad, solo tengo ocupadas las tardes. Las mañanas me las reservo para escribir o estudiar, porque mi marido y mi hijo se marchan a cumplir con sus ocupaciones y me dejan tranquila. Y por la noche, antes de acostarme, cuando se queda todo quieto dentro y fuera de la casa, me siento otro ratito y escribo. ¡Si viera cómo me cunde! Esa es la mejor hora para mí, en el silencio de la noche.

—Yo, en cambio, prefiero madrugar y empezar temprano —dijo Matilde—. A las seis y media ya estoy en pie. Hago mis ejercicios, desayuno y luego ¡a trabajar un rato! Eso sí, a partir de las diez de la noche no me pida que escriba una letra. Me entra el sueño, se me cierran los ojos y ya no hay nada que hacer.

Continuaron adelante hasta la sala de *bridge*, en la que se contentaron con asomar la cabeza, ya que la hallaron ocupada por cuatro señoras en plena partida de naipes. Por último, Encarna la condujo al que, sin duda, era el lugar más apreciado por todas las socias del club, incluida ella misma: el salón de té.

—Venga el día que venga, siempre encontrará alguna actividad programada, ya sea una charla a cargo de una socia, o conferencias de literatura, arte, música, ciencia… impartidas por personalidades muy conocidas, o si no, alguna tertulia del club de lectura. Hay señoras que no faltan ni una tarde, otras venimos dos o tres días en semana, depende de las circunstancias de cada cual —le explicó antes de empujar las dos hojas de la puerta y guiarla adentro.

—Si le soy sincera, Encarna, no sé si esto del Lyceum es para mí. No me veo yo aquí tomando el té con esas señoras, no sabría de qué hablar con ellas…

Encarna se giró a mirarla, sorprendida.

—¡Mujer, pues de lo mismo que hablaría conmigo! La mayoría tenemos responsabilidades o trabajos que nos mantienen ocupadas, no se crea. Aquí todas nos conocemos de vista, pero luego cada una tenemos nuestros grupos de amigas con las que quedamos, nos reunimos a charlar o hacemos cosas juntas. Usted podría unirse a mi grupo, a algunas ya las conoce: están Marieta Baeza, María Lejárraga…

—Sí, a ellas sí. Pero no sé… —vaciló—. Solo vendría si supiera que iba a estar usted. No me siento muy cómoda en las multitudes.

Después de las reticencias de Matilde, casi se alegró de que el salón no estuviera esa tarde demasiado concurrido. De hecho, había solo una veintena de señoras y, a diferencia de otros días, no se repartían por las distintas mesas en grupitos, sino que estaban todas congregadas a un lado del salón, sentadas en semicírculo alrededor de Rosario, Adelina e Isabel Oyarzábal, las tres de pie frente a ellas. Encarna le hizo un gesto a Matilde para que la siguiera. Adelina estaba explicando algo sobre el asunto de los huevos podridos y tenía curiosidad por enterarse de lo sucedido.

Conforme se acercaban, percibió mucha tensión en el ambiente. Entre las señoras distinguió a Marieta, a Asita de

Madariaga y a la sobrina de María Goyri, María Teresa León, que se había unido al club hacía muy poco. Al verla llegar, Marieta le hizo un gesto con la mano para que fuera a sentarse a su lado. Encarna negó con la cabeza, agradecida.

—¿Cómo que no ha ocurrido «nada», Adelina? —La voz de Victoria Kent se elevó por encima del resto—. Una cosa es que nos insulten en artículos de prensa y otra muy distinta que vengan aquí a atacarnos y a amedrentarnos. Ya estoy harta, hay que denunciarlo en un juzgado. Un día vamos a tener una desgracia y vendrán los lamentos.

—Me refería a que, por suerte, no ha habido daños personales, no ha ocurrido nada que no se pueda arreglar —se defendió la poeta.

—Denunciar ¿a quién, Victoria, si no lo sabemos? Debemos esperar a las pesquisas de la Guardia Civil —replicó Isabel Oyarzábal con firmeza—. En cualquier caso, sea lo que sea que hagamos, no lo podemos decidir aquí y ahora, tendremos que discutirlo en la junta de dirección.

Se oyó un murmullo de aprobación entre las presentes. Isabel gozaba del respeto de las socias del Lyceum, no solo por su condición de mano derecha de doña María de Maeztu, sino por su personalidad arrolladora a la par que discreta, siempre dispuesta a escuchar, resolver, ayudar. Nadie se explicaba de dónde sacaba el tiempo, la energía, la capacidad de organización para desplegar tanta actividad: desde su labor en defensa del voto femenino en asociaciones de mujeres, hasta la gestión diaria del Lyceum, sin dejar de lado sus numerosas colaboraciones periodísticas, tanto en la prensa española como en la inglesa, donde gracias a su ascendencia británica (su madre era escocesa y su padre vasco, aunque ella había nacido y se había criado en Málaga, de ahí el leve deje andaluz que le quedaba pese a que había estudiado en Glasgow y llevaba casi treinta años asentada en Madrid) escribía desde hacía tiempo para varios diarios, como el *Daily Herald*. Claro que, en España, era conocida sobre todo por sus columnas diarias en la sección *Crónicas Femeninas* del periódico *El Sol* que firmaba bajo el seudónimo de Beatriz Galindo. Y, además, ¡con una familia que atender!

—Pura Ucelay cree haber visto a través de la ventana a tres individuos con la cara cubierta, pero al asomarse, han echado a correr. Para cuando han llegado los guardias, ya no había ni rastro de nadie —dijo una señorita, en quien Encarna creyó reconocer a Matilde Calvo, la amiga de Victorina.

En ese preciso instante vio aparecer por la puerta a esta última acompañada de Marga. Venían charlando muy animadas, pero enmudecieron de golpe al darse de bruces con la reunión.

—¿Qué más da? —inquirió la Kent, que volvió a tomar la palabra—. Ni Pura ni ninguna de nosotras habría podido hacer nada. Ni esto es una taberna ni nosotras vamos a entrar en peleas de gallos —sentenció.

Era una institución legal y respetable de mujeres, y reaccionar de otra forma que no fuera a través de la ley sería un error que no las conduciría a nada, salvo a darles la razón a quienes las veían como unas señoras «ociosas, excéntricas y desequilibradas que solo pensaban en ellas mismas», como repetían unos y otros en los diarios.

—No sabía que Victoria Kent fuera miembro del Lyceum —le susurró Matilde al oído.

Encarna asintió con cierto orgullo de hermandad. Era socia fundadora y muy activa en los temas legales. Se ofreció a presentársela más adelante, en otro momento más tranquilo.

Adelina había vuelto a tomar la palabra:

—La señora Ucelay ha dicho que nos han gritado de todo: ateas, descastadas, criminales, malas madres, defensoras de adúlteras...

—Que griten lo que quieran, eso es lo de menos. Estamos cansadas de leer eso mismo cada dos por tres en los periódicos —replicó Victorina, que habló por primera vez.

Las voces de varias mujeres se alzaron dándole la razón.

—Mañana mismo escribiré un artículo para enviarlo a *El Heraldo* y *El Sol* —replicó Isabel—. No podemos dejar que la opinión de quienes nos critican sea la única que se lea en los diarios.

Encarna se ofreció también a escribir un artículo y enviarlo a *La Prensa* de Tenerife, con el que seguía colaborando. Y casi seguro podría publicarlo asimismo en el diario *La Libertad*, con el que colaboraba de vez en cuando su marido.

—Me temo que esto es solo el principio —advirtió Victoria Kent—. Son las primeras reacciones violentas al escrito que hemos presentado con nuestras reclamaciones en relación con los artículos 57 y 438 del Código Penal. Habrá más, porque, al parecer, muchos señores todavía creen que hay que obligar por ley a la esposa a supeditarse al mandato del marido, sin darse cuenta de que ya estamos en el siglo XX, no en la Edad Media. Nos ven como si fuéramos unas harpías que pretenden romper la paz familiar, cuando solo... —Un murmullo de indignación la interrumpió. Aguardó a que las señoras se tranquilizaran y retomó la frase con el mismo aplomo con el que se expresaría ante un tribunal—: Cuando solo estamos defendiendo nuestros derechos civiles, los que nos corresponden como a cualquier ciudadano.

—Con ley o sin ley, da igual: seguirán imponiendo su santa voluntad —se oyó decir a una señora.

—Necesitamos la ley, Inés. Sin el amparo de la ley no tenemos nada que hacer —sentenció la Kent—. Al menos, en el caso del artículo 438 contamos con el apoyo de juristas de prestigio a los que no les parece justo aplicar la pena del exilio en lugar de la cárcel, como correspondería, a los hombres que asesinen a su esposa adúltera. Pero mientras los políticos discuten nuestras reclamaciones, deberemos estar preparadas para recibir ataques como el de hoy o similares.

—Por desgracia, tengo la impresión de que en este país hay más hombres y mujeres de los que pensamos, gente que se considera de bien, que no piensan así —advirtió Rosario sin levantar mucho la voz.

—Y precisamente para eso sirve el Lyceum, para que podamos adelantar el reloj de España para las mujeres —afirmó María Teresa León, que no era de las que solían quedarse calladas y observando.

—Así es. Nadie nos va a dar lo que no reclamemos nosotras. Podrán patalear lo que quieran, pero al final tendrán que aceptar que los tiempos han cambiado y que las mujeres somos sus iguales, con sus mismos derechos y libertades. Y que ya no nos callamos tan fácilmente, por mucho que moleste o soliviante a los señores —dijo la combativa Isabel Oyarzábal, elevando el tono a medida que se incendiaba su discurso—. ¿O es que ya se nos ha olvidado que hace tres días irrumpió aquí el marido de Pilar Fernández hecho un basilisco para arrastrarla de vuelta a su casa, quisiera ella o no? Ese es uno de los que se resisten a perder por ley el cetro del «ordeno y mando» sobre su esposa. La pobre Pilar no tuvo más remedio que bajar la cabeza y seguirle por evitar que la cosa fuera a mayores, porque si por nosotras hubiera sido, habríamos corrido a llamar a la Guardia Civil para echarlo de aquí.

Un profundo silencio se adueñó por unos instantes de la sala.

—Se me ocurre —habló Encarna, levantando la mano— que podríamos esconder un cubo lleno de agua en el vestíbulo, por precaución. Y si aparece algún hombre con intención de violentarnos, le arrojamos el agua y veréis qué pronto se le bajan los humos —sugirió.

Las mujeres prorrumpieron en una carcajada general que destensó el ambiente.

Una vez concluida la reunión, mientras se preparaban para marcharse, Matilde se inclinó hacia ella y dijo:

—Me ha convencido, Encarna. Dígame, ¿a quién debo dirigirme para hacerme socia?

11

No había nadie cuando llegó. Las luces estaban apagadas, la casa entera estaba sumida en una muda quietud. Colgó el abrigo y el sombrero en el perchero de la entrada, se descalzó sobre la tarima de madera con un gemido de alivio. Le dolían muchísimo los pies de tanto como había caminado desde primera hora de la tarde, yendo de aquí para allá. Pero ¿y lo bien que lo había pasado? Sí, había sido una tarde entretenida e intensa al mismo tiempo, pensó complacida. Empezando por el teatro.

Por la hora que era, casi las diez de la noche, Eusebio ya debía de haber terminado de ensayar, pero aún tardaría un buen rato en volver a casa. Se habrían ido todos a picar algo en el café cercano, el de la Granja del Henar, como solían hacer. El mismo en el que pensaban cenar Victorina y Marga, recordó de repente. ¡Vaya pareja! Notó que le ardían las plantas de los pies y se sentó en la banqueta del recibidor. Se los masajeó con lentos movimientos circulares mientras pensaba que le había sorprendido Victorina, esa personalidad arrolladora que tenía, rebosante de resolución y vitalidad, y ese ir de frente, sin importarle lo que otros pensaran u opinaran... Se había formado una idea equivocada de ella, era evidente; puede que le hubiera influido el comentario que le escuchó a Carmen Baroja sobre la arrogancia o las malas maneras de la escenógrafa. Saltaba a la vista que no le gustaba, le resultaba antipática. Claro que, a veces, Carmen podía ser muy visceral e intransigente en sus opiniones, en eso se parecía un poco a su hermano Pío.

Metió los guantes en el bolso y lo guardó dentro del taquillón del recibidor. Por ratos como ese en el Lyceum, en el que podía asistir a debates de tanta trascendencia, se sentía tan orgullosa de pertenecer al club. Más aún porque Matilde Ras había podido presenciarlo en persona y juzgar por sí misma si merecía la pena o no formar parte de aquello. Ella no tenía ninguna duda, eso por descontado, pero se habría llevado una pequeña decepción si la grafóloga no se hubiera inscrito después de la reunión. No tenía que darle más vueltas, ya estaba hecho: Matilde era socia del Lyceum. Y para rematar el día, las dos habían decidido regresar al barrio dando un paseo mientras hablaban de todo un poco: de algunas de las señoras presentes en la reunión, de sus últimas lecturas (le avergonzó reconocer que un mes después del préstamo todavía no había terminado de leer *Eugenia Grandet*, aunque le quedaba poco), de sus vivencias de juventud (sobre todo la de Matilde, porque de la suya no había mucho que contar; fue vana y gris). Subieron por la calle de Santa Engracia hasta el cruce con Caracas en el que sus caminos se separaban, pero se quedaron paradas en esa esquina hablando y hablando. No veían el momento de despedirse, hasta que apareció el sereno y las apremió a marcharse a sus respectivas casas.

Sí, había sido una tarde magnífica. Eso ya no se lo quitaba nadie.

Al pasar por el salón le pareció ver un fulgor de luz en la puerta de la cocina.

—¿Quién está ahí? —Se detuvo y preguntó en voz alta—: Rosa, ¿eres tú?

—Soy yo, madre —respondió la voz de Luis.

Respiró aliviada y se dirigió hacia allí. Encontró a su hijo sentado a la mesita, cenando un plato de gachas y torreznos como si no hubiera comido en varios días.

—Jesús, hijo, qué susto me has dado. Pensé que no había nadie, pero he visto la luz y creí que había entrado un ladrón o qué sé yo... —dijo, y fue a sentarse con él un ratito mientras cenaba.

Disfrutaba de verlo comer así, con tanto apetito. La pena era que no le cundiese como debería, solo había que fijarse un poco para darse cuenta de lo delgado que estaba. En los dos últimos años, entre los estudios, los nervios de los exámenes y los cambios lógicos de su cuerpo tras dejar atrás la adolescencia, había perdido mucho peso y, al mismo tiempo, se había estirado. Las facciones de su rostro se le habían definido y afinado hasta borrar cualquier rastro de la infancia.

Luis alzó la vista del plato y la miró.

—Sí, madre, ha entrado un ladrón hambriento, como yo —replicó irónico—. He venido a asaltar la cocina a ver qué había dejado Rosa por aquí.

—Lo raro es que haya dejado algo, le dije que no hacía falta, que no vendrías a cenar.

Encarna se levantó y abrió la fresquera. De repente, le apetecía un vaso de leche tibia que le asentara un poco el estómago vacío.

—Menos mal que Rosa me conoce bien y sabe que, venga a la hora que venga, tengo hambre —dijo él.

Le molestó un poco el comentario, ¡como si ella no lo conociera igual o mejor que Rosa! Estuvo a punto de replicarle que él mismo le había advertido de que cenaría fuera, pero se mordió la lengua, no eran horas de discutir. Vertió leche en un cazo y la puso al fuego.

—¿Qué tal tu día? ¿Qué has hecho? No me cuentas nada… —le reprochó tras sentarse de nuevo.

Luis dejó el tenedor en el plato y terminó de masticar lo que tenía en la boca.

—¿Qué quieres que te cuente? He ido a clase, he tomado apuntes, uno de los catedráticos no se ha presentado a dar clase por tercera vez en dos semanas… Lo de siempre.

De amores no le quiso preguntar; en cuanto lo hacía, se encerraba en sí mismo como un mejillón.

—¿Te gustan las asignaturas? ¿Estás contento?

Su hijo terminó de beber un trago de agua y asintió con la cabeza.

—¿Y tus compañeros? ¿Hay alguna chica en tu clase?

—Dos, y las dos muy feas.

—Bueno, no debes fijarte tanto en la belleza como en si son listas, aplicadas, buenas, si tienen aspiraciones…

—Aspiraciones, ¿de qué?

—Pues eso, de cultivarse, de trabajar, de ganarse la vida, además de formar una familia.

Luis no dijo nada y continuó cenando parapetado tras un muro invisible. Ella lo observó en silencio. Era obvio que no iba a sonsacarle nada en cuestiones de amoríos, como le hubiera gustado. El año anterior se había enamoriscado de una tal Mariana (lo supo porque le escribía rimbombantes poemillas de amor de verso inflamado que aparecían luego por ahí, entre las hojas de sus libros o guardados en los cajones), quien, al parecer, no le correspondía, para mayor sufrimiento de su «corazón embelesado» (lo dedujo después de leer los poemas). En aquel entonces intentó sonsacarle algo, pero lo único que obtuvo fueron respuestas lacónicas o destempladas, según tuviera el día. Y ahora no sería distinto. Se preguntaba si se estaría viendo con alguna muchacha, como a veces pensaba. Desde que iba a la universidad había notado que se vestía con más esmero, se fijaba más en las hechuras de los trajes, en la calidad de los tejidos. Por las mañanas lo veía acicalarse delante del espejo, se examinaba la figura de frente, de perfil, de un lado, de otro, y salía de la casa dejando una larga estela de colonia a su paso. De un tiempo a esta parte se había vuelto un presumido, como su padre.

—Ah, ¡algo sí te puedo contar! —soltó Luis de pronto, rompiendo su mutismo—. Hoy hemos ido Gregorio y yo a una asamblea de estudiantes, mira... —Cogió su cartera del suelo, la colocó encima de sus piernas y extrajo del interior unos panfletos que depositó sobre la mesa, delante de ella—. Es una asociación de estudiantes nueva a la que nos hemos inscrito varios compañeros de clase. Se llama Federación Universitaria Escolar (FUE).

Encarna cogió uno y le echó un vistazo. Se describían como una asociación creada en el seno de la Escuela de Ingenieros de Agrónomos con el fin de contribuir a que la universidad y sus alumnos «se proyecten al futuro en el marco de un ideario liberal, laico, feminista y apolítico, frente a la alternativa que representa la Asociación de Estudiantes Católicos (AEC)», leyó. El texto concluía con un entusiasta llamamiento a todos los estudiantes, hombres y mujeres, a unirse a la FUE.

Luis le dijo que les habían entregado un taco de panfletos a cada uno para que los repartieran entre sus compañeros de la facultad.

—Pero esto no será algo político, ¿verdad? —preguntó Encarna, alarmada.

—No, nada de política. Lo pone ahí, ¿no lo ves? —Le indicó con el dedo la frase del ideario y resaltó—: Asociación a-po-lí-ti-ca. La han creado un grupo de estudiantes veteranos, cansados de que la AEC no levante nunca la voz ni reclame nada a las autoridades académicas, como deberían hacer, porque hay mucho por mejorar.

—No te digo yo que no, pero, por favor, ve con cuidado. —Sirvió la leche del cazo en dos vasos: uno para ella y otro para él—. No están los tiempos para levantar la voz contra el Gobierno ni llamar la atención. Mira lo que le pasó a Unamuno y a los otros catedráticos que se opusieron al presidente: les quitaron su cátedra y los mandaron de patitas al destierro. Y no son los únicos.

—Ya lo sé, madre —dijo Luis con cierto tonillo resabiado—. No te preocupes, yo sé lo que me hago.

—Por cierto... —Encarna cambió de tema—. Este sábado voy a ir a casa de don Santiago, tengo que hablar con él de unas ilustraciones para mis cuentos. ¿Te apetece acompañarme? Tu padre tiene función esa tarde y no vendrá.

Luis fingió pensárselo unos segundos, como si no le suscitara demasiado interés.

—No sé si tendré algo que hacer... —vaciló, antes de responder—: Pero si quieres, iré contigo. Hace mucho tiempo que no veo a don Santiago.

—Ni a Carolina, me imagino —añadió Encarna.

—Claro. A ella tampoco —repuso su hijo, desviando la vista.

Encarna se terminó el café que le había servido Carolina y dejó la taza sobre la mesa, aparentando una calma que estaba lejos de sentir. Don Santiago le estaba hablando de las técnicas de pintura que utilizaba en sus ilustraciones, muy distintas de las que empleaban otros ilustradores, expertos en el dibujo de trazo grueso y, a su entender, más preocupados por la vis cómica o el ingenio satírico de sus viñetas que por el arte propiamente dicho. Encarna asentía fingiendo verdadero interés, aunque hacía ya un rato que había perdido el hilo de las disquisiciones de don Santiago sobre lo que era arte y lo que no lo era.

No es que no le interesara el tema, pero al cabo de tantos años de amistad, podía asegurar que conocía bien su estilo de ilustración. Si no, no le habría pedido que fuera él quien se encargara de ilustrar los cuentos que le iban a publicar en *Blanco y Negro*.

—¿Yo? Pero, Encarna, si yo nunca he ilustrado cuentos infantiles —le había replicado cuando se lo preguntó, unos días después de su pesadilla con don Torcuato y la ilustración de Celia.

—Porque nadie se lo ha propuesto, pero yo sé que lo haría muy bien —respondió ella, muy segura—. Las ilustraciones que realizó para la primera novela de Eusebio nos encantaron a los dos, y ya le he dicho muchas veces cuánto me gustan sus retratos de niños, qué ternura poseen. No quiero que un ilustrador cualquiera del periódico dibuje a mi Celia como mejor le parezca, sin consultarme.

—Sí, si yo te entiendo, querida Encarna. Lo que no sé es si mi estilo casa bien con las historietas de *Gente Menuda*. Los niños prefieren monigotes sencillos, alegres, que llamen su atención, y yo no dibujo así —dijo don Santiago con voz vacilante—. Me cuesta imaginar mis ilustraciones en un suplemento infantil; al menos, en el que yo conocí, el de los primeros años.

—Este va a ser distinto, ya verá. Diga que sí, don Santiago —le suplicó—. Si le explico cómo me imagino yo a Celia y a los demás personajes, lo va a captar perfectamente y le va a poner más cariño que cualquier otro ilustrador del periódico a los que ni siquiera conozco. Además, es usted muy respetado en el diario, no creo que se opongan.

Le costó, pero al fin lo convenció.

Y ahora estaban ahí, en la oscura salita forrada de pinturas, dibujos y páginas de diarios con sus mejores ilustraciones colgadas de las paredes, y todavía no habían empezado a hablar de Celia, ni de sus cuentos, ni de nada. Don Santiago no había dejado de hablar con Luis desde que se habían sentado. Tenía mucho interés por conocer la situación de la universidad, qué ambiente se palpaba entre el profesorado y los alumnos. ¿Había mucho descontento? ¿Se discutía de política?

Encarna se levantó y fue a ayudar a Carolina, a pesar de que le había dicho que no hacía falta, que lo tenía todo casi listo. Entre las dos trajeron lo necesario para servir la mesa con la merienda, y entre idas y venidas del salón a la cocina, la joven le fue contando que ya había terminado el segundo curso en la Escuela de Enfermería, y estaba muy contenta porque le habían asignado las prácticas en el hospital del Niño Jesús, justo el que ella quería.

El padre debía de haber captado algo de la conversación, porque en cuanto ocuparon sus asientos, dijo con un gesto de orgullo:

—¿Qué te parece, Encarna? Dentro de nada será enfermera titulada. Y el Niño Jesús es el mejor hospital que le podía tocar; al menos, solo atenderá a niños y madres de parto, no tendrá que bregar con cosas peores.

A eso había quedado reducida su antigua oposición a la vocación de su hija por la enfermería. Carolina lo corrigió con suavidad: no lo prefería por eso, sino por el área de cirugía, una de las mejores de Madrid. Ella había empezado por curar heridas y suministrar medicamentos, pero su intención a futuro era dedicarse a los pacientes quirúrgicos, si es que las monjas se lo permitían. A Luis se le descompuso el gesto solo de pensarlo.

—Me va a disculpar, doña Encarna, pero yo les voy a dejar solos un ratito —dijo Carolina al poco. Había traído de la cocina otra jarra de café, por si deseaban servirse otra taza, y había rellenado la fuente de pastas—. Voy a salir a la calle a hacer un par de recados, no creo que tarde. ¿Se quedarán un rato todavía?

—Sí, mujer. No nos marcharemos hasta que vuelvas, ¿verdad, Luis? —respondió Encarna, girándose hacia su hijo.

—Yo te acompaño, si te parece bien —se apresuró a decir él, que se levantó de su asiento como impulsado por un muelle—. ¿Te importa, madre?

No le importaba, siempre que a don Santiago le pareciera bien, por supuesto.

—Claro, faltaría más. ¡Pero si Luis es como de la familia!

Los vio marcharse juntos. Jamás admitiría haberlo pensado, pero no le importaría que su hijo y Carolina se ennoviaran. Ella valía muchísimo, era una muchacha estupenda, cariñosa, y en cada uno de sus gestos, de sus palabras, transmitía una calma, una serenidad que a su hijo le ayudaría mucho; sería una compañera ideal para él.

—Bueno, dejémonos ya de cháchara —dijo el ilustrador en cuanto se quedaron solos—. ¿Qué me querías contar sobre tus cuentos?

«Por fin», pensó Encarna. Entonces agarró la carpeta que había traído consigo y extrajo tres hojas que había mecanografiado a duras penas.

—Estos son los dos primeros. Se los he traído para que pueda leerlos y hacerse una idea de la personalidad de Celia, la protagonista. —Lo vio fruncir el ceño con gesto reticente y añadió—: No se asuste, son cortitos; se los va a leer en un santiamén.

Don Santiago se recostó en el respaldo del sillón y comenzó a leer. La reticencia inicial se convirtió enseguida en un creciente interés visible en la avidez con que sus ojos recorrían el texto. Encarna observó con ansiedad cualquier mínimo gesto en la expresión de su rostro conforme avanzaba en la lectura, hasta que se echó a reír con una carcajada. Ella también sonrió, más tranquila. Don Santiago apartó la vista de los papeles y la posó en ella con cariño.

—¡Es muy bueno, Encarna! No imaginaba yo que escribieras tan bien, con tanta gracia...

—¿Le gusta?

—¡Mucho! ¡Me gusta mucho! —exclamó entusiasta—. ¿Qué le parecen a Eusebio? Te habrá dado buenos consejos, me imagino...

—No se los he dado a leer... —Le vio levantar la ceja en un gesto de asombro y se apresuró a esgrimir una excusa creíble—: Desde que está metido en la compañía de teatro, tiene la cabeza en otra parte. Además, los cuentos infantiles están en las antípodas de sus intereses literarios, según dice.

—¡Hombre! Eso es cierto, pero tiene buena pluma y mucho oficio, algo te podría haber dicho.

Encarna se encogió de hombros sin decir nada y él volvió la vista a las hojas.

—Así que esta niña sería el personaje central...

—Sí. Mi idea es que los cuentos giren en torno a ella y sus travesuras. Se habrá fijado en que, al principio, la describo un poco: tiene siete años, el pelito de color tostado y los ojos claros. Es inquieta, imaginativa... Y siempre está inventando algo, para desesperación de su madre. —Se calló unos segundos y luego agregó—: No es que sea mala, solo es una niña; una niña traviesa, pero de buen corazón.

Don Santiago se excusó un momento y, tras levantarse del sofá, desapareció en la estancia contigua. Encarna lo oyó revolver papeles y, cuando apareció de nuevo delante de ella, traía una libreta y un lápiz.

—Ya estoy aquí. He pensado que, ya que estamos metidos en harina, voy a aprovechar para tomar notas, ¿te parece bien?

Encarna asintió, le parecía perfecto. Él se acomodó en el asiento y apoyó la libreta sobre sus piernas antes de proseguir:

—Dime, ¿cómo te imaginas su entorno familiar? ¿Dónde viven, en una ciudad o en un pueblo? Lo pregunto porque influye en su manera de vestir, en los detalles a su alrededor...

—Pues viven aquí, en Madrid, y por ahora es la única hija de un matrimonio, los Gálvez de Montalbán, que disfruta de buena posición social. El padre es un señor de buena planta, ingeniero, con un buen puesto en una fábrica; la madre es una señora guapa y elegante a la que le gusta la vida social, salir de compras, reunirse con sus amigas... —Esperó a que terminara de escribir y matizó—: Una señora moderna pero no tanto, aunque tampoco es muy tradicional. Una cosa intermedia, ¿sabe a qué me refiero?

—Creo que sí. Algo así como nuestra Marieta Baeza.

—Sí... puede ser —repuso dubitativa—. Quizá la madre de Celia sea un poco más chic y tenga menos inquietudes intelectuales que Marieta, no sé si me entiende.

Le habló también de Juana, la criada, y de la institutriz inglesa y de la gata que Celia sacaba a pasear a la calle como si fuera un perrito.

—Yo creo que con esto tengo más que suficiente. Haré unos bocetos y te avisaré cuando los tenga para que puedas venir a verlos, pero será ya después de las Navidades. Estas fechas son muy malas. Una vez que me des tu visto bueno, yo mismo quedaré con Julio Olmos para enseñárselos.

—Se calló, pensativo, antes de preguntarle—: ¿Le has entregado ya algo?

Ella negó con un gesto de la cabeza. Había estado esperando a reunirse con él antes de llevarle al jefe de redacción los primeros cuentos mecanografiados, como le había pedido. No quería arriesgarse a que le encargara las ilustraciones a otro de sus colaboradores.

—Ah, bien, bien pensado. Habría dado pie a una situación delicada.

La puerta de la entrada se abrió y les llegaron las voces de los chicos que regresaban de la calle. Venían charlando en un tono jovial y desenfadado que no estaba acostumbrada a escuchar en su hijo, tan parco en palabras. Le oyó decir algo que provocó la risa alegre de Carolina, poco antes de aparecer en el umbral del salón.

—Ya estamos aquí —anunció ella.

—¿Te has acordado de traerme las tintas, hija?

—Sí, padre, ¿cómo me iba a olvidar? —respondió, quitándose el sombrero—. He traído el jarabe para la tos y las tintas. Pero, antes de nada, voy a lavarme las manos.

Luis se adelantó y le entregó a don Santiago el paquete que portaba, mientras Carolina desaparecía por el pasillo camino del baño.

—Ah, magnífico, muchas gracias, muchacho. —Don Santiago agarró el paquete y empezó a desenvolverlo con cuidado—. ¿Qué te parece la nueva afición de tu madre? ¡Estarás muy orgulloso de ella!

Luis lo miró desconcertado.

—¿Por qué?

El hombre se detuvo y clavó sus ojos en él.

—¿Por qué va a ser? ¡Por la publicación de sus cuentos en *Blanco y Negro*! —exclamó sorprendido antes de volverse hacia Encarna, interrogante—. ¿O es que no lo sabe?

—¡Ah, eso! —cayó el chico en la cuenta—. Sí, claro. Creí que se refería a alguna otra cosa, disculpe.

—¿Te parece poco? —replicó el ilustrador con voz grave.

—No pasa nada, don Santiago. Es normal —sonrió Encarna, conciliadora—, ya sabe cómo son los jóvenes de hoy, viven en su mundo…

El hombre meneó la cabeza con gesto de desánimo. «Y eso que son afortunados de que no les tocara vivir la Gran Guerra, ni siquiera de lejos. Son otros tiempos, eso es cierto. Parece como si todo el mundo quisiera borrar el recuerdo de la guerra viviendo al límite cada instante. Hay demasiada libertad, el mundo está cambiando mucho y demasiado rápido, la juventud reniega de los viejos valores en los que nos educaron… No sé adónde vamos a llegar…», le dijo. Encarna se fijó en su hijo, atento a los movimientos de Carolina por el salón, hasta que vino a sentarse a su lado. Traía una revista en la mano que abrió sobre su regazo, como si quisiera enseñarle algo.

—Este es. —Señaló el anuncio de una bicicleta tándem que ocupaba media página—. Dice que las traen de Inglaterra. Son graciosas, pero me parecen poco prácticas, ¿no crees?

Luis se aproximó al anuncio y leyó la descripción.

—Las mejores son las alemanas o las italianas. Los italianos hacen buenas bicicletas —afirmó, dándoselas de entendido.

A su lado, don Santiago seguía hablando de lo mal que iba el país, de la decepción que había sido Primo de Rivera, corrupto y chanchullero como el que más. Encarna asintió, con la cabeza puesta en que ya era hora de marcharse. Le hizo un gesto a su hijo, avisándole.

—Entonces, ¿quieres que vayamos juntos a la plaza Mayor cuando instalen los tenderetes de Navidad? —oyó que le preguntaba Luis a Carolina.

—Sí, pero tiene que ser a partir de las siete, que es cuando salgo del hospital.

—Claro. Yo tampoco podría antes de esa hora, tengo clases.

Se despidieron del padre y la hija en la puerta.

—Dale a Eusebio recuerdos de mi parte —le dijo don Santiago.

—Ah, casi se me olvida. Me ha dicho que les dejará dos entradas a su nombre en la taquilla del teatro para que puedan asistir al estreno de la obra en la que actúa. Será el próximo jueves.

12

Todavía seguía enfadada cuando oyó marcharse a Eusebio camino del teatro. Después de todo lo que le había ayudado a preparar el papel en la obra, de sus esfuerzos por animarle cuando dudaba de sí mismo, de lo que le había apoyado con tal de verlo contento... Todo eso lo hacía de manera espontánea, natural, por el cariño que le profesaba y también porque si él estaba bien, los demás también lo estaban y sus vidas discurrían entre las alegrías y preocupaciones habituales en cualquier familia. Y si eran un matrimonio, una familia (y lo eran, no había que darle más vueltas), su deber era hacer todo lo posible por que reinaran la paz y la tranquilidad dentro del hogar.

Así lo veía ella, pero Eusebio no se paraba a pensar en esas cosas, solo pensaba en sí mismo, en sus intereses, y por eso era incapaz de hacerle ese favor, el único que le había pedido desde no sabía cuándo. Le dijo que no era el momento, que le esperaban sus compañeros de escenario, y ahora eso era lo primero, lo más importante para él: el teatro. No existía nada más. Mientras lo observaba ir y venir por la casa arreglándose para salir, se preguntaba si realmente era esa la única razón de tanta prisa, de tanto afán por marcharse tan pronto al Círculo de Bellas Artes, o habría otro interés oculto, como le había contado María Lejárraga.

—Pero si no te va a llevar más de media hora, Eusebio

—le había insistido ella durante el almuerzo—. Yo te dicto y tú tecleas, verás como terminamos enseguida y llegas con tiempo de sobra.

Lo que a ella le costaba medio día o más de mecanografiar con lentitud y escasa destreza, él lo podía realizar en un rato, porque sabía escribir a máquina, lo hacía a dos manos, sin apenas mirar el teclado y con una agilidad asombrosa. Pero no, imposible, se negó. La compañía le reclamaba, sobre todo ahora que ya habían estrenado la obra y estaba siendo un éxito de público y crítica, solo había que ver los recortes de prensa que tenía amontonados ahí, sobre la mesa de su despacho, preparados para pegarlos en un álbum. Encarna los apartó de su vista de mal humor y ocupó el sillón de Eusebio delante del escritorio.

«¡Puede que enmarque alguno!», le había dicho después de leérselos todos, regodeándose en las frases más altisonantes. Y ella, como una boba, le había animado a hacerlo, al igual que le había aplaudido orgullosa la noche del estreno. ¡Y qué estreno! Nadie se lo quiso perder. Familiares, amigos, conocidos, periodistas (incluso algún que otro enemigo, como se jactaría después Valle-Inclán) abarrotaron la sala del teatro. La representación salió mucho mejor de lo que Encarna hubiera imaginado después del caótico ensayo general que presenció la semana anterior. El elenco entero lo hizo muy bien, cada uno en su papel; también Eusebio: estuvo locuaz, expresivo, espléndido. Cuando cayó el telón y salieron todos a agradecer el aplauso enfervorizado del público, lo vio radiante, no cabía en sí de la emoción de verse ahí arriba, delante de su familia y de sus amigos: Gregorio Martínez Sierra, Ricardo Baeza, Santiago Regidor, los Baroja (sin Pío, que no soportaba a Valle-Inclán), Eduardo Marquina o Cipri Rivas Cherif. Todos estaban allí presentes.

Encarna retiró la funda a la Remington y se quedó mirándola con aprensión. Cómo se arrepentía de no haberse apuntado al curso de mecanografía que impartían en el Centro de Estudios Históricos, como le había aconsejado tantas veces María Goyri. Pero ¿para qué?, se decía entonces, si ella siempre escribía a mano. No lo necesitaba. Y mira por dónde, resulta que ahora cada vez más publicaciones pedían a los colaboradores que entregaran los textos pasados a máquina. Abrió su cuaderno por la hoja del artículo que debía mecanografiar y lo colocó a un lado, al alcance de su vista.

—Encarna, ven, que necesito hablar contigo —le había dicho María Lejárraga, de lo más misteriosa. La había agarrado a la salida del teatro y entre Victorina y ella la habían llevado a un rincón apartado de la sala de columnas. No se anduvo con rodeos—: Puede que no sea el momento apropiado, pero si no te lo contamos ahora, quizá luego sea demasiado tarde.

—Contarme, ¿qué?

—¿Estás bien con Eusebio? —le preguntó.

Ella la miró sin entender bien a qué venía esa pregunta. Llevaban una temporada tranquila, sin grandes discusiones, si se refería a eso.

—Perdona que me meta, no pretendo ser indiscreta, pero creo que hay confianza entre nosotras. —Mariola hizo otra pausa e intercambió una mirada de entendimiento con Victorina antes de lanzarse a hablar—: Verás, Encarna, circulan algunos rumores por ahí que quizá deberías conocer… —se lo dijo en tono serio y afectuoso a la vez, tan propio de ella—, pero no quiero que te enfades.

Sus ojos saltaron de Mariola a Victorina y de vuelta a Mariola, expectante. Les aseguró que no se enfadaría.

—Si te lo contamos es para que estés ojo avizor, nada más —añadió Victorina.

—Por eso y porque yo me he arrepentido muchas veces de no haber hecho más caso a los amigos que me advertían de las entradas y salidas de Gregorio con la Bárcenas, hasta que ya fue demasiado tarde. No quiero que te pase lo mismo a ti y te pille en la inopia, querida. —Apoyó su mano en el brazo de ella con afecto y dijo—: Al parecer, Eusebio está encaprichado de una de las actrices de la compañía.

Al principio no reaccionó. Luego, poco a poco, la idea fue abriéndose paso en su mente hasta caer en la cuenta: así que era eso. Por esa razón la había dejado tranquila en los últimos meses y no llamaba a su puerta por las noches exigiéndole entrar.

—¿Y quién es? —preguntó por preguntar. Mera curiosidad. Solo conocía a dos de las actrices de la compañía: una era la mujer de Valle-Inclán, Josefina. Tendría que ser la otra—. ¿Magda Donato? —preguntó extrañada. Era atractiva, simpática, resuelta, bastante más joven que él, pero no le cuadraba mucho: le parecía demasiado moderna para Eusebio.

—¡No, mujer! —exclamó Victorina—. ¿Cómo va a ser Magda? Lo habría mandado a freír espárragos a la menor insinuación, ¡buena es ella! Esa tiene aún más genio que su hermana —dijo aludiendo a Margarita Nelken—. Además, anda con un medio novio.

—No, no es Magda. Dicen que es Paulina, la actriz que sustituye a Josefina cuando se siente indispuesta —repuso la Lejárraga—. Treinta y tantos años, casada aunque mal avenida con el marido, sin hijos. Nadie habla mal de ella, eso es cierto, y tanto Valle-Inclán como Josefina la aprecian mucho.

Esa descripción le cuadraba más, pero su nombre no le decía nada. Dejó vagar la mirada entre los corrillos de gente conocida que se habían formado en la sala de las columnas. Vio a Eusebio rodeado de sus amigos, lo notó feliz.

—¿Vosotras la conocéis? ¿Está por aquí?

Victorina se giró y paseó la vista con descaro por los rostros de la sala.

—No, no está —concluyó—. De todas formas, no saques conclusiones precipitadas. Pueden ser rumores malintencionados; nadie sabe con certeza si ha habido algo más entre ellos. Lo único que se dice es que él bebe los vientos por ella.

Por lo que a ella respectaba, Eusebio podía beber cuantos vientos quisiera, se guardó bien de decir. Su atención retornó al cuaderno manuscrito. Leyó la primera frase, levantó ambos dedos índice cual banderillas frente a un miura y comenzó a pulsar las teclas, letra a letra, palabra a palabra, con machacona tozudez.

Habían pasado varias horas cuando levantó los ojos del teclado y perdió la vista a través del cristal de la ventana, entre los edificios cercanos, cuyos bordes comenzaban a difuminarse en los grises apagados del crepúsculo. Siguió el vuelo parejo de dos pájaros en el aire y pensó en Matilde Ras, en las palabras que le dijo cuando se despidieron a la vuelta del Lyceum: «No diga eso, usted de simple no tiene nada. ¿Por qué se minusvalora así?». No era consciente de ello hasta que la grafóloga se lo hizo notar. Es posible que ella la mirara con mejores ojos de lo que se merecía. En cualquier caso, desde entonces, esa palabra («minusvalorar») irrumpía en sus pensamientos sin motivo aparente, en mitad de una conversación con Eusebio, por ejemplo, viniera o no a cuento. Se le quedaba ahí enganchada un rato hasta que conseguía apartarla de su cabeza: se imaginaba que soplaba sus letras con tanta fuerza que salían volando como una bandada de gaviotas.

Revisó en el papel la última frase que había tecleado y continuó a partir de ahí. Al cabo de un rato, estaba tan absorta en la tarea que no oyó los golpecitos de Rosa en la puerta hasta que asomó la cabeza.

—Señora, tiene una visita. Dice que es la señora Ras.

—¿Matilde? —se extrañó. No habían quedado esa tarde ni tampoco la esperaba.

La criada se encogió de hombros.

—La señora Ras, es lo que me ha dicho. ¿La hago pasar al salón?

—Sí, haz el favor, Rosa. Yo voy enseguida.

Se levantó del sillón y, al pasar por delante del espejo colgado junto a la puerta, examinó de un vistazo su aspecto. Se ahuecó un poco el pelo y se pellizcó las mejillas. La costumbre, se dijo. La encontró de pie frente al ventanal, admirando la vista de la luna creciente que asomaba tras la silueta de un edificio.

—¡Matilde! Qué sorpresa verla aquí.

Ella se volvió y la miró sonriente. Se saludaron con un rápido abrazo.

—Perdone que haya venido sin avisar, ha sido un impulso repentino. He imaginado que, por la hora que era, todavía no habría salido al club, y me he tomado la libertad de subir.

—Y muy bien que ha hecho. Pero no se quede ahí de pie, siéntese, por favor —le pidió, tirando de ella hacia el sofá—. No se lo creerá, pero justo estaba pensando en usted cuando ha llegado.

—¡Telepatía! —se rio Matilde. Antes de sentarse, se desabrochó los botones del abrigo sin quitárselo. Luego se apresuró a aclarar—: Leí su artículo de *La Moda Prácti-*

ca sobre eso, era de lo más interesante. Y lo explicaba usted de maravilla, de forma sencilla y clara. Me pareció un acierto por su parte recurrir al ejemplo de las dos amigas que pensaban la una en la otra a la vez y se escribían cartas el mismo día, a la misma hora, aunque vivían separadas por miles de kilómetros.

Encarna sonrió, lo recordaba perfectamente. En realidad, se había inspirado en su propia experiencia con Mercedes. Antes, cuando estaban más unidas y volaban las cartas entre Madrid y Tenerife, les ocurrió algo así varias veces. Encarna se lo había hecho notar a Mercedes y a las dos les hizo mucha gracia. Su amiga lo achacó a la casualidad, a una curiosa coincidencia; pero ella sentía que había algo más, que de alguna manera, no sabía cómo, sus espíritus se entendían en la distancia.

—Me quedé con una cosa que ponía... —siguió diciendo Matilde. Luego cerró un instante los ojos y se llevó los dedos a la sien en un esfuerzo por recordar—. Corríjame si me equivoco, pero decía algo así como que nuestros pensamientos producen una onda en el aire...

—Más que una onda, es una vibración muy sutil que atraviesa el aire en busca de una mente receptora —puntualizó Encarna—. Imagínese que, en un determinado momento, nuestros pensamientos han vibrado en una misma dimensión, haciendo que nuestros cerebros y espíritus se comuniquen entre sí, y... aquí estamos.

—Aquí estamos... —sonrió Matilde, mirándola a los ojos con tal intensidad que Encarna desvió la vista, turbada—. Sea como sea, he venido porque me he enterado de que esta tarde se presenta aquí cerca una nueva escuela de filosofía y he pensado que quizá le gustaría venir conmigo. Uno de los fundadores es un teósofo, el doctor... Ahora no recuerdo el nombre.

Encarna vaciló, sin decidirse.

—La acompañaría encantada, pero debo terminar de mecanografiar un artículo y... —Miró hacia el reloj de pared—. ¿A qué hora es el acto?

—A las siete, dentro de una hora, poco menos.

—Si me doy prisa, creo que me dará tiempo. ¿Le importaría esperarme?

—En absoluto. Y si puedo ayudarla en algo, me dice.

Aguardó a que se quitara el abrigo para cogérselo y llevarlo al perchero. Se fijó en que estaba más viejo de lo que parecía: el paño negro tenía un tacto áspero y los bordes de las mangas estaban algo raídos por el uso. Antes de volver al salón, se asomó a la cocina y le pidió a Rosa que les sirviera el café en el despacho, estarían allí las dos. Matilde la siguió sin dejar de admirar la casa; cuántos ventanales, debía de entrarles luz a raudales durante el día, y qué amplias las estancias comparadas con la suya, qué bonitas las tenía puestas.

—Normalmente trabajo en mi cuarto, pero la máquina de escribir está en el despacho de mi marido, así que esta tarde me he instalado aquí —dijo al entrar. La invitó a sentarse en el butacón de lectura de Eusebio, mientras ella se acomodaba frente al teclado. Se le ocurrió que quizá sí podría ayudarla—. ¿Sabe usted escribir a máquina?

—No, por desgracia. Supongo que con el tiempo no tendré más remedio que comprarme una y aprender, pero mientras pueda, me aferraré a mi pluma.

—Sí, así estaba yo también, pero el señor Olmos me insinuó que mejor les entregase los cuentos mecanografiados, y no vea el suplicio que me supone.

Matilde se levantó de la butaca y fue hacia ella.

—¿Le importa que mire?

Y antes de que dijera que no, se quedó a su lado, apoyada en el brazo del sillón, contemplando la Remington. Encarna leyó en su cuaderno la frase que había dejado a medias y comenzó a teclear lentamente. No quería equivocarse.

—¿Quiere que le dicte? Así no tendrá que despegar la vista del teclado.

Fue una buenísima idea. Matilde cogió el cuaderno y le dictó la media página que le quedaba por transcribir. También le hizo un par de sugerencias muy atinadas sobre el texto y le propuso corregir una expresión que Encarna aceptó complacida. Eso era, precisamente, lo que le habría gustado que hiciera Eusebio cuando le daba a leer sus artículos: animarla, plantearle dudas, sugerir algún cambio más conveniente.

—¿Le proponen en la revista los asuntos de los que escribe o los elige usted?

—Ah, no. Los elijo yo, pero no suelo tener una idea fija de lo que voy a escribir hasta que me pongo a ello.

—Me lo imaginaba. Son temas muy originales, alguno incluso algo delicado, pero usted los trata con tanta sensibilidad que da gusto leerlos.

—¿De veras lo cree?

—¡Por supuesto que sí! —Su voz sonó como si le sorprendiera la pregunta. Matilde se echó hacia atrás para poder mirarla de frente—. Si no, le aseguro que no se lo habría dicho. Prefiero callarme antes que mentir.

Encarna extrajo la hoja mecanografiada del rodillo y la dejó sobre la mesa, dentro de una carpetilla. La revisaría con calma más tarde, cuando regresara de la conferencia.

—Mi marido cree que son tonterías, que mi estilo es demasiado llano y coloquial. Dice que le falta «altura literaria».

—A mí no me lo parece. Si le soy sincera, no suelo leer

La Moda Práctica, y eso que me envían a casa un ejemplar de cortesía por ser colaboradora de *El Heraldo*, pero desde que leí por primera vez un artículo suyo, al poco de conocerla, no he dejado de buscar su sección con interés. Y no debo de ser la única.

No, claro que no. Otras señoras la habían felicitado por sus artículos y, cada vez que eso ocurría, la invadía una satisfacción enorme que la empujaba a sentarse a escribir con más ahínco.

—De todas formas, él escribe mucho mejor que yo, eso es innegable. Yo tengo mis limitaciones, me falta preparación.

—¿Usted querría escribir como él?

—¡No, por Dios! —Bajó la voz y le confesó, en confianza—: Es soporífero.

Matilde se echó a reír.

—¿Ve? No le haga caso, ni a él ni a nadie; ¡ni siquiera a mí! —afirmó—. Déjese llevar por su instinto, que me da que tiene usted más que muchos de los que presumen de plumillas. Además, la directora de *La Moda Práctica* le habrá dicho algo, imagino. Si no le gustaran, no se los publicaría.

—Sí, pero a veces no sé si… —suspiró y se calló. En su cabeza se formó otra vez esa horrible palabra, «minusvalorar», que se apresuró a apartar. Le avergonzaba que ella la viera así.

Matilde extendió el brazo y apoyó la mano en su hombro. Notó la calidez de su tacto a través de la tela de su camisa.

—Encarna, míreme —le ordenó y ella lo hizo, sus ojos se posaron en los de su amiga, que la miraban afectuosos—: Debe confiar en sí misma. Usted posee un estilo de escritura propio, diferente, y a las lectoras les gusta. Escriba lo que le salga de dentro y olvídese de lo que piensen o le digan los demás.

—Tiene razón —suspiró, esbozando una sonrisa. Se miraron en silencio un instante. Oyó los pasos de la criada por el pasillo junto con el tintineo de las tazas sobre los platitos—. Viene Rosa con el café —murmuró, incorporándose de golpe.

Se alejó hacia la puerta, por donde asomaba ya la bandeja.

Al día siguiente, la directora de *Royal* le mandó una nota para decirle que sus dos artículos sobre la inspiración de los artistas habían entusiasmado a los lectores. Le proponía reunirse con ella en su oficina para hablar de una colaboración más continuada en esa misma línea. Encarna sonrió, emocionada, y la leyó otra vez. Aquella era una prueba más de que Matilde estaba en lo cierto, ella tenía su propio estilo, un estilo sencillo que los responsables de las publicaciones apreciaban, como comprendió unos días después, durante su reunión con la señora que dirigía la revista aristocrática. Sus artículos eran interesantes, entretenidos, estaban escritos con un lenguaje fresco, fácil de leer, y justo eso era lo que pretendían con su publicación.

Cuanto más lo pensaba, más se convencía de que no siempre bastaba con una buena formación literaria y manejo del idioma para atraer el interés del público. Había algo más, no sabía si sería originalidad, frescura o el entusiasmo con el que se sentaba a escribir cada día. O de todo un poco.

13

Mayo de 1928

Eran unos zapatos buenos, se veía a simple vista. De piel bovina, la hechura fina, los pespuntes visibles y un diseño elegante, el mismo que calzaban los caballeros ingleses, les explicó el dependiente, que les mostró el zapato sobre la palma de su mano con un movimiento grácil, como si fuera una joya.

—Este modelo de punta marcada con doble pespunteado lo llamamos tipo Oxford, porque es el preferido por los estudiantes de esa universidad.

Encarna lo cogió en sus manos, la piel era muy suave al tacto, al igual que la dura suela de cuero. Se lo pasó a Luis, que lo examinó con gesto serio, mientras el dependiente seguía diciendo:

—Los fabricamos en nuestro taller, con las mejores pieles y materiales. Pruébeselos, joven. Los zapatos hay que probárselos para ver si se amoldan a nuestro pie.

Luis se sentó en el banco tapizado de terciopelo, se descalzó su botín de piel desgastada y se colocó el zapato. Caminó de un lado a otro de la tienda, se detuvo delante de un espejo y contempló el efecto que provocaba en su figura.

—¿Te gustan? —le preguntó Encarna.

Su hijo asintió, sin dejar de mirarse.

—¿Le queda bien? —intervino el vendedor.

—Yo creo que sí. Me noto el tobillo muy suelto, eso sí.

—Es normal si siempre ha usado botines. —El dependiente se agachó y apretó la puntera—. Sí, es su número.

—¿Qué precio tienen? —quiso saber Encarna.

El hombre se incorporó y le dijo una cifra. Luis se giró hacia su madre alarmado. «¡Es mucho dinero!», parecía gritarle en silencio. Ella le hizo un gesto de tranquilidad. Para eso era el dinero, para gastarlo. Ahora que cada mes le llegaba puntual el pago de sus colaboraciones en *Royal* y en *La Moda Práctica*, podían permitirse algunos caprichos que antes creaban algún que otro descosido en la economía familiar, porque el sueldo de Eusebio les daba para vivir decentemente, pero sin grandes lujos. Eso sin contar que, en menos de un mes, lanzarían al fin el nuevo suplemento de *Gente Menuda* con el primer cuento de Celia y empezaría a cobrar por ellos cada semana. No tenía de qué preocuparse. Además, Eusebio le había dejado bien claro que no quería saber nada de ese dinero suyo. Se lo echó en cara una tarde en que ella le ofreció que cogiera lo que necesitara para pagar la cena anual de socios del Ateneo a la que a él le gustaba asistir y lo rechazó en ese tono airado con el que reaccionaba cuando se sentía atacado en su hombría. A su familia la mantenía él, y ella podía gastarse lo que fuera que ganara (no quería ni saberlo) en lo que le diera la gana, como si quería comprarse un mono, le daba igual.

Así que eso hacía, gastárselo con alegría, sin ningún remordimiento.

—Cóbreme, haga el favor. —Sacó el monedero del bolso y le entregó un billete al empleado que se ocupaba de la caja registradora.

Con el primer sueldo que le pagó *Royal* cuando comenzó a publicar la nueva serie de artículos, encargó para Luis un traje a medida en la sastrería de la calle Mayor y a don Santiago le regaló una preciosa bufanda de cachemira, un detallito por el interés y el cariño con los que había realizado las ilustraciones de Celia. ¡Eran tan bonitas! El día que le enseñó los primeros bocetos, el retrato a plumilla de una niña pizpireta y la serie de dibujos del mundo a su alrededor —el apuesto padre y su cartera de piel, la madre vestida a la moda con una revista entre las manos, la gata jugando con unos ovillos de lana—, se le saltaron las lágrimas. Poco después, él mismo se había ocupado de llevarle las ilustraciones a Olmos y le había convencido de que nadie mejor que él para ilustrar los cuentos de Elena Fortún. Como ella había supuesto, el jefe de redacción accedió encantado. «Si a la autora le parecen bien, no hay más que hablar. Un problema menos del que preocuparme», zanjó, una vez decidido.

El dependiente los despidió en la puerta con una sonrisa servicial.

—Solo me queda ir a la perfumería y listo —le dijo a Luis, mirando a un lado y a otro de la calle.

A esas horas, la Gran Vía bullía de gente y de automóviles circulando en uno y otro sentido. Después de las lluvias primaverales de esa mañana, se había quedado una tarde límpida y soleada de lo más agradable.

—Yo no tengo mucho tiempo, madre. He quedado para ir a un sitio.

—Bueno, pues démonos prisa. —Lo enganchó del brazo y echó a andar calle abajo. Al cabo de unos segundos, preguntó—: ¿Con quién has quedado? ¿Con Carolina?

—No, con unos compañeros de la facultad. Carolina hoy tiene guardia de noche en el hospital.

—¿Otra vez? ¡Pero si estuvo de guardia hace dos o tres días!

Desde que Luis y la hija de don Santiago se habían ennoviado, se preocupaba de ella casi tanto como de su propio hijo.

—¿Y qué quieres que haga? La sor le ha pedido que cubra el turno de una compañera que se ha puesto mala y no ha podido negarse —admitió resignado—. Pero este sábado libra y vamos a ir de excursión a la sierra con unos amigos.

—Hacéis bien, a los dos os vendrá de fábula airearos. Y con la primavera, la sierra estará preciosa.

—Eh, ¡Gorbea! —Madre e hijo se volvieron hacia el joven que se acababa de parar junto a ellos.

—¡Fonfría! ¡Qué casualidad! ¡Creía que seguías en Ávila! —exclamó Luis, estrechándole la mano, muy efusivo—. ¿Cómo está tu padre?

—Ya está bien, fue solo un susto. Por eso me he vuelto, allí no hacía nada y no quería perder más clases.

—Cuánto me alegro. —Y volviéndose hacia Encarna, le preguntó—: Madre, ¿te acuerdas de Gregorio Fonfría? Goyo, para los amigos. Ha venido a casa a estudiar conmigo más de una vez.

—Sí, cómo no me voy a acordar. —Ella lo saludó con afecto. En todos esos años desde que volvieron de Canarias, era el único amigo que había traído Luis a casa. Fueron compañeros en bachillerato y lo seguían siendo en la facultad de Derecho, aunque su aspecto distaba mucho del de un estudiante en edad universitaria: era bajito, un poco esmirriado y la cara salpicada de pecas le otorgaban un cierto aire infantil—. La última vez trajiste unas yemas de Ávila riquísimas.

El chico sonrió orgulloso.

—Eran de las que hace mi madre.

—¡Son mejores que las de Santa Teresa! —afirmó Luis y los dos se rieron. Luego le dio una palmada afectuosa en la espalda y le preguntó—: ¿Qué te trae por aquí?

—Tenía que hacer un recado cerca, pero ya me voy a casa. A ver si le hinco el diente al tomo de Derecho Canónico, que va a ser el más duro de roer en los exámenes finales... —Abrió los ojos como si de repente hubiera recordado algo—: Oye, ¿y qué es eso de que van a equiparar los títulos de las universidades públicas con los de las privadas? Nada más llegar a la residencia, me lo han contado. ¿Te has enterado de algo?

—¡Y tanto que nos hemos enterado! —replicó Luis—. Ya han promulgado la ley y está la gente que trina. A partir de ahora, los jesuitas de Deusto y los agustinos de El Escorial harán sus propios exámenes y podrán expedir títulos tan válidos como los de cualquier universidad pública, ¿qué te parece?

—¡Que no puede ser! ¿Qué quieres que me parezca? —se indignó Gregorio—. Así cualquiera podrá conseguir el título, siempre que pague. ¡Qué cabrones! —Miró a Encarna con expresión avergonzada—. Con perdón, señora. No pretendía ser grosero.

Encarna se rio, comprensiva. Lo entendía perfectamente. Había escuchado con mucho interés la conversación entre ellos. Era la primera noticia que tenía de lo que ocurría en la universidad; Luis no le contaba nada.

—Pasado mañana han convocado asamblea de la FUE para decidir qué hacemos —dijo su hijo—. Al parecer, van a asistir también miembros del claustro de profesores que se oponen a la ley. ¿Vendrás? Cuantos más seamos, mejor.

—Claro que sí, ¿cómo me lo voy a perder? Nos veremos allí —repuso su amigo antes de despedirse. Se giró a

Encarna y le dedicó una sonrisa tímida—. Ha sido un gusto, señora de Gorbea.

—Igualmente, Gregorio. Espero verte alguna otra vez por casa.

El joven se perdió calle arriba y ellos prosiguieron su camino.

—Me parece bien que protestéis si eso que has contado es realmente así, pero tú no te signifiques mucho, Luis, que al final los que terminan pagando el pato son los que levantan la voz.

—¡No querrás que me quede callado sin hacer nada! Esta es otra cacicada del dictador, que solo mira por los suyos, por la Iglesia, los ricos, las empresas... Y aquí nadie se entera de lo que ocurre, porque no hay diario que se libre de la censura del régimen. Las cosas tienen que cambiar, madre, o este país no avanzará nunca.

—Yo solo digo que actúes con cabeza, hijo. Que en el momento en que se meten los partidos de por medio...

—¿Y qué quieres, madre? ¿Que escondamos la cabeza y nos traguemos el sapo? Ni hablar, ¡para eso no estoy estudiando Derecho! —dijo Luis, completamente exaltado.

Encarna guardó silencio por no echar más leña al fuego, pero hasta Eusebio decía que el conflicto del general Primo de Rivera con los artilleros del ejército y los chanchullos internos en favor de su círculo más cercano habían extendido el descontento con el régimen también entre los mandos militares. El sentimiento a favor de la república empezaba a cundir dentro del ejército, para satisfacción de Eusebio, ferviente demócrata y republicano, como le gustaba proclamar. Ella nunca había tenido ideas políticas, pero en esos últimos años de formación, conferencias y tertulias con sus amigas del Lyceum, le habían convencido de que únicamente la república traería una sociedad más libre e igualitaria, no solo entre hombres y mujeres, también entre pobres y ricos.

—Cálmate, no te pongas así. Claro que tienen que cambiar las cosas, en eso todos estamos de acuerdo. Yo solo digo que vayas con cuidado. Además, tienes los exámenes a la vuelta de la esquina, no te conviene distraerte con esas cosas.

—Mejor dejemos el tema, madre —replicó Luis en tono seco—. Es aquella tienda de allí, ¿verdad? —Señaló el rótulo dorado de la perfumería, que se extendía sobre el chaflán del local situado en un distinguido edificio modernista, en la esquina con la calle Carretas.

Desde que abrieron sus puertas dos años atrás, las Perfumerías Fortis eran un punto de atracción para los transeúntes que se detenían delante de sus escaparates absortos con la decoración de estilo parisino, a base de dorados y estantes de cristal en los que se exhibían los perfumes de marcas francesas muy apreciadas entre las señoras.

Al traspasar la entrada, los envolvió la sutil fragancia floral que perfumaba el local. Encarna se recreó en la visión de las paredes enteladas, los mostradores acristalados, las vitrinas repletas de frascos para perfumes, cremas y otros productos para el rostro. Se asemejaba más a un suntuoso salón de belleza que a las pequeñas y oscuras perfumerías de barrio que frecuentaba.

Una de las jóvenes dependientas salió de detrás de un pequeño mostrador a atenderlos.

—¿En qué puedo ayudarles?

—Busco una colonia para un regalo... —Más que los perfumes, lo que a ella le gustaba eran los exquisitos frascos de cristal tallados de las más variadas formas. No se cansaba de admirarlos. Señaló en el estante un frasquito achatado de cristal en color lila con su atomizador de borla negra—. ¿Me puede enseñar aquel de allí?

La señorita lo cogió, le pidió que extendiese la mano y, con un toque, pulverizó una fina lluvia de perfume en el dorso de su muñeca. La suave fragancia a lilas le inundó la nariz y le evocó a Matilde. Ese le gustaría, estaba segura. Luego le señaló otros dos frasquitos de formas rectilíneas y esféricos tapones dorados. La joven destapó uno de ellos, un *eau de cologne* de olor más fresco y ligero que un perfume, y se los dio a oler a los dos.

—Huele muy bien, como a limón o menta o... —reconoció Luis.

—Nos ha llegado hace poco. En Francia se está vendiendo muy bien entre señoritas más jóvenes, que prefieren este tipo de aromas más frescos —dijo la chica con aplomo—. Y el precio es muy asequible.

Encarna miró de reojo a su hijo.

—Sería un bonito detalle para Carolina...

Luis cogió el frasco y lo examinó de un lado y de otro, pensativo.

—No sé qué decirte... Yo creo que no se suele perfumar demasiado.

—¡Tonterías! Si no se lo regalas tú, se lo regalo yo. Me hace ilusión. —Se volvió a la dependienta y dijo—: Póngame el perfume de lilas y el agua de colonia. Y envuélvamelos para regalo, haga el favor.

Mientras se quitaba el abrigo, se fijó en que la chaqueta y el sombrero de Eusebio seguían colgados en el mismo lugar del perchero que cuando salió de casa. Eran más de las siete, Rosa hacía un rato que se habría marchado. Suspiró frustrada. Otra tarde más que se quedaba solo en la casa, sin salir. Sí, nadie negaba que había sido una decepción descomunal que Valle-Inclán decidiera interrumpir la representación de la obra así, de manera intempestiva, sin consultarlo antes con la compañía. Pensó que de ese modo forzaría a la junta directiva del Círculo de Bellas Artes a renegociar las condiciones leoninas que le habían impuesto por contrato, pero se equivocó. Confió en exceso en su prestigio y en el apoyo incondicional de la prensa, que a la postre no le sirvió de mucho. La junta directiva no solo le exigió el cumplimiento del contrato, sino que, además, le pusieron trabas para estrenar allí la nueva obra que ya habían empezado a ensayar. Una faena, sí. Pero ¿qué se le iba a hacer? El mundo escénico no se acababa en las barbas de Valle-Inclán ni en su compañía de teatro, condenada a la disolución después de saber que la junta de la institución no tenía ninguna intención de dar su brazo a torcer. Valle-Inclán tampoco, bueno era él.

Dejó en su cuarto los paquetes que traía. Apartó a un lado las cajas de los perfumes primorosamente envueltos y abrió el paquete de las compras realizadas en la papelería Salazar. Guardó el cuaderno nuevo en uno de los cajones del secreter, junto con la mitad del taco de hojas en blanco que había comprado. Con la otra mitad y la cajita que quedaba, se dirigió al despacho de Eusebio.

Lo encontró sentado en su butaca de cuero, junto a la ventana. Estaba inmóvil, con la mirada perdida a través del cristal, una mano alrededor de la copa de coñac apoyada sobre el brazo de la butaca y la pipa humeando en la boca.

—Ya he vuelto. —Él la miró con indiferencia y ella continuó hablando—: He traído cinta de tinta para la máquina, me fijé en que se estaba terminando. —La dejó junto al teclado. Los folios los colocó en su sitio, dentro del cajetín de madera sobre la mesa—. ¿Qué has hecho esta tarde?

¿No me dijiste que tenías una reunión con los demás integrantes de la compañía?

—Al final, no. Me han avisado de que la postergábamos porque ni la Donato ni Rivas Cherif podían acudir.

—Hombre, pues aunque fuera, podíais haber quedado los demás para veros, charlar un rato y poneros al día de lo que hace cada cual —repuso Encarna sin rendirse—. Tú te llevabas muy bien con Perico y Alfredo, y también con esa mujer... Paulina, ¿no?

—Alfredo se ha roto un pie, apenas puede moverse. Y Paulina se ha marchado de la compañía.

—¿Cómo que se ha marchado? ¿La ha dejado sin más? ¿Cuándo?

Eusebio recostó la cabeza contra el respaldo del sillón y cerró los ojos.

—Poco después de disolverla. A su marido lo destinaron a Vigo con un puesto muy bueno y se fue con él. —Lo dijo con una entonación neutra, carente de cualquier emoción.

Encarna acercó una silla y se sentó a su lado.

—Entonces podrías haber ido a la tertulia en casa de los Baeza, como todos los miércoles.

Pasó un rato antes de que él se dignara a contestar. Lo hizo después de incorporarse levemente y coger la pipa con la mano para volver a encenderla.

—¿Para qué? —inquirió sin ganas—. Estoy cansado de oírles hablar siempre de lo mismo, de lo que ha publicado fulanito, de lo que ha estrenado menganito, de lo mal que está todo... Me da una pereza enorme solo de pensarlo. —Se llevó la pipa a la boca e inhaló varias veces con suavidad—. Estoy pensando en volver a escribir. —Hizo una pausa y agregó—: Una obra de teatro, un drama.

—Me parece muy bien. Necesitas ocupar la mente en

algo que no sea pensar y pensar —le aconsejó con suavidad—. Tienes medio paquete de folios en blanco que te he dejado sobre la mesa.

—Se me ha ocurrido una idea a la que todavía estoy dándole vueltas... —dijo reflexivo—. Y, salvo cambios, ya tengo el título: *Los que no perdonan*.

—Me gusta, sí. Tiene gancho, como diría Julio Olmos.

Se le había hecho tan larga la espera hasta el lanzamiento del primer número de *Gente Menuda*, que el domingo de su publicación, día de San Juan, no pensó en ello hasta que vio aparecer por la puerta a Eusebio con el *Blanco y Negro* bajo el brazo. Había ido al quiosco nada más levantarse, cosa rara en él, que le tenía dicho a Rosa que le trajera la prensa a primera hora y se la dejara encima de la mesa del comedor, para así disfrutar de la lectura pausada de la edición dominical del diario durante el desayuno, en pijama y batín.

Según entraba en el salón, venía diciendo:

—¡Hay que ver! Este Luca de Tena, cuando hace las cosas, las hace bien: han puesto un chavalillo delante del quiosco de Cosme anunciando a voz en grito el lanzamiento del nuevo *Gente Menuda*. —Y sin quitarse aún la chaqueta, añadió—: Y me ha dicho Cosme que están por todos los quioscos igual.

—¿Lo has visto ya? ¿Qué te ha parecido? —se impacientó Encarna.

—Yo creo que la ilustración de Regidor ocupa demasiado espacio en la página, llama mucho la atención. —Abrió la revista por el suplemento infantil y lo puso encima de la mesa, delante de ella—. Deberías pedir que la hicieran más pequeña, porque lo importante aquí es el cuento, no el dibujito.

Encarna la atrajo hacia sí con avidez.

—Ese era el propósito: que atraiga la atención de los niños y luego lean el cuento debajo —admitió, examinando cada detalle.

La portadilla era graciosa y la cabecera, que le había dejado indiferente cuando se la mostraron sobre el papel en la redacción, ahora, sin embargo, le parecía muy original. Examinó por quincuagésima vez el texto buscando fallos, erratas: *Celia ha cumplido siete años. La edad de la razón. Así lo dicen las personas mayores... Es seria, formal, reflexiva, razonadora... Porque ¿de qué serviría haber alcanzado la edad de la razón si no sirviera para razonar?* Sonrió. Lo había leído mil veces y mil veces sonreía al leerlo, como si no hubiera sido ella, sino otra persona, la que lo hubiera escrito.

—¿Has visto, Rosa? Me han publicado un cuento en el *Blanco y Negro*, una revista importante. —Le mostró la página a la mujer mientras servía la leche humeante en la taza del desayuno.

Rosa miró de soslayo la hoja y sus ojos saltaron de la ilustración al texto.

—Jesús, cuantísima letra y qué chiquinina. ¿Y cree *usté* que eso lo leerán los niños?

—Seguro que sí. Y si no lo leen ellos, se lo leerán sus mamás.

—Si *usté* lo dice... será *verdá*.

—¿Ves? Hasta Rosa lo dice: tienes que imponerte y pedirles que agranden el texto —sentenció Eusebio, que desplegó *El Sol* antes de enfrascarse en su lectura.

Unos días después, en el Lyceum, María Lejárraga se presentó en la biblioteca con el único propósito de abrazarla sin dejar de elogiarla, de expresar su alegría. «Qué maravilla, Elena, qué orgullosa estoy de ti. ¿Verdad, Marieta, que estamos muy orgullosas?», se dirigió a la otra amiga, que le dio la razón sin dudarlo. Don Torcuato la había llamado por teléfono el mismo domingo para compartir con ella lo emocionado que estaba, lo bien que había quedado el suplemento entero, pero, sobre todo, el cuento de Celia; estaba convencido de que sería un éxito.

—Me dijo que sin ti no habría vuelto a sacar *Gente Menuda*, que eras una joya. Y yo le contesté: «¡Qué me va a contar a mí!» —Soltó una carcajada alegre—. Tuve que recordarle que algo de culpa he tenido yo también en eso, porque parecía que te hubiera descubierto él.

Más tarde, en el salón de té, hubo varias señoras que se acercaron a su mesa a felicitarla. Se habían enterado por Marieta de que era ella la autora del relato de esa niña, Celia, en el nuevo suplemento infantil de *Blanco y Negro*.

—¿Y esa niñita quién es? ¿Su hija? —le preguntó una señora que solía acudir al club cada tarde a jugar la partida de *bridge*.

Ella lo negó, divertida. No, era invención suya, aunque se había inspirado en varias niñas que conocía. Y era cierto, pero para ella, Celia siempre sería la pequeña Ponina, la hija de su amiga Mercedes.

—Pero entonces, ¿usted es Elena Fortún? —le preguntó otra—. Fíjese, que yo estaba convencida de que usted se llamaba Encarna.

—Sí, soy Encarna Aragoneses, pero en mis escritos firmo con el nombre de Elena Fortún. Pueden llamarme como mejor prefieran.

A sus hijos les había encantado el cuento, y a ellas también, ¡tanto o más que a ellos! ¡Qué ricura de niña y qué desparpajo!

—Te vas a hacer muy famosa por aquí, Encarna —le dijo Carmen Baroja, sonriendo con retintín—. A este paso, vas a estar tan demandada que no vamos a poder sentarnos contigo.

—Pues entonces me tendré que sentar yo con vosotras —respondió ella de buen humor, ignorando el tonillo de Carmen.

A lo largo de toda la tarde no dejó de recibir comentarios halagadores y felicitaciones tanto de señoras con las que apenas había intercambiado un saludo como de aquellas con las que tenía más trato, y a fuerza de escucharlas a unas y a otras, la embargó una dulce sensación de orgullo, de íntima felicidad. En su interior comenzó a germinar la idea de verse reconocida como escritora por las demás, con todo lo que ello implicaba. «¡Y eso es solo el principio!», le había dicho Marieta. Se sintió apabullada. Cómo le habría gustado tener a su lado a Matilde y compartir con ella sus pensamientos, su alegría. Era la única que faltaba ese día en el club, o mejor dicho, la que ella más echaba en falta, pero eso no tenía remedio porque su amiga llevaba más de un mes en Barcelona, visitando a la familia de su hermano.

Al poco de su marcha le escribió una postal muy simpática desde Cadaqués, adonde había ido de excursión toda la familia. Una semana después le llegó una extensa carta en la que le hablaba de su estancia en la ciudad de su infancia y de sus sobrinas, «dos jovencitas tan alegres como inquietas, instruidas en el librepensamiento, como no podía ser de otra forma, como dignas merecedoras del apellido Ras». Por último, le habló también de su hermano Aurelio y de su revista literaria: «No creas ni por un instante que estoy aquí de brazos cruzados, como una lánguida dama dedicada al *dolce far niente*; nada más lejos de la realidad: desde que llegué no he dejado de corregir artículos, traducir textos y revisar la edición de unos poemas de mi admirado Verlaine para la revista de Aurelio. (Leo y releo sus versos: "Sueño a menudo el sueño sencillo y penetrante / de una mujer ignota que adoro y que me adora; / que, siendo igual, es siempre distinta a cada hora...". ¿Verdad que son hermosos?). Hay días que nos encerramos los dos en el despacho a trabajar y no intercambiamos más de una docena de palabras en toda la mañana, así de concentrados estamos. Pero ¿cómo negarme, si puedo serle útil? Desde muy jóvenes, mi hermano ha sido mi apoyo y sostén cuando lo he necesitado. Es la única familia que me queda».

Ella le había respondido, a su vez, hablándole de sus visitas a la redacción de *Blanco y Negro*, de las novedades que oía en el club, de los artículos en los que estaba trabajando y de cualquier otra tontería, cuando lo que de verdad habría querido decirle era que la echaba de menos, echaba de menos los paseos del Lyceum a casa y de casa al Lyceum, las conversaciones interminables y las lecturas conjuntas de libros. Echaba de menos su compañía. Y estaba deseando que volviera a Madrid.

14

—¡Encarna! ¡Qué alegría verte! —Matilde la estrechó entre sus brazos y ambas permanecieron un rato mecidas en un suave balanceo. Cuando se separaron, la observó con cariño—. No te pregunto cómo estás porque ya lo veo: radiante y feliz, ahora que te has convertido en una escritora famosa.

Ella se echó a reír, un tanto avergonzada.

—No exageres, que no llevamos ni un mes en la calle.

Eneas apareció en el quicio de la puerta y le dirigió un largo maullido a modo de saludo que le arrancó una sonrisa. Se agachó a acariciar el lomo de pelo sedoso.

—Suficiente para saber si gustan o no, no seas tan modesta —la reprendió Matilde—. No te quedes ahí, ven adentro, anda. Lo tengo todo manga por hombro, espero que no te asustes.

Qué tontería, cómo se iba a asustar si era ella quien se había presentado allí de buena mañana y sin avisar. No había podido esperar ni un día para salir corriendo a visitarla. «Qué digo un día, ¡ni medio!». La tarde anterior le llegó el recado de Matilde avisándola de que ya estaba de vuelta en Madrid, y esa mañana había saltado de la cama como un saltamontes, solo por la ilusión de verla.

—Parece que hubieras vuelto de la guerra... —se rio al

ver la salita con montones de papeles repartidos por las sillas, torres de libros por el suelo, una gran caja abierta sobre la mesita de centro.

—¡O algo peor! Ya sabes cómo es esto: después de un viaje tan prolongado, se tarda un tiempo en colocar las cosas y volver a ubicarse en tu sitio. —La vio coger la caja abierta y llevársela a otra habitación mientras seguía hablando—: La ropa ya la he colgado en el armario, pero todavía estoy pensando dónde poner el resto de los trastos que me he traído. Entre los libros que me ha dado mi hermano, mis carpetas de trabajo y los regalos, no sé ni por dónde empezar.

—Si quieres, puedo ayudarte a colocar todo esto —se ofreció.

—No hace falta, con que quites los papeles y los libros de en medio me vale. Así, al menos, nos podremos sentar. Estoy deseando que me cuentes, pero antes, voy a preparar un té. ¿Te apetece?

Encarna asintió y Matilde desapareció en la cocina seguida de cerca por el gato.

—¿Y qué tal por Barcelona? ¿Te ha dado pena venirte? —le preguntó en voz alta mientras retiraba las carpetas de las butacas y las apilaba encima de la mesa de centro que había quedado libre.

—Mujer, siempre me da un poco de pena. Allí tengo a la familia, algunas amistades de la infancia y, además, hay tantas actividades culturales... —la oyó responder a través del tabique.

Cuando terminó con las carpetas, se agachó a examinar los libros de una de las torres. Había varios en catalán, todos de un mismo autor. Cogió el primero de ellos, el de apariencia más nueva, y lo abrió. Tenía una dedicatoria escrita que decía: «Para Matilde, que durante tantos años me ha abierto su corazón sensible y generoso. Con cariño, Víctor Català».

Se quedó mirando la letra grande y angulosa. ¿Quién era ese hombre? ¿Por qué nunca le había hablado de él? Los dejó donde estaban y no tocó nada más. Matilde reapareció en la salita con la bandeja del té entre sus manos y la depositó encima de la mesa camilla.

—Mi hermano organizaba cada semana una tertulia a la que venía gente muy interesante: artistas, escritores, filósofos... —le dijo mientras servía el té—. Personas más o menos brillantes, y con ideas de lo más variopinto.

—¿Como Víctor Català? —indagó Encarna.

—Uy, no. Si apenas sale de su casa. ¿Conoces su obra? —preguntó Matilde, extrañada.

—He visto que te has traído unos cuantos libros suyos.

—Ah, sí, pero esos los tenía donde mi hermano. Llevaba tiempo queriendo traérmelos a Madrid para releerlos porque me gusta muchísimo cómo escribe, tiene una pluma maravillosa. Además, nos conocemos en persona —dijo al tiempo que llenaba las dos tazas—. Nos carteamos desde hace muchos años, desde que leí *Solitude*. Yo era muy joven, había empezado a escribir alguna cosilla, y su novela me impactó tanto que me lancé sin ningún reparo a escribirle una carta en la que le expresaba mi admiración, y ella... —Se interrumpió de repente y la miró—. Porque es una mujer, no sé si lo sabrás. —Encarna negó con un leve gesto y Matilde prosiguió—: Somos buenas amigas. Se llama Caterina Albert, pero firma con seudónimo para evitar que juzguen sus obras bajo el prisma de su autoría femenina, porque ya le ocurrió con una obra suya de juventud en la que hacía hablar a una madre que había matado a su hijo, lo que generó un gran escándalo y muchos la criticaron por el hecho de que una historia así la hubiera escrito una mujer, ¡como si las mujeres solo pudiéramos retratar a santas y a doñas perfectas! —exclamó irónica—. Así que decidió que nunca más. Aunque, si te digo la verdad, no sé muy bien qué sentido tiene firmar con seudónimo si nunca ocultó su identidad real. En el mundillo literario barcelonés todos saben que quien se esconde tras el nombre de Víctor Català es ella, una mujer, y han seguido criticando su estilo por «demasiado masculino». Yo creo que, por eso precisamente, es tan conocida y respetada en Cataluña, porque escribe sobre los temas que le da la gana, sin importarle si se consideran adecuados o no. —Hizo otra pausa y añadió—: No sé por qué te estaba contando esto...

—Me estabas contando que le escribiste una carta cuando eras muy joven...

—¡Ah, sí! Pues le escribí y ella me respondió muy amable, y ya me conoces: cuando algo se me mete en la cabeza no hay quien me pare, así que volví a escribirle contándole mis aspiraciones literarias y, desde entonces, nos carteamos con cierta regularidad. Cada vez que voy a Barcelona, la visito y hablamos durante horas. Es tan culta, que no hay tema del que no te pueda hablar con un conocimiento pasmoso. Pero, sobre todo, nuestras conversaciones giran en torno a la literatura, la poesía, o autores que ambas admiramos.

—Qué bien.

—Ojalá pudieras conocerla, te gustaría. —Sonrió con la mirada ausente, como si la estuviera viendo, y Encarna sintió una presión dolorosa en el pecho—. Te podría prestar alguno de sus libros, pero están en catalán.

Encarna se bebió el té humeante en silencio. Toda la alegría y la ilusión con las que había llegado se habían ido apagando a medida que escuchaba hablar a Matilde de esa mujer, esa otra amiga con la que, al parecer, compartía tantas cosas. Ni siquiera había sacado de su bolso el frasquito de perfume que le había comprado de regalo, se le habían quitado las ganas de dárselo.

—Me tengo que ir.

—¿Ya? Pero si acabas de llegar y no me has contado nada de cómo ha ido el lanzamiento de *Gente Menuda*, cómo lo viviste, qué te han dicho... Que sepas que corrí a por el primer número como si fuera yo la que publicaba, y en casa de mi hermano hemos comprado cada fin de semana el *Blanco y Negro* solo por el gusto de leerte.

Pero ella ya se había levantado y había cogido su bolso para marcharse.

—Se me había olvidado que tengo que... —dijo vacilante—. Tengo que terminar un artículo que vienen a recoger antes del almuerzo.

—No entiendo... ¿Así, de repente? —La miró contrariada—. Encarna, por el amor de Dios, qué pasa.

—No pasa nada, Matilde, de verdad. Nada. —Avanzó hacia la puerta conteniendo las lágrimas que le atenazaban la garganta—. Son cosas mías. Pensé que éramos buenas amigas, que tú me apreciabas como yo te aprecio a ti...

—Claro que sí... ¿Por qué lo dices? —La miró y algo debió de notar porque inquirió—: ¿Es por Víctor Català? —Al ver que ella no respondía, insistió—: Por favor, no te vayas. Déjame que te explique...

Pero Encarna no estaba en condiciones de escuchar nada más. Solo quería estar sola.

Estuvo caminando sin rumbo fijo por las calles de Madrid, dándole vueltas y más vueltas a lo ocurrido. Dentro de su cabeza mantenía una conversación imaginaria en la que la Encarna más ecuánime se reprochaba haber reaccionado de una manera tan precipitada, tan drástica, mientras que la otra Encarna, la dolida, la del orgullo herido, examinaba una y otra vez las razones que la justificaban, se decía que si había ido con tanta ilusión hasta la casa de Matilde, no había sido para escucharla hablar de la escritora catalana sin parar, de lo amigas que eran, de lo elevadas y cultas que eran sus conversaciones (¿y las suyas?, ¿es que acaso no eran interesantes ni elevadas?), sino para charlar de sus cosas, de lo que habían hecho en ese tiempo. En definitiva, esperaba un poco más de interés y atención por su parte, vaya.

«Pero si lo hizo, Encarna —se oía decir—. Desde el primer momento te dijo que quería que le contaras, te preguntó por el día del lanzamiento del suplemento, por las ventas, por...». Sí, puede que fuera así, pero el hecho es que solo habló de su amiga catalana. «Mujer, pero si fuiste tú quien sacó el tema al preguntarle por los libros». No debía de haber preguntado. «Y esa dedicatoria tan íntima...». En el fondo, lo que le pasaba, se dijo, era lo mismo que le reprochaba su madre cuando era pequeña: no sabía compartir. Ni sus juguetes, ni los tesoritos que guardaba en una bonita caja metálica de las galletas, pero, sobre todo, no sabía compartir sus afectos. Lo exigía todo para ella, todo el amor, toda la atención, todos los halagos. «Eso era antes, cuando era una niña, ahora ya no. Y prueba de ello es Eusebio, no me molesta que tenga otras relaciones». Pero es que a Eusebio no lo quería. No con ese tipo de amor. Él era distinto. Si pensaba en las personas que le importaban de verdad, en las que volcaba todo su amor, no tenía más remedio que reconocer que quería tenerlas solo para ella. Fue así con Mercedes, durante el tiempo en que fueron amigas inseparables, casi hermanas; y ahora le ocurría lo mismo con Matilde. Aunque en su caso era distinto: con ella experimentaba sentimientos que nunca antes había sentido hacia otra mujer. Sentimientos amorosos que no podía evitar. ¿Y ella? ¿Sentiría lo mismo? Era su mejor amiga, la que colmaba todo cuanto buscaba ahora en una amistad, y sí, la quería solo para ella.

De camino a su casa, se dio cuenta de que casi era media tarde. Se le había pasado la hora del almuerzo, la hora del café, la hora de todo. No es que tuviera demasiada importancia: Eusebio se había marchado de viaje a la Academia Militar de Zaragoza y no volvería hasta dos días después, y en cuanto a Luis, en época de exámenes no solía aparecer a comer, prefería quedarse cerca de la universidad. La única que la habría echado de menos sería la pobre Rosa, que se habría quedado con la mesa puesta y la comida fría, preguntándose dónde se habría metido la inconsciente de la señora.

Nada más entrar por la puerta le llegó un suave olor a vainilla y canela. Soltó el bolso encima de la banqueta del recibidor, cerró los ojos y aspiró hondo, regodeándose en el delicioso aroma que inundaba la casa. Cuando los abrió, tenía delante a Rosa, observándola con expresión afectada.

—¡Ay, señora! ¡Menos mal que ha llegado! —dijo en tono afligido, como si anticipara un desastre. Bajando la voz, añadió—: Está aquí la señora Matilde. Ha venido hace mucho rato. Yo le he dicho que *usté* no se encontraba en la casa, pero se ha empeñado en esperarla aquí, ha dicho que era muy importante y *usté* perdone, pero no he podido decirle que no. La espera en el salón.

El corazón le dio un vuelco. ¡Matilde estaba ahí!

—No te preocupes, Rosa. Ya me ocupo yo —la tranquilizó al tiempo que se quitaba el sombrero.

La criada se dio media vuelta y ya se alejaba cuando se paró a preguntarle:

—¿Ha almorzado algo? Puedo calentarle un platito de lentejas, si quiere... O si lo prefiere, he hecho unas natillas muy ricas.

Negó con la cabeza, sonriendo.

—No, gracias, Rosa. Ahora no tengo hambre. A lo mejor después. Si eso, ya te diré.

Se restregó la cara con las manos, suspiró hondo y avanzó hacia el salón con cierta sensación de vergüenza infantil golpeándole el pecho. Matilde se levantó del sofá al verla entrar y dio varios pasos hacia ella con gesto afectado. Tenía los ojos brillantes, la tez muy pálida, el mal rato vivido le había dejado huella en la cara.

—Perdona que me haya colado así en tu casa —se apresuró a decir—. Rosa no tiene ninguna culpa, he insistido tanto que la he puesto en un brete, pero es que yo no aguantaba quieta en la mía, después de lo que ha ocurrido, Encarna. —Se acercó aún más a ella, la miró a los ojos—. No podía. Necesitaba hablar contigo, aclarar las cosas.

—Yo también, Matilde, y me alegro de que estés aquí —replicó, esbozando una sonrisa conciliadora—. Ha sido todo culpa mía, lo sé. No puedo evitarlo: sé que exijo demasiado de quienes quiero.

—¡No! No es eso, Encarna. Tú no me exiges más de lo que yo te pido a ti. Debería de haber sido más sincera contigo, más clara. Si te has sentido mal por lo que te he contado, perdóname. No era mi intención, ha sido culpa mía.

Encarna no entendía qué quería decir. Matilde se dejó caer en el asiento del sofá y continuó hablando, con voz calmada pero firme:

—En realidad, he exagerado mi amistad con Caterina solo por mostrarme más interesante a tus ojos, por presumir de la amistad de una escritora importante como ella. Lo cierto es que ni tenemos tanta amistad, ni nos carteábamos con tanta frecuencia y regularidad como te he dicho, y en cuanto a vernos, solo nos hemos visto una vez, hace muchos años, en una visita que hicimos mi madre y yo a Barcelona. Yo le escribía cartas larguísimas de lo más expresivas, le contaba mis dudas, mis sentimientos, y le hacía reflexiones más o menos acertadas sobre mis lecturas. Rellenaba hojas y hojas que luego abultaban tanto, que me costaba meterlas dentro de un sobre. Ya te puedes imaginar, con lo que me gusta a mí hablar, que no me callo ni en sueños. —Por primera vez, Matilde esbozó una leve sonrisa que le llegó al corazón—. Ella me respondía siempre correcta, con palabras amables, sin una salida de tono ni una emoción fuera de lugar, pero siempre en su sitio; distante, inalcanzable. Y la entiendo, no te creas. Yo solo era una joven y tenaz admiradora deseosa de cautivar a la gran Víctor Català para que ejerciera conmigo de mentora literaria, sin darme cuenta de que ella, como famosa escritora que era, tendría otras cosas mucho más interesantes en que pensar que ser mentora de una muchacha irrelevante a quien apenas conocía. —Lanzó un largo y sonoro suspiro, y la miró con sus grandes ojos castaños en calma—. Así que esta era la verdadera amistad que tenía con Caterina. Hace tiempo que no sé nada de ella ni ella de mí; ya no nos carteamos.

—Pero ¿qué necesidad tenías de parecerme más interesante de lo que ya me pareces, Matilde? Para mí ya eres la persona más culta, estimulante e inspiradora que he conocido. Eres la amiga que siempre he querido tener, una a la que le importo de verdad, con la que comparto aficiones e inquietudes similares, una en la que confío sin reservas y con la que me siento libre de ser yo misma, con mis defectos y mis virtudes. Y creo que tú también lo vives así. No necesito nada más. Pero tampoco quiero menos, Matilde.

—Sabes que te quiero, Encarna. Ven aquí. —Extendió sus brazos y la atrajo hacia sí—. Dame un abrazo fuerte.

El timbre estridente de la puerta las interrumpió. Oyeron los pasos apresurados de Rosa camino del recibidor y el sonido de la puerta al abrirse. Encarna aguardó a ver quién venía a esas horas, no esperaba a nadie. Enseguida vieron aparecer a Carolina en el salón. Venía sudorosa, con el pelo despeinado, como si hubiera llegado hasta allí corriendo. Avanzó hacia ellas con cara de preocupación.

—¡Doña Encarna! ¿Está aquí Luis?

—¿Luis? No, él nunca llega antes de las siete. ¿Por qué? ¿Ha ocurrido algo?

—No... ¡no lo sé! —negó vacilante.

Habían quedado a las cinco de la tarde en la Puerta del Sol para ir de paseo a los jardines del Moro, y Luis no se había presentado, cosa extraña en él. Lo había estado esperando casi una hora hasta que, cansada, decidió volver a su casa. En el camino se cruzó con dos compañeros de facultad de Luis y, al preguntarles por él, no supieron decirle. Al parecer, habían cancelado las clases de la tarde porque la FUE había convocado una protesta estudiantil delante del rectorado de la universidad. Muchos de los estudiantes habían marchado a la protesta, pero no sabían si Luis habría ido o no.

Encarna recordó la discusión que tuvieron el día en que fueron de compras y tuvo una mala sensación. Y Eusebio, de viaje en Zaragoza.

—Deberíamos ir a buscarlo, no vaya a ser que se meta en algún lío... —dijo, levantándose rápidamente—. Yo empezaría por la universidad. Si no está allí, al menos me quedaré más tranquila.

—¿Y si viene mientras lo estamos buscando? —preguntó Carolina.

—Le voy a pedir a Rosa que, si llega, le diga que no se mueva de casa hasta que volvamos. Claro que ella se marcha a las seis.

—También podrías dejarle una nota en algún sitio visible —sugirió Matilde.

Ya en la calle, decidieron que lo más rápido sería coger un taxi. Anduvieron a buen paso hasta la parada en la calle Almagro, donde se montaron en el único automóvil que había allí en ese instante. Al tomar la calle San Bernardo, el coche avanzó unos cientos de metros hasta que un guardia le ordenó desviarse por la primera bocacalle a la izquierda.

—Señoras, ¿qué hago? ¿Quieren apearse aquí o las dejo en otro sitio? —les preguntó el conductor—. Los guardias han cortado la calle y no dejan pasar.

Optaron por apearse y continuar caminando el trecho que les faltaba hasta la universidad. A medida que avanzaban, divisaron numerosos guardias apostados en distintos puntos de la calle. Al llegar delante de la puerta de la universidad, se encontraron una alfombra de carteles y hojas con mensajes de protesta, embarrados y desperdigados por la acera. Dentro del edificio, en el gran patio interior, más carteles y pasquines (¡hasta un tambor roto había!) tirados por el suelo, pero ni rastro de los manifestantes.

—Disculpe, ¿sabe si queda por aquí algún estudiante? —les preguntaron a dos conserjes que estaban recogiendo del suelo los cristales de una ventana rota.

—No, señoras. Aquí ya no queda nadie. Cuando han llegado los guardias, han salido corriendo todos despavoridos. Y los que no han huido, se los han llevado o a la comisaría o al hospital San Carlos, porque quien no se ha llevado un mamporro de los guardias, se ha llevado una buena pedrada en la cabeza.

Carolina se fijó en un grupito de estudiantes de aspecto impoluto que salían en ese momento de una puerta lateral y corrió hacia ellos, mientras Encarna y Matilde se dirigían hacia la pareja de la Guardia Civil apostada junto a la puerta.

—Perdonen, ¿nos podrían decir a qué comisaría han llevado a los estudiantes detenidos?

—A la de Leganitos, señora. ¿A quién está buscando?

—A mi hijo. No sabemos dónde puede estar.

—Si cree que estaba aquí y no ha aparecido todavía por su casa, vaya a la comisaría, por si acaso.

Permanecieron allí de pie mientras esperaban a Carolina, que llegó enseguida con más información.

—Dicen que lo han visto, pero que no saben adónde ha ido. Que entre los detenidos no creen que esté, porque solo se han llevado a tres estudiantes, los que parecían los cabecillas.

—¿Y entonces? ¿Estará en el hospital? —se asustó Encarna.

Carolina se encogió de hombros. Los chicos no sabían nada más.

—Pues vamos al hospital —resolvió Matilde—. No perdemos nada por ir.

Desanduvieron el tramo de calle por el que habían venido hasta salir de la zona cortada por los guardias. Una vez allí, continuaron hasta encontrar otro taxi que las llevara al hospital San Carlos. Encarna sintió que se le revolvía el estómago imaginando que hubiera podido ocurrirle algo a su hijo. «Que no le haya pasado nada, Dios mío, a Luis no. Bolín, mi ángel, cuida de tu hermano, protégemelo». Y eso que le dijo que no se metiera en líos, que tuviera cuidado, y nada; no había servido de nada.

—¿Tú lo has notado distinto últimamente, Carolina? ¿Más exaltado, más nervioso?

—No, doña Encarna. Está algo inquieto por los exámenes, pero es normal —respondió la muchacha—. Y a veces me habla de las reuniones de la FUE, pero del mismo modo que yo le cuento los problemas de mi hospital o las quejas de las enfermeras, por ejemplo, nada más.

—Ojalá sea así. Me llevaría un disgusto si supiera que anda metido en jaleos de política. Si notaras algo extraño en él, ¿me lo dirías?

Carolina asintió, aunque no debía preocuparse: ya vería como no era nada, pero Encarna insistió:

—Mientras está contigo, me quedo más tranquila. Tú eres una muchacha muy sensata, no le dejarías meterse en líos.

—Claro que no, doña Encarna.

El taxi se detuvo junto a la acera y se bajaron las tres. Ascendieron las escaleras que jalonaban la colina sobre la que se asentaba el hospital San Carlos. Antes de llegar a la puerta, Carolina distinguió a Luis y otro amigo sentados en un murete de piedra, delante de la fachada principal. Encarna dejó escapar un hondo suspiro de alivio y Matilde le apretó la mano en señal de ánimo. Al acercarse, Encarna se dio cuenta de que el amigo con el que estaba su hijo era Goyito Fonfría. Un grueso vendaje le rodeaba la cabeza cubriéndole parte del lado derecho de la frente, además de la ceja y el ojo derechos.

—Ay, Dios mío, Luis. —Se abalanzó sobre él a abrazarlo—. Qué susto me he llevado. Creí que te había pasado algo. Cuando nos han dicho que algunos alumnos que asistían a la protesta habían acabado en el hospital, me he temido lo peor.

—Yo estoy bien, madre, pero a Goyo casi le abren la cabeza.

Encarna se volvió hacia el chico magullado.

—Pero ¿qué ha pasado? ¿Quién te ha hecho eso?

El joven esbozó una sonrisa torcida.

—No lo sé y tampoco importa. Como dirían en el ejército, lo más seguro es que haya sido «fuego amigo». Unos compañeros han empezado a arrojar piedras y se ve que su puntería no era muy buena.

—Buena era, pero en la dirección equivocada —replicó Matilde con una sonrisa.

—Los compañeros no habrían arrojado piedras si los guardias no hubieran llegado con sus porras en alto dándonos orden de dispersarnos. ¡Era una protesta pacífica! Nuestra intención era leer una declaración frente al rectorado y, después, recoger los carteles y marcharnos por donde habíamos llegado. Pero han aparecido los guardias y se ha descontrolado todo. ¡Y ni el rector ni nadie de la junta académica se han dignado a salir y defendernos! —se quejó Luis con rabia contenida.

Carolina se aproximó a examinar la herida de Goyo con ojo clínico. Le palpó el vendaje por fuera, levantó un trozo de venda a la altura de la ceja. Había tenido suerte de no perder el ojo. Un centímetro más adentro y se habría quedado sin él. Le preguntó si notaba mareos o náuseas.

—Los golpes en la cabeza pueden ser muy traicioneros.

—Antes se ha mareado un poco, por eso nos hemos sentado aquí —dijo Luis.

—Convendría que no durmiera solo esta noche —aconsejó Carolina.

Goyo se llevó la mano a la cabeza, dolido.

—No voy a estar solo —repuso—. En la residencia tengo muchos compañeros.

—Pero en tu habitación no hay nadie más —replicó Luis—. Lo mejor es que te vengas a casa con nosotros y duermes conmigo, ¿verdad, madre? Así me quedo más tranquilo.

Encarna asintió de inmediato. No había ni que preguntarlo. Goyito se venía con ellos. No se quería ni imaginar la preocupación de sus padres si supieran de las andanzas de los chicos.

15

Para Encarna, aquel verano de 1928 pasaría más rápido que ninguno en su memoria. A Luis le quedaron dos asignaturas para septiembre, como era de esperar. El incidente con Goyo, lejos de apartarlo de la lucha estudiantil, lo había empujado a participar con más rabia en las protestas universitarias que se sucedieron durante ese mes de junio, tanto si tenía exámenes a la vista como si no. Ella lo había observado con preocupación, le insistía en que se centrara en los exámenes y se olvidara por un tiempo de las protestas, pero no había manera de convencerlo. Luis se revolvía con insolencia, no quería escucharla. Ni a ella, ni a Eusebio, que lo intentó una vez sin ningún convencimiento: con cada razón, cada consigna que argüía el hijo, él asentía, contagiado de su fervor juvenil, de su coraje frente al abuso de autoridad, frente a la injusticia; un coraje que él nunca tuvo para defender así sus ideas. Al final, lejos de recriminarle su abandono de los estudios por la lucha estudiantil, terminaba por compartirla y alentarla con su actitud, y Encarna se enfadaba. Pero ¿qué esperaba?, se lamentó. En las discusiones con el hijo, rara vez podía contar con él. Las peleas le alteraban, parecía embotado, como si le costara discurrir con agilidad y se aturullara con las palabras, así que solía alejarse, encerrarse en su despacho y dejárselo a ella, con la excusa de que «tenía más mano con él». Sin embargo, esta vez Encarna se sentía incapaz de hacer entrar a su hijo en razón. Ni siquiera escuchaba a Carolina, con quien mantuvo una fuerte discusión en el salón de casa. Luis le afeó que se pusiera siempre del lado de su madre, «como si no fuera suficiente con tenerla encima todo el santo día dándome la matraca», le reprochó. En fin. Encarna lo dejó por imposible y no volvió a decirle nada más. El día en que apareció en casa con las calificaciones, vinieron las excusas, los lamentos, los propósitos de enmienda: no habría más protestas ni reparto de octavillas ni reuniones en la FUE, les prometió; a partir de ese momento, estudiaría con ahínco todo el verano con el fin de aprobar en septiembre.

Eusebio andaba enfrascado en su nueva obra de teatro, contento de haber recuperado las «buenas sensaciones literarias», según decía, por lo que avanzaba a buen ritmo, y ella se había propuesto entregar las colaboraciones cuya publicación estaba prevista en los meses de verano, antes de que terminara el mes. El Lyceum cerraba sus puertas julio y agosto, y Matilde se había marchado a Sigüenza con su prima, huyendo de los calores de Madrid, igual que hicieron ellos en cuanto pensaron que se asfixiarían si permanecían un día más en el ático. Ni siquiera el toldito que habían instalado a finales de la primavera les permitía ahora salir a la azotea.

Contrataron un taxi que los llevó a los tres a Ortigosa del Monte, el pueblecito segoviano en las faldas de la sierra de Guadarrama en el que veraneaban desde hacía muchos años. Allí al menos disfrutaban de temperaturas soportables durante el día con las que Luis podía estudiar, y por las noches refrescaba tanto que hasta tenían que dormir con una colcha por encima. Encarna daba largos paseos por el monte, leía mucho y, al caer la tarde, Eusebio y ella hacían tertulia con don Pedro, el médico del pueblo y buen amigo de la familia, además de lector empedernido, como ellos. Pero el tiempo pasó muy rápido y, a finales de agosto, regresaron a Madrid para que Luis estuviera centrado antes de los exámenes de septiembre.

Un par de semanas después, cuando todavía estaban celebrando en la familia los aprobados de Luis, Encarna recibió una tarjeta de don Torcuato Luca de Tena en la que la convocaba a una reunión en la redacción de *Blanco y Negro*. El mensaje la inquietó, no era normal que la citara el propio don Torcuato, con quien no había vuelto a hablar desde la primera y única vez que se reunió con él en su despacho. Sabía por Cosme, el del quiosco de prensa cercano a su casa, que durante el verano las ventas de la revista habían bajado considerablemente. Pero le aseguró que era normal, que con el calor parecía que la gente se aplatanaba, se le derretía el cerebro y se les quitaban las ganas de todo, hasta de leer la prensa.

—¿Y ahora ya vende más? —le preguntó Encarna el primer fin de semana que bajó a comprar el periódico.

El hombre se encogió de hombros, curvando la boca en un gesto de duda.

—La cosa va un poco lenta. Septiembre es un mes raro, nunca sabe uno por dónde va a soplar el viento. Las señoras están tan ocupadas en poner en marcha la casa y a la familia tras el veraneo, que no tienen ni tiempo ni ganas de leer revistas. Me da a mí en la nariz, vamos.

Era una interpretación suya un tanto discutible, se dijo Encarna, porque el Lyceum había reabierto sus puertas después del verano y las señoras habían regresado a sus reuniones y tertulias con la misma frecuencia que solían.

—¡Señora Fortún! ¡Cuánto me alegro de verla!

Don Torcuato salió a recibirla a la puerta. Extendió la mano y la hizo pasar a su despacho con una sonrisa radiante que la tranquilizó un poco. Si sonreía tanto, no la habría convocado allí para darle una mala noticia. Claro que el presidente de Prensa Española era conocido por conservar las maneras exquisitas, los nervios templados y el carácter afable hasta en las situaciones más comprometidas. La condujo a la mesa de reuniones en un rincón de la estancia y la invitó a tomar asiento.

—He mandado aviso al señor Olmos de que ha llegado usted. No tardará en subir. Aunque don Julio y yo hemos comentado ya algunos aspectos, como es lógico y natural, creo que de esta forma, juntándonos los tres, lo resolveremos rápidamente.

Ese comentario resucitó sus temores. ¿Qué había que resolver? ¿Algún problema relacionado con ella o con sus textos? Si era así, nadie le había advertido nada hasta ahora.

La puerta del despacho se abrió y enseguida apareció el señor Olmos, acompañado de una señorita a la que presentó como Blanca Foz, secretaria de la redacción. Don Torcuato los invitó a ocupar los asientos a su derecha, enfrente de Encarna, sentada a su izquierda.

—Pues ahora que ya estamos todos, comencemos. Señor Olmos, ¿quiere arrancar usted con los datos de los que disponemos?

El jefe de redacción abrió su carpetilla y repasó las hojas que guardaba en su interior. Carraspeó un poco antes de realizar una exposición de cómo habían ido las ventas de *Blanco y Negro* desde el lanzamiento del suplemento infantil. Al principio, le explicó, habían aumentado de manera insignificante, pero a partir de la tercera semana, el incremento había sido progresivo y constante.

—Pensamos que se debe al tirón de *Gente Menuda* entre los más pequeños de la casa. A los padres de ahora les gusta ver a sus hijos disfrutar de una lectura amena y entretenida, y el suplemento infantil de *Blanco y Negro* les ofrece mucha confianza...

Don Torcuato asentía complacido a todo lo que su empleado estaba contando, y Encarna no acababa de entender adónde querían ir a parar con tanta explicación. Julio Olmos le hizo un gesto a su ayudante, que sacó un taco de cartas sujetas por una goma, y continuó diciendo:

—Luego está el tema de las cartas de los lectores. Desde el lanzamiento, no han dejado de llegar semana tras semana mensajes felicitándonos por los contenidos de la revistilla, en especial, por sus artículos, tanto los de *Celia* como esos otros más didácticos que ha escrito usted sobre arte o ciencia explicada para los niños. Por lo que se ve, gustan mucho, tanto a padres como a hijos.

Esas palabras la pillaron por sorpresa. No porque no lo supiera, sino por el hecho de que hubieran salido de la boca de Olmos, de quien no solía recibir más que encargos de textos, número de palabras máximo y fechas de entrega.

—La cuestión, señora mía —intervino don Torcuato con voz suave—, es que estamos encantados con su colaboración en *Gente Menuda*. Creo que no me equivoco si afirmo que, gracias a usted, el suplemento ha superado todas nuestras expectativas. Y, por esa razón, deseamos plantearle una nueva propuesta de colaboración.

Encarna lo miró intrigada. Don Torcuato le hizo una seña al señor Olmos, que volvió a tomar la palabra:

—Antes déjeme decirle que en el tiempo que lleva trabajando con nosotros, he sido testigo de su seriedad y buen hacer en el trabajo. Es usted cumplidora, puntual en sus entregas y cuidadosa con sus textos, lo cual no es tan habitual entre nuestros colaboradores. Por otro lado, todos estamos de acuerdo en que nadie como usted entiende mejor la mentalidad infantil, sus gustos o preferencias, por lo que nos gustaría ofrecerle dirigir *Gente Menuda*. Seguiría publicando sus cuentos de *Celia*, por supuesto, pero además decidiría las secciones y el contenido que incluirían cada semana.

—Ni que decir tiene que le aumentaremos el sueldo, como no podía ser de otra forma. Si está de acuerdo en hacerse cargo del suplemento, cobraría mil pesetas al mes —agregó don Torcuato.

Eso era muchísimo dinero, pero no acababa de entender muy bien qué le estaban pidiendo.

—Entonces, ¿yo sería la responsable de lo que se publicara? ¿Podría decidir, por ejemplo, crear una sección de pasatiempos, otra de manualidades sencillas, otra de refranes y canciones...?

—Sí, lo que usted considere. Solo le pido que, una vez lo tenga pensado, lo ponga por escrito y nos reunamos de nuevo para acordar la propuesta definitiva. Además, sepa que no estará sola; dispondrá del apoyo de la señorita Foz en la redacción, su secretaria y ayudante en todo lo que necesite.

La joven sentada junto a Olmos la saludó con una sonrisa radiante.

—Estoy deseando empezar, señora Fortún. Aunque no lo crea, leo sus relatos cada semana y me encantan —afirmó—. Estoy a su entera disposición.

—Blanca se ocupará de recopilar los textos, mandarlos a imprenta, se coordinará con los ilustradores y los viñetistas según sus instrucciones y... en fin, de lo que haga falta —añadió el jefe de redacción.

Eso sonaba muy bien, la verdad.

—Tendré que escribir bastante más...

—Así es, será más trabajo —admitió don Julio, volviendo a su hieratismo habitual—. Pero estamos seguros de que, bajo su batuta, el suplemento ganará más vuelo.

—Y para cualquier cosa que necesite, cualquier duda, cualquier problema que le surja, doña Elena, ya sabe que nos tiene aquí —intervino don Torcuato de nuevo—. Solo tiene que decirlo.

Necesitaba pensarlo. Su serie de artículos *¿Por qué se han hecho tantas obras maestras?* que escribía para la revista *Royal* le exigía bastante tiempo de estudio previo sobre cada obra de arte, el pintor correspondiente y las circunstancias en que fue pintada, antes de sentarse a escribir. Y cuando lo hacía, le dedicaba horas, días enteros, hasta quedar totalmente satisfecha con el texto. Era mucho esfuerzo (un esfuerzo placentero, eso sí), pero cuando aceptó el encargo, ya era consciente de que sería un desafío crear unos relatos a la altura del nivel cultural de los lectores de la revista, y ahora se sentía especialmente orgullosa del resultado. Tenía la sensación de haber aprendido mucho en ese tiempo. Unos días después de la publicación de cada artículo, le solía llegar una nota de la directora con un breve comentario de felicitación, y ese simple detalle no solo le producía una íntima satisfacción, sino que la había vuelto, poco a poco, más exigente, más consciente de sí misma y de su escritura, y a la postre, se sentía reafirmada como autora periodística. Por otra parte, no sabía cuánto duraría esa colaboración tan bien pagada. ¿Seis meses más? ¿Un año, quizá? Ya se vería.

Caso distinto era *La Moda Práctica*, en la que publicaba cada quince días de manera habitual, aunque no le preocupara demasiado: eran artículos que le salían casi solos, porque trataban cuestiones que a ella misma le interesaban mucho, asuntos inexplicables de la vida —como aquel de la telepatía, o los misterios de la naturaleza, o el mundo de los sueños — sobre los que solía reflexionar a menudo, sola o en las reuniones de la Sociedad Teosófica. Además, tenía bastante confianza con la directora y, si se veía apurada, podía pedirle unos días de margen para entregar su texto.

Todas estas consideraciones pasaron por su cabeza después de escuchar la propuesta de don Torcuato. Le supondría, además del esfuerzo, una mayor responsabilidad, pero al mismo tiempo lo interpretaba como un espaldarazo a su trabajo, la consolidación de su profesión de colaboradora periodística, por la que comenzaría a percibir un sueldo mensual nada desdeñable. Y dejaría de depender de Eusebio. *¡Uy, di que sí, di que sí! Así podremos inventarnos las historietas y juegos que de verdad nos gustan a los niños y no esos cuentos tan aburridos con los que nos duermen, para que seamos buenos y obedientes y nos estemos quietecitos y nos portemos bien todo el rato, como si ya fuéramos mayores...* «¡Señor! Calla, calla, charlatana, ¡que ya me has convencido!».

Esto era lo que siempre había querido, lo que la hacía realmente feliz, y ahora era su momento, no podía dejarlo pasar.

—Póngase recta, no se mueva. Enseguida termino.

Encarna permaneció muy quieta en mitad del taller, siguiendo con los ojos los movimientos del sastre a su alrededor. Observaba, fascinada, la delicadeza con la que Manuel extendía la cinta métrica sobre su cuerpo para tomarle medidas (de la cadera, de la sisa, del contorno de pecho...), las leves maneras afeminadas con las que se dirigía a su ayudante, que apuntaba con diligencia las cifras en una libreta.

—¿Sabes que Eladio ha vuelto de París con su nuevo amigo? —oyó la voz de Victorina a su espalda. La pregunta no iba dirigida a ella, sino a su amigo el sastre, que respondió, distraído, con un sonido ininteligible. Ella prosiguió—: Es francés, músico. Bastante más joven que él. Me contó que lo conoció una noche en un café cantante de Pigalle. Dice que lo oyó tocar el piano y cayó fulminado de un *amour fou. Oh, là, là, mon amie!* —se rio en tono burlón—. Ya sabes cómo es Eladio cuando se enamora: un cursi.

El sastre se detuvo en su quehacer y se giró hacia ella.

—Ya veremos cuánto le dura el enamoramiento esta vez. Yo apuesto que en tres meses como mucho, *c'est fini.*

—¿Tres meses? ¡Largo me lo fías! —exclamó Victorina—. Yo no le doy más de dos semanas de locura amorosa.

Encarna los escuchaba divertida. Sabía de las amistades poco convencionales que frecuentaba su amiga, pero ni los conocía ni había oído mencionar nada de ellos hasta ahora.

—Manolín, no le hagas la chaqueta demasiado ancha, que Encarna no es muy alta y parecería un payaso —dijo Victorina, contemplándola a través del espejo.

—Querida, a ver si vas a venir aquí a enseñarme cómo hacer mi trabajo —le replicó él en tono sarcástico. Jamás permitiría que un cliente suyo saliera a la calle con una prenda que no realzara su figura, ¿qué diría eso de él y de su sastrería?

Encarna también quiso opinar.

—Yo preferiría que me quedara más bien entalladita, es más elegante —dijo con cuidado—. Sin apreturas, pero entallada. Me gustaría que me quedara así —señaló la prenda que lucía el sastre, de hechura impecable—, como le queda a usted.

Llevaba tiempo deseando tener una chaqueta y después

de fijarse mucho en los distintos modelos que veía por la calle, creía saber bien lo que quería. El mismo día que selló la nueva propuesta de secciones para *Gente Menuda* con Julio Olmos se sentía tan contenta, que le pidió a Victorina que la acompañara a aquella sastrería de la que le había hablado una vez. Ya era hora de modernizar su vestuario y adaptarlo a sus nuevos intereses.

—¿Ves? Tu amiga tiene mejor gusto que tú, Víctor —se burló Manolín—. Ya puede descansar, señora Aragoneses, he terminado de tomarle las medidas.

Le hizo una seña a su ayudante, un joven imberbe que no había abierto la boca en todo el rato, para que se acercara. Repasó de un vistazo las medidas que había apuntado y le pidió a Encarna que hiciera el favor de esperar mientras iban a buscar las muestras de tejidos.

—Verás cuando me vea llegar Eusebio con una chaqueta así, va a poner el grito en el cielo —le dijo a Victorina una vez se hubieron marchado.

Se dirigió hacia un burro de madera del que colgaban varios trajes de chaqueta ya terminados y los examinó uno por uno.

—Si te sienta bien, ¿qué va a decir? Por lo poco que lo conozco, parece un hombre tolerante…

—Uy, sí. Muy tolerante… —repitió ella, irónica. Se probó un chaleco de raya diplomática con su chaqueta a juego y se miró en el espejo de cuerpo entero apoyado contra la pared. Se retiró el pelo hacia atrás, como un hombre. Se veía muy bien. Sus ojos buscaron a Victorina, que la observaba divertida a través del espejo, y agregó—: Cómo se nota que no lo conoces en absoluto.

Su amiga se echó a reír.

—Mujer, no será para tanto…

Pero claro, qué iba a saber ella si no había vuelto a verlo

desde que se disolvió la compañía de Valle-Inclán. Ni siquiera lo había visto en la cena que finalmente organizaron los miembros de la compañía. Asistieron la mayoría de sus compañeros de reparto, incluida Victorina, pero él no apareció. Por entonces, atravesaba una de sus rachas melancólicas. Se había encerrado a escribir esa obra de teatro que lo tenía absorbido (*Los que no perdonan*, ¿o era *Los que no olvidan?*, no se acordaba bien), porque se había propuesto presentarla a un premio literario de mucho prestigio, el Fastenrath, cuyo plazo de inscripción terminaba en enero. Tenía todavía más de dos meses por delante, pero él insistía en que no pensaba salir de casa ni ver a nadie hasta escribir el punto final. Pero, eso sí, alguna noche seguía llamando a su puerta, insistente, suplicándole entrar. Y también alguna noche ella no había tenido más remedio que ceder.

Por su parte, Encarna y Victorina no solo se habían encontrado con cierta frecuencia en el club, sino que, además, habían forjado una buena amistad, a pesar de la diferencia de edad. Quizá porque sus caracteres congeniaban, se entendían bien entre ellas.

—Además, ¿qué importa lo que él te diga?

Encarna guardó silencio.

—¿Cuánto tiempo lleváis casados Eusebio y tú?

Hizo una rápida cuenta mental.

—Veintidós años hemos cumplido hace poco.

—¡Madre mía! ¿Tanto? —se rio Victorina.

—Sí, hermosa. ¡Hasta a mí me cuesta creerlo! —reconoció Encarna. Cogió otra chaqueta, esta de un tejido sedoso en color marrón, muy bonita. Le pareció que era de su talla y se la probó—. Pero es que éramos tan jóvenes los dos… Mi madre no me dejaba en paz y yo fui una inconsciente que no sabía dónde se metía. Ni siquiera sabía distinguir bien qué era lo que sentía.

—Eso es lo que os pasa a las de vuestra generación, que os educaron para ser muy obedientes. A mí, sin embargo, como nací sin que nadie me esperara ya, me dejaron ser libre como un pájaro —reconoció Victorina. En ese sentido, se sentía afortunada. Su voz se tornó más comprensiva cuando añadió—: Yo he conocido a unas cuantas casadas como tú, que se ocultan detrás de un matrimonio infeliz. Y, sinceramente, no sé cómo podéis aguantar así.

—Así, ¿cómo?

—Así, casadas con un hombre, cuando todo tu ser busca el amor en otra mujer.

Encarna le lanzó una rápida mirada y se quitó la chaqueta. De las amigas del Lyceum, solo Victorina conocía su secreto, y no porque se lo hubiera contado, sino porque decía tener un ojo especial para identificar a las que eran como ella.

—Pues tú dirás lo que quieras, Víctor, pero a mí me parece que el bicho raro eres tú, que no lo ocultas —repuso en tono burlón. Las dos permanecieron calladas, hasta que Encarna dijo—: La verdad es que el único recuerdo que conservo del día de mi boda es el estanque del Retiro con cientos de pececitos de colores...

—¿Y ahora? Si volvieras a verte en esa tesitura, ¿te casarías?

Encarna fue hacia la butaca situada al lado de Victorina y se dejó caer en ella.

—Claro que no —respondió, soltando un suspiro—. Aquello fue un disparate, una inconsciencia a la que me arrojé sin pensar, con los ojos cerrados. Pero también te digo que mis hijos han sido mi felicidad, mi razón de ser todo este tiempo. Ahora Luis, el hijo que me queda, ya empieza a ser adulto y me necesita menos, pero nunca deja una de preocuparse.

—Yo, en cambio, creo que no tengo instinto maternal. No me gustan los críos, me aburren muchísimo. A lo mejor es que soy demasiado egoísta, no sé... —Victorina se quedó absorta unos segundos y, finalmente, concluyó en tono despreocupado—: De todas formas, yo soy como soy. No voy a renunciar a mis sentimientos y convicciones por el hecho de ser madre... Aparte, sería incapaz de estar con un hombre, como haces tú.

—A todo se amolda una. Yo con Eusebio he llegado a un cierto ten con ten, con sus más y sus menos. Él tiene sus aficiones, sus amistades. Y yo, desde que he hecho de la escritura mi trabajo, me siento más libre de hacer y decir lo que quiero, sobre todo, dentro de mi casa.

Victorina la miró escéptica.

—Pero sigues con él.

Encarna se encogió de hombros.

—¿Y qué quieres que haga? Eusebio es... —Se mordió la lengua antes de proseguir. Había cuestiones que prefería guardarse—. Es difícil de explicar, Víctor, no lo entenderías. A veces no lo entiendo ni yo —dijo vagamente—. Además, ya es demasiado tarde para ciertas cosas.

—Tarde ¿para qué? ¡No digas bobadas! Nunca es tarde para permitirte sentir lo que sientes y ser feliz.

—Tarde para cambiar de golpe. Y ahora, además, que por fin he encontrado mi camino con la escritura...

—Tú lo que necesitas es encontrar a alguien que te quiera, y que te quiera bien, Encarna. Como tú te mereces. Como nos merecemos todas.

Ya tenía a alguien así. Matilde la quería con un amor puro, generoso, que ella le devolvía de la misma manera.

El sastre volvió en ese momento cargado con diferentes muestras y toda su atención se centró en elegir tejido para la chaqueta. Finalmente, se dejó aconsejar por Manolín, y eligió una en un tweed de color caramelo y otra de popelín de lana gris.

—Incluya también dos blusas camiseras blancas y dos corbatas estrechas, así no tendré necesidad de robárselas a mi hijo. Me temo que no le gustaría demasiado.

16

Apenas dormía seis horas al día. Se levantaba temprano, se aseaba y, después de tomar un desayuno frugal, se encerraba en su cuarto a escribir hasta la hora del almuerzo. A veces salía a la calle a hacer un recado a media mañana, más por la necesidad de despejar un poco la cabeza que por el recado en sí, que habría podido encargárselo a Rosa. Alguna tarde se escapaba a hacerle una visita a Matilde, pero a lo que jamás faltaba era a su compromiso con la biblioteca del club, que remataba con un ratito de conversación en el salón de té con las amigas: si no encontraba allí a Marieta, Carmen y Zenobia, se sentaba con el grupo «de las jóvenes», como las llamaba ella: Víctor, Mati, Adelina y esa chica tan simpática con apellido de princesa de cuento, Ernestina de Champourcín, de ojos negrísimos y tez de magnolia. No llegaba a los veinticinco años y ya tenía un poemario publicado con muy buenas críticas (de hecho, Zenobia le contó que había convencido a Juan Ramón para que la acogiera bajo su ala). De todas formas, no se quedaba demasiado tiempo de tertulia porque, de vuelta a la soledad de su cuarto, volvía a coger la estilográfica y se ponía a escribir hasta casi la medianoche. Desde principios de 1929, su vida entera giraba en torno a *Gente Menuda*.

Cada primero de mes tenía una reunión de organización con Blanca en la redacción de *Blanco y Negro*, a la que se asomaba unos minutos Julio Olmos para hacer algún comentario puntual o, simplemente, saber cómo iba todo, si necesitaba algo. Ella le aseguraba que todo iba sobre ruedas, estaba encantada con la señorita Foz, no sabía qué haría sin ella. Sabía por Blanca que él solía revisar sin falta todo el material antes de enviarlo a imprenta, como si no se fiara de su trabajo, se quejaba la joven. Encarna le restaba importancia. «Tú por eso no te preocupes: siempre es mejor que lo revisen seis ojos que cuatro, Blanquita», repetía. Lo que le preocupaba era que no se le traspapelara algún artículo o que no le llegaran a tiempo los textos al ilustrador de las historietas, eso sería un desastre. Cada semana, inexorablemente, debía publicarse el suplemento infantil con una nueva entrega de *Celia lo que dice*, además del contenido escrito que aparecía en las demás secciones, ya fuera un artículo de la serie de los inventos (cómo se inventó el gas, la luz, el vidrio, etcétera), un cuento cortito, las descripciones de las manualidades o lo que se le ocurriera. Eso le exigía un ritmo tal de escritura y concentración que había momentos en que no sabía ni en qué día vivía. Con Eusebio coincidía a la hora del almuerzo y, en cuanto terminaban de comer, ella regresaba a su cuarto a continuar la tarea. Él se quejaba a menudo, le decía que ya nunca se sentaban un rato a conversar, que apenas la veía, que estaba descuidando sus deberes en la casa, y eso no podía ser. Ese mediodía, en vez de sentarse a tomar el café en el sofá del salón, como solía, se presentó en su cuarto, indignado.

—Rosa me acaba de pedir dinero para hacer mañana la compra en el mercado, porque estás tan distraída, tan ausente, que no se atreve a interrumpirte con las «tonterías de la casa», ¡y me lo dice a mí! —le recriminó en tono escandalizado—. Esto no puede seguir así, Encarna. Ya no te ocupas de planear las comidas, ni de llevar las cuentas al día, ni de revisar los armarios, ¡ni de nada!

Ella dejó de escribir y respiró hondo antes de responder.

—¿Cómo quieres que me ocupe de eso con todo el trabajo que tengo, Eusebio? Te he pedido varias veces que me ayudes a pasar los textos a máquina, que me roba mucho tiempo, y no te da la gana. Siempre tienes algo más importante que hacer, una carta por escribir a no sé quién, un artículo que se te ha ocurrido de repente, ¡lo que sea! —se quejó con amargura—. La cuestión es que tú te encierras en tu despacho con la excusa del trabajo y yo no te digo nada; pero si soy yo la que necesita concentrarse para sacar adelante mi trabajo en una revista importante y por el que me pagan un buen sueldo, resulta que descuido mis obligaciones. Según tú, debería dejarlo todo de lado y ocuparme de las tareas domésticas. Eso es lo único que te importa.

Él alzó la barbilla en un gesto de soberbia.

—¡Pues sí! ¡Porque te debes a tu familia antes que a nada! —replicó muy digno—. Además, que sepas que tú no escribes para *Blanco y Negro*, que esa sí es una revista importante; por muchos aires que te des, tú escribes para una revistilla infantil intrascendente, nada más. Y cuando eso se acabe, que se acabará tarde o temprano, a ver quién va a encargar colaboraciones a una señora que solo escribe cuentos infantiles —zanjó en tono burlón. Se dio media vuelta dispuesto a marcharse, cuando recordó algo y se giró de nuevo para añadir—: ¡Ah! Y que sepas que tu hijo ha vuelto a las andadas y está metido otra vez en las protestas estudiantiles contra el Gobierno y la dichosa ley de las universidades privadas.

El enfado de Encarna se aplacó al instante al escucharlo hablar de Luis.

—¿Otra vez están con las protestas? ¿Desde cuándo? —interrogó inquieta.

—Desde hace unos días —respondió Eusebio con expresión malhumorada—. Por lo visto, convocaron una huelga en la Universidad Central, y en cuanto el ministro se enteró, mandó detener al cabecilla, un tal Antoni Sbert, al que mantienen en prisión. La noticia se ha propagado al resto de las facultades y universidades de provincia, y han decidido unirse a la huelga en solidaridad con los de Madrid... Así están las cosas —dijo, muy informado—. Todo esto me lo ha contado Luis esta mañana, que se ha marchado corriendo, sin apenas desayunar, a no sé qué acto convocado. Porque clases no tienen, se han suspendido —declaró como si fuera una obviedad—. Pero claro, tú qué vas a saber, si estás en la inopia y no te enteras de nada. Tu hijo se pasa el día en la calle manifestándose y repartiendo octavillas y tú, a lo tuyo, tan campante.

Encarna soltó la estilográfica con un golpe sobre la mesa, harta de escucharle decir barbaridades.

—A ver si ahora va a ser culpa mía que nuestro hijo, que va a cumplir veintiún años dentro de nada, se haya unido al movimiento estudiantil —se revolvió—. Porque vamos a ver, ¿qué has hecho tú? ¿Has hablado con él? ¿Le has pedido que se quede en casa a estudiar? ¿O te has callado y le has dejado ir, sin más, como siempre haces?

Él hizo ademán de marcharse de nuevo.

—¡Eusebio!

—Yo ya te he avisado —le advirtió—. Si no te da la gana de ejercer de esposa, no voy a obligarte; pero tienes un hijo al que atender y no puedes renunciar también a esa obligación.

Sentía tanta rabia, que se le quitaron las ganas de escribir, de trabajar. No se concentraba, no hacía más que darle vueltas en la cabeza a la discusión, a lo que le había dicho Eusebio, en ese tono de autosuficiencia tras el que ocultaba sus envidias, sus inseguridades. Lo conocía demasiado bien, pero no por eso le hacían menos daño sus palabras. Quizá fuera porque la había pillado desprevenida, con la guardia baja. Era lo que le ocurría cuando llevaban una temporada tranquila, conviviendo en buena armonía como dos amigos que se respetan. Hasta que, de pronto, algo venía a romper esa concordia y, entonces, al mínimo comentario, cualquier detalle insignificante hacía saltar la chispa y los empujaba al encontronazo entre los dos.

Necesitaba salir de ahí, airearse. Se cambió la bata de estar por casa por uno de sus trajes nuevos y, al cruzar el portal, enfiló la calle en dirección a la casa de Matilde. A esas horas de la tarde, raro sería no pillarla allí.

—¿Te molesto? —le preguntó en cuanto se abrió la puerta y la tuvo ante ella.

—¡Qué va, no seas tonta! ¿Cómo vas a molestarme tú, Encarna? —replicó, franqueándole la entrada.

—Es que he discutido con Eusebio y necesitaba desahogarme, hablar con alguien o... —Se le quebró la voz con un sollozo—. ¡No puedo más, Matilde!

—Ay, querida... Ven, vamos adentro.

Le pasó el brazo por los hombros y la estrechó contra sí, mientras la conducía hacia el pequeño sofá en la salita, donde se sentaron las dos juntas. Encarna se sacó un pañuelo del bolsillo. Quiso contener las lágrimas, pero sentía una congoja tan honda en el pecho, un nudo tan grande le estrangulaba la garganta, que lloró desbordada. Matilde la atrajo hacia su pecho, consolándola.

—Tranquila. Llora cuanto quieras, te vendrá bien.

Estuvieron un rato así. Ella lloraba, Matilde la mecía en sus brazos, acariciándole el pelo. Cuando el llanto remitió y comenzó a calmarse, Encarna se incorporó despacio. Se enjugó los chorretones de lágrimas en la cara y se sonó la nariz.

—¡Vaya entrada triunfal la mía! —dijo, esbozando una sonrisa triste.

—¿Qué problema hay? Has venido y punto. No necesitas ni motivos ni explicaciones, ya lo sabes.

—Pero venir así, en estas condiciones… No soy la mejor de las visitas.

Matilde se puso seria y llevó la mano hasta posarla en su rodilla.

—Encarna, tú no eres una visita, y me encanta que vengas a mí cuando lo necesitas. Me encanta que sepas que mi casa está siempre abierta para ti, igual que mis brazos.

—Ay, mi Tilde… —Cubrió su mano con las suyas—. Me ha dicho unas cosas tan horribles… Debería haberle contestado como se merecía, con un par de verdades. No sé cómo puede una persona acumular tanta bilis, tanta amargura dentro, y lanzársela a alguien querido con esa crueldad. —Hizo una pausa y desvió la vista hacia la ventana, pensativa. Luego se volvió a mirarla y preguntó—: ¿Cómo puede ser tan atroz un día y tan inocente al siguiente? Explícamelo, porque no lo entiendo.

—Yo tampoco lo sé —respondió Matilde. Cuando volvió a hablar, lo hizo en voz baja, con suavidad—: Pero si tan mal te hace, ¿por qué no lo dejas, Encarna? ¿Qué necesidad tienes de soportarlo? Con tu trabajo, ahora podrías mantenerte bien, y no hace falta que te diga que podrías quedarte aquí conmigo el tiempo que quisieras.

Encarna permaneció callada, estrujando el pañuelo entre sus manos.

—No creas que no lo he pensado muchas veces...

—¿Y qué te lo impide?

¡Nada! Y, al mismo tiempo, todo. No estaba segura. En ese momento, su cabeza se hallaba embotada por pensamientos y sentimientos contradictorios. Miedos. Rabia. Indecisión. Responsabilidad. Dolor. Vergüenza.

—No lo sé. Ahora prefiero no pensarlo —dijo, limpiándose otra vez la nariz—. Menos mal que estás tú. Mi Tilde... —repitió al tiempo que entrelazaba una mano con la suya y esbozaba una sonrisa de ternura.

Matilde le devolvió la sonrisa, conmovida.

—Me gusta que me llames así. Y verte sonreír también me gusta; así estás todavía más guapa.

—Quita, quita, qué dices... —Se notaba despeinada, se le habían soltado del moño mechones de pelo que le resbalaban sobre la cara. Intentó arreglárselos como pudo—. Debo de estar hecha un cristo... Debería haberme cortado el pelo cortito, como quería.

Matilde le retiró con dulzura sendos mechones detrás de las orejas.

—Yo te veo bien estés como estés. Además, esto tiene fácil arreglo, espera un segundo. —Se levantó del sofá y desapareció detrás de la puerta que conducía a su habitación.

Encarna paseó la mirada por la salita pulcra y ordenada, hasta detenerse en la mesa camilla atiborrada de papeles y libros.

—¿Qué estabas haciendo antes de que llegara? —preguntó en voz alta.

Oyó ruidos en el cuarto contiguo y, enseguida, sus pasos de vuelta a la salita.

—Ah, nada urgente. Estaba corrigiendo el último capítulo de mi nuevo libro —respondió al llegar a su lado. Traía en la mano un cepillo de pelo, un espejo de mano y una libreta, que dejó sobre la mesita auxiliar—. Date la vuelta, que te voy a peinar.

Encarna se giró, obediente. Sintió un escalofrío al notar las manos de Matilde deslizándose con suavidad entre su pelo. Echó levemente atrás la cabeza y cerró los ojos, abandonándose al lento y cadencioso cepillado, mientras la oía tararear una cancioncilla a su espalda.

—Y cuando termines de revisar ese capítulo, ¿le entregarás el manuscrito entero al editor? —preguntó Encarna.

—Eso espero. Lo he revisado tantas veces, que hay párrafos que me sé de memoria —confesó—. Por cierto, ya tengo título, a ver qué te parece. Se me ocurrió anoche, en pleno duermevela. —Se inclinó a coger la libreta sobre la mesita. La oyó pasar hojas antes de leer el título en voz alta—: *Grafología: Las grandes revelaciones de la escritura.*

—¡Qué intrigante! Me gusta.

—El editor me ha dicho que quiere publicarlo justo después del verano, porque, según dice, es la época en la que la gente parece mostrar más interés en este tipo de libros. —Se interrumpió para pedirle que echara la cabeza hacia delante, que le iba a coger el moño, y siguió hablando—: También me ha preguntado si querría dar alguna conferencia en Madrid y en alguna otra ciudad.

—Le habrás dicho que en todas las que él quiera, ¿verdad? —se alegró Encarna, girándose. Matilde la devolvió con suavidad a su posición recta y le entregó el espejo de mano. Ella lo movió hasta ver el rostro de su amiga en él y añadió—: Cuando termines, serás la grafóloga más reconocida de España y te lloverán las consultas.

—Ya tengo más consultas de las que puedo atender, no necesito más —replicó mientras terminaba de ponerle las horquillas. Sostuvo la cabeza entre sus manos y la animó a mirarse. Sus miradas se cruzaron en el espejo. Encarna alzó una mano hasta cubrir la suya.

—Eres tan buena conmigo... —murmuró. Se llevó su mano a los labios y depositó un beso en la palma tibia.

Matilde se inclinó adelante y posó los labios en su sien en un beso infinito. Siguió otro beso suave en la oreja y otro más en el cuello, que desató dentro de su cuerpo un repentino escalofrío de placer. Encarna se apartó de golpe, turbada. Era consciente de haberlo provocado ella, pero no era eso lo que pretendía, no quería adentrarse en esos juegos sensuales que le suscitaban sensaciones desconocidas, incontrolables. No estaba preparada para eso.

Encarna oyó a Matilde moverse a su espalda sin decir nada. No podía verla, tampoco se atrevía a hacerlo. Ni siquiera cuando la vio avanzar hasta colocarse delante de ella y la contempló con ojos amorosos.

—Pues listo. Ya estás otra vez tan guapa como siempre —sonrió. Encarna desvió la vista, todavía azorada, pero ella agregó en tono despreocupado—: ¿Quieres un té, un café, un chocolate? Voy a preparar algo, es la hora de la merienda.

Encarna la siguió a la cocina, un cuartito minúsculo y oscuro que daba al patio interior. Se quedó de pie apoyada en el dintel de la puerta, mirando cómo Matilde colocaba un cazo con agua al fuego para el té y preparaba la bandeja con las tazas.

—He estado pensando que más adelante, cuando haya publicado ya una buena tanda de cuentos de *Celia*, podría reunirlos en un libro.

—Es una idea espléndida. Deberías encontrar un buen editor, alguien que se ocupara de todo y lo hiciera bien, con seriedad.

—A lo mejor a don Torcuato le interesa editarlo o, si no, podría hacerlo yo misma...

Pero Matilde le quitó esa idea de la cabeza. Sabía de lo que hablaba, porque hacía años sufrió una pésima experiencia cuando quiso publicar su libro de relatos en una imprenta que le recomendó una amiga. Lo que en principio iba a ser un proceso sencillo, con el tiempo se convirtió en un tormento. Todo eran problemas y dificultades, y lo peor de todo fue que pretendían cobrarle un dineral por unas decenas de ejemplares. Si no hubiera aparecido su hermano para resolver el desaguisado, todavía estaría endeudada y, probablemente, sin libros.

—Busca una editorial conocida, averigua dónde están sus oficinas y acércate a hablar con ellos.

—Pero yo no conozco a nadie dentro de una editorial —se lamentó—. ¿Y la tuya? ¿No les interesaría editar un libro de cuentos infantil?

—Me extrañaría mucho. La editorial Labor solo publica libros técnicos y científicos.

Encarna se quedó pensativa. Era posible que Eusebio o alguno de sus viejos amigos pudiera recomendarle una editorial, pero lo último que deseaba en ese momento era pedirle un favor a su marido. Ya vería cómo se las apañaba, pero lo haría ella sola, al igual que lo había hecho todo hasta ahora, marcándose metas, aprendiendo por sí misma, hablando con unos y otros y mostrando un atrevimiento que jamás habría imaginado que tendría, hasta conseguirlo.

La ocasión se le presentó antes de lo que pensaba. Surgió sin siquiera buscarlo, como le sucedía a menudo con ese tipo de cosas. La única explicación posible que se le ocurría era que las energías y vibraciones de las almas en el universo se cruzaban de repente en su camino por alguna razón inexplicable, y daban lugar a esas coincidencias inesperadas y luminosas.

Fue durante la inauguración de La Casa de los Niños, el proyecto social del Lyceum en el que el comité de señoras llevaba trabajando tanto tiempo. Después de incontables problemas y retrasos en la construcción del edificio de Cuatro Caminos, a principios de ese año habían concluido las obras. Las señoras de la sección social se dedicaron a acondicionarlo para acoger cuanto antes a los quince niños del viejo local y a otros diez más que, en esta nueva casa más espaciosa, dispondrían de mejor acomodo. Para mediados de marzo de 1929, «la Casita» —el nombre con el que la llamaban entre ellas— estaba ya en funcionamiento. Unas semanas después, a finales de abril, organizaron un pequeño acto de inauguración, al que invitaron a dos o tres cabeceras de prensa «amigas» del club, además de todas aquellas socias que desearan asistir.

Cuando Encarna llegó esa mañana soleada de abril, la comitiva acababa de iniciar la visita de las instalaciones por el comedor, amueblado con varias filas de mesas y sillas bajitas, acordes al tamaño de los niños, cuyas edades oscilaban entre los dos y los cuatro años, no más. Vio a doña Consuelo Bastos, impulsora incansable del proyecto, explicar a los periodistas allí congregados los detalles de organización de la Casita. «La manutención de cada niño nos cuesta dos pesetas y media al día, cantidad que, por el momento, cubrimos gracias a las suscripciones de los numerosos amigos que nos apoyan. Pero ya saben cómo es esto: siempre hay necesidades imprevistas, arreglos indispensables, que requieren más apoyo económico», la oyó decir. Escuchó sus declaraciones unos minutos más y luego se escabulló hacia el patio donde jugaban los niños bajo la atenta mirada de un grupo de señoras. Entre ellas divisó a

Rosario Lacy, Asita de Madariaga y Benita Asas, sus tres compañeras en la sección social, sentadas en un corrillo a la sombra de un fresno.

—¡Qué bien os veo, hermosas! ¡Pronto os habéis cansado de la visita! —las saludó Encarna sonriente.

—Mujer, es que nosotras ya nos lo conocemos de sobra. Hemos venido a echar una mano casi a diario las últimas dos semanas, lo que hemos tardado en amueblarlo y decorarlo —contestó, risueña, Asita.

—A mí hoy me han pillado nada más llegar y he tenido que pasar consulta a dos pequeñines y a una madre que se encontraba mal, porque el doctor no viene hasta la hora del almuerzo —añadió Rosario.

—Y yo he pasado revista a los niños antes de que llegaran los señores de la prensa. Les he limpiado las legañas, los mocos y los churretes y los he dejado como unos soles —dijo Benita, que no era médica como Rosario, sino maestra, y de las mejores, además de presidenta en la junta directiva de la Asociación Nacional de Mujeres Españolas.

Oyeron un repentino llanto infantil que surgía del grupo de niños. Vieron a la cuidadora agacharse a coger en brazos a una niña menudita que lloraba a gritos. Por más que la acariciaba y le decía cosas, la niña no dejaba de berrear. ¡Y con qué desconsuelo, Señor! Encarna no soportaba ver llorar de esa manera a un niño, era superior a sus fuerzas.

—Déjemela si quiere, a ver si puedo tranquilizarla —se ofreció al llegar ante la mujer, con los brazos extendidos.

—Es que es muy flojilla y en cuanto un niño le hace algo o le pega… Se llama Cristina. —Se la pasó a sus brazos como pudo, porque la niña se retorcía como una culebrilla, berreando más fuerte aún.

Encarna la estrechó contra su pecho mientras le canturreaba una cancioncilla al oído. Cuando la pequeña dejó de agitarse y el llanto comenzó a menguar poco a poco, volvió con ella al corrillo donde había dejado a sus compañeras.

—Eres mano de santo para los niños, Encarna —reconoció Benita.

Se sentó en una silla a su lado con Cristina en el regazo.

—Si esta niña rica deja de llorar, le cuento un cuentecito. ¿Quieres? —La niña asintió entre hipidos—. Pero tienes que dejar de llorar, si no, no podrás escuchar el cuento.

La niña se calló y asintió otra vez con la cabeza. Encarna le limpió las lágrimas con su pañuelo antes de empezar.

—Muy bien. Pues a ver, a ver... —dijo, como si lo estuviera pensando, mientras le peinaba con los dedos el pelito suave y fino—. ¡Ya está! Pues, Señor, era una niña muy guapa y muy lista, casi tanto como tú, que se llamaba Tinita. A Tinita le gustaba tantísimo saltar en los charquitos de lluvia que su mamá no ganaba para zapatos. Un día que llevaba unos preciosos zapatitos de charol recién estrenados, Tinita dio un salto muy grande dentro de un charco y, ¡zas!, sus pies se hundieron y cayó, cayó, cayó...

Siguió contándole el cuento con entonación alegre. La niña la escuchaba sin moverse, con los ojos muy abiertos, y no era la única. Las tres señoras del corrillo no dijeron ni mu en todo el rato, pendientes de cada una de sus palabras hasta el final.

—Y colorín colorado, este cuento ha terminado. —Se inclinó a mirar a Cristina—. ¿Te ha gustado?

La niña asintió varias veces.

—¿Quieres volver a jugar con los demás?

Se negó, meneando la cabeza de un lado a otro.

—A ver si te crees que ahora que conoce tu secreto se va a querer separar de ti —dijo Rosario, echándose a reír.

Las demás la secundaron, divertidas.

—Verás como se enteren los demás niños. ¡No te van a dejar salir de aquí jamás de los jamases! ¡La gran Elena Fortún prisionera en La Casa de los Niños! —Esta vez era Benita la que se burlaba de ella.

—Pero si estos niños no saben quién soy, son demasiado pequeños para saber leer. Además, dudo mucho que sus padres puedan permitirse comprar el *Blanco y Negro*.

—¡Madre mía, Encarna! Yo sabía que escribías, pero esto... ¡Con qué facilidad te has sacado de la manga un cuento! ¿Cómo lo haces? —Asita la observaba asombrada.

—Pues no lo sé... Empiezo con cualquier cosa y, según hablo, se me van ocurriendo las historias sin pensar.

—Deberías de conocer al señor Manuel Aguilar —dijo Asita.

—No me digas que también le gustan los cuentos —bromeó Encarna.

—Estoy segura de que le van a encantar tus cuentos —afirmó entusiasmada—. Es el dueño de la editorial Aguilar, en la que mi hermano Salvador ha publicado todas sus obras. No sé si sabes que mi hermano lleva mucho tiempo viviendo en el extranjero.

Encarna negó con la cabeza.

—Pues sí, hija. Ahora está en la Universidad de Oxford, dando clases de literatura, y mientras él anda por esos mundos, yo soy la encargada de llevarle las gestiones con la editorial, así que tengo mucha relación con su editor, el señor Aguilar. Precisamente la semana pasada estuvo cenando en casa y nos comentó que está buscando autores nuevos. En concreto, mujeres autoras.

—¡No me digas! Ay, Asita, me interesa muchísimo. ¡Es justo lo que necesitaba ahora! ¿No podrías presentármelo? —la interrogó expectante, y se apresuró a añadir—: Por supuesto, sin ningún compromiso. No sé si seré lo que busca, pero al menos me gustaría hablar con él y proponerle una idea que tengo…

—Mañana mismo lo llamo por teléfono y le aviso de que te vas a poner en contacto con él.

¿Era o no era una señal del universo?

Unos días más tarde, Asita le mandó un recado diciéndole que don Manuel estaba de viaje de negocios en Portugal y no retornaría hasta dentro de un par de semanas. Le había dejado un mensaje y volvería a intentarlo más adelante. Encarna sufrió una pequeña decepción. En su cabeza ya había recreado al detalle la reunión con Aguilar en la que todo se resolvía según sus deseos, rápido y sin apenas complicaciones. Pero claro, eso era como el cuento de la lechera, una quimera.

Retomó el intenso ritmo de trabajo que le exigía la dirección de *Gente Menuda*, aunque procuró estar atenta a los horarios de Luis, a sus imprevisibles idas y venidas. Debía buscar el momento de hablar con él. Se había estado informando y la situación en la universidad no parecía demasiado halagüeña. El Gobierno, lejos de claudicar a las reivindicaciones de los estudiantes, había ordenado a las fuerzas del orden público entrar en las facultades para garantizar el derecho de profesores y alumnos a impartir y recibir clases. El resto del alumnado, si persistía en la huelga y en las protestas, perdería la matrícula de ese año. Encarna se alarmó. ¿Cómo iban a arrebatarle a todos esos estudiantes la matrícula universitaria pagada (en muchos casos, no sin esfuerzo), a esas alturas de curso?

Uno de esos días oyó que su hijo se levantaba temprano. Antes de que pudiera escapársele, salió de su cuarto y se sentó a esperarlo a la mesa del comedor donde Rosa había servido el desayuno. Luis no tardó en aparecer con aspecto aseado, el pelo negro y ondulado todavía húmedo y la cara recién afeitada. Venía en mangas de camisa, con la chaqueta en la mano. Encarna contempló con orgullo de madre el atractivo de la juventud desbordante, aunque le sorprendió darse cuenta de lo que había adelgazado de repente, en poco más de dos semanas. Si ya antes era delgado, ahora tenía la cara más afilada, las piernas como juncos.

—Buenos días, madre. —Colocó la chaqueta en el respaldo de la silla y tomó asiento frente a ella. Casi al instante, a Encarna le llegó el olor fresco de su colonia.

—Hace tanto que no te veo el pelo, que un poco más y a lo mejor ni te conozco —bromeó en un tono ligero, amistoso.

—¡Qué exagerada eres! —Él le devolvió la sonrisa, al tiempo que arrimaba el diario que su padre había dejado sobre la mesa y repasaba los titulares de la portada de un vistazo rápido. Apartó la vista con un suspiro—: Yo vengo todos los días a dormir; si no me ves, será porque no quieres.

—Hombre, no. Es que vienes a las tantas y te marchas muy temprano, como si quisieras evitarnos.

—¡Qué tontería! A padre lo veo algunas mañanas en el desayuno. ¿Por qué querría evitarte? —dijo con voz despreocupada. Agarró la jarra del café y vertió un chorro en su taza.

—Quizá porque estés otra vez metido en las manifestaciones y huelgas de la facultad. Y el año pasado nos prometiste a tu padre y a mí que te ibas a centrar en tus estudios y no ibas a participar en más actividades de protesta estudiantil —le reprochó.

—Está toda la universidad en huelga, madre. No solo la

de Madrid, también las de otras provincias —recalcó. Dejó tres magdalenas apartadas a un lado de la taza y se sirvió dos trozos de pan tostado, que regó con aceite y espolvoreó de azúcar. Estaba a punto de darle el primer mordisco al pan, cuando agregó—: No querrás que me quede metido en casa a esperar como un gallina, mientras mis compañeros y profesores luchan por nuestros derechos.

—Lo que quiero es que te dejes de líos y vuelvas a clase, Luis —replicó ella—. Hay profesores y compañeros tuyos que siguen adelante con el curso, lo he leído en el periódico.

—¡Esos son cuatro gatos! —protestó él—. La mayoría, de la Asociación de Estudiantes Católicos, que se mueven a las órdenes del ministro.

—No hables con la boca llena. Si continúas así, tú y los demás vais a perder la matrícula de este año. El ministro ya os lo ha advertido, y conociéndolos, lo harán; no creo que a Primo de Rivera le tiemble ahora el pulso.

Luis terminó de masticar lo que tenía en la boca, se limpió los labios con la servilleta y respondió, muy convencido:

—No se atreverán. Los profesores también están en huelga, no somos nosotros solo. En los últimos días, varios catedráticos han presentado su dimisión, incluido Ortega y Gasset. Y Menéndez Pidal ha enviado una carta al presidente como director de la Real Academia Española defendiéndonos a los estudiantes y exigiendo una solución al conflicto.

—¿Y ha servido de algo? —inquirió ella, escéptica a la vez que sorprendida ante la mención de su antiguo profesor. Llevaba tiempo sin hablar con doña María Goyri, quizá debería hacerlo…

—De algo servirá, ya lo verás. Son personas con mucho

prestigio aquí y en el extranjero, y no creo que al Gobierno le guste que les lleguen críticas de otros países de Europa.

—¿Y a Carolina qué le parece que hayas aparcado la carrera por protestar en la calle?

Luis se bebió el café de un trago y soltó la taza sobre el platillo de cualquier manera.

—Es tarde. Me tengo que ir, madre. —Se puso de pie mientras envolvía las magdalenas en una hoja del periódico para luego guardarlas en un bolsillo de la chaqueta.

—Entonces hablaré yo con Carolina, a ver qué opina.

—No tiene nada que opinar porque hemos roto. —Luis la miró muy serio.

—¿Cómo que habéis roto? ¿Cuándo? —se disgustó ella.

—No sé… Hace un par de semanas. —Ya se estaba poniendo la chaqueta—. Es mejor así, ahora no es momento de noviazgos. ¿Sabes lo que nos ha dicho Unamuno en su carta *A los jóvenes de España* que ha escrito desde el exilio en Francia? —preguntó, y Encarna negó con la cabeza—. Que debemos salvar España de las injusticias y no dejar que nos roben nuestro porvenir de ciudadanos libres.

¿Eso había dicho don Miguel de Unamuno? Ay, Señor.

17

Tuvieron que transcurrir casi dos meses para que pudiera reunirse con don Manuel Aguilar y su mujer, Rebecca, una tarde de mediados de mayo de 1929 en el Gijón, un café situado en el paseo de Recoletos, que empezaba a ser conocido por las tertulias de un talentoso grupo de jóvenes de la Residencia de Estudiantes, entre los cuales había poetas, pintores y cineastas. Encarna acudió al café en compañía de Matilde. Su experiencia con los asuntos editoriales le transmitía mucha seguridad y, llegado el caso, Tilde la orientaría, le ayudaría a despejar sus dudas o le advertiría si escuchara algo que fuera en contra de sus intereses. Pero no hizo falta.

Desde el primer momento, Encarna notó una gran sintonía con el matrimonio, en especial con don Manuel, un hombre sereno y muy educado que sufría una total transformación en cuanto comenzaba a hablar de libros y autores. Sus ojos se oscurecían y brillaban como si estuvieran a punto de llorar, su rostro se tensaba, la voz adoptaba la tonalidad de la pasión que le embargaba al tratar proyectos editoriales. Su mujer le apretaba el brazo de vez en cuando, Encarna no sabía si por la emoción compartida o por apaciguar su ánimo apasionado. En cualquier caso, le gustó esa expresividad de don Manuel, le inspiraba mucha confianza. Pensaba que si alguien que transmitía tanto amor por los libros quería editar sus cuentos, podía estar tranquila: se hallaría en buenas manos.

—Le voy a ser muy honesto, señora Fortún —dijo después de que el camarero dejara las bebidas encima de la mesa y se alejara unos pasos—. Nuestra editorial es pequeña y relativamente joven, la creamos mi mujer y yo hace poco más de cinco años. Cierto es que en este tiempo hemos compaginado en nuestro catálogo obras de grandes escritores españoles, como las *Novelas ejemplares* de Cervantes, con otros más actuales aunque menos conocidos, que según mi criterio tienen mucha calidad y proyección a futuro, como es don Salvador de Madariaga, a quien usted ya conoce. Es un orgullo que esos escritores confíen en nosotros y dejen sus manuscritos en nuestras manos para editarlos en el formato más atractivo para la venta. Porque no nos engañemos, señoras. —Hizo una pausa, las miró a las dos, alternativamente, y prosiguió—: Yo adoro los libros, pero también se trata de eso, de vender. Cuanto más vendamos, más ganará el escritor, que buena falta le hace, y más ganará la editorial para seguir editando nuevos libros, de manera que podamos crecer y expandirnos a otros países, ¿no es así, querida? —dijo, volviéndose a su mujer—. Rebecca es la responsable de administración, la que tiene todos los números en mente, la cabeza financiera de la editorial.

—A mí me parece bien, don Manuel —respondió Encarna, que le había escuchado con mucha atención, escrutando cada uno de sus gestos—. Yo solo quiero reunir mis relatos de *Celia* en un libro y verlo publicado. No sé si habrá tenido oportunidad de leer alguno de ellos. Desde junio del año pasado, suelo publicar uno a la semana en el suplemento *Gente Menuda* de *Blanco y Negro*…

—¡Por supuesto que los hemos leído! Todos los que nos envió, ¡faltaría más! —exclamó casi ofendido—. De lo contrario, no estaríamos aquí hoy. Sí que le digo que, hasta ahora, no hemos publicado ningún libro infantil, es un mercado nuevo para nosotros... —Intercambió una mirada de entendimiento con su mujer—. Sin embargo, soy un firme creyente en el poder transformador de la lectura. Los libros siembran semillas en los espíritus que germinarán con el tiempo y los convertirán en mejores personas. Y sus cuentos nos han gustado muchísimo, señora Fortún. Son divertidos, modernos y tienen una frescura especial que no había visto hasta ahora en otros cuentos infantiles.

Encarna le agradeció sus palabras y Matilde aprovechó el momento para añadir:

—Tengan en cuenta que, al publicarse en *Blanco y Negro*, los cuentos de *Celia* ya disponen de una buena cantidad de lectores detrás, y eso que ustedes tienen ya adelantado. La difusión les será más fácil.

—Lo que yo he pensado —apuntó Encarna— es que podría hacer una selección entre los más de treinta cuentos que ya tengo publicados, además de los que publicaré en las próximas semanas. Retocaré alguna cosilla en ellos para que estén unidos por un cierto hilo conductor y así se puedan publicar con el formato de una novelita infantil.

—No es mala idea —admitió don Manuel—. Tendría que pensarlo con detenimiento, pero creo que podría funcionar bien.

—Si es una novela infantil, debería llevar también unas ilustraciones bonitas, como en *Gente Menuda* —dijo Matilde.

—Sí, eso ya lo habíamos pensado, aunque nos gustaría otro estilo de ilustración, más actual... —intervino la señora Aguilar por primera vez.

—Entonces, ¿va usted a publicar mi libro de *Celia*?

El señor Aguilar y su mujer se miraron entre sí y se sonrieron.

—Vamos a publicar su libro, señora Fortún —concluyó don Manuel—. Tendrá que venir a nuestra oficina para acordar los detalles, pero si todo va bien, antes de que termine el año, si Dios quiere, tendrá a su *Celia* en las librerías de toda España.

Al llegar a casa esa tarde, encontró a Eusebio eufórico. En cuanto la oyó abrir la puerta, acudió a recibirla blandiendo una carta en una mano y una copa de vino en la otra, con una sonrisa de felicidad desbordante en el rostro.

—¡Encarna! ¡Me han dado el Premio Fastenrath! —exclamó, bailoteando a su alrededor. Rodeó su cintura con el brazo y la atrajo a bailar con él.

—Pero ¿cómo...? —dijo mientras se fajaba de su brazo y dejaba el bolso en el taquillón.

—¡Míralo, aquí lo pone! —Le mostró la hoja con el membrete de la institución grabado en la parte superior y recitó de memoria—: «Nos complace informarle de que su obra *Los que no perdonan* ha sido galardonada con el Premio Fastenrath 1928 a la mejor obra teatral». ¿Y a que no sabes a cuánto asciende el premio en metálico? —Ni siquiera esperó a que ella respondiera, pues lo soltó al instante—: ¡A 2.000 pesetas! ¡Una fortuna!

—¡Madre del amor hermoso! ¡Cuánto dinero! —se rio Encarna, que le había quitado de las manos el papel y lo había empezado a leer. Sí, ahí lo ponía: 2.000 pesetas que le serían entregadas en un acto institucional que tendría lugar en el Ateneo de Madrid, en una fecha aún sin concretar—. Me alegro tanto por ti, Eusebio. Es un premio merecido, has trabajado muchísimo en esa obra —le felicitó, devolviéndole el papel—. No sé qué día será hoy, pero vamos a tener que marcarlo en algún sitio, porque los dos tenemos mucho que celebrar: la editorial Aguilar me va a publicar el libro de *Celia*.

Durante un instante casi inapreciable, un gesto de contrariedad atravesó el rostro de Eusebio, que enseguida recuperó su felicidad exultante.

—¡Eso es magnífico! ¡Por fin la vida nos sonríe, Encarna! ¡Yo tengo mi premio y tú, tu libro! ¡Ven, brinda conmigo! —La cogió de la mano y tiró de ella hacia el salón.

Sobre la mesa descansaba una solitaria botella de vino blanco abierta, que él agarró para ir en busca de una copa que sacó del aparador. La llenó casi hasta el borde y se la ofreció con un gesto galante.

—No es champán, pero hará su función. ¡Por nosotros y la fortuna! ¡Y por el venerable jurado de la Fundación Fastenrath! —Entrechocó su copa con la de Encarna, y los dos bebieron—. Voy a salir a contárselo a los amigos... ¡Verás cuando se entere Martínez Sierra! ¡Y Ceferino! —Soltó una carcajada—. ¡Estoy deseando ver la cara que pondrá Marquina! ¡El Fastenrath, ni más ni menos!

Eusebio dejó su copa sobre la mesa. Se palpó los bolsillos de la chaqueta hasta dar con la cajetilla de cigarrillos. Extrajo uno y se lo puso entre los labios. Encarna se sentó en el sillón y bebió otro traguito de vino, saboreando su propio éxito en silencio.

—Imagino que no tardarán en publicarlo en la prensa y entonces se enterará todo el mundo. A más de uno le callaré la boca con este premio —oyó decir a su marido después de encender el cigarrillo. Se dejó caer en el sofá delante de ella y exhaló una larga bocanada de humo, pensativo. En su boca volvió a dibujarse una enorme sonrisa y, mirándola, añadió—: ¡Tenemos que pensar qué hacer con ese dinero! ¿Y si nos vamos a París? ¿O a Berlín? Todo el mundo habla maravillas de Berlín. Y a Luis le gustaría. O podríamos dar la entrada para un coche... Aunque, ¿para qué necesitamos un coche?

—Tendrías que hacerte un par de trajes nuevos, Eusebio. Los que tienes se ven desgastados.

—Ah, ¡tienes razón! Además, necesitaré un traje elegante que ponerme el día de la entrega del premio, a estos actos siempre va gente de renombre —dijo, y de repente se levantó del sofá—. Voy a arreglarme para salir. Esta tarde estarán todos en la tertulia del café de la Granja... ¡No me esperes a cenar!

Ese estado de felicidad les duró poco. Unos días después, Luis fue arrestado junto con otros compañeros, acusados de violentar la imagen del rey. Al parecer, entre todos ellos habían conseguido derribar la estatua de Alfonso XIII que presidía el patio de la Universidad Central. ¡Su hijo! A Encarna no le cabía en la cabeza que Luis, el muchacho cabal, tranquilo, callado, que apenas les había dado problemas en los años de la adolescencia, se hubiera convertido de pronto en un joven exaltado y enfurecido. ¡Señor! Pero ¿qué tenían en la sesera esos chicos? ¿A quién se le ocurría tirar abajo la estatua del rey? Cuando, además, no hacía ni dos semanas que el Gobierno había aceptado suspender por el momento la polémica ley de marras. La huelga se había desconvocado unos días después y el rectorado anunció que se iban a reanudar las clases para que, al menos, el alumnado pudiera presentarse a los exámenes finales de junio. ¿A qué exámenes se iba a presentar Luis si permanecía detenido?

—Eusebio, ¿y no podrías hablar tú con algún mando del ministerio o algún conocido tuyo con influencia en la dirección de la policía, para que pudieran soltarlo? —le preguntó Encarna al volver de la comisaría donde tenían retenido a su hijo y a los demás.

A ella ni siquiera le habían dejado verlo, solo habían permitido entrar a su padre y hablar con él diez minutos, no más. En vez de ayudar, casi fue contraproducente: Eusebio salió con el ánimo por los suelos. Luis estaba desconocido. No solo no mostraba ninguna señal de arrepentimiento, sino que rechazaba su ayuda; incluso le había pedido que lo dejara allí dentro con el resto de sus compañeros. «Aquí estamos todos a una, padre, ¡o salimos todos o no sale nadie!», le contó que había dicho. ¡Por Dios bendito! Eso no eran más que consignas pronunciadas en el fragor del instante, fruto de la inconsciencia juvenil, se decía Encarna, asustada. Algo tenían que hacer, no se iban a quedar de brazos cruzados esperando.

—Tal vez si hablara con el coronel Alameda... —contestó Eusebio, vacilante—. Él tiene buena relación con miembros del Gobierno. Aunque no sé, Encarna. A ver si voy a hacer las gestiones para nada.

—¿Cómo que para nada? ¿Es que prefieres que lo juzguen como un criminal y lo encarcelen? ¿Qué va a ser de él si lo meten en la cárcel?

Eusebio estaba convencido de que no sería para tanto. No estaban los ánimos en la calle como para juzgar a un puñado de estudiantes por cometer una gamberrada juvenil contra la figura del rey. Una estupidez desafortunada por lo que representaba, eso era cierto, pero una gamberrada, a fin de cuentas; «sin mayores consecuencias», repetía su marido sin cesar.

Los mantuvieron encerrados en las dependencias de la

comisaría durante diez días, al cabo de los cuales los soltaron sin cargos. Al parecer, el padre de uno de ellos, propietario de una importante empresa metalúrgica con conexiones en el Gobierno, había conseguido que echaran un manto sobre el asunto a cambio de que los jóvenes firmaran una declaración de adhesión y respeto a la monarquía. «¡Ha sido humillante! —se había quejado Luis con amargura en el taxi que los llevaba de vuelta a casa—. Si no fuera porque Juan Antonio y Fermín empezaban a flaquear, ninguno habría firmado algo así, es vergonzoso». De todas formas, había añadido, ¿de qué les servía a las autoridades una declaración obligada? ¿Se creían que así iban a cambiar sus ideas? ¿Por la fuerza? ¡No se dejarían doblegar!

Ni siquiera en casa se tranquilizó. Se encerró en su habitación, malhumorado, y cuando asomaba la cabeza era para quejarse: de la comida, del agua que no salía caliente, de las voces de la señora Fina o de los ruidos de la calle. Encarna intentó hablar con él varias veces, pero no había manera, enseguida se alteraba. Todas sus conversaciones giraban en torno a lo ocurrido, a la represión del Gobierno, a la falta de libertad, a los ideales pisoteados de la juventud, en un soliloquio perpetuo que repetía con obsesión cerril, sorda. Y ella sufría de verlo así. Le recordaba demasiado a Eusebio y sus crisis nerviosas. Por más que lo pensaba, no entendía cómo habían llegado a esa situación. ¿Cómo no se había dado cuenta antes? ¿De dónde le venía esa rebeldía repentina, esa ira? No era esa la educación que le habían dado Eusebio y ella en casa. Repasó en su memoria algunas decisiones respecto a la educación de sus hijos. Su empeño en que fueran a la escuela de la Institución Libre de Enseñanza, con la que compartía sus valores. Que se mezclaran con otros niños, sin importar su origen social, ya fuera en el parque o en el pueblo, en Ortigosa. En Tenerife, cuando

Luis sufrió un accidente por el que casi perdió el ojo, ella se preocupó de impartirle a diario las lecciones de clase para que no perdiera el curso. Creía haber sido una madre atenta y tolerante. No lo había malcriado, ni tampoco había sido demasiado autoritaria, pero entonces, ¿por qué ese comportamiento?

Fue de visita a casa de Santiago Regidor con el único propósito de hablar con Carolina, de averiguar qué podía contarle ella y, de paso, conocer su versión de la ruptura, si había tenido algo que ver con sus actividades políticas.

—No lo sé, doña Encarna. Yo no me lo esperaba, la verdad —le reconoció la joven, que la recibió con el mismo cariño de siempre.

Por suerte, su padre había salido cuando llegó.

—Pero ¿cómo fue? ¿Qué razón te dio?

—Fue muy repentino. Vino a recogerme una tarde al hospital y me dijo que me apreciaba mucho, que estaba muy a gusto conmigo, pero que se había dado cuenta de que no podía comprometerse en esos momentos, que tenía la cabeza en cuestiones más importantes que un noviazgo. Como si yo me hubiera quejado alguna vez de que me plantara por asistir a alguna reunión imprevista de la FUE o le hubiera pedido que eligiese entre sus compañeros y yo. —Hablaba con la serenidad habitual en ella, aunque al mismo tiempo Encarna creyó percibir en su mirada huidiza el dolor que le había causado su hijo.

—Pero ¿lo notaste distinto? ¿Te pareció que estaba alterado? Debí convencerlo de que se alejara de esos activistas de la FUE, no han sido una buena influencia para él.

—No habría podido, doña Encarna. Para Luis, la universidad y la FUE van de la mano, él cree que la acción estudiantil forma parte de la experiencia académica.

Encarna suspiró, disgustada.

—Siento que haya terminado de esta manera, querida. Nada me hubiera gustado más que tenerte como nuera, habrías sido como una hija para mí. Espero que esto no nos distancie, ya sabes que siempre serás bienvenida en casa. Eusebio y yo os queremos mucho, tanto a tu padre como a ti.

—Yo también, doña Encarna. No tengo mucha familia cercana, así que para mí ustedes siempre han sido como mis tíos.

Después de que lo soltaran, supieron que Luis había perdido los exámenes de junio. Su amigo Goyo vino a visitarlo en cuanto se enteró de que ya estaba en casa. Él también había participado en las protestas, pero esa noche, la del derribo de la estatua, no había querido quedarse, estaba muy cansado de pasarse todo el día en la calle repartiendo las octavillas con las que mantenían informados al resto de los estudiantes, y quería descansar. Miraba a Luis con una expresión mezcla de culpa y de alivio. Perfectamente podría haber estado en su misma situación.

Le contó que los profesores habían sido muy benevolentes a la hora de poner los exámenes y calificarlos. Habían levantado mucho la mano, dadas las circunstancias. Pero para eso era imprescindible presentarse a los exámenes, y Luis ni siquiera tuvo la oportunidad. El mismo día que abandonó la comisaría, sus compañeros de clase se estaban examinando de la última asignatura del curso.

—No te preocupes. Podrás presentarte en septiembre, ya verás como también levantan la mano —le dijo Goyo.

Pero en septiembre ya se habían calmado mucho los ánimos y los profesores no fueron tan compasivos con los alumnos que no se habían presentado a la convocatoria de junio. Además, Luis parecía muy disperso; decía que le costaba concentrarse, que por más que se esforzaba, no memorizaba los temas, por lo que no llegó bien preparado a los exámenes. Solo aprobó dos asignaturas de todo el curso; sin embargo, lo que más le preocupaba a Encarna era que apenas parecía afectado. Se lo tomó con indiferencia, como si ya contara con ello. Según él, suspender el curso no era lo mismo que perderlo; el curso podría repetirlo al año siguiente o cuando quisiera, pero la lucha por su país, por sus ideales, era ahora o nunca.

—Eso está muy bien, pero, pase lo que pase, el país siempre necesitará jóvenes responsables y bien preparados para dirigirlo, Luis —le reconvino ella.

Con el comienzo del nuevo curso académico, a Encarna le pareció que su hijo estaba más centrado, más sosegado. Iba a clase por las mañanas y algunas tardes se quedaba en casa estudiando o haciendo como que estudiaba, no podía saberlo. Respiró un poco más tranquila. Por su parte, seguía trabajando sin descanso, tanto en sus artículos para *Gente Menuda* como en la preparación del libro de *Celia*, para el cual ya tenía fecha de publicación: finales de noviembre, de cara a las Navidades, porque, según don Manuel, habría muchos padres que lo comprarían por Reyes a sus hijos. ¿Y qué mejor regalo que el libro de *Celia*?

Encarna no dejaba de repetirse que ojalá estuviera en lo cierto y no se equivocara. En los días previos al lanzamiento del libro soñó que iba a la editorial y, delante de la puerta, se encontraba con una larga cola de libreros. Intentó entrar, pero apenas podía abrir por culpa de una montaña de ejemplares de *Celia* que invadía todo el recibidor. La montaña no dejaba de crecer y crecer, a medida que entraban los libreros y volcaban carretillas repletas de ejemplares encima de don Manuel, que se había quedado sepultado debajo y asomaba la cabeza muy contento, diciendo que aquello era todo un éxito, ¡que nunca le habían devuelto tantísimos libros! ¡Señor! Encarna se despertó angustiada en mitad de la noche, bañada en sudor. Un par de días después, cuando se acercó por la editorial y se lo contó a Rebecca, se echó a reír a carcajadas.

—¡Mira que eres agorera! Pero si se va a vender como churros, ya lo verás. La cubierta llama mucho la atención y las ilustraciones de Molina Gallent son graciosísimas... ¿O es que no te gusta cómo ha quedado?

—Sí, sí. Me gusta mucho —le aseguró. Pero no era eso lo que la preocupaba. Lo que no la dejaba dormir era que las ventas no alcanzaran las expectativas que habían depositado en el libro y ya no quisieran publicarle nada más.

—Ay, querida. —Le pasó un brazo por los hombros y la estrechó con cariño—. Tú por eso no te preocupes. ¡Nosotros creemos mucho en ti y en tu *Celia*! Conocemos bien el funcionamiento del mundo editorial y no dudes ni por un instante de que haremos todo lo necesario para que se venda como se merece.

Le explicó que habían acordado con las librerías la colocación de ejemplares muy visibles en los escaparates y, además, estaban trabajando en una serie de anuncios de publicidad para insertar en ciertas revistas y periódicos durante la campaña navideña.

Pero entonces, por esas mismas fechas, volvieron a convocarse manifestaciones estudiantiles alentadas por la FUE, que reclamaba que los profesores que habían dimitido antes del verano o los que habían sido apartados de sus puestos fueran restituidos en sus cátedras. Primo de Rivera se negó, no estaba dispuesto a ceder a las exigencias de una asociación estudiantil que tenía soliviantada a la juventud.

—Luis, por lo que más quieras, no hagas ninguna tontería. No te digo que no apoyes las manifestaciones, pero no te metas en líos. Por favor te lo pido —insistió.

Hubo nuevas protestas y más detenciones de estudiantes, de las que Luis se libró, para alivio de Encarna. En enero de 1930 se convocó una gran manifestación y las calles de Madrid se llenaron no solo de las algaradas de los estudiantes, sino de muchos otros ciudadanos descontentos que empezaban a perder el miedo a mostrar su oposición al régimen. Un día gélido de finales de ese mes, su hijo entró por la puerta de casa dando unos gritos tan fuertes que Encarna se asustó, saltó de la silla con el corazón acelerado y corrió a su encuentro.

—¡Madre! ¿No te has enterado? ¿Dónde está padre? ¡Primo de Rivera ha dimitido! —gritó con alegría.

La noticia se había sabido a mediodía y los estudiantes habían abandonado las aulas para salir a celebrarlo a las calles. Esa misma tarde, el rey nombró a otro general, Dámaso Berenguer, nuevo presidente del Gobierno.

18

Tras la vorágine que rodeó la publicación del libro —la revisión apresurada de las galeradas, la disputa por una corrección que don Manuel consideraba insignificante y ella imprescindible, los retrasos de la imprenta—, vino la calma más absoluta. De pronto, dejaron de llegar recaderos a su casa con mensajes urgentes del editor que le reclamaba responder con la misma urgencia y, de un día para otro, como quien dice, su vida cotidiana recuperó la rutina de siempre. Si no fuera porque un día de las Navidades, con la excusa de celebrar el feliz acontecimiento de la publicación, el matrimonio Aguilar la condujo por sorpresa a la librería de la calle Mayor, una de las más populares de Madrid, para mostrarle el escaparate acaparado por las alegres cubiertas de *Celia lo que dice*, casi ni se habría enterado. Pero ahí estaba, su pequeña Celia expuesta a las miradas de los cientos de transeúntes que pasaban cada día por delante. Le presentaron al librero, don Fidel, un anciano muy amable escoltado por su joven ayudante (su nieto y sucesor en el oficio, les explicó), que la saludó con gesto reverencial, ¡como si fuera una actriz de cine! Don Fidel les enseñó la pila de ejemplares colocada en una mesita auxiliar junto a un precioso nacimiento navideño, justo delante de la puerta de entrada. («Esto ha sido a sugerencia de Manuel, que tiene bastante confianza con él», le susurró al oído Rebecca). Les aseguró que, en apenas quince días, había vendido más de dos docenas de libros. En sus cincuenta años de librero, no había visto nada igual. Encarna se rio, agradecida y feliz.

Pero después de aquello no había vuelto a saber nada más. Bien era cierto que don Manuel le había advertido de que no dispondrían de cifras de venta fiables de las librerías de Madrid y Barcelona hasta pasados unos meses, debía tener paciencia. Y eso hizo: se olvidó del libro por un tiempo y se dedicó a lo que le daba de comer día a día, su labor en *Gente Menuda*. Lo que hacía de vez en cuando era pasearse por delante de alguna librería de su barrio o del centro y fijarse en el lugar que ocupaba su *Celia*, contaba los ejemplares que tenían y, si los veía muy escondidos, los colocaba en un sitio más visible después de comprobar que no la vigilaban. Nadie la conocía y ella tampoco se daba a conocer como la autora del libro, le daba mucho apuro. Le parecía que sonaría presuntuoso, como si demandara reconocimiento o aplausos, y nada más lejos de la realidad. No era esa la razón por la que escribía, nunca lo había sido. ¡Pero si apenas seis años atrás ni siquiera se le pasaba por la cabeza que algún día pudiera dedicarse a la escritura! Lo veía fuera de su alcance, algo reservado para gente culta e instruida, no para una ignorante como lo era ella. ¿Cómo podía llamarse escritora y ponerse al mismo nivel que los escritores que tanto admiraba —Galdós, Balzac, Julio Verne o incluso Dickens—, si solo escribía cuentos para niños? No tenía un lenguaje elevado, ni hacía cabriolas estilísticas, ni ahondaba en los grandes temas de la literatura. Su prosa era pobre y humilde, hecha a base de palabras sencillas, pensada para que los niños la entendieran, nada más.

Una de las tardes en que se dirigía al club, ya en primavera, dio un rodeo para detenerse en la pequeña librería que había cerca del colegio de las Madres Mercedarias, en una de las calles de Huertas. *¡Uy! Es igualito a ese colegio en el que estuve yo interna y la madre Loreto me castigaba en el cuartito y me quitaba todos los vales porque no respondía con humildad en los exámenes...* Cuando entró, el librero estaba atendiendo a un señor mayor y ella aprovechó para curiosear por las estanterías. Revisó los estantes de arriba abajo, pero no vio su libro por ningún lado.

—Perdone, ¿tiene usted un libro titulado *Celia lo que dice?* —le preguntó al librero cuando vio que había terminado de despachar.

—Me queda uno, pero lo tengo reservado para una señora que se pasará esta tarde —le contestó—. He pedido más a la editorial. Si usted lo desea, puedo tomar su nombre y le reservo uno.

—No, no se preocupe —sonrió, aliviada—. Ya volveré en otro momento.

—Me han asegurado que me llegarán mañana. Si le interesa mucho, venga a primera hora de la tarde, antes de que las niñas salgan del colegio, porque se debe de haber corrido la voz y esos libros vuelan.

Abandonó la librería con una sonrisa en los labios, mezcla de alegría e incredulidad. Se quedó ahí de pie, observando el movimiento de la calle antes de partir en dirección al Lyceum. Vio venir a una pareja cogida del brazo, caminando deprisa, cada uno con una maleta en la mano. Un perro se cruzó delante de un automóvil, que frenó en seco y el conductor sacó medio cuerpo por la ventanilla profiriendo una retahíla de insultos. Dos monjas que pasaban por su lado se santiguaron sin levantar la vista del suelo. Aquello le dio por pensar que su vida discurría tan ajena a lo que ocurría en la calle, que quizá por eso le costaba imaginar que tantas personas acudieran a una librería con la única intención de adquirir su libro.

Al entrar en el club, se encontró el vestíbulo a rebosar de señoras, entre las que distinguió a Zenobia, Carmen y Marieta.

—¡Qué animación para una velada poética! —exclamó Encarna saludándolas. Miró alrededor, interrogante—. ¿Qué hacéis aquí? ¿Por qué no subimos ya a la sala?

—Nos ha pedido Isabel que esperemos cinco minutos —respondió Carmen, que desde que la habían nombrado vicepresidenta del Lyceum, parecía arrogarse de una mayor autoridad al hablar—. Gabriela Mistral acaba de llegar hace nada y están terminando de preparar el atril.

Doña María de Maeztu había aprovechado la visita de su amiga, la maestra y poeta chilena, para organizar una velada poética con las señoras del club. No era la primera vez que Mistral las obsequiaba con su presencia. Ya unos años antes ofreció una conferencia magnífica en la Residencia de Señoritas en torno a su obra *Lecturas para mujeres*, que acababa de publicar. Para Encarna fue una revelación escuchar algunos fragmentos de poesías y textos de escritores —la mayoría aún desconocidos para ella—, reunidos bajo lo que Mistral definía como «grandes asuntos humanos, que afectan tanto al hombre como a la mujer: la justicia social, el trabajo, la naturaleza», los cuales con demasiada frecuencia —denunció— se eliminaban de la educación de las mujeres, empobreciéndola. Y no solo eso; también llamó la atención sobre la autoría masculina de la mayoría de los textos que ella había seleccionado a conciencia para su libro, pues aunque pareciera absurdo, eran todo hombres los que escribían y reflexionaban sobre esos grandes temas, y las incitó a crear una literatura femenina «seria, con sentido humano, profundo, de arte verdadero», porque solo lo elevado al rango de arte y belleza era capaz de educar las mentes. ¡Y cuánta razón tenía! Esas palabras se le quedaron grabadas. Las recordaba con frecuencia, sobre todo cuando leía algún artículo u otra obra escrita por una pluma femenina que dejaba un poso de hondo calado en su espíritu.

Ahora, más de cinco años después, Gabriela Mistral había regresado a la capital española, y esa tarde, de pie ante el pequeño auditorio del club, se dispuso a declamar su poemario *Ternura. Canciones de niños*, dedicado a la maternidad y la infancia, con el que viajaba siempre en la maleta, fuera adonde fuera. Leyó varios poemas con voz cadenciosa, alargando la sílaba final de cada verso hasta hundirlo como una estaca en la tierra. Versos cargados de vida, emoción y luz que sumieron a Encarna y al resto de las mujeres allí presentes en un vibrante y conmovedor silencio. Sentada a su lado, Zenobia le había cogido la mano y se la estrujaba con fuerza, desbordada por la intensidad de la poesía.

Ay, cuando se lo contara a Matilde, ¡lo que se había perdido! Mira que le había insistido en que la acompañara, que alguien como Gabriela Mistral no dejaba indiferente a nadie. «No es por falta de ganas, Encarna —le dijo—, pero tengo que trabajar. Me he comprometido a entregar dentro de dos días la traducción del artículo de André Gide y después tendré que ponerme con los consultorios grafológicos de *El Heraldo* y *ABC*, que no pueden esperar». Le habría encantado que estuviera allí, porque, por mucho que se lo contara, era casi imposible transmitir las emociones del momento. Les habría dado tema para una larga y jugosa conversación sobre poesía. Entonces se fijó en la mesita colocada a un par de metros del atril con varias pilas de ejemplares del poemario de la señora Mistral. Se acercó a la mujer encargada de la venta y le pidió dos ejemplares, uno para ella y otro para Matilde.

Al terminar la velada, después de aguardar un buen rato hasta conseguir la dedicatoria de la poeta, las cuatro amigas bajaron juntas al salón de té.

—¡Señora Fortún! —la llamó una voz al atravesar la antesala al salón.

Se detuvo y vio venir hacia ella a Ernestina de Champourcín acompañada de otra chica joven. Encarna hizo una señal a las demás para que prosiguieran, ella iría enseguida.

—Señora Fortún, cómo me alegro de que haya venido. Quiero presentarle a Carmen Conde, una amiga mía, poeta como yo, que ha venido expresamente de Murcia para conocer nuestro club.

—¡Desde Murcia, ni más ni menos! —exclamó Encarna.

—Ernestina lleva más de un año hablándome tanto de este lugar en sus cartas, que estaba esperando la menor excusa para venir. Y cuando me dijo que habían organizado esta velada poética con la señora Mistral... ¡no me lo podía perder! —exclamó risueña.

—Carmen también es una gran admiradora suya, tenía mucho interés en conocerla —añadió Ernestina.

Encarna la observó con mayor interés. La joven la miraba con cierto apocamiento anhelante. Parecía muy jovencita, aunque le costaba ponerle una edad. Tenía la tez aceitunada, con la suavidad del melocotón. El pelo fosco y negro, los ojos oscuros también, y una boca grande de labios carnosos y sensuales. Una belleza. Y tan joven.

—Es que trabajo como maestra en una escuela rural, ¿sabe? Como doña Gabriela Mistral —dijo la chica—. Y allí no crea que dispongo de mucho material con el que animar a la lectura a los niños. Desde que descubrí sus cuentos en

Gente Menuda, los utilizo con frecuencia en mis clases porque a los niños les divierte muchísimo leerla.

—Uy, hija, si lo llego a saber, te traigo unos cuantos libros de *Celia* para que se los lleves a tus niños.

—No, no se apure, por favor —se apresuró a decir—. Ya pediré que compren alguno a la secretaría de la escuela.

—¡Ni hablar! Mañana mismo hablo con la editorial para que os manden cinco o seis, por lo menos. Anótame tu dirección en un papelito, haz el favor.

—No sabe cómo se lo agradezco, doña Elena. Déjeme entonces regalarle mi librito de poemas.

Extrajo un ejemplar de su bolso y se lo ofreció con timidez. Encarna lo cogió entre sus manos, asombrada.

—*Brocal, poemas* —leyó el título en la cubierta, y a continuación lo abrió, hojeándolo—. Pero ¿tú cuántos años tienes, hermosa?

—Veintitrés voy a cumplir este agosto.

—¡Jesús! —dijo, sus ojos saltando de Carmen a Ernestina y de Ernestina a Carmen—. Pero a vosotras, ¿con qué os han alimentado en vuestras familias? ¿Con sopas de letras? —Las dos jóvenes intercambiaron una mirada, riéndose. Luego Encarna le pidió a la murciana que se lo dedicara—: Ya que estás aquí, tendré que aprovechar. No todos los días tengo delante a dos prometedoras poetas. —Vio alejarse a la joven hasta el aparador cercano y, mientras escribía, se volvió a Ernestina y le preguntó—: A ti no te lo digo, porque como nunca te acuerdas de traerme tu poemario…

—Es que se me han acabado los ejemplares y todavía no he impreso más, señora Fortún. En cuanto los tenga, se lo traigo.

Carmen retornó junto a ellas.

—Le he apuntado en la última página mi nombre y dirección, como me ha pedido.

Encarna leyó las palabras de la dedicatoria firmada con su nombre, Carmen Conde, en letra redonda y clara.

—¡Qué bonito! Se nota que tienes la poesía en el alma, niña. Muchas gracias. Te escribiré sin falta. ¿Le has enseñado la biblioteca, Ernestina? —preguntó antes de despedirse—. Seguro que le gustará.

Ernestina negó con la cabeza. Con tanta actividad se le había olvidado, pero ahora mismo la llevaría allí.

Encarna se adentró en el salón de té y dirigió la vista a la mesa de sus amigas. Allí estaban Zenobia, Carmen y su cuñada, Carmen Monné, la mujer de su hermano Ricardo, pero no veía a Marieta por ninguna parte. Al pasar junto a la mesa de Víctor y su grupo, se detuvo unos segundos a saludarlas. Las conocía bien a todas; a Víctor (por supuesto), pero también a las demás: Mati, Adelina, Julia, la Kent y Trudi Graa.

—¡Siéntate con nosotras, Elena! —la invitó Adelina.

—No puedo. Les he dicho a Carmen y a Zenobia que me esperaran en la mesa.

—Tú te lo pierdes. Nosotras somos mucho más divertidas —dijo Víctor, exhalando una bocanada de humo hacia el techo.

Tenía la manía de sentarse en el asiento central del sofá y extender los brazos a ambos lados del respaldo, con las piernas cruzadas, en una postura muy masculina que suscitaba alguna que otra mirada escandalizada.

—Y menos estiradas —añadió Mati, bajando la voz.

Todas se rieron, incluida Encarna.

—El próximo día me siento con vosotras —dijo, despidiéndose.

De camino a la mesa, le pidió un té con un chorrito de leche a la camarera que rondaba por ahí.

—Ya pensábamos que no vendrías. —Zenobia la recibió con una sonrisa.

—Me he entretenido con Ernestina y una amiga suya que ha venido a la velada ¡desde Murcia! ¡Fijaos hasta dónde llegan los ecos de nuestro club! —contestó ella, de buen humor, mientras se quitaba la chaqueta—. Por lo visto, la chica tenía interés en conocerme. Y Marieta, ¿se ha ido ya?

—Sí, no podía quedarse mucho. Tenía que ir a la estación de tren a recoger a su marido, que llegaba hoy de viaje —respondió la otra Carmen, la Monné.

—No sé cómo lo hace Ernestina que ha sido de las últimas en inscribirse al club y ya conoce a más señoras que yo —dijo Carmen Baroja sin ocultar cierto retintín de envidia.

Zenobia se sirvió un chorrito más de café en la taza mientras decía:

—Es una muchacha encantadora, ¡y tan alegre! Ojalá le contagiara una pizca de esa alegría a Juan Ramón —suspiró. La conocía bien, desde que el poeta ejercía de mentor de Ernestina, la joven acudía a menudo a su casa—. Mi marido dice que tiene una madurez poética casi insultante para alguien de su edad. Yo no sé lo que tiene, pero las poesías que he leído de ella expresan tanta hondura de sentimientos, con tanta emoción y musicalidad… Me pone la piel de gallina. Hay una estrofa en uno de sus poemas que… a ver si me acuerdo cómo era. —Guardó silencio unos segundos, procurando hacer memoria, antes de declamar con voz lenta—: «Cállate; ya sé yo que tus labios murmuran / ternuras infinitas creadas para mí; / cállate; sin hablar mil voces las susurran; / cállate, el silencio me acerca más a ti». —Zenobia las miró, emocionada—. ¿No es precioso?

—¡Mucho! ¡Y qué sensibilidad! —admitió Encarna.

En los dos últimos años, se habían acercado al club jóvenes con mucho talento artístico, poetas, escritoras, pintoras, compositoras, atraídas por la relevancia que había adquirido el Lyceum como espacio cultural de encuentro y apoyo entre mujeres de distintas edades. Dentro del grupo de las poetas, Ernestina era la que más frecuentaba el club, pero también aparecían por allí de vez en cuando Concha Méndez y esa otra jovencita canaria tan inquieta, Josefina de la Torre, de quien María Rodrigo decía que era un portento artístico: componía música, cantaba, escribía poesía... Al verlas así, tan jóvenes, tan talentosas, Encarna no podía evitar preguntarse cómo habría sido su vida si su padre no hubiera muerto de manera tan repentina: habría seguido estudiando y formándose; quizá habría conocido a mujeres como la Lejárraga o doña María Goyri o la Maeztu, que le habrían abierto la mente mucho antes, brindándole más seguridad, más fortaleza de carácter y, tal vez —eso nunca lo sabría—, no se habría visto empujada al matrimonio por las circunstancias. En fin, ya no merecía la pena pensarlo, no había vuelta atrás, se dijo, y su atención retornó a la conversación que mantenían en la mesa.

—... no como esas otras, Victorina y Matilde Calvo, dos marimachos grandes y feas a las que no soporto. Fíjate en ellas —estaba murmurando Carmen Baroja mientras dirigía una mirada hostil hacia la mesa a la que estaban sentadas—, visten como hombres, se comportan como si fueran hombres... ¡O peor! ¿Habéis visto algún señor que adopte una postura así, con esa desfachatez, en un salón público, fumando como un carretero? Y la otra pobre la sigue a todo con la misma mansedumbre que un san bernardo. Y eso si no se hacen carantoñas entre ellas.

—No les hagas caso, Carmen —le aconsejó Zenobia.

Tampoco Victorina era santo de su devoción, pero no le tenía tanta ojeriza como su amiga, y su carácter dulce y ponderado le impedía arremeter de esa manera contra nadie.

—No seas así, mujer. Tienen sus cosas, pero las dos son buenas personas, que es lo importante —las defendió Encarna.

—Tú siempre tan ecuánime, eres incapaz de quedar mal con nadie. Dime la verdad: ¿a ti no te desagrada mirarlas, sabiendo lo que son? —le espetó Carmen, mirándola fijamente.

—¿Qué son?

—Mujeres que quieren a mujeres. Mujeres invertidas, desviadas.

Encarna le sostuvo la mirada sin inmutarse.

—No, no me molestan; eso es asunto suyo. Y tampoco me incumbe lo que hagan en privado…

Monné terció entre ellas expresando su opinión:

—Lo que no es normal es que fumen tanto y se hayan traído una botella de coñac para beber aquí. Eso no deberíamos consentirlo.

—¿Cómo que se han traído una botella de coñac? ¿Quién te lo ha dicho? —replicó su cuñada.

—Mujer, todo el mundo lo sabe. Y ella no lo oculta. De hecho, dice que está ahí para quien desee servirse una copa.

—¡Pues eso no puede ser!

Carmen se levantó de golpe y se dirigió con paso firme hasta la mesa en la que se encontraban Victorina y sus amigas. Encarna la siguió dos pasos por detrás, pensando qué hacer si la cosa se ponía fea. Se fijó que también su cuñada y Zenobia estaban allí cerca. La Baroja se plantó frente a Victorina y le soltó:

—Imagino que nadie os lo ha dicho, pero aquí no está permitido beber alcohol. Esto no es una taberna en la que podáis beber, fumar y reíros a carcajadas, molestando a las demás.

—¿A quién estamos molestando? —se le encaró Victorina—. Nadie nos ha llamado la atención, excepto usted, que estaba sentada en la otra punta del salón.

—Que no os lo digan no significa que no lo piensen. En este club existen unas normas de comportamiento y saber estar que hay que respetar en beneficio de todas.

Encarna paseó la vista alrededor. El salón entero había enmudecido, las señoras de otras mesas se habían girado a escuchar la discusión.

—¿A qué normas se refiere? Que yo sepa, no hay ninguna norma escrita que nos impida hablar, fumar y reírnos tan alto como queramos, si es lo que nos apetece. Me parece que se le ha subido el cargo a la cabeza, señora Baroja —dijo la escenógrafa en tono burlón.

Mati disimuló una risita nerviosa.

—Víctor, déjalo. No merece la pena enfrentarse —la reconvino Victoria Kent.

—No, es que cualquiera diría que este club le pertenece —replicó Víctor.

—Nos pertenece a todas, pero para eso está la junta directiva, para llamar la atención a alguien, si así lo consideramos conveniente —afirmó Carmen con sequedad—. Y, en este caso, me ha parecido necesario advertiros de que no podéis beber aquí dentro.

—¿Dónde lo pone, exactamente? Porque la señora Oyarzábal nos ha visto y nunca nos ha dicho nada...

—No voy a seguir discutiendo con usted, señorita Durán —Carmen pasó a un trato formal que en sus labios sonaba aún más despectivo que el tuteo—. Me ha entendido perfectamente. Si quiere llevar este asunto a la junta, está en su derecho —concluyó antes de dar media vuelta y regresar muy serena a su mesa, escoltada por su cuñada y Zenobia.

Encarna se acercó a Victorina, le dio una palmada en la

rodilla y le dijo en voz baja que no se preocupara, que era solo una rabieta de Carmen.

—Ya hablaremos con más calma en otro sitio —musitó antes de marcharse de vuelta junto a sus amigas.

La camarera le había dejado sobre la mesa el té que ya se le habría quedado helado. Ninguna de ellas habló nada durante un rato. Encarna lo removió despacio y le dio un sorbo largo. Hizo un gesto de asco, le supo muy amargo. Se notaba la lengua áspera como lija.

—Has estado muy bien, Carmen —la apoyó su cuñada—. Alguien tenía que decírselo.

Zenobia meneó la cabeza con un movimiento extraño que no se sabía bien si estaba de acuerdo o no.

—Yo me tengo que marchar, se me ha hecho tarde —dijo Encarna, recogiendo sus pertenencias.

—¿Ya? Pero si no son ni las ocho... —se lamentó Zenobia.

Carmen fingió buscar un pañuelo dentro de su bolso y ni la miró cuando Encarna se despidió de ellas.

19

Durante varios días, el enfrentamiento entre Carmen Baroja y Victorina dejó el ambiente enrarecido en el club. Encarna prefirió alejarse un poco hasta que las cosas se hubieran
calmado y cada tarde, al salir de la biblioteca, se marchaba
directa a casa sin siquiera asomarse por el salón de té. Tampoco deseaba ver a Matilde, aunque sus pies, inconscientes
ellos, la condujeran a veces hasta su calle y se pararan frente
a su portal, poniendo a prueba su fuerza de voluntad. Pro-
curaba olvidar las palabras de Carmen sobre las mujeres
que amaban a mujeres, pero no podía; eran como el agui-
jón de una abeja: rápido y efectivo inoculando su veneno.
Plantada en la acera, contemplaba con el corazón palpitante el florido balcón de Matilde, los visillos tras los que la
imaginaba inclinada sobre sus papeles, trabajando, y lucha-
ba contra sí misma para resistir el impulso de subir a verla,
de estar con ella, de quererla.

Una semana después, Matilde se presentó de improviso
en su casa, vestida con un bonito conjunto de colores claros y un gracioso sombrero de paja que se había puesto
torcido adrede. Una ternura infinita le atravesó el corazón.
Corrió a abrazarla con tanto entusiasmo, que hasta Matilde se sorprendió.

—¡Qué efusiva! ¿Qué te pasa? ¿Te encuentras bien?

Encarna asintió; lo único que le pasaba era que le había hecho muchísima ilusión su visita, ¡hacía tanto tiempo que no se veían! Matilde rio complacida, ¡justo por eso había ido a buscarla! Había terminado tan cansada de sus últimos trabajos, que su primer pensamiento al levantarse esa mañana y contemplar el cielo de un azul intenso, fue hacer una excursión por el monte de El Pardo y respirar un poco de aire puro.

—Vente conmigo, Encarna. He apalabrado un taxi para que nos lleve.

—¿Hoy? ¿Ahora?

Matilde asintió, risueña, y ella hizo un rápido repaso de lo que tenía planeado para ese día. Debía terminar los diálogos de Lito y Lita, pero eso le llevaría poco. Podría hacerlo por la noche, a su regreso. También había pensado empezar a escribir el cuento para la revista *Pinocho*, aunque no era algo que corriese tanta prisa. La entrega estaba prevista para la semana siguiente. Eusebio se pasaría la tarde en el teatro Eslava, donde la compañía de María Palou y Felipe Sassone ya había comenzado los ensayos de su obra *Los que no perdonan* para representarla en unas semanas. En cuanto a Luis, se pasaba el día en la universidad; no la echaría de menos.

—¡Dame veinte minutos para prepararme y nos vamos! —exclamó, ilusionada con el plan.

Tendría que cambiarse de ropa y ponerse un calzado cómodo para el monte. ¿Dónde guardaría Luis la mochila que usaba en sus excursiones? Llevaba tiempo sin verla. ¡Ah, y el bastón! Que no se le olvidara el bastón de madera que utilizaba Eusebio para andar.

Se dirigió a la terraza, donde encontró a la criada tendiendo la colada.

—Rosa, voy a pasar el día fuera con la señora Ras, no

comeré aquí. ¿Podrías preparar el cesto de pícnic con un poco de queso, pan y lo que veas por ahí? Comeremos en el campo.

—Ahora mismo, señora. ¿El señor también va con usted?

—No, el señor está trabajando. Vendrá a almorzar y luego se marchará otra vez, como todas las tardes.

—¿Quiere que les deje preparada la cena?

—Sí, por favor. Un caldo o una sopa con fideos y una tortilla de patata, que ya sabes cuánto le gusta a Luis. Y ya que no voy a estar, haz una limpieza a fondo de mi cuarto, pero con cuidado de no desordenar mis papeles.

—Descuide, señora.

Corrió a su habitación para cambiarse. Amontonó los papeles desperdigados sobre su escritorio y colocó los libros en una pila. Al ver el poemario de Gabriela Mistral, se acordó de que tenía guardado el de Matilde en el cajón de su escritorio. Se puso una falda y una de las blusas camiseras que tenía con una chaqueta. Ya arreglada, salió con él en la mano, escondido a la espalda.

—Tengo un regalito para ti —le dijo al llegar a su lado. Matilde la miró inquisitiva. Ella se sacó el libro y se lo entregó—. Mira en la primera hoja, le pedí a Gabriela Mistral que te lo dedicara.

—¡Ay, Encarna! Muchas gracias… —La leyó con interés. Al terminar, la miró y sonrió—. Los poemas de Mistral me gustan, pero yo lo que de verdad quiero es un libro de *Celia* dedicado y firmado por ti. Así añado otro autógrafo a mi colección de firmas de autores conocidos.

Encarna se sonrojó al percatarse de que no le había regalado su libro, con lo mucho que le habían ayudado sus comentarios cada vez que leía uno de los cuentos.

—¡Jesús! ¡Perdóname! Ahora mismo te lo traigo.

—No, no. Prefiero que lo hagas con calma, cuando puedas. No hay ninguna prisa —le dijo—. Entonces, ¿la velada poética estuvo bien?

—Lo que te perdiste, Tilde. —Encarna meneó la cabeza—. Fue una tarde memorable, y no solo por la Mistral... Vámonos, que te lo iré contando por el camino.

Como era de esperar, a Matilde la parte de la velada no le resultó tan interesante como la escena entre Carmen Baroja y Victorina Durán, que Encarna le relató sin obviar ningún detalle. Y mientras lo hacía, disfrutaba viendo las caras de Matilde, que pasaba de la perplejidad a la risa y viceversa en apenas unos instantes.

—Tendrás que reconocer que a Victorina le encanta provocar —afirmó su amiga.

—Todas sabemos cómo es, pero creo que Carmen se sobrepasó con ella. Fue muy desagradable.

El coche las dejó a la salida del pueblecito, muy cerca del acceso al sendero que discurría en paralelo al Manzanares. Acordaron con el conductor que las recogiera en ese mismo lugar a las cinco de la tarde y, con el cesto enganchado del brazo, iniciaron el camino que remontaba el curso de la corriente. El río de aguas cristalinas bajaba caudaloso y los rayos del sol arrancaban destellos de la vegetación, reverdecida tras las últimas lluvias. A su lado, Tilde caminaba haciendo ejercicios con los brazos, los subía e inspiraba hondo, los bajaba y espiraba fuerte. «Tú también deberías hacerlos, Encarna. Hay que oxigenar el cuerpo, expandir la caja torácica, ejercitar los músculos... ¡*mens sana in corpore sano*!», dijo sin dejar de moverse. Encarna prosiguió a su ritmo. Pegó un respingo sobresaltada cuando Tilde se situó a su espalda, la agarró de las manos y tiró de ellas arriba y abajo, arriba y abajo, varias veces. Ella se rio y quiso soltarse. «Déjame, no necesito moverme, mis músculos están la mar de tranquilos», protestó. A ella, con andar al aire libre y disfrutar del paisaje, se le curaban todos los males. Tilde le bajó los brazos envolviéndola con los suyos por detrás. La achuchó con fuerza, acompasó sus pasos a los de ella y caminaron unos metros así, bien pegadas la una a la otra, hasta que su amiga la soltó no sin propinarle un beso en la mejilla. «Un beso tambor», lo llamó. Tenía esa manía, la de adjetivar los besos con elementos circunstanciales y así diferenciarlos, hacerlos suyos, de las dos, entre los distintos tipos de besos que era capaz de dar. Una colección interminable, tan larga como su carácter expansivo y afectuoso le permitía.

El alegre canto de los pájaros las acompañó durante todo el recorrido hasta llegar a un pequeño valle de verdes praderas entre un bosquecillo de fresnos y chopos que les pareció casi idílico. Se detuvieron un centenar de metros adelante, junto a un remanso del río. Extendieron el mantel bajo las ramas de un sauce y dejaron a la sombra el cesto con el pícnic. Matilde abrió la cantimplora y dio un buen trago de agua antes de ofrecérselo a Encarna.

—¡Qué fresquita está! Con este calor, da gusto... —dijo después de beber. Se sentó en el suelo y empezó a quitarse los zapatos y las medias que llevaba.

—¿Qué haces?

—Me gusta sentarme en la orilla con los pies en el agua... Lo hacía mucho de niña cuando íbamos al pueblo de mi padre, y lo sigo haciendo algunas veces en Ortigosa, durante el verano. —Encarna se agachó y, despacio, introdujo los pies en el río conteniendo el aliento. El agua estaba helada. Se giró hacia su amiga—: Ven, anda. Siéntate a mi lado.

—¿Está muy fría?

—No, está muy buena —mintió con expresión inocente. Mientras Matilde se descalzaba, contempló el paisaje en calma alrededor bajo la tibieza del sol, cerró los ojos y levantó el rostro hacia el cielo, disfrutando del momento.

—¡Está heladísima! —oyó que gritaba su amiga.

Abrió los ojos y la vio sentada a su lado, con los pies recogidos en la orilla.

—¡Que no, mujer! —se rio, agachándose para arrancar un par de juncos que sobresalían del agua—. Al principio da un poquito de impresión, pero luego te acostumbras. Prueba y verás.

Matilde introdujo las puntitas de los pies en el agua y poco a poco, muy despacio, sin dejar de resoplar, terminó metiéndolos enteros.

—¿Te imaginas una casita aquí, en este sitio, en mitad del monte? —dijo al cabo de un rato.

—Una casita a la orilla del río, con un jardincito lleno de flores alrededor y vistas a la sierra... —Encarna cerró los ojos de nuevo y respiró hondo—. Sí, me lo imagino.

—Y una chimenea grande con el fuego crepitando ante nuestros ojos, un cómodo tresillo para los días de invierno, una taza de té humeante o una de chocolate con miel para ti al alcance de la mano. Nos recostaríamos a lo largo las dos, a leer tan a gusto... Yo leería tus escritos y tú leerías los míos al calor de la lumbre, y los comentaríamos juntas.

—Nuestra casa estaría llena de libros y cada una tendría su despacho para escribir con una gran ventana al jardín, por la que entraría el olor de las flores, el trino de los pajaritos, y podríamos escuchar de fondo el sonido del agua al correr río abajo. —Encarna cogió su mano, entrelazó los dedos con los suyos y la miró a los ojos—. Esa es mi idea de la felicidad. Contigo a mi lado, Tilde. Algún día llegará.

—Ya sabes que yo te esperaré siempre, mi Sherezade. —Matilde se inclinó despacio y posó sus labios con suavidad en los de ella.

Encarna cerró los ojos y se abandonó a la dulzura del beso. Tilde tiró de ella y se tendieron sobre el mullido lecho de hierba, sin dejar de besarse. Pero entonces notó el tacto de su mano deslizándose bajo su camisa, y su mente se puso en alerta. Una voz en su cabeza decía «no, no, no, esto no», y el deseo se apagó, sin más. De pronto fue consciente de sus cuerpos entrelazados, de la piel sudorosa, de la mirada interrogante de Tilde. Se incorporó de golpe y se sentó de nuevo en la orilla, de espaldas a ella. Percibió su presencia silenciosa detrás, un suspiro quedo y, enseguida, vino a sentarse a su lado. No se atrevía a mirarla, se sentía tan avergonzada...

—Perdóname, perdona. No puedo, Tilde, no puedo —murmuró. Se estiró la camisa, nerviosa.

—¿Es por algo que te ha molestado?

Encarna negó con la cabeza, no, no la había molestado nada, no tenía nada que ver. Matilde permaneció unos segundos en silencio y luego, casi como un susurro, preguntó:

—Entonces, ¿es que no te sientes atraída por mí?

No había ni un atisbo de reproche ni de enfado en su voz, y eso la avergonzaba todavía más. ¡Amiga amada!

—Claro que me atraes, Tilde. Te quiero con toda mi alma. Esto es... —Se calló con la vista puesta en la estela de un pato nadando en el agua—. No sé qué es. Hay algo en mi interior que me refrena, se mete en mi cabeza, se adueña de todo mi ser y me impide sentir placer, gozar del... ya sabes. —Hasta eso le costaba, pronunciar esa palabra.

Matilde le rodeó la cintura con un brazo y recostó la cabeza en su hombro.

—Cuéntame una historia —le pidió.

—Una historia, ¿de qué? —preguntó.

—De lo que quieras. Me gusta oírte contar tus historias, Elena.

—¿Elena? ¿Desde cuándo he dejado de ser Encarna? —sonrió, y le retiró con cuidado varias ramitas secas que tenía en el pelo.

—Desde que he leído a *Celia*. Ahora te miro y, para mí, solo puedes ser Elena.

—Entonces, Elena seré. Pues a ver, Señor...

Encarna movió los pies en círculos bajo el agua y comenzó a hablar:

—En mitad de un bosque frondoso había un estanque de aguas doradas en el que vivían felices, desde hacía miles de años, dos carpas blancas e irisadas como el nácar...

Unas semanas después, les llegó a casa una invitación de Isabel Oyarzábal a la celebración del cumpleaños de su marido, Ceferino Palencia.

—No seremos muchos, no creas. Solo hemos invitado a los amigos del círculo habitual de Cefe y sus mujeres —le dijo Isabel cuando se la cruzó en el club—. Contamos con vosotros, ¿verdad? Nos llevaremos un disgusto si no venís.

Hacía tanto que no salían juntos a ningún sitio, que a Encarna le resultó extraño engancharse del brazo de Eusebio para adentrarse en el amplio salón de los Palencia, iluminado con una profusión de lámparas y velas que lo dotaban de un alegre aire de fiesta. Del interior de un gramófono sonaba la música de Machín entremezclada con las risas y las conversaciones de los corrillos. De un vistazo reconoció al resto de los invitados. La mayoría, caras más que familiares: Santiago Regidor, Ricardo y Marieta de Baeza, Enrique y Pura de Ucelay, Cipri Rivas Cherif y su mujer, Carmen, y los Marquina, Eduardo y Mercedes, además de Ceferino e Isabel, por supuesto, que acudieron a recibirlos muy cariñosos. A quien no esperaba ver allí era a María

Lejárraga y a Gregorio Martínez Sierra sin «la otra». Dirigió una mirada interrogante a la anfitriona, que le respondió con un gesto de complicidad. Era la única condición que había puesto Mariola para asistir: o ella o la Bárcenas.

—Y, como comprenderás, yo lo tenía clarísimo —le confesó Isabel en voz baja, para que no la oyeran sus maridos.

Saludaron a unos y a otros. Ceferino les ofreció algo de beber del mueble bar y Eusebio lo siguió de buen humor. Habían dispuesto un bufet a modo de cena en la mesa del comedor, del que se podía servir lo que quisiera, le explicó Isabel, al tiempo que reordenaba bandejas, retiraba algún plato sucio y supervisaba el estado de sus invitados. Encarna cogió un platito y se paseó alrededor de la mesa sirviéndose algo de embutido, queso y canapés varios que le recomendó la anfitriona. A su espalda, el corrillo de los maridos saltó de las críticas a la última obra de teatro de Benavente, cuyo éxito ninguno se explicaba, a opinar sobre la elección del elenco que estaba a punto de iniciar Rivas Cherif para su nueva aventura teatral, *La zapatera prodigiosa*, de García Lorca, que no estrenaría hasta que el autor regresara de Nueva York, donde llevaba más de un año instalado.

Un caballero a quien Encarna no conocía se apartó del grupo y se aproximó a la mesa donde se encontraban ellas. Al ver a Isabel peleándose con el sacacorchos de la botella de vino, le ofreció su ayuda.

—No, muchas gracias, Julio —respondió agradecida. De un último tirón, el corcho salió del cuello de cristal y ella los miró con una leve sonrisa triunfal—. Encarna, tú no conoces al hermano menor de Ceferino, ¿verdad? Pues os presento: mi cuñado, Julio Palencia. Aquí donde lo ves, diplomático a la espera de nuevo destino. Su esposa y él han vuelto hace poco de Ciudad del Cabo, en Sudáfrica.

—¡No me diga! —exclamó Encarna, saludándole encantada—. Mi hijo tiene una ilusión loca por entrar en la carrera diplomática.

—Ah, ¿está preparando las oposiciones al Cuerpo Diplomático?

—No, qué va —rio ella—, ya me gustaría a mí. Todavía está estudiando el segundo curso de Derecho y, tal y como están las cosas últimamente, no sé yo...

El diplomático bebió un trago de su copa de vino.

—Es joven, aún tiene tiempo, entonces. El único consejo que puedo darle es que aprenda idiomas; cuantos más, mejor, señora... —Miró a su cuñada, interrogante.

Solo entonces Isabel cayó en la cuenta de que no la había presentado.

—Fortún, es mi amiga Elena Fortún. Es una grandísima escritora de cuentos infantiles y dirige el suplemento de *Gente Menuda*, en *Blanco y Negro*.

El rostro de Julio Palencia se iluminó con una sonrisa franca, cautivadora. Encarna pensó que no se parecía en nada a su hermano mayor. Era un hombre apuesto, de mirada cálida y una elegancia natural que seducía al instante sin proponérselo.

—Por desgracia, me temo que no soy lector de *Gente Menuda*, ¡ya me gustaría a mí! A partir de ahora, le prometo que me fijaré con más atención.

—No se preocupe, son solo cuentos y viñetas infantiles.

—¿Cómo que «solo»? Ay, Elena, por favor, ¡qué cosas dices! —le recriminó Isabel. Se giró a su cuñado—. No le hagas caso, Julio. Si tienes ocasión de leer sus cuentos de *Celia*, ya verás cómo te gustan. Son de lo más divertidos.

Notó que le ardían las mejillas. Qué apuro pasaba en esos momentos. Isabel la enganchó del brazo y la acompañó a la zona de los sofás en la que se hallaban las amigas, que interrumpieron la conversación para recibirla con gran algarabía.

—Ven, siéntate aquí a mi vera, Encarna. —Marieta se echó a un lado del sofá y dejó un hueco libre en el que se acomodó.

—Yo sí que sé a qué se refiere ella con «conductas inapropiadas» —oyó que decía Pura Ucelay, retomando la conversación previa a que ella se les uniera.

Marieta se inclinó hacia ella y le explicó en voz baja:

—Estábamos comentando la propuesta que Carmen Baroja ha llevado a la junta del Lyceum para prohibir las bebidas alcohólicas y las «conductas inapropiadas», según dice.

—No sabía que la había elevado ya a la junta... —le susurró a Marieta, quien asintió con un expresivo gesto de desaprobación.

Oyó que había comenzado a hablar Isabel y guardó silencio. Le interesaba mucho escuchar su opinión al respecto.

—Ya veremos en qué queda todo. Yo no estaba el día en que discutió con Victorina, y, como presidenta, tampoco me corresponde hablar aquí. Lo que sí puedo decir es que no deberíamos enzarzarnos entre nosotras por tonterías como esas, no nos ayuda en nada. Hay temas más importantes que debatir encima de la mesa.

Marieta y María Lejárraga movieron la cabeza en sendos gestos de aprobación.

—Yo me marché poco antes y no vi nada, pero por lo que me han contado, fue muy desagradable. Todas conocemos a Victorina y a Carmen, las dos tienen un carácter muy suyo —añadió Marieta.

—Yo sí que estaba allí —dijo Encarna—. De hecho, me había sentado con Carmen y las demás en nuestra mesa habitual, cuando comenzó a encenderse. Tanto Zenobia como yo intentamos restarle importancia, pero no sirvió de nada. En el fondo, todo viene de la antipatía personal que siente Carmen hacia Vic y Mati Calvo, no las soporta. Y esa tarde, por la razón que fuera, saltó contra ellas con la excusa del coñac, delante de todas las presentes. Y como Víctor tampoco es de las que se callan...

Se guardó de decir que unos días después del incidente se había tomado un café a solas con ella para hablar de lo ocurrido y, con esa sonrisa suya altanera que a menudo usaba como escudo de defensa, se había quejado del escaso apoyo recibido por parte de algunas socias que consideraba amigas, además de referentes morales dentro del club, como Isabel y Mariola. Encarna no dudó en defenderlas con vehemencia: estaba segura de que ninguna de las dos estaría a favor de imponer más normas ni restricciones en el club, como si aquello fuera un colegio. De todas maneras, Victorina ya había resuelto que, si tanto molestaba su presencia en el salón de té, organizaría ella sus propias reuniones fuera del club con quien más le apeteciera. «No lo sabrá nadie más que las personas a las que invite, mi gente, mis amigas. A ti te cuento entre ellas, Encarna. Y si quieres, puedes venir con Matilde. Ya os avisaré». Desde aquella tarde, no había vuelto a saber nada de ella, aunque suponía que si se había enterado de la iniciativa de Carmen, no le habría gustado nada.

—Pero de eso a pedir que se establezcan normas para prohibir lo que ella y las otras dieciséis socias que han firmado la propuesta consideran «conductas inapropiadas» va un trecho —seguía diciendo Pura Ucelay—. ¿Quién decide lo que es inapropiado y lo que no? ¿En base a qué ideas, a qué moral? ¿Acaso debemos crear un tribunal de la conducta a estas alturas? Yo creo que ya somos todas lo bastante mayorcitas como para saber cómo comportarnos —aseveró, tajante.

A Encarna le sorprendió su firmeza, pues la tenía por una mujer muy prudente en sus opiniones. Isabel agarró la bandeja de canapés que descansaba sobre la mesa de centro y la pasó para que fueran cogiendo.

—En cualquier caso, se debatirá en la próxima junta, como siempre hacemos, y listo —zanjó antes de levantarse para ir en busca de otra botella de vino con la que rellenar las copitas vacías.

En el grupo de los hombres, la conversación comenzó a subir de tono al entrar en el terreno minado de la política. Oyeron proclamar a Ceferino que se sentía un ciudadano estafado, que el rey les había engañado ya dos veces: la primera, al apoyar la dictadura de Primo de Rivera, y la segunda, con la «dictablanda» de Berenguer. Mucho prometer que su primera decisión política sería convocar las Cortes Constituyentes y avanzar hacia un régimen constitucional de libertades y garantías, y sin embargo, ahí seguían, inamovibles, sin Cortes, ni elecciones, ni Constitución, ni nada que se le pareciera. Marquina intentó una débil defensa de la monarquía, pero no hizo sino generar más consenso en torno a la idea de que Alfonso XIII era un lastre para España, que arrastraba los mismos problemas de pobreza, desigualdad y retraso desde hacía casi un siglo.

—Hasta los que defendían antes al rey, Ortega y Gasset, Unamuno, Jiménez de Asúa y otros, toda la intelectualidad académica, han cambiado de opinión. Creen que con esta monarquía, con este rey, no hay futuro posible —afirmó Ricardo Baeza.

—¿Cómo va a haberlo? ¡Todo esto daría para un buen sainete! Gregorio, yo lo escribo y tú lo representas —bromeó Eusebio. El aludido meneó la cabeza en un gesto burlón—. Pues entonces, tú lo escribes y yo lo represento, ¡así nosotros mismos seríamos parte actuante del sainete!

Todos soltaron una carcajada menos Gregorio, que forzó una sonrisa sardónica.

—Déjate de sainetes, Eusebio. Para eso ya tenemos los esperpentos de Valle-Inclán.

Cuando las risas se acallaron, uno de ellos se atrevió a discrepar del resto:

—No deberíamos tomárnoslo tan a broma, atravesamos una situación muy delicada. Aun admitiendo que el rey ha cometido errores inexplicables, no creo que sea el momento de hacer experimentos con nuestro sistema de gobierno, hay demasiadas tensiones en el mundo como para lanzarnos al abismo de otra más —afirmó Julio Palencia con voz templada, en contra de la opinión mayoritaria—. La revolución bolchevique no es lo que quieren hacernos creer, y en el lado opuesto, en países como Alemania, el descontento de la población lleva tiempo degenerando en el auge de nacionalismos y populismos en la misma línea que el fascismo de Mussolini en Italia. Eso sin contar que desde que se hundió la bolsa en Estados Unidos en octubre del año pasado, el país entero está sumido en una profunda depresión económica que terminará por llegar a Europa de una forma u otra. Y si no, tiempo al tiempo. Lo que menos le interesa ahora a España es la inestabilidad y la incertidumbre políticas.

Durante un rato, las mujeres escucharon con atención las opiniones de unos y otros, hasta que Isabel llegó con la botella de vino y, plantada en medio de todas ellas, les dijo:

—A la vista de tanto interés en la conversación de los hombres, se me ocurre que deberíamos organizar un debate en el Lyceum sobre el feminismo y la situación política, ¿qué os parece?

—Yo lo secundo. Es un tema que nos debería interesar a todas, nos jugamos mucho en función de lo que ocurra en los próximos meses —dijo Pura—. Quizá haya llegado la hora de hacer campaña por un feminismo más político que social y adscribirnos a los partidos que suscriban nuestras ideas como parte de su programa.

—¿Te refieres a que nos afiliemos a un partido político? ¿Y a cuál sería? —replicó Encarna en un tono que dejaba clara su disconformidad—. Porque para mí son todos iguales: los mismos perros con diferentes collares. Yo estoy a favor de los ideales de la república, la libertad, la igualdad, los derechos de las mujeres, el pan y la educación para el pueblo, pero desde mi posición de ciudadana, no desde la militancia en un partido político.

—No sé por qué eso no podría hacerse bajo la monarquía... —musitó la esposa de Marquina.

—En todos estos años no hemos visto ningún avance en ese sentido, Mercedes —la reconvino Marieta con su delicadeza habitual.

—Si las mujeres no hacemos política, seguiremos relegadas a un segundo plano —insistió Isabel—. Estaremos confiando nuestra lucha, nuestras reivindicaciones feministas, a los políticos varones que dirigirán el país. ¿Es eso lo que queremos?

No, obviamente. Las mujeres tenían todo el derecho a ocupar los mismos cargos que los hombres en cualquier ámbito, también en el Gobierno, pero el club se distinguía, precisamente, por ser un espacio integrador de mujeres muy distintas, ajeno a las ideas partidistas. Si decidían posicionarse por uno u otro partido, perdería parte de esa identidad integradora.

—Yo no digo que las mujeres no hagan política —replicó Encarna—. Cada cual es libre de hacer lo que quiera. Lo que yo creo es que es una decisión personal de cada una, no puede ser una obligación ni una consigna impuesta por el club.

—En eso Encarna tiene razón —apuntó Marieta—. Sería como pervertir el fin para el que fue creado el Lyceum. ¿Y qué pasará con las señoras que no tengan interés ni en los partidos ni en la política, como Encarna o como yo misma? ¿Seremos unas parias en nuestro propio club?

—Si fuera así, nos veríamos obligadas a borrarnos como socias —añadió Carmen, la mujer de Rivas Cherif, que escuchaba con atención.

—Pero cuando Victoria Kent, Matilde Huici o Clara Campoamor reclaman cambios en las leyes en favor de las mujeres, ya están haciendo política. Eso ya es política —argumentó Pura Ucelay, poniendo mucho énfasis en la última frase.

—¡Exacto! A eso me refiero. No habrá igualdad sin nuestra acción política —corroboró Isabel.

En ese momento intervino María Lejárraga, que se había mantenido en silencio durante toda la conversación:

—Yo llevo un tiempo pensando en que debemos hacer algo más que organizar actividades sociales y culturales en el Lyceum. —Y antes de que ninguna replicara, añadió—: Que están muy bien, eso no lo niego; han cumplido perfectamente su función todos estos años atrás para traernos hasta aquí, pero ahora necesitamos avanzar un paso más —afirmó con seguridad—. Hay que salir a la calle, instruir a las mujeres trabajadoras, a las empleadas, a todas las que quieran, para que puedan desarrollar más conciencia de su condición de mujeres libres y con derechos, y llegada la hora, nos unamos todas en la lucha por la igualdad y por el voto femenino.

—Pero eso sería un club distinto al que hay ahora... —dijo Marieta.

—Pues a lo mejor sí —concedió Mariola—. A lo mejor hay que crear otro club, otra asociación cuya misión sea proporcionar formación cívica a las mujeres trabajadoras. Sin ellas, sin las mujeres del campo, sin las obreras de las fábricas y las empleadas de oficinas, talleres y comercios, no conseguiremos nada. Hay que empezar a explicar nuestros ideales de progreso a las mujeres, sea cual sea su condición o su edad. Aquí y en todas partes.

—Sería una buena solución: una asociación nueva —convino Isabel—. Igual que el Lyceum nos ha servido a nosotras para unirnos y tomar conciencia de nuestro poder colectivo, debería haber otros espacios similares para el resto de las mujeres. Además, si no lo promovemos nosotras, ¿quién lo hará?

—Me parece muy bien, pero ¿quién se va a meter en ese berenjenal? —interrogó Encarna.

Mes a mes, el descontento de la sociedad contra la «dictablanda» paralítica de Berenguer aumentaba como una bola de nieve. Los estudiantes retornaron a las manifestaciones en la calle. La universidad, decepcionada con la lentitud de los cambios que reclamaban, se mostraba cada vez más crítica contra el rey y el Gobierno, al tiempo que la república sumaba partidarios día tras día por todo el país.

Encarna observó con creciente preocupación las frecuentes entradas y salidas de Luis, las manchas de pintura en sus ropas, la radicalización de sus opiniones en las conversaciones que mantenía con su padre en la mesa, categóricas, exaltadas. Pero, sobre todo, le preocupaba que hubiera dejado otra vez de lado los libros y el estudio. En los exámenes de junio suspendió todas las asignaturas. En septiembre no le fue mejor: no consiguió recuperar ninguna, y lo peor, se decía, era que la situación no tenía visos de corregirse, el ambiente alrededor estaba cada vez más agitado. Y así las cosas, ¿de qué le serviría repetir curso si continuaba la lucha estudiantil? ¿Hasta cuándo duraría aquello?

—Eusebio, deberíamos hacer algo con Luis —le dijo Encarna ese día, después de que se sentaran a almorzar los dos solos—. Si sigue así, en medio de este jaleo, no sé qué va a ser de él. Ya no es que pierda este curso, tengo miedo de que se pierda él. Que pierda el interés por los estudios, por terminar la carrera.

—¿Te ha dicho él algo? —preguntó, colocándose la servilleta.

—No, pero no lo necesito: los dos sabemos lo que está ocurriendo ahí fuera. Y nuestro hijo es buen estudiante, pero se deja llevar fácilmente por los acontecimientos, ya lo hemos visto antes. Para estudiar necesita tranquilidad, necesita estar centrado, y ahora no lo está, ni creo que lo esté en los próximos meses.

Rosa llegó con la sopera humeante y les sirvió a cada uno un buen plato de alubias.

—Huele que alimenta, Rosa —dijo Encarna—. Pero no me eches mucho, no tengo demasiado apetito.

La mujer le torció el gesto, como siempre hacía cuando veía que comía poco. Insistió en que debería probarlas, ya vería qué ricas estaban, pero Encarna se negó.

—Si quiero más, ya repetiré, Rosa. No te preocupes.

Cuando terminó de servir a Encarna, continuó con Eusebio.

—A mí lléname el plato hasta arriba —le pidió con ojos glotones. Mientras la mujer le servía, se dirigió a Encarna, retomando la conversación—: Esta situación no puede durar mucho más. Algo tiene que cambiar.

Ella esperó a que la criada se marchara a la cocina para responder:

—¿Ves? Pues a eso me refiero, Eusebio. ¿Quién nos garantiza que cambiará a mejor y no a peor?

Él se inclinó sobre el plato, removió con gusto las alubias y habló con la cuchara a medio camino de la boca:

—Mujer, ocurra lo que ocurra, no puede ser peor que lo que hemos vivido hasta ahora.

—¿Y si de repente salta la chispa y hay una revolución? ¿Y si llaman a Luis a las armas? ¿Qué sucederá? ¿Y si lo detienen otra vez? O peor aún, si lo hieren... No me extrañaría que cualquier día nos llamaran diciendo que está en el hospital.

Eusebio la miró alarmado. Las revueltas no llegarían a ese extremo de violencia, ¿o sí? Fuera como fuese, no permitiría que Luis se viese obligado a empuñar un fusil y lanzarse a la contienda como le tocó hacer a él en el Rif, cuando apenas sabía ni lo que hacía.

—Por eso he pensado que podríamos mandarlo fuera de España —dijo Encarna, removiendo las alubias de su plato con parsimonia—. A algún país alejado de todo, donde pueda llevar una vida normal lejos de las protestas estudiantiles, mientras se aclaran aquí las cosas.

Su marido no lo veía claro. Meneó la cabeza dubitativo.

—¿Fuera de España? ¿Y adónde podría ir? ¿En qué condiciones? —la interrogó—. No podemos mandarlo así, a la aventura.

Tampoco ella lo pretendía. En los últimos días había estado indagando por ahí. Había acudido a la Residencia de Señoritas para pedirle opinión y consejo a doña María de Maeztu, que tanta experiencia tenía con jóvenes estudiantes. Después había visitado a doña María Goyri y a don Ramón Menéndez Pidal en el Centro de Estudios Históricos y les había preguntado sobre la situación académica para un estudiante español en los distintos países europeos. Entre una y otros, ya se había hecho una idea aproximada de la que consideraba la mejor opción.

—Un buen lugar sería Suiza. Se mantuvo neutral en la Gran Guerra y parece un país seguro. Podría dar clases de español en un instituto de alguna ciudad suiza. Don Ramón tiene un par de conocidos allí y cree que podría hacernos la gestión. Eso sí: tendríamos que correr con los gastos del alojamiento y la manutención, al menos los primeros meses, hasta que sepamos si le pagarán o no.

Eusebio continuó comiendo pensativo. Cuando terminó, se limpió la boca con la servilleta y retomó la palabra:

—Eso será muy costoso, Encarna. Suiza no es como España. Es un país más avanzado, la vida allí será más cara.

Ella no le contradijo, le pareció que casi lo había convencido.

—Pero podemos hacer el esfuerzo, ¿no crees, Eusebio? Estoy segura de que merece la pena.

—Sí, claro, claro. Si es necesario, podemos usar el dinero del Premio Fastenrath que no nos hemos gastado para pagar los gastos iniciales.

Ella asintió complacida con la idea. Ni viajes, ni lujos ni coche. El mejor uso que podían darle al dinero era garantizar el futuro de su hijo.

—Una vez instalado, con lo que me pagan de mis colaboraciones, no creo que nos cueste tanto mandarle una asignación mensual —afirmó Encarna.

—¿Y crees que él querrá marcharse? No sé yo…

Pero ella lo tenía muy claro.

—Pues habrá que convencerlo.

Eso hicieron. Unos días después, cuando ya disponían de información más detallada sobre el viaje, se sentaron a hablar con él. «Hablemos, pero sin perder los nervios, Eusebio. Luis es casi un adulto, no podemos tratarlo como a un niño», le advirtió ella. Uno de los días en que apareció a almorzar, Encarna sacó el tema con cuidado. Le dijo que su padre y ella estaban muy preocupados, que veían que tenía abandonados los estudios, y a ese ritmo iba a perder otro curso, y así, ¿cómo pensaba entrar en la carrera diplomática? Habían pensado que lo más conveniente para él sería alejarse de Madrid durante un tiempo, no mucho.

Al principio, Luis se negó en redondo. Abandonar Madrid, la universidad, la lucha... ¿por qué? No podía marcharse justo en el momento en que se estaban jugando su futuro, el futuro de la juventud, ¡el futuro de España!

—Si pusieras la misma pasión en los estudios que en las protestas, no diríamos nada, Luis. Pero no es así —replicó Encarna—. El tiempo pasa y no puedes darte el lujo de perder otro curso más, no te ayudaría en nada, al contrario: si abandonas los libros, cada vez te resultará más difícil seguir el ritmo de las clases. Y si no terminas la carrera... —Dejó la frase en suspenso, perdida en otra idea repentina—. ¿O es que ya no quieres ingresar en la carrera diplomática?

—¿Quién ha dicho eso? —replicó él, molesto—. ¡Claro que quiero!

Pues si eso era lo que quería, no era ese el camino.

—Si te marchas al extranjero... —comenzó a decir Eusebio.

—¿Al extranjero? ¿Adónde? —cortó a su padre en seco, algo sorprendido.

—Hemos pensado en Suiza —dijo Encarna.

Luis se apaciguó, se avino a escuchar en silencio, sin interrumpirlos. Le explicaron que don Ramón Menéndez Pidal les había puesto en contacto con un colega español residente en Lausana que le había conseguido un puesto para impartir clases de español en un instituto suizo de enseñanza secundaria durante ese curso. No solo sería una experiencia de lo más enriquecedora para él, que por primera vez viviría solo, lejos de ellos, como un adulto responsable e independiente; también podría aprovechar para aprender algo de alemán y perfeccionar su francés, que buena falta le harían para la carrera diplomática.

Por fin, Luis accedió a marcharse y «probar un par de meses, a ver qué tal me va». Si no le gustaba, les aseguró que para Navidad estaría de vuelta. Encarna suspiró aliviada. Esa misma mañana mandaría un telegrama al colega de don Ramón comunicándole la noticia. En Suiza ya había arrancado el curso escolar, por lo que debían darse prisa en tramitar el pasaporte y organizar el viaje para que pudiera incorporarse lo antes posible.

A primeros de octubre, Encarna y Eusebio despidieron a Luis montado a bordo del tren que partía de la estación del Norte con dirección a Figueras. Una vez allí, haría transbordo al ferrocarril que atravesaba la frontera hacia Perpiñán, y de ahí proseguiría trayecto hasta Ginebra, donde tomaría un autobús a Lausana. Era un viaje largo que mantuvo en vilo a Encarna durante casi tres días, hasta que les llegó el telegrama de Luis avisando de su llegada a destino en perfecto estado. El amigo de don Ramón lo había recogido en la terminal y lo había acompañado a la residencia juvenil, donde ya estaba instalado.

Una semana después, recibieron una carta más extensa en la que describía con detalle los primeros días de su estancia. En la residencia tenía una habitación con baño para él solo y en el comedor había un mostrador con lo necesario para prepararse un té con galletas, fuera la hora que fuese. Era el único español allí, pero, para su sorpresa, había conocido a dos residentes mexicanos y un cubano que estaban realizando sus cursos de doctorado en la universidad. La gente era muy amable y la ciudad, preciosa. Se hallaba a orillas de un lago tan grande que casi parecía un mar, y el paisaje alrededor, rodeado de montañas y prados, era de una belleza sobrecogedora. Cada mañana iba caminando al instituto, que se hallaba a menos de medio kilómetro de distancia, e impartía tres clases diarias de español a chicos de entre doce y quince años. «¡Si supieras qué bien me ha venido el manual de enseñanza de español que me metiste en la maleta, madre! Dale las gracias de mi parte a don Ramón y a doña María, diles que sin su manual no sé cómo ni por dónde habría empezado a enseñar nuestro idioma a alumnos que no habían oído el castellano hasta ahora; por no saber, ni siquiera sabían que lo hablan millones de personas en dos continentes».

Los temores que pudiera albergar Encarna desaparecieron tras leer la carta de su hijo. Parecía contento e ilusionado con esa nueva vida de profesor de instituto en un país lejano, y eso le bastaba. Confiaba en que allí se le pasaría la fiebre revolucionaria y volvería convertido en un joven más centrado y sereno.

20

Sin Luis en casa, a Encarna se le quitó una gran preocupación de encima. De pronto se habían quedado solos Eusebio y ella en un hogar más silencioso que de costumbre, y por primera vez fue consciente del enorme abismo que existía entre los dos. La ausencia del hijo había disuelto el principal tema de conversación, si no el único, que compartían cuando estaban juntos, y sin eso, a menudo tenía la sensación de que sus diálogos eran como un juego de petanca: se lanzaban entre ellos preguntas aisladas, carentes de mayor interés, con el único propósito de reconocer la presencia cercana del otro y llenar los huecos silenciosos alrededor.

El 18 de noviembre de 1930, Encarna cumplió cuarenta y cuatro años. Cuarenta y cuatro años en un estado de lúcida plenitud vital que no cambiaría por nada del mundo. Tenía la sensación de que el paso del tiempo no la afectaba, que la respetaba como si hubieran hecho un pacto: él le había concedido un paréntesis temporal en pago por todos aquellos años de su vida perdidos, casi veinte, que ella había metido dentro de un mismo saco bajo el nombre de «los años de la ignorancia» para guardarlo en algún rincón perdido de su memoria; y ella, a cambio, sería fiel a su misión de vivir a través de las palabras y las historias que habitaban los infinitos paisajes de su imaginación. No hizo ninguna celebración especial, aunque Eusebio se presentó ese mediodía con una máquina de escribir, «para que así dejes de gastarme la mía», le dijo con cierta sorna, pero ella no se lo tuvo en cuenta; era un regalo espléndido. Acarició con placer las teclas redondas y notó cómo cedían suavemente a su tacto amoroso, listas para entregarse a su pulsión escritora.

También Matilde la recibió en su casa esa misma tarde con una bandeja de pastelitos de nata y chocolate de Viena Capellanes, sus preferidos, y un paquete envuelto con primor en cuyo interior se ocultaba un chal de lana de cachemir que había tejido expresamente para ella.

—Pensé que te vendría bien para esas noches de invierno en las que dices que te cuesta mucho sentarte a escribir por el frío que hace en tu cuarto —le dijo—. Te dará calorcito y, de paso, te acordarás de mí.

Así era su Tilde, no se le escapaba detalle. Sin embargo, el mejor regalo de todos se lo dio don Manuel. El editor la había convocado en la editorial para hablar de su libro y de planes de futuro, así que acudió ilusionada a escuchar lo que quisiera decirle. Nada más adentrarse en el vestíbulo se llevó una sorpresa: en una de las paredes habían colgado un gran cartel con la ilustración de la cubierta de *Celia lo que dice*, y debajo, un eslogan que rezaba: «¡El libro infantil en español más vendido de todos los tiempos!».

Don Manuel salió a recibirla en cuanto le anunciaron su llegada.

—¡Querida Elena! —exclamó al verla. La estrujó entre sus brazos con tanta fuerza, que casi se ahogó del susto. Luego, tomándola por el codo, la guio hacia su despacho—. Venga por aquí conmigo. ¡Rebecca y yo la estábamos esperando!

La señora Aguilar se levantó del sillón de piel y la besó con cariño. Le preguntó por su marido y por su hijo (¿se había aclimatado bien a los inviernos suizos?, porque ella los recordaba con auténtico pavor).

—Estamos todos bien, gracias a Dios —dijo Encarna, quitándose el abrigo.

Don Manuel la ayudó, caballeroso, y se lo llevó al perchero al tiempo que la invitaba a sentarse en uno de los sillones. Él no tardó en acomodarse junto a su esposa, deseando comenzar. Estaban entusiasmados con la acogida que había tenido el libro de *Celia*, habían vendido más ejemplares de los que nunca habían imaginado y, en la última semana, habían recibido dos cartas de sendas niñas muy interesadas en saber dónde vivía o a qué colegio iba la protagonista de sus cuentos. Encarna se echó a reír, encantada.

—En el mes de abril tuvimos que reimprimir una nueva tirada de libros, con eso se lo digo todo. —Abrió una carpetilla que tenía preparada encima de la mesa de centro, extrajo uno de los papeles del interior y se lo tendió a Encarna—. Esas son las cifras de ventas acumuladas, por ciudades. Como puede ver, ¡una barbaridad!

Encarna lo examinó con atención. No tenía ninguna referencia con la que comparar, pero la suma resultante de todas las cifras eran varios miles de libros.

—Y solo son datos recopilados hasta el uno de septiembre —explicó la señora Aguilar—. A partir de esa fecha han seguido vendiéndose, por supuesto. Y las librerías no dejan de pedirnos más y más. He realizado una estimación de ventas sobre los pedidos que hemos enviado en los tres últimos meses y esa cantidad que ves ahí podría incluso duplicarse.

Encarna los miraba con una sonrisa perpleja.

—¡Baste decirle que, en este año, es el libro más vendido en la editorial con diferencia! —exclamó don Manuel—. ¿Qué le parece? ¿No es magnífico? En confianza le diré que incluso a mí me ha sorprendido. No tenía ninguna duda de que se iba a vender bien, pero tanto...

Rebecca guardó diligente los papeles en su carpetilla y tomó la palabra:

—Imagino que te estarás preguntando cómo te revertirá esto económicamente, ¿verdad?

Encarna asintió, intrigada. La señora Aguilar se giró a su marido como si le quisiera ceder la palabra, pero él le hizo un gesto animándola a continuar. Rebecca se repantingó en el asiento y prosiguió animada:

—A fecha de dos de enero te haremos entrega del primer pago en concepto de regalías, que ascienden, salvo cambios de última hora, a veinticinco mil pesetas.

—¡Veinticinco mil pesetas! —repitió Encarna, estupefacta—. ¿Lo dices en serio?

—¡Y tan en serio! —aplaudió, risueño, don Manuel.

Y eso era solo el principio. Para las Navidades, que ya estaban a la vuelta de la esquina, repetirían la campaña de promoción no solo en Madrid y Barcelona, sino en el resto de ciudades de provincias. Además, habían pensado encargarle a un buen fotógrafo un retrato suyo para enviarlo a algunas revistas y periódicos, acompañado de una pequeña semblanza. Eso siempre gustaba a los periodistas.

—Y ahora, después de regodearnos en las buenas noticias, hablemos de futuro. —Don Manuel encendió un cigarrillo y se arrellanó en el sillón, con gesto relajado—. Hemos pensado que, dada la buena acogida que ha tenido *Celia*, podríamos publicar una serie de libros que giraran en torno a su vida y la de su familia.

—Sí, sí. Algo parecido había pensado yo. Estos días he estado revisando todos los cuentos publicados hasta ahora en *Gente Menuda* y creo que podría reunir una veintena de ellos en otro libro nuevo, agrupados bajo el título de *Celia en el colegio*.

—Eso está muy bien, sí —asintió don Manuel. A Encarna, sin embargo, le parecía poco convencido. Sacudió el cigarrillo en el cenicero con gesto pensativo antes de añadir—: Lo que habíamos pensado nosotros es que se planteara «independizar» progresivamente nuestra *Celia* de la *Celia* de *Gente Menuda*. No me refiero a corto plazo, por supuesto; ahora mismo, la difusión que le da a *Celia* el suplemento nos beneficia a todos, y esperemos que eso no cambie, ahora que ha fallecido don Torcuato. Sería más a medio plazo. —Ante el silencio de Encarna, añadió—: Solo le pido que lo vaya madurando en su cabeza. Mi idea es que escriba para Aguilar novelas de *Celia* distintas a las que publica en el suplemento infantil. Novelas con una trama propia, ya sabe.

No le sonó nada mal. En realidad, a veces el formato de *Gente Menuda* le resultaba un tanto breve y limitador. En una novela podría desarrollar mucho más los hilos de las historias, podría detenerse un poco más en los personajes, en las situaciones.

—Para finales del año que viene podemos publicar el que usted dice, *Celia en el colegio*. En 1932, tal vez podríamos publicar otro libro más a partir de las historias publicadas en *Gente Menuda*. Y a partir de entonces, el resto serían novelas nuestras, escritas para la editorial Aguilar —le propuso don Manuel.

—Pero podré escribir lo que yo quiera, ¿verdad?

—Por supuesto, ¡usted es la escritora! Nadie conoce a Celia mejor que usted.

Eso era cierto. Le había costado una vida entera alumbrar a esa niña soñadora, casi una extensión de sí misma. La llevaba consigo a todas partes, la oía parlotear en su interior sin cesar, le contaba unas cosas, le preguntaba otras, lo comentaba casi todo, ¡era una charlatana!

El fotógrafo contratado por la editorial Aguilar la citó apenas una semana después en su estudio. Porque, para don Manuel, las cosas eran así: dicho y hecho. Y un poco se le estaba contagiando esa manera de ser suya, porque se había dado cuenta de que cada vez soportaba menos dejarse las cosas a medias, hilos sueltos sin rematar que no se le iban de la cabeza.

Se asomó a la ventana en su cuartito de la calle Caracas a evaluar el color del cielo, de un gris nacarado y engañoso. Abrió el armario ropero y los ojos se le fueron a su imagen en el espejo: la de una mujer delgada sin apenas pecho ni caderas ni evidencia palpable de feminidad, esa cualidad impenetrable de las mujeres que a ella la había rehuido toda su vida, desde que tuvo uso de razón. Antes, incluso. Su padre le contaba que, al nacer, después de un parto largo y doloroso, su lloro fue tan ronco, tan vigoroso, que al escucharlo tras la puerta pensó que era un varón. Cuando por fin se la mostraron envuelta en la toquillita, le sacaron de su error: le dijeron que era hembra, una hembra hermosa y de pulmones fuertes. «¡Una niña!», se sorprendió. Fue ver su carita mofletuda y arrugada, y supo que la querría más que a nadie en el mundo. Así que ya desde el mismo útero materno nació a la vida sin feminidad alguna. Y así seguía. ¿Cómo quería que la retrataran? ¿Qué imagen de Elena Fortún, la escritora, deseaba mostrar al mundo? Se vistió con una falda recta, camisa blanca con corbata anudada al cuello y la chaqueta de lanilla jaspeada que le confeccionó Manolín, el sastre. Se contempló en el espejo de cuerpo entero y sonrió. Con el pelo corto y esa vestimenta de estilo masculino, podría pasar por un hombre de rasgos juveniles ante cualquier desconocido.

Cerró la puerta de casa y bajó las escaleras distraída. Hasta que llegó al primer rellano, no se fijó en Anita y Juanjo, los hijos de la señora Fina, sentados muy juntos en el primer escalón. Los dos compartían la lectura de una revistilla infantil que el niño, ya no tan niño, sostenía entre las manos. Al pasar por su lado, Anita levantó hacia ella los ojos grandes y almendrados.

—¿Qué estáis leyendo? —preguntó, deteniéndose un escalón más abajo.

La niña le enseñó la cabecera.

—Nos los trae mi tío Jacinto, porque trabaja en el ferrocarril y la gente se olvida muchas cosas en el tren —respondió con su vocecita aguda.

Su hermano la hizo callar de un codazo. No las cogía del tren, las compraba.

—¿Habéis leído *Gente Menuda*?

Los niños asintieron. Algunas veces su tío también se lo traía, pero menos. No debía de encontrar tantos suplementos infantiles olvidados en los asientos del tren.

—¿Y os gusta? ¿Conocéis las historias de *Celia*?

La niña asintió varias veces con la cabeza.

—A mí me gustan más las aventuras de Lito y Lita —dijo Juanjo.

Encarna consultó el reloj. Si se daba prisa, le daría tiempo. Subió con brío las escaleras hasta su casa, abrió la puerta, corrió a coger unos cuantos números de *Gente Menuda* y un ejemplar del libro de *Celia*.

—Tomad —dijo al bajar de nuevo—. Y cuando los terminéis de leer, subid y os daré más.

—Pero es que mi madre se va a enfadar... —dijo la niña.

—Pues dile a tu madre que hable conmigo —zanjó, alejándose escaleras abajo.

Al salir a la calle, Matilde la esperaba frente al portal. Su cara se iluminó con una sonrisa al verla aparecer.

—¡Qué guapa vas! —La examinó de arriba abajo con admiración—. Ese estilo de chaqueta te sienta muy bien. Yo, sin embargo, no me acabo de ver con ellas... Además, tendrían que salirme un par de buenas traducciones para permitirme encargar una a ese sastre amigo de Víctor.

—Si le dices que vas de parte de ella, te hará un buen precio. —Encarna miró a un lado y a otro de la calle, buscando un taxi. Se le había hecho un poco tarde, y el estudio del fotógrafo estaba en la calle Fuencarral, casi esquina con Gran Vía. Tendrían que ir casi corriendo si quería llegar a tiempo. Antes de que Matilde renegara, añadió—: Yo lo pago, que suficiente haces con acompañarme.

—¡Qué cosas dices! ¡Con lo contenta que voy yo a tu lado! Además, luego nos pilla de camino al estudio de Víctor.

Esa era una de las razones por las que le había pedido que la acompañara. La otra, que pretendía ser una sorpresa, era su intención de que el fotógrafo les tomara una foto juntas.

—¿Cree que sería posible? Ya que estamos aquí, he pensado que podríamos aprovechar —le dijo al fotógrafo, un hombre de ojos saltones que apenas parpadeaba, mientras posaba frente a la cámara—. Como es lógico, sería un encargo particular, al margen de la editorial. Se lo dejaría pagado hoy mismo.

—Sí, no hay problema. Lo haré con mucho gusto, señora. —Presionó el disparador dos o tres veces más y se apartó, satisfecho—. Por mi parte, ya he terminado con usted. Puede llamar a su amiga mientras cambio la película.

Encarna se dirigió a la salita de espera donde había dejado a su amiga hojeando una revista.

—¡Tilde! ¡Ven, por favor! —La grafóloga alzó la vista y la miró extrañada. La apremió con el aleteo de la mano—. Vamos, acompáñame. El fotógrafo nos está esperando. Le he pedido que nos haga una foto a las dos.

Matilde atravesó la salita con paso titubeante. Encarna pensó que se iba a negar, pero al ver cómo se recomponía el traje, se percató de que lo que la preocupaba era el aspecto con el que quedaría retratada.

—¡Ya me podías haber avisado! Me habría arreglado un poco más.

Encarna se echó a reír y la enganchó del brazo.

—¡Pero si tú siempre estás elegante! —La giró hacia el espejo colgado en la salita y se miraron en él las dos.

Matilde se pellizcó las mejillas pálidas, se chupó los labios en un gesto coqueto y sus ojos buscaron los de Encarna, que la observaba fijamente, con la mirada turbia del deseo. La grafóloga entrelazó la mano con la suya.

—¿Vamos?

El fotógrafo había colocado frente al objetivo un cómodo sillón de medio lado. Le indicó su amiga cómo debía sentarse. A continuación, hizo que Encarna se apoyara de medio lado en el brazo del sillón y se girara hacia su amiga.

—Perfecto. No se muevan. —El fogonazo de la lámpara las deslumbró un segundo—. Una más. No se muevan... —Otro fogonazo—. Listo.

Las despidió allí mismo, asegurándoles que en una semana podrían pasar a recogerlas. De camino a la puerta, Matilde le pasó el brazo por los hombros y la estrechó contra sí.

—Ay, madre, pero qué ideas tan bonitas se te ocurren... —le susurró al oído.

Desde allí, atravesaron la Gran Vía y la calle Alcalá hasta llegar a la calle Ventura de la Vega, donde se hallaba el estudio de Vic en el que se reunía cada jueves un reducido grupo de amigas. Porque, aunque la propuesta que Carmen Baroja llevó a la junta del Lyceum no había prosperado (tras un breve debate, fue rechazada por tres votos a favor y ocho en contra), Víctor se aferró a la idea de organizar su propia tertulia. A la vuelta del verano, avisó a Encarna y a Matilde de que se juntarían unas pocas amigas en su estudio, por si les apetecía pasarse. Por más ganas que tuviera, la invitación coincidió con los preparativos del viaje de Luis a Lausana, por lo que le fue imposible acudir. Había tantas compras que realizar (ropa y calzado de abrigo para los gélidos inviernos centroeuropeos, sobre todo), tantas gestiones que hacer... A medida que se acercaban a la fecha de partida de su hijo, la idea de la separación la acongojaba más y más, y comenzaron a asaltarle las dudas. ¿Estarían haciendo lo correcto? ¿Era eso lo mejor para él? ¿Y si no sabía desenvolverse allí solo, sin el apoyo de familia ni amigos, apenas un conocido del que la única referencia que tenían era Menéndez Pidal? (Una referencia excelente y de absoluta confianza, por otra parte; y aun así). ¿Y si caía enfermo sin nadie que lo atendiera? ¿O si, lejos de todo lo conocido, acababa allí más perdido aún de lo que podía estarlo aquí con ellos? Soñó con Bolín en esos días. Lo vio jugando con su hermano mayor en un cuarto que no reconocía. De repente, Luis ya no estaba, se había marchado, y Bolín la miraba con esa expresión suya tan dulce y le decía: «Ya es muy mayor para jugar conmigo, dice que tiene que vivir su vida. Pero estará bien, mamita. Estará bien». En el fondo, ella también lo creía. Conocía bien a su hijo, sabía que era lo bastante orgulloso como para hacer lo que fuera necesario con tal de demostrarles que podía valerse por sí mismo y tomar sus propias decisiones.

El jueves siguiente a la partida de Luis, Tilde y ella se presentaron en la buhardilla de Víctor con una botella de vino dulce y una bandeja de pastelitos. Hablaron de libros, de teatro, contaron anécdotas de sus escarceos juveniles, bebieron, fumaron, rieron. ¡Estuvieron tan a gusto, tan bien! Desde entonces, no habían faltado ni una semana.

Cuando llegaron esa tarde, ya estaban allí casi todas y alguna más que no había aparecido antes por la reunión. El núcleo habitual siempre lo formaban las mismas: Mati, Adelina, Marisa Roesset, Victoria Kent y Julia, Tilde y ella, además de Víctor y Sisita, su amiga de turno. A menudo aparecían por allí otras amistades de su círculo íntimo, personas *así*, como ellas, que iban y venían con total libertad.

—¿Ya estamos todas? —preguntó Adelina, que entraba en ese momento con la bandeja del servicio de café entre las manos.

—Puede que vengan Manolín y un amigo, pero será más tarde —respondió Vic mientras juntaba las dos mesitas bajas sobre las que posar la bandeja.

La buhardilla era amplia, luminosa, alegre, pero no dejaba de ser el estudio de la escenógrafa, caótico y extravagante como ella, con un sinfín de cuadros, fotografías y objetos curiosos que luego decía utilizar en sus diseños. Junto a la inmensa cristalera tenía una gran mesa de trabajo rodeada de taburetes, un biombo chino y un par de maniquíes de costura cubiertos con varias capas de prendas de todo tipo. En el lado opuesto estaba la improvisada salita de estar con dos cómodos sillones flanqueando su más preciado tesoro: una *chaise longue* de estilo imperio tapizada en un terciopelo rojo sangre que todas se rifaban. De la terraza habían entrado un pequeño banco de mimbre con respaldo de madera forrado todo él de cojines, para así hacerlo más cómodo, y si faltaban asientos, siempre podían sentarse encima de los grandes y mullidos cojines repartidos por la alfombra, al estilo árabe, como solían hacer Victoria Kent y Julia.

Encarna paseó la vista entre las amigas en busca de un hueco en el que sentarse con Matilde. En los sillones estaban Mati y Adelina. Sisita se había apropiado del banco y la *chaise longue* la ocupaban Marisa Roesset y una de las dos desconocidas, una mujer en la treintena, de aspecto muy femenino, que las observaba en silencio con expresión plácida, como si hubiera llegado a un lugar largamente anhelado. La otra mujer permanecía de pie, la espalda apoyada contra la pared, observándolas mientras se fumaba un cigarrillo. Encarna se inclinó hacia Matilde y le dijo en voz baja:

—Tendremos que sentarnos en los cojines.

Matilde torció el gesto. No le gustaba sentarse en el suelo, decía que nunca sabía cómo colocarse y al cabo del rato le dolía todo el cuerpo a causa de las malas posturas.

—Queda un hueco libre en la *chaise longue*...

—¿Quieres sentarte tú allí? Estarás mejor, a mí no me importa ponerme en uno de los cojines —le propuso Encarna. Matilde titubeó sin decidirse. Ella insistió—: Ve, antes de que otra lo ocupe. En cuanto quede un asiento libre, iré a tu lado.

Victoria se levantó a poner algo de música en el gramófono, uno de esos discos de Concha Piquer que a ella tanto le gustaban, mientras las demás se servían el café.

—Para quienes no las conozcáis, hoy nos acompañan Nanda Cruz, compañera nuestra en la Escuela de Pintura y

Grabado. —Señaló a la mujer sentada junto a Marisa, para luego girarse hacia la que estaba de pie, cerca de Encarna—. Y mi amiga Rosa Chacel, que cambió los pinceles por la pluma y ahora es la única escritora de la *Revista de Occidente* que le habla de tú a tú a don José Ortega y Gasset.

—No soy la única —repuso la aludida, que se inclinó a apagar su cigarrillo en el cenicero más cercano, antes de tomar asiento en el cojín contiguo al de Encarna—. María Zambrano me supera; ella incluso le discute las ideas.

Todas se rieron. Adelina comentó que Rosa Spottorno no dejaba de traer libros a la biblioteca del Lyceum con la excusa de que ya no le cabían en casa, y ella estaba convencida de que su marido no era consciente de su desaparición. De la última remesa había cogido prestado un poemario de un autor checo llamado Rilke, que escribía poesías bellísimas y melancólicas.

La conversación giró un buen rato sobre las últimas lecturas de algunas de ellas, y después se desvió a la exposición del Salón de Otoño de pintura. Vic se levantó y trajo una botella de coñac y otra de vino dulce. «¡Ha llegado la hora de la copa y el puro!», bromeó mientras depositaba sobre la mesa el manojo de copas que sujetaba entre los dedos. La Kent sirvió una para Julia, otra para ella y otras más para quien se lo pidiera, antes de retornar a su sitio, al lado de su amiga. Encarna intercambió una mirada de complicidad con Matilde, que parecía muy a gusto entre Marisa y Nanda. Esta última se inclinó hacia ella y le murmuró algo al oído, atrayendo su atención. Encarna desvió la vista, le había molestado el gesto. Se giró hacia Rosa con ganas de hablar:

—Dice Víctor que tiene usted la mente creativa más varonil que conoce, después de la suya, faltaría más.

—¿Eso le ha dicho? —La Chacel sonrió, mirándola con

ojos chiquitos y chispeantes, delatores de una inteligencia despierta—. Será que me conoce bien… y que habrá leído alguno de mis artículos, imagino. Pero es cierto, me siento cómoda en el mundo intelectual de los hombres. Ojalá hubiera más mujeres en las tertulias de la Granja del Henar y menos en los salones de recibir visitas.

—Yo he ido alguna vez a esa tertulia del Henar con todos esos críticos literarios, catedráticos y pensadores tan rimbombantes, y nunca me he sentido cómoda. O te ignoran o te miran con desdén, aunque sepan que eres escritora.

Rosa la miró con curiosidad.

—¿Usted escribe también?

—Escribo cuentos para el suplemento infantil de *Blanco y Negro*.

—Ah, cuentos infantiles… Hace siglos que no leo cuentos, ni siquiera se los he leído a mi hijo cuando era más pequeño. Prefería leerle poesía.

A Encarna le pareció detectar un leve desdén en el tono con que lo dijo, como si eso la hiciera de menos.

—A mí, sin embargo, me salen solos —replicó—. Gracias a ellos, gozo de independencia económica en mi matrimonio. Y usted, ¿qué escribe?

—Acabo de publicar mi primer libro. Se titula *Estación. Ida y vuelta*.

—¿Es una novela?

Rosa pareció pensárselo.

—Si le soy sincera, no sabría decirle. Ensayo filosófico, novela poética, memorias, experimento estilístico…

Encarna se rio, divertida.

—¡Jesús! No me extraña que los cuentos le resulten tan poco interesantes.

—Debe de ser que los pocos que leí me parecían ñoños y aburridos.

—Ten cuidado con lo que le dices a mi amiga Encarna; es un espíritu creativo, libre y delicado —le advirtió Vic, que acababa de llegar junto a ellas. Les ofreció sendas copas de vino.

—Como tú y como yo, excepto en la delicadeza —replicó Rosa, que se lo agradeció con un leve gesto a modo de brindis.

Víctor cabeceó con una sonrisa burlona.

—He recopilado los bocetos de los que te había hablado, ¿quieres verlos? —La invitación era para Rosa, pero la hizo extensiva a Encarna—: Vente tú también, te gustarán.

Las tres se levantaron de los cojines en el suelo y fueron hacia la mesa de trabajo. Víctor desató las cintas de una carpeta y la abrió de par en par. Dentro había un montón de bocetos tomados de calles, paisajes y personas de Madrid, coloreados con grandes manchas de acuarelas. Sencillos, pero bonitos. Buenos o no, reflejaban muy bien el ambiente de la ciudad, coincidieron en opinar Rosa y ella. De repente les llegó un alboroto de carcajadas procedentes de la zona de la tertulia. Sisita estaba bailando el charlestón y Mati intentaba imitarla sin ningún ritmo en los pies. Encarna se fijó en que Marisa se había marchado, no estaba en su sitio, debía de haberse perdido por algún lugar apartado con Adelina. En la *chaise longue* solo quedaban Tilde y Nanda, recostadas sobre el respaldo de capitoné. Le pareció que conversaban entre ellas con demasiada intimidad. Siguió mirando distraída los bocetos de Víctor, sin perder de vista lo que ocurría en el otro lado de la sala, entre Tilde y esa mujer… ¿De qué estarían hablando? ¿Qué era lo que las hacía reír tanto? Su amiga parecía tan encantada en compañía de esa señora, que ni siquiera la había reclamado a su lado al ver que Marisa se levantaba. Notó una presión en la cabeza, le palpitaban las sienes.

A partir de ese momento solo pensó en marcharse. No tenía ganas de asistir al espectáculo de seducción entre Tilde y esa tal Nanda lagartona. Aguantó poco más de un cuarto de hora de suplicio. Luego recogió su abrigo y se acercó a Matilde.

—Yo me voy.

—¿Cómo que te vas? ¿Tú sola? —La miró asombrada—. ¿Por qué? ¿Ha pasado algo?

—No, nada. Simplemente, no me encuentro bien. Me voy.

—Espera, mujer, no te vayas todavía. Deja que coja el abrigo y me marcho contigo.

Encarna se despidió de las demás con un adiós generalizado y esperó a su amiga en el rellano. Salieron a la calle y el frío del anochecer las hizo arrebujarse dentro de los abrigos. Emprendieron el camino con pasos apresurados, sin mirarse. Matilde intentó entablar conversación con ella, pero estaba demasiado enfadada para hablar, para fingir que no había pasado nada. Solo le salían monosílabos secos, afilados, que se forzó a responder hasta llegar a la esquina de Almagro, donde sus caminos se separaban.

—Pues adiós, ya nos veremos —se despidió, haciendo amago de marcharse.

—Encarna, por favor, ¿no me vas a decir qué te pasa? —Matilde la detuvo con voz suplicante.

—Deberías saberlo.

—No, no lo sé. No tengo ni la menor idea.

—Entonces será que no te importo demasiado.

Evitó mirarla y desvió la vista hacia la calzada, por la que apenas circulaban coches y se veían aún menos transeúntes. Era una tarde gélida del último día de noviembre, la mayoría de la gente ya se había refugiado en su hogar, a la espera de sentarse a cenar.

Matilde la observó muy seria.

—No entiendo por qué dices eso. ¿Qué he hecho que te haga pensar así?

—Si no sabes lo que me ocurre, será que no me has prestado atención en toda la tarde.

—¿Qué atención querías que te prestara? —se desesperó ella—. Has estado hablando con Rosa, luego te he visto haciendo corrillo con ella y con Vic, en un rincón…

—¡Y tú has estado intimando con Nanda! —le espetó Encarna en voz baja pero muy agria—. ¿Te crees que no te he visto? Compartiendo cuchicheos y risitas… ¿De qué hablabais? ¿Qué te contaba?

Matilde retrocedió un paso, la miró sorprendida.

—¿Que qué me contaba? ¡Nada! ¡Pero si la acabo de conocer!

—¡Precisamente! ¿Cómo puedes hacerte tan amiga de alguien a quien acabas de conocer?

—Ay, Encarna, por Dios… Me ha estado hablando de un pretendiente lechuguino que quiere endilgarle su madre, y de que hace lo imposible para dejarlo en evidencia y así alejarlo de ella, porque no quiere casarse de ninguna de las maneras… Pero lo contaba con tanta gracia que no podía dejar de reír.

—Algo más te diría, porque la mirabas de una forma que… —replicó Encarna, algo más apaciguada.

Matilde se acercó a ella. La miró en silencio unos segundos y estiró la mano para cogerle la suya, que no retiró.

—La única para la que tengo ojos eres tú, Encarna. Parece mentira que no lo sepas. Solo pienso en ti, en estar contigo a todas horas, en achucharte entre mis brazos y comerte a besos… ¿O es que no es evidente?

Aunque lo fuera, no le gustaba verla con otra mujer bonita y más dulce que ella, que sabría ser más cariñosa y, probablemente, la amaría como sabía que Tilde deseaba ser amada, en cuerpo y alma. Porque Encarna podía darle su alma, su corazón, el amor que la desbordaba cuando estaban juntas, pero intimidad, la intimidad sexual que Tilde anhelaba, eso no se lo podía dar. Solo de pensarlo, un escalofrío le recorría la espalda.

21

Ahí estaba. Era tal y como lo llevaba imaginando tanto tiempo. Un hotelito de dos plantas en la colonia de Chamartín de la Rosa, con las ventanas oteando la sierra de Guadarrama y rodeado de un frondoso jardín, un tanto asilvestrado a falta de cuidados. Una hilera de álamos contorneaba la valla por el exterior, de ahí le vendría seguramente el nombre: Los Álamos. Encarna empujó la puertecilla de madera y se adentró en la propiedad. Eusebio le dijo que él se quedaba fuera a esperar con Rosa y su hijo mayor, un mozo robusto como ella que había venido a echar una mano, la llegada del camión de la mudanza con sus pertenencias del piso de la calle Caracas.

Le costó encontrar la llave con la que abrir la puerta principal entre las muchas colgadas del manojo. Los anteriores propietarios —los señores Olmedo, un matrimonio emparentado con un compañero de Eusebio en el ejército— procuraron indicarles el uso de cada una de ellas, pero era un ejercicio inútil, resultaba casi imposible memorizarlo: la de la puerta de entrada al jardín, la de la entrada de carruajes, la de la puerta principal, la del buzón de correos, la de la puerta trasera de servicio, la de la carbonera, la de la puertecilla que daba acceso a las escaleras del torreón, la de la despensa (la señora Olmedo le explicó que ella tenía la manía de cerrarla con llave por las noches), la del cuarto de servicio («De esta hay cuatro copias, tres para el servicio y la cuarta, que me la guardo siempre yo»), la del despacho... Encarna los interrumpió, les dijo que no se preocuparan, que ya iría probando. El señor le estrechó la mano a Eusebio al despedirse. La señora se limpió los ojos llorosos, habían sido tan felices en ella... ¡Ojalá lo fueran ellos también!

—¿Tienen hijos?

—Sí, uno. Pero este año está en Suiza, aprendiendo idiomas —respondió Encarna, sin más explicaciones. Y no bien hubo terminado de decirlo, se mordió la lengua. ¡Qué elitista había sonado! Con razón la señora hizo un gesto de muda sorpresa.

La puerta chirrió al abrirse. No recordaba haber oído ese ruidito grimoso la primera vez que visitó la casa en venta, todavía habitada por los Olmedo. Nada más verla desde fuera, le había entrado por los ojos. Y al ver el interior, decorado con tanto estilo, le gustó aún más. Aunque pareciera extraño, percibió una intensa sensación de paz y serenidad al recorrer la propiedad, a pesar de las correrías de los hijos de los Olmedo, de los ladridos de los perros, de los gritos de la niñera. Podía verse envejeciendo allí, escribiendo en una mesita a la sombra del pino, con Tilde cerca (no sabía bien cómo), rodeada de uno o dos gatos, y los pájaros, y un pato (siempre había querido tener un pato, le hacían mucha gracia). Organizaría reuniones en casa con las amigas, cuidaría de su jardín, de sus rosales, y disfrutaría de una existencia suave y placentera hasta el último día de su vida. Pedían 41.000 pesetas por ella, no le pareció tanto para lo que era. Y en todo caso, le dijo a Eusebio, se lo podían permitir: los Aguilar ya le habían abonado el primer pago de las regalías por la venta de sus libros. Con eso y con lo que les dieran por el piso de la calle Caracas, tenían más que suficiente para pagarla y aún les sobraría un poco para los gastos del traslado.

Sus pasos resonaron por la casa vacía. Era muy luminosa, pero a diferencia de su anterior visita, esta vez le pareció inmensa. ¿Cómo iban a amueblar tantas estancias con los muebles de su viejo piso? ¡Pero si casi les cabrían todos en el salón de esta casa! Se asomó a uno de los cuartos a los que se accedía desde el vestíbulo. Ahí tenía el señor Olmedo su estudio, ahí podría instalar Eusebio el suyo. Ella prefería montar su despacho en uno de los cuartos del piso superior, uno que albergaba antes la sala de juegos de los niños Olmedo. Tenía un gran ventanal abierto a un balcón compartido con la habitación contigua, espaciosa y tranquila, que convertiría en su dormitorio. Se imaginó sentada a su escritorio delante de la ventana ante la que se extendía todo el verdor del paisaje.

Al salir al balconcillo, le llegaron las fragancias primaverales del jardín: el frescor del pino, el tenue olor del lilo florecido con los primeros días de la primavera, y ese aroma dulzón... ¿era de una madreselva? Sí, allí estaba, una exuberante madreselva recubría por completo un tramo de la valla medianera. Alzó la vista y contempló la línea ondulante del horizonte, entre el cielo y las montañas. Sonrió para sí, feliz. ¡Ay, cuando se lo enseñara a Tilde! ¡Cómo le iba a gustar! Aún no había decidido dónde montaría una habitación de invitados, por si alguna vez que la visitara quería quedarse a dormir.

Los operarios terminaron la mudanza ese mismo día y se marcharon, dejándolos con un guirigay de objetos descolocados, cajas, maletas. Menos mal que había convencido a Rosa de que se viniera con ellos al hotelito de Chamartín, a cambio de pagarle el billete diario del ómnibus a su casa. Si no, no sabía qué habría sido de ellos.

Al día siguiente de mudarse, se presentó en la puerta una mujer que decía haber servido a los señores Olmedo durante casi diez años, prácticamente había criado al menor de sus hijos. Al enterarse de que ya se habían mudado a vivir allí, se le había ocurrido que, a lo mejor, les vendría bien una criada que conociera bien la casa.

—Si quiere, tengo buenas referencias de ellos, mire. —Le tendió un papel que extrajo de un sobre arrugado.

Encarna lo leyó despacio mientras hacía sus cuentas en la cabeza. Una criada más iban a necesitar, eso seguro. Rosa no podía hacerse cargo de una casa tan grande como esa, y si esa mujer ya estaba acostumbrada a manejarse en ella, miel sobre hojuelas. Le hizo algunas preguntas sobre su situación personal mientras la evaluaba. Desde luego, era resuelta. Si no, no se habría presentado allí con esa seguridad. Tenía una cara agradable, de sonrisa fácil. Era de constitución fuerte, que no gruesa, calculó que debía de rondar los treinta y pico años (quizá alguno menos, con esas mujeres tan endurecidas por el trabajo físico era difícil acertar), lo cual le pareció una ventaja: Rosa había empezado a acusar el desgaste de la edad, se movía con menos agilidad, se cansaba más. Esta mujer podría encargarse de las tareas más duras.

—Te llamas Cándida Expósito, pone aquí.

—Mejor Candi, así me conoce todo el mundo.

—Pues Candi, entonces. ¿Tendrías inconveniente en vivir aquí, en la casa?

—No, señora. Eso es lo que yo quiero.

—¿Y tu marido no se opondrá?

—No, señora, qué va. Trabaja de carbonero y le pagan tan poco que no nos da ni para un cuarto decente, así que él duerme en casa de su hermano. El día que yo libro, vamos donde mi hermana, que nos hace hueco en un cuartito. Además, sin críos de por medio es más fácil, ya sabe usted.

Después de acordar el sueldo, Encarna le dijo que podía instalarse cuando quisiera y empezar a trabajar al día siguiente.

—Luego te presentaré a Rosa, nuestra criada. Lleva muchos años con nosotros, conoce bien nuestras costumbres. Ella te irá enseñando y te dirá lo que tienes que hacer en todo momento. Si necesitas algo, se lo dices a Rosa, que se ocupa de todo.

—Puedo decirle dónde compraba la señora Olmedo; en esta zona no hay mercado, y comercio, poco.

Era consciente de eso. En su día fue una de las pegas que le puso Eusebio para comprar la casa: la lejanía del centro de la ciudad, de los teatros, de los cafés, de los comercios. Para acudir a cualquier tertulia o comprar algo de lo más normal, como crema de afeitar o papel, ¡o incluso tinta!, había que prepararse casi como si fueran a emprender un viaje. ¿Y qué sucedería si enfermaban? ¿Cómo iba a venir el médico? ¡Se morirían antes de que llegara! Exageraba, por supuesto, aunque algo de razón tenía. Por eso, lo primero que hizo tras firmar el contrato de compraventa fue solicitar la instalación del teléfono, así no estarían tan aislados. Lo otro no tenía mucho remedio: para ir al centro había que tomar el ómnibus, o bien salir a la parada de taxis. Si había suerte, podían encontrar uno esperando. Pero ¿y lo que ganaban? Tranquilidad, amplitud y, sobre todo, un espléndido jardín que jamás hubieran podido poseer en el centro de la capital. Un hogar a medio camino entre la paz de Ortigosa y el bullicio de Madrid.

—¡Jesús! ¡Cuánta gente! ¿Quién lo iba a decir? —exclamó Tilde al ver la sala de exposiciones abarrotada.

Encarna dejó vagar la vista entre la multitud congregada en la inauguración del I Salón de Dibujantas en el Lyceum. Habían acudido numerosas socias, además de familiares y amigos de las dibujantas que participaban en la exposición. Entre tantas mujeres llamaba la atención un grupo de señores repartidos en dos corrillos. Su mirada se detuvo en uno de ellos. Le hizo una seña a Tilde para que mirara en su dirección, y ambas intercambiaron una sonrisa de complicidad antes de dirigirse hacia allí.

—¡Señor Olmos! ¡Qué sorpresa!

Julio Olmos, jefe de redacción de *Blanco y Negro*, se giró al verlas y las saludó con una sonrisa más amable de lo que era habitual en él:

—Señora Fortún, señora Ras, me alegro de verlas.

—No esperábamos encontrarlo aquí. Tan serio como es usted —bromeó Matilde.

—¿Por qué no? Muchas de las dibujantas que exponen hoy en este salón trabajan para nosotros; solo tienen que echar un vistazo y se darán cuenta.

—Si usted lo dice, tomaré buena nota —repuso Encarna—. Blanquita y yo hemos comentado más de una vez que hay algunas historietas a las que les vendría bien un nuevo aire.

—¿A qué se refiere? A mí me parece que los dibujantes de *Gente Menuda* son de lo mejorcito que existe ahora en ilustración infantil. No veo necesario ningún cambio.

Encarna se guardó de discutir. No era ni el momento ni el lugar. Pero, a medida que Tilde y ella recorrían la exposición y admiraban las imaginativas ilustraciones de Piti Bartolozzi para la revista *Crónica*, la modernidad y elegancia que reflejaban las mujeres de las portadas de Viera Esparza para *Blanco y Negro*, o los dibujos tan expresivos y surrealistas de Maruja Mallo, por nombrar solo a unas pocas, se le hacía más evidente que incluso su *Celia* de *Gente Menuda* se merecía un cambio con el que ponerla al día. En comparación con la gracia y viveza de esas ilustraciones, las de Santiago Regidor le parecían ahora un tanto tristes, anticuadas.

Al finalizar la visita, Tilde se despidió de ella, no podía quedarse más. Su hermano había llegado esa tarde a Madrid y estaba deseando ir a verlo al hotel en el que se hospedaba con su mujer. Le había contado que estaban buscando distribuidor para la revista en Madrid; en Barcelona las ventas se habían estancado, así que era necesario captar nuevos suscriptores en otros lugares.

Encarna distinguió a lo lejos a Carmen Baroja y a Zenobia. En el otro extremo de la misma antesala estaban Mati, Adelina y Víctor, a la que antes había visto deambulando por la exposición, saludando a unos y a otros. Dirigió sus pasos hacia ellas, dando un rodeo para evitar a Carmen. Desde su encontronazo con Víctor, la amistad entre ambas se había resentido. Parecía como si aquella tarde hubiera sido un punto de inflexión diferente para cada una de ellas. Carmen había juzgado como una traición que se pusiera del lado de Vic; Encarna, en cambio, se había dado cuenta de que, en realidad, Carmen y ella nunca habían mantenido una amistad sincera. O para ser totalmente honesta, ella no había sido sincera. Delante de Carmen se colocaba una máscara amable con la que fingía ser quien no era, por miedo, por vergüenza, por lo que fuera. Era muy consciente de que, una vez descubriera su secreto, la miraría mal o la rechazaría, igual que hacía con Víctor, con Mati o incluso con Victoria Kent, pese a que la admirara tanto. Y ya se había cansado de ponerse la máscara con ella. A veces coincidían en el club y se saludaban muy correctas las dos, como si no hubiera ocurrido nada, pero era otra farsa.

—¡Enhorabuena, Vic! Vaya éxito de convocatoria, hermosa —le dijo Encarna al llegar a su lado.

—¿Has visto? No es solo mérito mío, la mayor parte ha sido gracias a Viera —reconoció, señalando a la joven que tenía al lado—. Entre ella y Piti Bartolozzi han traído a la mitad de los asistentes.

—¡Qué exagerada! —protestó sonriente la joven. Era delgadita, con cara de niña pequeña enmarcada por una melena recta que le daba un aspecto de Cleopatra juvenil y candorosa—. No le haga caso. La exposición la hemos organizado entre las dos. Y Mati también nos ha ayudado mucho.

—¿Yo? ¡Pero si solo he enmarcado algunas láminas!

—A ver si ahora ninguna quiere ser responsable del éxito —se rio Adelina—. Lo nunca visto.

—¿Tú eres la misma Viera Esparza que firma esa portada de la señorita con el pelo a lo *garçon* y los ojos verdes entornados para *Blanco y Negro*? Es preciosísima.

—¿Le gusta? Por el momento solo he firmado dos portadas. No crea que es fácil desbancar de su trono en la revista a Rafael de Penagos, ni siquiera de vez en cuando.

—Mujer, ya llegará. Todo es cuestión de tiempo —le dijo Encarna—. ¿Y has ilustrado algún cuento?

—¡Uy, sí! He ilustrado cuentos en la prensa y también para una editorial. Hago de todo: ilustraciones para libros, portadas, dibujo figurines de moda de las revistas femeninas... Para vivir de la ilustración, no se puede decir que no a nada.

—Ella no lo va a decir, pero la señora Fortún es la creadora de *Celia lo que dice*, en *Gente Menuda* —le aclaró Adelina.

Ahora fue Viera Esparza la que la observó con sorprendida admiración. Se declaró seguidora fiel del suplemento infantil, no solo por deformación profesional (defendió muy convencida que los dibujos de López Rubio habían abierto un nuevo camino de desarrollo para la ilustración infantil en el país), sino por devoción al personaje de Celia: le parecía tronchante, con toda esa palabrería y ocurrencias. Le encantaba leerla. («¿De dónde saca esas ideas tan divertidas? ¡Qué imaginación tiene usted!»).

—Además, las ilustraciones del señor Regidor son tan tiernas... —dijo.

—A mí me parece un poco rancio, qué quieres que te diga —replicó Víctor, siempre tan brutalmente sincera.

—Te puede gustar o no, pero es un gran dibujante, se le notan los años de formación en la Academia de Bellas Artes de San Fernando —lo defendió Viera, un gesto muy noble por su parte.

Encarna se guardó mucho de preguntarle cómo dibujaría ella a Celia, aunque rabiara por saberlo. Pero sería un feo detalle hacia Regidor, a quien le debía tanto. No sabía bien cómo lo plantearía, pero estaba absolutamente convencida de que la imagen de Celia necesitaba «modernizarse», reflejar, también ella, el estilo de esa época. Las niñas se identificarían mucho más con ella. Y más ahora, que Celia estaba haciéndose mayor. Poco a poco, dejaría la infancia atrás, era ley de vida. Cuando eso ocurriera, le cedería el testigo a su hermanito Cuchifritín, que ya había empezado a asomarse a las páginas de *Gente Menuda* con sus propias travesuras de la mano de su primo José Ramón y de las hijas de tía Cecilia, las primitas Pili y Miss Fly, y de otros personajes que ya irían surgiendo. Resolvió discutir el asunto con el señor Olmos en la siguiente reunión a la que acudiera en la redacción de *Blanco y Negro*, algo había que hacer.

—Yo, en cambio —seguía diciendo la ilustradora—, soy autodidacta. Desde pequeñita me gustaba mucho dibujar, me sentaba con mis ceras de colores y me pasaba las tardes pintando sin parar. Mi madre dice que nunca di ni pizca de guerra. A base de fijarme en el trabajo de otros ilustradores he aprendido lo que sé.

Le recordó a su Bolín. Le encantaba jugar y correr en el parque, pero en cuanto llegaban a casa, se descalzaba, se ponía la batita que le había cosido ella misma para que no se manchara con las ceras, y se sentaba a su mesita a pintar, con el ceño fruncido en expresión reconcentrada. Si siguiera vivo, estaba segura de que habría entrado en la Academia de Bellas Artes para convertirse en pintor, ilustrador, ¡lo que quisiera!

—A lo mejor algún día podemos quedar a tomarnos un café y me enseñas tus trabajos editoriales. Nunca se sabe, quizá pueda hablarle de ti a don Manuel Aguilar, de la editorial Aguilar. Sé que a futuro tienen idea de publicar una línea nueva de cuentos infantiles.

—¡Eso sería estupendo, señora Fortún! ¡No sabe cómo se lo agradecería!

Si hubiera sabido lo que vendría en los siguientes meses, quizá habría concertado una cita con Julio Olmos al día siguiente o cuanto antes, pero ¿cómo lo iba a saber? ¿Quién podría augurar que las elecciones municipales convocadas en abril del 31 darían la victoria a una mayoría de concejales republicanos-socialistas? ¿Y que el mismo día que se proclamó la república, el rey se marcharía al exilio? Ella se encontraba en su casa de Chamartín, sentada a su escritorio con la vista de la sierra ante sus ojos, y no se enteró de nada hasta que, ya tarde, llegó Eusebio en un estado de exaltación tal, que creyó que había bebido.

—¿Es que no lo sabes? Pero, Encarna, ¡por Dios! Si la radio no ha dejado de emitir durante todo el día boletines con la noticia… ¡Niceto Alcalá-Zamora ha proclamado la república! —exclamó pletórico—. Tendrías que haberlo visto: Madrid entero se ha lanzado a la calle a celebrarlo, hombres, mujeres, niños, ¡ríos y ríos de gente cantando, bailando, ondeando banderas republicanas! —Colgó el abrigo y el sombrero en el armario ropero de la entrada y añadió—: ¡Esta noche voy a poner una conferencia telefónica a Suiza para contárselo a Luis! ¡No se lo va a creer!

Al principio, ni él mismo le había dado crédito. Estaba despachando con su coronel cuando oyeron un bullicio de voces procedentes del patio central. Se asomaron a la ventana y vieron a un grupo de soldados saltando por el patio con una bandera republicana. El coronel se caló la gorra y marchó aprisa en dirección al despacho del general. La noticia se propagó por la planta de oficiales, algunos de los cuales bajaron a festejarlo, al igual que Eusebio. De ahí partió corriendo a casa de Ceferino. Lo había encontrado de casualidad, saliendo rumbo al café de Pombo, donde había quedado con Rivas Cherif, Ricardo y otros más. Brindaron por la república, por la democracia, por España ¡y por la libertad!

Esa noche solicitaron conferencia con el número de la residencia de Luis en Suiza. El recepcionista que los atendió no parecía muy contento con las horas de llamar, «*C'est trop tard, trop tard!*», repetía. Y Encarna, con los restos de su francés colegial algo oxidado, le insistió: «*Nous apellons d'Espagne, s'il vous plait! De l'Espagne!*». El hombre cedió a regañadientes, y a los cinco minutos oyeron la voz del hijo al teléfono. Se agarraron los dos al auricular y Eusebio no esperó para gritar: «¡Luis, que somos una república! ¡Han proclamado la república en España!».

¡Resultó que ya lo sabía! Había escuchado la noticia en la radio nacional suiza esa misma tarde, y lo había celebrado con los compañeros mexicanos de la residencia. Por lo demás, estaba estupendamente. Ya habían pasado los fríos invernales y disfrutaban de algunos días de un sol espléndido. Allí finalizaba el curso escolar a principios de junio y el profesor amigo de los Menéndez Pelayo le había hablado de una academia de Zúrich en la que podía dar clases de español durante los meses de verano. Se había puesto en contacto con el director y habían acordado que se incorporara a primeros de julio. No eran muchas clases, dos horas, tres días por semana, pero le pagaban bastante bien, le alcanzaba para permitirse un alojamiento en la ciudad suiza y le dejaba tiempo para estudiar. Porque (y esto fue una grata sorpresa para Encarna) había decidido prepararse las asignaturas que le habían quedado pendientes del curso anterior y presentarse a los exámenes de la convocatoria de septiembre.

Los dos lo animaron, les parecía buena idea, y si de verdad pretendía examinarse en septiembre, le mandarían dinero para el billete de vuelta en tren, por eso no debía preocuparse. Encarna miró a Eusebio, emocionada. «¿Ves como hicimos bien alejándolo de Madrid, aunque nos doliera?». A lo largo de esos seis meses habían notado un cambio sustancial en Luis: ya no les consultaba todo, ni les preguntaba por la vida en Madrid, ni les pedía más dinero. Parecía muy a gusto con la independencia y la libertad de las que disfrutaba allí. Tenía amigos, organizaban excursiones a la montaña y visitas a los pintorescos pueblos de los alrededores de Lausana con sus compañeros de residencia, por el gusto de conocer la región. Se manejaba en francés perfectamente, porque allí no se hablaba otro idioma, y en cuanto al alemán, era más difícil, pero ya entendía muchas cosas. Encarna lo aplaudió: lo mejor que podía hacer mientras estuviera allí era aprovechar todo cuanto pudiera.

Unos días después, Eusebio le dijo que, tan pronto como el nuevo Gobierno tomara posesión, firmaría la promesa de adhesión y fidelidad a la república. A continuación, había decidido pedir la baja voluntaria en el ejército, ya le había entregado a la disciplina militar demasiados años de su vida. A partir de ahora, solo quería dedicarse al teatro y a la escritura, no necesitaba más.

—¿Estás seguro, Eusebio? Ten en cuenta que no tendrás una ocupación estable ni la tranquilidad de tu paga mensual...

—Lo sé perfectamente, Encarna, ni que fuera un cabeza de chorlito. He hecho mis cuentas: tengo asegurada la colaboración semanal en el diario *Libertad*, nos queda parte del dinero que me pagaron el año pasado por las representaciones de *El molino de la mujer sola* y *Los amos de curtidores*. Si dedico todo mi tiempo a escribir obras de teatro, como Marquina o como Martínez Sierra, estoy seguro de que podré ganar dinero para mantenernos.

—No es el dinero lo que me preocupa, Eusebio. Con mi trabajo y los libros tenemos más que suficiente. Lo que me preocupa es que te exijas demasiado...

—No hay peros que valgan, ya está decidido. Si no lo hago ahora, ¿cuándo lo haré? Es el momento, Encarna. La república va a traer muchos cambios, mejoras, prosperidad. Más educación, más cultura, más bienestar. Y yo, por fin, voy a poder centrarme en la literatura y demostrar de lo que soy capaz.

Encarna guardó silencio. Cuando Eusebio se empecinaba en algo, era difícil llevarle la contraria. Y al igual que ella había logrado vivir de su escritura, él se merecía la oportunidad de intentarlo también.

Cuando Matilde vino a conocer la casa, a principios de mayo, Rosa y Candi habían terminado por fin de colocar todas las cortinas en las distintas habitaciones. Así parecía algo más acogedora. Faltaban muebles para tanto espacio, cuadros con los que vestir tanta pared desnuda, alfombras para los suelos y muchos otros detalles más. Desde la mudanza, apenas había tenido tiempo de salir a realizar algunas compras, pero al menos se habían arreglado bien con lo que ya tenían.

La mañana en que Matilde se apeó del taxi delante de su casa, lucía un sol primaveral, tibio y deslumbrante que invitaba a pasar el día en el jardín. Al verla, Encarna corrió a la portezuela exterior a recibirla.

—¡Qué alegría verte! —La abrazó fuerte, con la cara hundida en su cuello, más rato del debido. Sintió la calidez de su cuerpo, el olor a lilas de su perfume. Se separaron sin dejar de sonreír las dos. Luego, Encarna la enganchó del brazo y le preguntó—: ¿Habéis encontrado bien la calle? Tenía miedo de que el chófer no conociera la zona y aparecieras en Constantinopla.

Tilde se echó a reír. En ese momento, las dos tenían la risa pronta a soltarse por cualquier cosa.

—¡Podría haber ocurrido perfectamente! Hemos dado alguna que otra vuelta, pero ha ido preguntando a cada persona que veía y al fin ha dado con el sitio. —Se detuvo en mitad del caminito de grava y alzó la vista a la casa ante ellas—. Así que esta es. ¡Qué hermosa! Y qué propiedad tan grande, ¡te va a costar mantener este jardín! —exclamó, recorriéndolo con la vista—. Por cierto, toma, te he traído un regalito. —Le entregó un manojo de esquejes de geranios envueltos en un papel de periódico—. Quizá he pecado de ingenua pensando que no tendrías, pero no importa; para mí nunca hay demasiados geranios en una casa.

—Pues ahora que lo dices, no me suena haber visto geranios, aunque te parezca mentira —le dijo, mirando el manojo. Volvió a engarzarla por el brazo y tiró de ella con suavidad—. Vamos adentro. En cuanto te refresques y descanses un poco, los plantamos. Le he dicho a Rosa que nos prepare una jarra grande de limonada con un poquito de miel.

—¿Y Eusebio?

—Está en el trabajo, vendrá ya por la tarde. Hoy tenía una comida con un empresario teatral, no me preguntes cuál. —Abrió la puerta de la casa y se echó a un lado, franqueándole el paso—. Todavía no ha recibido respuesta del ejército a su petición de retiro y está de los nervios. No ve la hora de colgar el uniforme y despedirse.

Desde que pisó el umbral, Tilde no dejó de proferir gritos de admiración ante cada estancia que le enseñaba. El salón («¡Pero si podrías celebrar un baile aquí!»); la cocina, más luminosa que su salita; el despacho de Eusebio (sin comentarios); las bonitas habitaciones del piso de arriba; las vistas envidiables de su despachito (su mirada se detuvo en el marco con la fotografía de ellas dos colocada a un lado del escritorio y sonrió, enternecida; ella tenía otra igual en su mesita de noche); el dormitorio... Dejó para lo último el cuarto de invitados, instalado en la planta principal, en un extremo de la casa. Había mandado colocar en él la que en su día fuera la cama de Luis vestida con una preciosa colcha de ganchillo, un armario ropero de madera de caoba y una mesita de estudio sobre la que reposaba un jarrón con un exuberante ramo de flores delante de la ventana.

—Este es el cuarto que he preparado para cuando quieras venirte a pasar un par de días o tres o los que tú quieras, aquí conmigo.

—Es muy acogedor... —Se quedó mirándolo en silencio—. Pero ¿cómo voy a instalarme aquí? No puedo.

—¿Por qué no? Puedes traerte tus libros, tus papeles, tu trabajo. En los meses de verano seguro que estarás aquí mejor que en tu piso.

—Vendré de visita cuantas veces quieras, pero este no es mi sitio, no mientras sea también la casa de Eusebio. No me sentiría muy cómoda contigo y con él cerca...

—¡Qué tontería! Pero si él se mete en su despacho después de desayunar y solo sale a las horas de comer. No nos molestaría.

Tilde movió la cabeza, vacilante. No le veía mucho sentido a pasar ahí unos días si debía reprimir o disimular sus sentimientos y muestras de afecto hacia Encarna. Más que unos días de gozo, serían unos días de tortura.

Desde ahí, salieron al porche trasero abierto a esa parte del jardín, más grande y despejado que el delantero. Había una mesita de madera y dos butacas de mimbre que les habían dejado los Olmedo, porque en su casa de Sevilla tenían otro estilo de mobiliario. Una gata blanca de andares principescos surgió de debajo de la mesa seguida de tres gatitos: uno negro, otro gris y otro blanco, como la madre.

—¿De dónde han salido? ¡En el piso no teníais gato!

—Matilde se agachó a coger al gatito blanco, que casi le cabía en la palma de la mano.

—La gata pertenecía a los anteriores propietarios. La dejaron aquí porque estaba preñada, así que la hemos adoptado. Se llama Cala y a los gatitos les he puesto Curro, Sócrates y, la que tienes en la mano, Blancanieves.

Rosa apareció con la bandeja entre las manos y depositó la limonada, los dos vasos y un cuenco de aceitunas sobre la mesa. Las traía solo por consideración hacia la señora Ras, les dijo en tono firme mientras servía la limonada en los vasos.

—Doña Encarna no debería ni probarlas, que bastan dos aceitunillas para quitarle el apetito antes del almuerzo.

—No le hagas caso, Tilde, no hago más que comer —dijo después de que la buena mujer se hubo marchado. Bebió un buen trago de limonada y añadió—: Vamos a plantar los esquejes antes de que se estropeen.

Pasearon por los parterres que discurrían junto al vallado de la finca. Muchas de las plantas se habían marchitado, habría que arrancarlas. Tilde señaló uno de los parterres situado debajo del porche. Ese sería un buen sitio, les daría el sol toda la mañana y parte de la tarde.

Encarna cogió dos palitas que tenía dentro de un macetero, le dio una a Tilde y, con la otra en la mano, se agachó a excavar un agujero en la tierra.

—¿Has ido estos días al club? —le preguntó Encarna sin levantar la vista—. Ahora que Marieta va camino de Santiago de Chile con su marido, no sé quién se va a encargar de la biblioteca.

—Pero volverá, ¿no?

—Dentro de unos años, supongo. El Gobierno ha nombrado a Ricardo embajador de España allí. La voy a echar mucho de menos.

—¿Y para qué quieres que vaya al club, si no estás tú? —La miró de soslayo y siguió diciendo—: Tengo mucho trabajo, y no hay nadie que me interese tanto como para ir. Además, prefiero no salir a la calle estos días. Hay demasiado jaleo, la gente está exaltada. ¿Has oído que han quemado varios conventos?

—Sí. Habrán sido unos pocos desalmados.

—Grupos anarquistas y radicales izquierdistas.

—Unos desalmados —repitió Encarna—. El Gobierno no debería permitirlo, eso no ayuda en nada a la república.

—Y no muy lejos de mi calle, en Olavide, casi todas las tardes se dedican a tirar petardos y tocar música.

—Será que siguen de celebración, mujer. ¿Tú no estás contenta?

—Yo solo quiero estar tranquila, no me gusta vivir con temor a salir a la calle o a lo que ocurrirá mañana. Lo único que me importa es no perder mis colaboraciones, porque son las que me dan de comer. Lo demás...

—Pero para el pueblo, para la gente, la república va a traer muchos cambios que mejorarán sus condiciones de vida. Y para las mujeres, también. Mira, si no, a Victoria Kent. El ministro de Justicia la acaba de nombrar directora general de Prisiones, y a Matilde Huici, inspectora de los tribunales tutelares de menores. ¿Cuándo se había visto eso?

—No digo que no. Por mi parte, siempre defenderé las leyes que garanticen la igualdad entre mujeres y hombres, pero a ver qué otros cambios nos vendrán. Eso es lo que no tengo nada claro. A mí me parece que cuanto menos toquen, mejor.

—Pues yo quiero que los niños y las niñas reciban una buena educación, obligatoria y gratuita. Solo así nos podremos asegurar de que los padres trabajadores llevan a sus hijos al colegio. Ya no habrá excusas posibles, como las que ponían algunas familias del barrio de Cuatro Caminos cuando intentábamos convencerlos de que los niños fueran a la escuela. Si nuestra Casita no fuera gratuita, no vendría ni un solo crío. Y sin educación, esos niños nunca podrán escapar del destino al que los obliga su condición. Yo quiero que aprendan, que reciban una buena formación; solo así tendrán alguna posibilidad de conseguir un trabajo menos embrutecido que el de sus padres.

—Si no te conociera, pensaría que perteneces a uno de esos partidos radicales —se rio Tilde.

—¿Yo, de un partido? No, hija, no. A mí no me verás en esas. —Negó con la cabeza—. La educación es una cuestión de principios, al margen de los partidos.

—Señora, ya está el almuerzo —salió a avisarlas Candi.

Encarna clavó la palita en la tierra y se sacudió las manos.

—Este es el último que me queda. —Tilde apretó la tierra alrededor del tallo—. La próxima vez que venga a visitarte, ya estarán grandes y florecidos.

22

Los banderines revoloteaban al aire como esas señoritas que bailaban en fila sobre un escenario subiéndose las faldas. La banda de música terminó de tocar el himno de España y un montón de chiquillos salieron corriendo hacia la calzada central del paseo de la Castellana para contemplar el paso de los caballos engalanados. Encarna pudo sentarse al fin, y el cansancio acumulado a lo largo de la mañana le sobrevino de golpe como un mazazo. Una jovencita le ofreció sonriente una bebida de entre las muchas que portaba sobre la bandeja. Invitaba el diario *ABC*, por supuesto, como anfitrión de la llamativa carpa instalada frente al edificio del diario a modo de reclamo publicitario. Escogió un vaso de vino tinto para que, al menos, le entonara un poco el cuerpo. Bebió un trago que le raspó la garganta de lo fuerte que era. De pronto le recordó a los cacitos de vino caliente especiado de los que les había hablado su hijo, que bebían en algunos lugares de Suiza durante el invierno. Aquí nunca se les habría ocurrido calentar el vino. ¡Qué costumbres tan distintas las de los suizos! Cuando llegó Luis a Madrid para los exámenes de septiembre, les trajo varias tabletas de un chocolate delicioso y un queso que lo fundían en una cazuela y se lo comían untando pan, como si fuera manteca. Desde luego, comida no le había faltado; estaba un poco más relleno, tenía buen aspecto.

Hablaba con entusiasmo de Zúrich, de lo bonita que era, de lo respetuosos que eran sus habitantes, de lo limpia y cuidada que la conservaban. Estaba a los pies de los Alpes y también tenía un lago, aunque el de Lausana era más espectacular. Unas semanas antes de coger el tren a España, les había dicho que después de examinarse regresaría a Zúrich. En la academia le habían ofrecido continuar con sus clases de español y había pensado que, si se quedaba un curso más, reforzaría sus conocimientos de alemán, ya que era el idioma nativo de esa región. La primera reacción de Encarna fue de rechazo. Pero ¿qué pasaría con la carrera? ¿Y las clases? Pero Luis ya lo había previsto todo: aprovecharía para matricularse del siguiente curso y de las asignaturas pendientes. Sus horarios de clase en Zúrich le permitían disponer de mucho tiempo libre y se dedicaría a estudiar, como había estado haciendo durante el verano. Regresaría para los exámenes de junio, les aseguró.

Encarna no tuvo más remedio que reconocer que, si lo habían enviado a Suiza con el fin de que se centrara y madurara, ahora no le podía obligar a regresar a la fuerza. Durante su estancia en Madrid, una tarde lo oyó hablar por teléfono en alemán, medio a escondidas. Cuando le preguntó, él le dijo que era una amiga, una joven de Zúrich sobrina de su casero, a la que le estaba enseñando español. Anne Marie, se llamaba. Era estudiante de Sociología en la universidad. Encarna guardó silencio, prudente. No necesitaba ser muy perspicaz para deducir que de ahí procedía tanto interés de su hijo por regresar a Suiza.

Bebió un último sorbito de vino y abandonó el vaso en el mostrador. Se le habían quedado los pies y las piernas fríos de permanecer tanto rato a la intemperie, repartiendo números antiguos de *Gente Menuda* entre las familias con niños que paseaban esa mañana por la Castellana celebrando el 12 de octubre, día de la fiesta nacional. Ese año, todos parecían haberse puesto de acuerdo en bajar de sus pedestales, sus atriles y tribunas, y compartir los festejos a pie de calle. Perduraba aún el ambiente de optimismo y esperanza surgido con la república, quizá porque se empezaban a ver los primeros avances, como la aprobación del derecho al voto femenino que tan enérgicamente había defendido Clara Campoamor en las Cortes el pasado 1 de octubre. Ese día, Encarna lo pasó pegada a la radio, como otras muchas mujeres, deseosas de escuchar los discursos de unos y de otros previos a la votación de la ley. Podía entender las razones de Victoria Kent para pedir el voto en contra de la ley —¡cuántas señoras de bien no votarían al dictado de lo que les aconsejara el sacerdote desde el púlpito de la iglesia, como habría hecho su madre! Pocas, por no decir ninguna— y, al mismo tiempo, comprendía las de Clara para defenderlo: nadie podía hurtar a las mujeres su derecho a ser ciudadanas de la república por la que tanto habían luchado muchas de ellas. No se atrevería a señalar quién de las dos tenía razón, quizá ambas. Pero le parecía que, incluso con parte de razón, los argumentos de Victoria atendían a intereses partidistas, mientras que los de Clara se elevaban por encima de cualquier interés particular para defender un ideal más grande e indiscutible, un derecho fundamental de las mujeres sin el cual no habría igualdad real.

—Traigo más números, no vayan a faltarnos. —Blanca soltó sobre el mostrador improvisado una pila compacta de encartes del suplemento infantil atados con un cordel de rafia.

—Me parece que los caballos y la tropa de exploradores del ejército llaman más la atención a los niños que nuestro *Gente Menuda*. Se han ido todos a verlos pasar.

—Pero volverán, ya verá. En cuanto termine el desfile de caballos, los tiene aquí de nuevo reclamando un número firmado por usted.

—A los niños la firma les da igual, los que quieren que les firme en la portada son los papás y las mamás, y como les da apuro, mandan a los chiquillos por delante.

Blanca dividió la pila de encartes en varios montones ordenados encima del mostrador de madera. «Así, cuando lleguen los niños, será más fácil repartirlos», le explicó. Encarna bebió otro sorbito de vino, encogida en la silla.

En el mostrador de enfrente habían colocado otras tantas pilas de ejemplares antiguos de *Blanco y Negro* que repartía una pareja compuesta por una señorita y un joven repeinado, el nuevo aprendiz de redacción de la revista, le señaló Blanquita. Estaba muy dolida de que nadie en el diario hubiera pensado en ella para el puesto, después del tiempo que llevaba trabajando con *Gente Menuda*. Y no sería porque Encarna no se lo había dejado caer varias veces a Julio Olmos, que la muchacha tenía mucha vocación de ser periodista, que con *Gente Menuda* había demostrado ser una persona con iniciativa y recursos, capaz de resolver problemas de manera eficiente y bien. No es que ella quisiera perderla como secretaria, pero solo la necesitaba tres días a la semana. El resto del tiempo podían aprovechar su buena disposición y asignarle alguna sección sencilla de la revista. Estaba segura de que la sacaría adelante mejor que alguno de esos gacetilleros con demasiado desparpajo.

Buscó con la mirada a Olmos. Ahí seguía, dentro de un corrillo de periodistas y colaboradores habituales entre los que identificó a algunos, aunque no los conocía en persona. Ni ganas. Pero con él sí deseaba hablar. Quería insistirle en la necesidad de cambiar las ilustraciones de *Celia*. Cada vez que se lo había pedido, él se evadía detrás de su excusa preferida («Ahora no es el momento») o se sacaba de la manga alguna pega ridícula. Era un tema delicado, bien lo sabía ella. Regidor era amigo suyo, además de una institución dentro de *Blanco y Negro*. Tendrían que hacerlo con mucho tacto, sin que se sintiera menospreciado en su trabajo, pero estaba convencida de que no había alternativa. Cuando vio que el jefe de redacción se apartaba del corrillo, se levantó de su asiento y se dirigió directa a su encuentro. Llegó a su lado a la vez que otro señor de aspecto muy elegante.

—¡Señora Fortún! Justo iba a buscarla ahora mismo —la saludó Olmos, que enseguida le presentó al recién llegado—: Nuestro nuevo director, don Fernando Luca de Tena, tenía mucho interés por saludarla.

—Es un auténtico placer, señora —la saludó el hombre con gesto galante—. Estaba deseando conocerla en persona, he oído hablar mucho de usted. Sé del interés que puso mi hermano Torcuato en contar con usted para relanzar *Gente Menuda*, y lo orgulloso que estaba.

—Y yo siempre le agradeceré a don Torcuato que apostara por mí cuando era una auténtica desconocida.

—Tenía mucho olfato para detectar las demandas de la sociedad en cada momento, y rara vez se equivocaba, se lo puedo asegurar. Por eso hemos estado pensando en darle un impulso al proyecto de mi hermano y convertir *Gente Menuda* en una revistilla independiente, con identidad propia y un poco más extensa, dieciséis páginas quizá, que se venderá aparte de *Blanco y Negro*. En estos dos últimos años han surgido varias revistas infantiles de relativo éxito, sin duda debido a que el público lector infantil está creciendo mucho. Y puesto que ya tenemos *Gente Menuda*, deberíamos sacarle más partido. Estos niños van a ser los futuros lectores del diario, y es importante cuidarlos.

—Todo lo que sea mejorar el suplemento me parece bien, don Fernando. Siempre que sigan contando conmigo.

—Por supuesto, eso está fuera de toda discusión. De hecho, no daríamos este paso sin usted.

—Entonces no hay problema, conmigo ya cuentan.

—Eso es lo que deseaba oírle decir, señora Fortún. Le agradezco mucho su compromiso con la revista, es encomiable. —Consultó su reloj y concluyó—: Debo marchar a una cita. Seguiremos hablando en breve. Ha sido un verdadero placer conocerla, señora.

Los dos vieron alejarse a don Fernando hacia otro corrillo de señores. Encarna estaba un tanto desconcertada por la celeridad con la que había planteado y resuelto el asunto. Sin embargo, no dejaba de ser una buena noticia para ella, pese a que supondría más trabajo, más historietas, más secciones. Aunque para estas últimas contaba con varias ideas desde hacía tiempo: una sección de recortables del conejo Roenueces, otra de pasatiempos del Mago Pirulo, otra con refranes y canciones… De repente le vino a la cabeza el asunto que la había conducido poco antes hasta el jefe de redacción. No habría mejor momento para exigirlo.

—Don Julio, respecto al tema de las ilustraciones de las historias de *Celia*…

Él esbozó una sonrisa de complicidad.

—Ya no tiene de qué preocuparse, señora Fortún. Esto que le voy a contar es información confidencial, no debería usted saberlo todavía, pero me tiene que prometer que guardará el secreto. —Ella asintió intrigada—. El señor Regidor me ha pedido que lo sustituya como ilustrador de *Celia*. Dice que está cansado y que quiere dedicarse más a la pintura. Yo he hecho un poco de drama para que se sintiera valorado, pero finalmente he aceptado su renuncia.

Me ha dicho que él mismo se lo explicaría a usted, así que cuando eso ocurra, finja que no lo sabía.

Eso facilitaría mucho el cambio y, lo que era aún mejor, le ahorraría un conflicto que no por necesario resultaba menos duro para ella.

—Entonces habrá que buscar un dibujante o dibujanta nuevo —afirmó Encarna, animada de repente—. Yo había pensado en esa joven, Viera Esparza, que ya ha trabajado con ustedes. Me gusta mucho su estilo y a ella le encanta *Celia*, lo cual es un punto a su favor. Lo tiene todo.

—La señorita Esparza... —El jefe de redacción vaciló—. No sé, podría ser. Yo tenía en mente otra persona, un dibujante también muy joven, de trazo muy limpio y fresco. Muy bueno. Quiero que se una a nuestro plantel de ilustradores y he pensado que el proyecto de *Celia* le puede interesar.

—Quizá podríamos pedirles un boceto de la misma escena de *Celia* a cada uno. Así nos sería más fácil decidir, ¿no le parece?

—De acuerdo. En cuanto Regidor le comunique su decisión, empezaremos a organizarlo —dijo, al tiempo que lo vio hacer una seña a alguien a su espalda—. ¡Melchor!

El hombre apareció a su lado y miró a Encarna, que lo saludó con un gesto de la cabeza.

—Le presento a Melchor Almagro, el crítico literario de pluma más afilada y cotizada de Madrid. —Y dirigiéndose a él, completó las presentaciones—: Es doña Elena Fortún, la autora de los cuentos de *Celia* y directora de nuestro suplemento infantil. He pensado que les interesaría conocerse.

El crítico la saludó muy amable. Le dijo que conocía bien a don Manuel Aguilar, quien tenía la deferencia de enviarle siempre un ejemplar de cada libro que editaba. Y jamás, por buena o mala que fuera el sentido de su crítica, le había pedido ninguna explicación.

—¿Y no es eso lo normal? —preguntó Encarna.

—Ay, señora, si usted supiera…

Don Julio se removió nervioso.

—Si me disculpan un segundo, me reclaman en el mostrador. Señora Fortún, la dejo en buenas manos —dijo antes de alejarse.

Por un instante, Encarna y el señor Almagro se miraron desconcertados. Notó que la observaba con una expresión extraña, como si la conociera de antes. Encarna le preguntó con qué revistas o diarios colaboraba, por si había leído alguna de sus críticas. Le mencionó varias, pero solo conocía una de ellas.

—Ah, sí. En esa revista también publica una columna mi marido, Eusebio Gorbea; es posible que lo conozca.

—Claro que sí. Hemos coincidido más de una vez en la tertulia del Pombo. Si le digo la verdad, no solemos estar de acuerdo en nuestras opiniones sobre los libros que leemos. Nuestras discusiones literarias son polémicas, pero, eso sí, con mucha enjundia. Si no, no tendría gracia.

—Ya imagino. Eusebio es un lector voraz, de eso doy fe. Y tiene el ojo bastante instruido en los intríngulis de la narración, no se le escapa detalle. Cuando alguna vez le pido que corrija alguno de mis cuentos, resulta agotador de lo exhaustivo que es.

—Sí, eso tengo entendido. Me comentó que él es quien lee, corrige y revisa sus cuentos. Debe de ser un gran apoyo para usted…

—Bueno, eso no es así, exactamente. Al principio, puede que sí. Ahora solo lo hace de tanto en tanto, cuando se lo pido. —Y eso ocurría cuando Eusebio recibía sucesivas cartas de rechazo de sus obras y lo notaba más decaído de lo habitual. Si le pedía su opinión sobre un texto o se lo daba a corregir, enseguida se animaba, como una planta mustia recién regada. Se sentía útil, importante. En ocasiones, Encarna le reprochaba que le corrigiera con excesiva severidad, y él respondía con esa arrogancia suya que, si dominara el lenguaje la mitad que él, no necesitaría su ayuda.

—Ah, tenía entendido que había sido una especie de mentor para usted... Incluso el nombre con el que firma dice que fue idea suya.

Ella se quedó mirándolo, le costó reaccionar. ¿Eso le había dicho Eusebio?

—Es posible, no lo recuerdo. Es el nombre de la protagonista de su novela, eso es cierto. Pero mi marido tiene su estilo propio y yo tengo el mío, que he creado a base de mucho trabajo y esfuerzo —respondió muy seria—. ¿Ha leído usted alguno de mis cuentos?

—No, me temo que no, señora mía. No suelo leer literatura infantil.

—Espere aquí un momento, haga el favor. —Encarna se acercó al mostrador donde estaba Blanca, seleccionó varios encartes de *Gente Menuda* y se los entregó al crítico—. Tome, lléveselos, así podrá leerlos. Si se anima, me gustaría mucho que luego me diera su opinión sincera.

En cuanto llegó a su casa, fue directa al despacho de Eusebio. Lo encontró leyendo en su butaca, con la pipa en la boca. Ni se percató de su presencia hasta que ella le espetó:

—He conocido a Melchor Almagro. Me ha dicho que vas diciendo por ahí, poco más o menos, que sin ti no habría llegado a ninguna parte.

Él levantó la vista, sorprendido.

—Mujer, son cosas que se dicen, no tienen mayor importancia... —afirmó con sonrisa distraída.

—¡Cosas que se dicen! A mí jamás se me ocurriría criticarte ni decir nada malo sobre ti delante de extraños, al contrario; siempre que tengo ocasión, ensalzo tus dotes de escritura, recomiendo tus columnas. Y, de pronto, me entero de que tú te dedicas a menospreciarme a mí y mis cuentos en las tertulias.

—Yo no te he menospreciado. Si acaso, habré dicho que te he ayudado con las correcciones y alguna cosilla más. Y es verdad, ¿o no? Los primeros artículos que te publicaron en la revista de *La Moda Práctica* fueron gracias a mí.

Encarna soltó una carcajada sarcástica.

—¿A ti? ¡Pero si no querías ni verlos, los tachabas de frívolos y vacuos! Decías que eran «merengue de fresa», ¡eso no se me olvidará en la vida! —exclamó—. Si hubiera hecho caso de tus opiniones, dudo que hubiera sido capaz de escribir ni una palabra más. Por suerte, no te escuché y hubo otros que creyeron en mí. Si he logrado el éxito literario ha sido muy a tu pesar.

—¡Éxito literario! —se rio él, soltando el libro—. ¿Qué entiendes tú por «literario», so ilusa? Eso que tú escribes ni es literatura ni es nada. Son unos simples cuentos infantiles, tan simplones que, eso sí, resulta que son del gusto de los niños. Y ya me dirás tú qué criterio tienen los niños para distinguir lo que es buena literatura de lo que no lo es. ¡Ninguno!

—Lo que pasa es que tienes envidia de que yo haya conseguido lo que tú llevas intentando toda la vida, no lo puedes soportar.

Él se levantó del asiento de golpe, la miró con desprecio. Le había pinchado donde más le dolía.

—¿Envidia? Tú lo que eres es una idiota a la que el éxito

se le ha subido a la cabeza y se cree alguien importante, cuando en realidad no sirves para nada, ni para escribir, ni para llevar una casa, ¡ni siquiera para atender a tu familia! Cuando te conocí eras una niña caprichosa y egoísta, y nunca has dejado de serlo.

—Pues si me veías así, no sé por qué me pediste que me casara contigo ni por qué has seguido todos estos años soportándome a tu lado. Tendrías que haberme dejado, si tan inútil y malísima era.

—¡No creas que no me he arrepentido!

Encarna no se quedó callada. Estaba harta de guardar silencio, de morderse la lengua para no herir su sensibilidad ni hundir su ánimo frágil. Pero ahora ya no importaba.

—Todavía estás a tiempo, nada me gustaría más.

—¡Eso es lo que tú quisieras! Largarte y abandonarnos para hacer tu vida, ¿verdad? —Se había plantado delante de ella en actitud beligerante—. Tú solo piensas en ti, en lo que tú quieres, lo que tú necesitas, tú, tú, tú... ¿Y yo? ¿Y tu hijo? ¿Te crees que no necesitamos nada? ¿Que yo no necesito a una esposa que me quiera y que no se revuelva de asco cada vez que la toco? Una esposa como Dios manda, que cumpla con sus obligaciones, que mantenga la paz y la tranquilidad en el hogar... ¿O es mucho pedir? —la interrogó, furioso—. Tendría que haberte prohibido publicar aquella columna en *La Prensa* de Tenerife, allí empezó mi desgracia, todo este despropósito...

—Pues si eso es lo que crees, que esto es un despropósito, no tiene mucho sentido que sigamos juntos. Me voy —concluyó Encarna. Se dio media vuelta y abandonó el despacho con paso decidido.

—¿Adónde te vas? —Salió tras ella, que ya estaba subiendo las escaleras en dirección a su cuarto—. ¡Encarna! ¡Vuelve aquí, todavía no hemos terminado la discusión!

Encarna entró en el dormitorio con el corazón palpitante. Tenía que marcharse de allí cuanto antes, no se iba a quedar ni un minuto más. No, después de lo que se habían dicho. ¿Por qué la despreciaba tanto? ¿Cómo podía vivir una persona con tanta rabia en su interior? Si se quedaba, era consciente de lo que ocurriría: se encerraría en un silencio orgulloso durante dos días, al cabo de los cuales, una noche vendría a llamar a su puerta arrepentido y lloroso, suplicándole que lo perdonara, que lo dejara entrar. Esta vez no cedería, no lo soportaba más. Metió en una bolsa de viaje algo de ropa, un par de libros que estaba leyendo, sus objetos de escritorio y un sobre con dinero que guardaba en el ropero. Más adelante mandaría a recoger el resto de sus pertenencias y la máquina de escribir. No podía cargar con ella.

Descendió las escaleras con la bolsa en una mano y la carpeta con los papeles de los textos en los que estaba trabajando en la otra. Rosa y Candi se habían asomado al vestíbulo y observaban conmocionadas la escena. Eusebio apareció en el umbral de su despacho, muy serio.

—¿Se puede saber adónde vas, insensata? —le espetó. Al ver que ella no se detenía, la siguió hacia la puerta, amenazante—. Si sales de esta casa, ni se te ocurra volver nunca más, Encarna, ¿me oyes? ¡Nunca más! ¡Tú sabrás lo que haces!

Ella continuó hacia la salida sin dirigirle la palabra. Había conseguido ahogar el llanto todo ese tiempo, pero al pisar la calle, los ojos se le enturbiaron. Dejó que las lágrimas corrieran por sus mejillas y echó a andar rumbo a la parada de taxis. Al doblar la esquina, respiró aliviada al ver un coche esperando. Se limpió las lágrimas y apresuró el paso hasta llegar hasta el chófer, que leía el diario apoyado en el capó.

—Disculpe, ¿puede llevarme?

El hombre dobló el diario rápidamente y fue a abrirle la portezuela trasera.

—Sí, señora. Adonde usted diga.

—A la calle Trafalgar, número ocho.

Durante el recorrido le entraron las dudas. ¿Qué cara pondría Matilde al verla llegar con su bolsa de viaje? Esta vez no era una regañina pasajera, esta vez era el primer paso para la ruptura de su matrimonio. No albergaba ninguna intención de volver a su casa, por doloroso que le resultara abandonar su hotelito precioso, y tampoco quería abusar de la hospitalidad de Matilde. ¿No sería mejor buscar una pensión en la que alojarse? Su mirada se perdió a través de la ventanilla. Notaba la angustia agarrada a la garganta, a punto del llanto. Se había levantado un fuerte aire que barría las hojas secas caídas de los árboles; pronto empezaría a anochecer. Resolvió ir a casa de Tilde y, al día siguiente, ya decidiría lo que hacer.

El taxi se detuvo delante del portal. Miró por la ventanilla el balcón de Matilde, iluminado con la luz ambarina de la lamparita de mesa que encendía para trabajar. Se apeó del coche y entró en el portal. Las escaleras se le hicieron infinitas hasta llegar a su puerta. Llamó al timbre con mano temblorosa. Oyó sus pasos ligeros, su voz regañando a Eneas para que se apartara. Cuando la puerta se abrió, Encarna se derrumbó.

—He dejado a Eusebio. Esta vez no voy a volver, Tilde —dijo llorosa.

Matilde le quitó de la mano la bolsa de viaje, la atrajo contra sí y la condujo adentro sin decir nada.

Tardó un buen rato en sentirse lista para contarle lo

ocurrido. No era necesario, le dijo Tilde, le bastaba con que estuviera allí. Lo demás no importaba. Le preparó un chocolate con miel como a ella le gustaba y se lo sirvió en una bandeja que depositó sobre la mesa de la salita, mientras ella desaparecía hacia el dormitorio llevándose su bolsa de viaje. Encarna se bebió el chocolate despacio, sorbo a sorbo. No podía deshacerse de la congoja que la embargaba por dentro, como si le pesara el alma. Después de apurar los restos de chocolate, se levantó y se dirigió al dormitorio, donde encontró a Tilde haciendo la camita gemela a la suya; dormiría ahí.

—No quiero ser un estorbo para ti. Mañana buscaré una pensión en la que alojarme.

—De eso nada. Tú te quedas aquí el tiempo que haga falta.

—Pero si no tienes apenas sitio.

—Ya nos apañaremos.

El mayor problema era el espacio de trabajo. Encarna necesitaba un escritorio al que sentarse a escribir todos los días y la mesa en la que trabajaba Matilde no tenía suficiente sitio para las dos. Al día siguiente juntaron las dos camas y desplazaron entre las dos el armario ropero del dormitorio para dejar más espacio. En el hueco libre colocaron una mesita plegada que Tilde tenía oculta en la salita bajo unas faldas de terciopelo. No era muy grande, pero le servía. Ese mismo día, ya pudo retomar el trabajo pendiente.

Durante esa semana, las rutinas de cada una fueron encajándose sin el menor esfuerzo, de una manera gradual. Matilde se levantaba temprano a hacer su tabla de ejercicios matinales en la salita, con el balcón abierto de par en par. El segundo día tras su llegada, Encarna hizo el propósito de madrugar con ella y realizar sus mismos ejercicios: empezaba por poner los brazos en cruz y elevarlos arriba y abajo treinta veces, respirando hondo; luego tocaba bajar el torso, pegarlo a los muslos y llevar las manos hasta tocar la punta de los pies, otras treinta veces, y por último, elevar las rodillas alternativamente a la altura de la cintura durante tres minutos seguidos. Antes de alcanzar el primer minuto, Encarna se paró casi sin aliento. El corazón le latía desbocado, parecía que se le iba a salir del pecho. Esa fue la primera y la última tabla que realizó durante el tiempo que pasó en casa de su amiga. No volvió a levantarse para hacer los ejercicios matinales, estaba claro que no era lo suyo. Al finalizar, Matilde se aseaba en el baño, se vestía y preparaba el desayuno, mientras Encarna salía de la cama. Su cuerpo era de despertar lento, le costaba un tiempo adquirir tono, vitalidad.

Desayunaban las dos juntas en la mesita de la cocina, recogían la casa por encima y se ponían a trabajar, Tilde en la salita y ella en el dormitorio. A media mañana, Tilde le llevaba una bandeja con una taza de té humeante y un par de galletitas, que le dejaba sin hacer ruido sobre la mesita de noche cercana. A última hora salían juntas a hacer la compra al mercado; sobre todo, verduras y alimentos fáciles de cocinar, ninguna de las dos tenía la paciencia ni el apetito suficientes como para perder tiempo en preparar comidas demasiado elaboradas. Durante todos esos días, Encarna se empeñó en pagarlo todo, bastante estaba haciendo Tilde por ella como para que, además, su presencia supusiera una carga añadida a su economía. Después de comer, descansaba y leían un rato las dos juntas, recostadas en el pequeño sofá, hasta que el reloj de pared daba las tres de la tarde, hora en la que retomaban el trabajo. Y, además, hablaban, hablaban, hablaban. Durante las comidas, en los ratitos libres, por la noche, antes de dormirse. No se cansaban de conversar sobre libros, teatro, sus proyectos (Matilde tenía varias ideas con las que pretendía retomar la escritura literaria; Encarna estaba recopilando junto con su amiga la pianista y compositora María Rodrigo las canciones de corro y romances populares infantiles) y algunas vivencias que marcaron su vida.

Una de esas tardes, Encarna expresó su deseo de ir al club, le vendría bien entretenerse un rato con las compañeras en la biblioteca. Tilde le dijo que prefería quedarse y terminar el reportaje que tenía entre manos para la revista *Estampa*, si no le importaba.

—Claro que no me importa. Así te dejaré tranquila un rato, debes de estar de mí hasta la coronilla.

—Eso, nunca. Estoy feliz de tenerte aquí a mi lado, en todo momento, a todas horas.

Al día siguiente, seis días después de abandonar Los Álamos, llamaron al timbre de la puerta. Matilde fue a abrir y descubrió en el umbral a un señor mayor, de pelo canoso y aire distinguido que se presentó como don Santiago Regidor.

—Estoy buscando a la señora de Gorbea. ¿Se encuentra aquí?

Tilde asintió desconcertada.

—Debo hablar con ella, es urgente. Se trata de su marido. ¿Podría usted avisarla?

Le franqueó el paso a la salita y le pidió que esperara un segundo mientras desaparecía hacia el pasillo en busca de su amiga.

—¡Encarna! Menos mal que te he localizado —dijo Regidor al verla aparecer—. Tienes que venir conmigo, se trata de Eusebio. Está muy mal, debes darte prisa.

—¿Cómo que está mal? ¿Qué ha pasado? —La expresión de don Santiago la inquietó todavía más—. Cojo mi abrigo y nos vamos.

Ofuscada, corrió hacia el dormitorio. Tilde fue tras ella, la vio descolgar el abrigo del perchero y el sombrero. Cuando cogió el bolso, estaba tan nerviosa que se le cayó al suelo y su contenido se desparramó entero.

—Yo voy contigo, Elena —murmuró Matilde mientras la ayudaba a recoger.

—¡No! Es preferible que te quedes... —repuso ella sin mirarla—. No sé cómo ha llegado Regidor hasta aquí, pero no quisiera que se llevara una impresión equivocada.

Los ojos de Tilde se clavaron en ella, dolidos.

—¿Equivocada? ¡Soy tu amiga! ¿Qué quieres que piense?

—Tilde, por favor. No vamos a discutir ahora —le pidió en tono suplicante—. Hazlo por mí, no puedo llegar a mi casa contigo después de lo ocurrido, entiéndeme. Daría lugar a muchas habladurías.

Matilde desvió la vista sin decir nada. La había herido, lo sabía muy bien, pero ¿qué podía hacer? Las dos terminaron de recoger y se incorporaron. Encarna le dio un abrazo rápido antes de regresar a la salita, donde la aguardaba Regidor con expresión apremiante. Tenía un taxi esperándole abajo, en el que se acomodaron de cualquier manera. Santiago le pidió al chófer que los llevara de vuelta a Chamartín lo más deprisa que pudiese.

—Y ahora, por favor, cuéntame, Santiago.

El ilustrador se removió incómodo y empezó a farfullar frases confusas. Al parecer, había habido un accidente en la casa. Eusebio se había caído o no sabría decir qué le había pasado, pero estaba muy mal. Fue su criada, Rosa, quien le había avisado. Lo había llamado por teléfono a primera hora de la mañana pidiendo ayuda. Carolina estaba en casa y los dos salieron a tomar el primer taxi que pasaba para llegar hasta Chamartín, no sin antes haber telefoneado a un médico amigo suyo para que acudiera de urgencia a la dirección de Los Álamos que él mismo le proporcionó. Cuando llegaron, la criada los recibió muy asustada, no sabía qué había sucedido, se había encontrado a don Eusebio tumbado en la cama, blanco como un muerto. El médico todavía no había llegado, pero Carolina enseguida le tomó el pulso y pidió a su padre que la ayudara a ponerle de costado.

—Le pregunté a Rosa por ti y me dijo que te habías marchado, no sabía adónde. El único sitio en el que se le ocurría que podrías estar era en casa de la señora Ras —añadió.

Encarna apartó la vista ante su mirada inquisitiva.

Siguió explicándole que Carolina le había dicho que ella se haría cargo de Eusebio mientras llegaba el médico, que fuera a buscarla y la trajera lo antes posible. Y eso fue lo que hizo. Era lo único que le podía contar, no sabía mucho más.

El coche recorrió veloz toda la Castellana hasta la colonia de Chamartín y, en menos de veinte minutos, se detuvo delante de Los Álamos. Encarna pagó y, sin esperar el cambio, corrió hacia el interior de la propiedad. La criada le salió al encuentro en cuanto la vio aparecer.

—¡Rosa! ¿Qué ha pasado?

La mujer se abalanzó hacia ella, llorando a lágrima viva. Encarna se asustó más.

—¿Dónde está el señor? —la interrogó con miedo.

—Está arriba, en su dormitorio, pero...

Se dirigió a las escaleras y subió los escalones de dos en dos, con el corazón en un puño. No quería ni pensar lo que se encontraría al llegar, y según avanzaba, iba repitiéndose: «Que no le haya pasado nada, que esté bien, que no sea nada...».

Al entrar, vio a Eusebio tumbado en la cama boca arriba, con los ojos cerrados. Demasiado quieto, demasiado rígido. Se temió lo peor. Miró a Carolina, sentada junto a la cama con expresión de honda preocupación. Al verla, lo primero que le dijo fue:

—Ya está fuera de peligro, no se preocupe.

—¡Señor! Pero ¿qué le pasa? ¿Qué tiene?

—El doctor se lo explicará. Ha ido a lavarse las manos al baño, no tardará en venir. —La joven se incorporó con gesto abatido. Le apretó afectuosa el brazo y la miró con ojos compasivos—. Yo esperaré abajo mientras habla con el médico, creo que será lo mejor.

Encarna la vio abandonar la habitación. Volvió la vista a Eusebio. Parecía dormido. Estaba muy pálido, pero le alivió comprobar que respiraba: su pecho subía y bajaba despacio, en un movimiento apenas perceptible. En ese momento entró el doctor en el dormitorio y la saludó como si ya estuviera al tanto de su llegada.

—Es usted la esposa del señor Gorbea, supongo.

—Sí, soy Encarna. ¿Cómo está? ¿Qué tiene? ¿Está herido?

—Siéntese, haga el favor —le pidió con voz calmada. Él acercó una silla y tomó asiento a su lado—. Verá. Su marido ha ingerido una cantidad digamos… excesiva de barbitúricos.

—¿Barbitúricos? ¿Qué quiere decir? ¿Me está diciendo que…? —se interrumpió.

—Su marido se ha intentado quitar la vida, me temo —dijo con suavidad—. Cuando he llegado, lo he encontrado inerte en la cama y rodeado de vómito. Este frasco de pastillas estaba tirado en el suelo. —Le mostró un bote de cristal marrón, con una etiqueta desgastada—. Por fortuna, su cuerpo ha expulsado gran parte de las pastillas al poco de tomarlas, y así ha salvado su vida. Si no llega a ser por eso, ya estaría muerto.

—Pero él no… nunca ha tomado barbitúricos.

—¿Sabe usted si padece algún trastorno maniacodepresivo u otra enfermedad mental?

—No… —comenzó diciendo Encarna, pero enseguida rectificó—: Bueno, a veces ha sufrido algún episodio de actividad obsesiva, seguido de una temporada de decaimiento en la que no tiene ganas de nada, duerme mucho, no sale ni se mueve de su habitación. Pero no sigue ningún tratamiento, no pensamos que lo necesitara. Él siempre se ha negado porque, al cabo de un tiempo, siempre mejora.

—¿Y ha ocurrido algo en las últimas semanas que haya empeorado su estado anímico?

—No… Es decir, tuvimos una fuerte discusión hace unos días, pero ¿usted cree que…?

—Ni creo ni dejo de creer, señora. Yo solo intento entender lo necesario para tratar a mis pacientes. Aun así, no soy psiquiatra, soy médico de cabecera. Esta vez su marido ha tenido suerte, pero debería visitar a un especialista si no quiere que vuelva a ocurrir. —Agarró su maletín del suelo y lo depositó sobre la cómoda—. Le voy a recetar un elixir reconstituyente del que deberá tomar dos cucharadas al día. Tenga en cuenta que, cuando despierte, estará confuso, mareado. Es normal. Tardará al menos veinticuatro horas en recuperarse.

Había extraído una cuartilla con membrete en la que escribió la receta y se la entregó.

—Dígame cuánto le debo…

—Ahora no se preocupe por eso, no hay prisa. Don Santiago es buen amigo mío.

Encarna le dio las gracias. No sabía ni dónde había puesto su bolso. Lo acompañó escaleras abajo donde los esperaban Santiago Regidor y su hija. El doctor les dio el último parte médico: el señor Gorbea dormiría durante varias horas, pero había comprobado que reaccionaba bien a los estímulos, el ritmo cardiaco era estable y respiraba con normalidad. Se recuperaría en unos días.

—El señor Gorbea deberá estarle también agradecido a esta joven —dijo señalando a Carolina—. Tus primeros auxilios han sido vitales para evitar males mayores. —Y dirigiéndose al padre, agregó—: Puedes estar orgulloso, Santiago, tienes una excelente enfermera en casa.

Lo estaba, lo estaba. La ternura con la que miró a su hija rebosaba orgullo y amor. Regidor se marchó a última hora de la tarde. A Encarna le daba apuro que padre e hija se quedaran tanto tiempo allí con ella, sin otra que hacer, esperando a nada en concreto, porque Eusebio seguía profundamente dormido y no parecía que se fuera a despertar. Les suplicó que se fueran a casa a descansar, que suficiente habían hecho ya por ellos, no sabía ni cómo podría agradecérselo. Carolina insistió en quedarse con ella esa noche, por si acaso. Así se sentiría más tranquila. Encarna accedió a regañadientes, hasta que Rosa vino a decirle que, sintiéndolo mucho, debía marcharse, que su marido la esperaba fuera. Le había dejado una cacerola con sopa, por si quería cenar algo.

—¿Y Candi? —le preguntó al percatarse de que no había visto a la criada en todo ese tiempo.

—No está, señora. Don Eusebio le dio el día libre. A mí también me dijo que no viniera hoy, pero ayer no me dio tiempo a dejarle la comida preparada y me daba cosilla dejarlo solo en esta casa tan grande.

Encarna le agarró ambas manos, la miró a los ojos y le dio las gracias de corazón. La compasión de esa mujer había sido providencial para su marido. Nunca se lo podría agradecer lo suficiente.

Carolina y ella volvieron junto al lecho de Eusebio. Seguía en la misma postura de antes, pero su respiración era ahora más honda y pesada. Le tranquilizó ver que había recuperado el tono sonrosado de las mejillas, su rostro había perdido la palidez cerúlea de cuando lo vio nada más llegar. Tenía cincuenta años y mucha vida todavía por delante. Si tan solo pudiera conformarse con lo que tenía... Carolina le tomó el pulso en la muñeca y le colocó el termómetro bajo la axila. No parecía tener fiebre, pero lo hacía por precaución, le dijo.

Por un instante, Encarna se recreó en la idea de su muerte, la liberación que habría sido para ella. Pero apartó ese pensamiento de su cabeza; qué horrible, cómo podía albergar un sentimiento tan despiadado. Una voz en su interior le repetía que si Eusebio estuviera muerto, habría sido como si lo hubiera matado ella, que él nunca habría cometido tal disparate si ella no se hubiera marchado de esa forma, sabiendo lo débil que era, su falta de espíritu ante la adversidad, su escasa resolución para afrontar el día a día. Tenía que haberlo intuido, después de tanto tiempo juntos. ¡Qué vidas tan desgraciadas las suyas! Si ella hubiera sabido que el día que pronunció el «sí, quiero» en la iglesia, con toda la ingenuidad de su juventud, sería el primer día de una condena perpetua... Una condena para los dos, para ella y también para él, a la vista estaba. La única salida que se le había ocurrido a ese hombre para huir de su infelicidad había sido la muerte...

Cuanto más lo evitaba, más se colaba en su cabeza la idea de esa vida alternativa si Eusebio hubiera muerto. Para Luis sería un mazazo de consecuencias imprevisibles. Pero era joven, lo superaría. Para ella, sin embargo, su rutina diaria apenas cambiaría. La casa ya estaba pagada, continuaría con su trabajo, que los mantendría sin apuros hasta que el chico se independizara. Por fin se sentiría libre, libre para ser ella misma, para vivir, amar y compartir su vida con quien quisiera. Con Tilde, las dos en esa hermosa casa. «No, fuera de mi cabeza, no es eso lo que quiero. ¿Cómo puedo fantasear con la muerte de una persona que, además, es el padre de mi hijo?», se reprochó inquieta. Contempló el rostro dormido. Con los años, había adquirido gravedad, una cierta distinción. También un rictus desagradable en el gesto de la boca, provocado por la edad o, quizá, por los disgustos, igual daba. No sentía nada por ese hombre, pero seguía atada a él. ¡Señor! Debía haber alguna manera de convivir en paz, sin ese sufrimiento constante.

—Doña Encarna, voy a bajar a la cocina a tomar algo. Estoy desfallecida —oyó que le decía Carolina—. ¿Quiere que le suba algo?

—No, gracias, hija. Soy incapaz de comer nada ahora mismo. Creo que tengo el estómago descompuesto.

Pensó en Matilde, en la despedida apresurada, en su falta de tacto al rechazar su compañía. Ayer a esas horas se hallaba en su casa, recostada en su sofá, paladeando la sensación de amorosa felicidad en la que habían discurrido esos días. Fantaseando con la posibilidad de que aquello se convirtiera en una realidad permanente. Ella y Tilde, disfrutando de una vida juntas.

Y de repente, unas horas después, esa posibilidad parecía haberse esfumado.

La primera vez que Eusebio se despertó, Carolina ya se había marchado al hospital, después de tomarle el pulso y constatar que estaba bien. Unas horas antes, de madrugada, lo habían oído roncar. Buena señal. Encarna lo vio abrir y cerrar los ojos varias veces; parecía molestarle la tímida luz otoñal que se filtraba a través de la ventana. Aguardó en silencio a que se espabilara antes de decirle nada. Él se dio media vuelta en el colchón hasta quedar de costado. Solo entonces se percató de su presencia junto a la cama. La miró fijamente, sin hablar.

—Buenos días. ¿Cómo te sientes? —le preguntó ella. Él parpadeó despacio, estaba muy cansado. Se notaba el cuerpo pesado, la boca pastosa. Tenía sed—. ¿Quieres que te traiga un vaso de agua?

No esperó a que él respondiera. Se puso en pie, agarró la jarra de agua y llenó el vaso que estaba encima de la mesita de noche. Lo sujetó mientras él se incorporaba un palmo hasta quedar apoyado sobre el antebrazo. Con la otra mano cogió el vaso y se lo llevó a los labios con un leve temblor. Dio dos tragos y se lo devolvió, dejándose caer sobre el colchón. Cerró los ojos y, al instante, un suave ronquido escapó de su garganta.

La segunda vez que se despertó, Encarna estaba en el jardín arrancando las hojas secas de los geranios. Fue Rosa quien la avisó desde el balcón de que el señor estaba despierto y quería levantarse. Ella terminó de limpiar y subió sin prisas. Cuando entró en el dormitorio, lo halló sentado en la cama con la espalda apoyada contra el cabecero. Un rato antes, Candi le había subido una bandeja con un plato de caldo con berza que él estaba devorando cucharada a cucharada.

—¿Te encuentras mejor? —le preguntó Encarna.

Eusebio asintió con la cabeza. Cuando terminó de comer, se deslizó otra vez en la cama, apoyó la sien en la almohada y cerró los ojos. Encarna bajó al comedor y se sentó sola a comer. Hacía un rato había llamado Santiago Regidor interesándose por su estado. Ella le dijo que se había despertado, que estaba bien, aturdido, pero bien. Se había vuelto a dormir. Él se disculpó, no podría ir a visitarlos esa tarde, intentaría acercarse al día siguiente. Encarna le dijo que no se preocupara; ella estaba bien, más tranquila. En cuanto a Eusebio, no tenía pinta de que fuera a espabilarse mucho a lo largo del día.

Después de comer, se sentó a su escritorio delante del ventanal y le escribió una carta a Matilde explicándole lo ocurrido. Más que nada, le pedía perdón por lo que le dijo. Estaba alterada, nerviosa, reaccionó mal. «Supongo que no es excusa suficiente, pero es la que tengo, querida. Después de todo lo que hemos compartido estos días en tu casa, de tanta ternura y amor a tu lado, me siento todavía peor al recordarlo. Soy una ingrata. Solo aspiro a que me perdones, es lo único que puedo pedirte».

Cuando terminó, dejó la carta sobre el aparador del vestíbulo para que se la llevara un recadero y puso una conferencia a Zúrich, a la casa en la que se alojaba Luis. Sentía la necesidad de oír su voz, de comprobar que estaba bien.

—Claro que estoy bien, ¡estoy perfectamente, madre! Con mucho frío. Desde primeros de octubre que empezó a nevar, no ha parado. Hay más de un metro de nieve por las calles. Fíjate cómo será que, para andar, la gente se calza raquetas en los pies. Algunos incluso se ponen los esquís para desplazarse de su casa al trabajo.

—¡No me digas! ¿Y tú has probado a esquiar? No debe de ser fácil.

—La semana que viene me van a llevar a un refugio en la montaña rodeado de nieve. Si no me pongo unos esquís, no sé cómo voy a llegar —se rio divertido—. ¿Y vosotros? ¿Cómo estáis?

Encarna le aseguró que estaban los dos bien, cada uno con sus jaleos, como siempre. Lo echaban mucho de menos. Entre Candi y ella habían colocado todos sus libros en la estantería de su habitación y también le había comprado un escritorio nuevo, uno grande, de madera de caoba, con una buena cajonera para sus apuntes. Se le iban a hacer muy largos los meses que faltaban para que regresara.

Unos días después, Eusebio ya se había recuperado casi por completo. Durante ese tiempo, ella se había consagrado a su cuidado, con diligencia amable, pero distante. Evitó mencionar nada de lo sucedido, convencida de que lo mejor sería esperar el momento más oportuno para aclarar las cosas, pero lo que le resultaba más perturbador era que su marido actuara como si no hubiera ocurrido nada, como si no hubieran discutido, ni ella se hubiera marchado ni él hubiera intentado suicidarse. Ni siquiera recordaba haberlo visto sorprendido el primer día en que abrió los ojos y la descubrió sentada junto a su cama. Se preguntaba si su mente lo habría borrado de la memoria a causa del *shock* de barbitúricos, pero una tarde, Rosa le dijo que el señor le había preguntado si había vuelto con su bolsa de viaje. Cuando ella se lo confirmó, él asintió en silencio. Lo peor era que se comportaba como un niño mimoso, necesitado de atenciones y cariño. La llamaba a su lado sin cesar, le suplicaba con voz melosa que le leyera, que se sentara con él, que no le dejara solo. Por fin, después de examinarlo exhaustivamente, el médico les aseguró que su estado físico era muy bueno. Le recomendó levantarse, caminar, buena alimentación y vida normal. Sobre todo, vida normal. En cuanto el doctor hubo salido por la puerta, Eusebio se levantó, se puso su batín y bajó al despacho, donde se pasó la tarde organizando papeles.

A la mañana siguiente, tras el desayuno, llamaron al timbre de la cancela. Candi regresó con una carta que habían traído para ella. Encarna se apresuró a abrirla.

Querida Elena:

Leo una y otra vez tu carta, intentando imaginar el infierno que han sido estos días para ti. Ojalá pudiera estar a tu lado y consolarte. No puede ser, y lo entiendo. ¿Qué culpa vas a tener tú, niña mía? Cada cual goza del libre albedrío de su vida y de su muerte, no puedes hacerte responsable de las decisiones de tu marido. Y con lo que tienes encima, ¿todavía te preocupas por mí? ¡Amor! Ni aunque me negaras cien veces, podría dejar de quererte. Tómate el tiempo que necesites, yo te estaré esperando.

Tuya,

TILDE

Encarna se armó de valor y se adentró en el despacho de Eusebio. Lo encontró leyendo el periódico en el mismo sillón que ocupaba el día de la gran discusión. No era un buen augurio, tal vez debería haber escogido otro lugar. Nada más verla, él la invitó a sentarse y, solícito, se levantó con rapidez para acercarle una butaca.

—Debemos hablar, Eusebio. —Él la miró inexpresivo y ella prosiguió—: Yo ya no puedo seguir así. Ninguno de los dos podemos seguir así. Eso que hiciste… fue un horror.

—Fue un accidente, no lo hice a propósito. No sé qué me pasó, estaba ofuscado, enfadado… No lo recuerdo bien.

—No te pido que lo recuerdes. Yo asumo también mi parte de culpa. No debí marcharme como lo hice.

—Tampoco yo debí decirte esas cosas que dije, perdóname. Sabes que no las pienso de verdad —reconoció con gesto afligido—. Creí que no volverías nunca.

Encarna suspiró temblorosa. Con Eusebio siempre era así, una de cal un día, otra de arena al siguiente.

—Ahora estoy aquí. Pero estos días he tenido mucho tiempo para pensar en nosotros, Eusebio. En lo que queremos cada uno, que no tiene nada que ver. —Hizo una pausa y tomó aire antes de proseguir—: Esto es lo que te propongo: estoy dispuesta a quedarme contigo, siempre y cuando me dejes vivir mi vida y tú vivas la tuya. Podemos ser amigos, compañeros, confidentes, lo que tú prefieras, pero aquí, dentro de esta casa, ni yo seré más tu esposa ni tú serás mi marido. Esa es la única condición que pido: mi libertad. Por mi parte, yo también te concedo la tuya —declaró con voz serena y firme.

—Yo no necesito tu libertad.

—Pero yo sí exijo la mía para seguir a tu lado, Eusebio. Libertad y respeto mutuo. Solo eso. Podrás hacer lo que quieras con discreción, no te pediré explicaciones. Yo tampoco te las daré.

—Esto que estás proponiendo es, en la práctica, una separación —se revolvió él.

—Es un arreglo, el único que se me ha ocurrido, para que podamos seguir viviendo bajo el mismo techo mientras tú así lo quieras. De puertas afuera, seremos un matrimonio. De puertas adentro, seremos solo amigos. Ante Luis, seguiremos actuando como lo que somos: sus padres.

Eusebio la miró con ojos ausentes.

—De acuerdo. Si eso es lo que quieres, así será.

23

La profesora anunció que les quedaban diez minutos para acabar el ejercicio y su compañera se puso tan nerviosa que las fichas de cartulina se le escurrieron de entre los dedos y se le desparramaron desordenadas encima de la mesa. Encarna terminó lo que estaba haciendo y se acercó a ayudarla. La modesta experiencia que había adquirido en la biblioteca del club le daba una ligera ventaja frente al resto de sus compañeras del curso de Biblioteconomía dirigido por Enriqueta Martín a instancias de María de Maeztu en la Residencia de Señoritas. «¿Otra vez vas a volver a clase?», le dijo Matilde el día en que le contó que se había matriculado. ¿Qué tenía de malo? Aprender era rejuvenecedor. Más allá de su gusto por las bibliotecas y los libros, le atraía formar parte del ambiente estudiantil, codearse con las nuevas hornadas de muchachas que, tras la llegada de la república, abarrotaban las aulas.

—Y todavía me faltan tres libros por catalogar, no me va a dar tiempo —se quejó la joven mientras ordenaban las fichas entre las dos.

—Sí, mujer. ¿Cuáles te faltan?

Le señaló una pila que tenía a su lado, tres volúmenes de ciencias del siglo pasado. Encarna los cogió y, uno por uno, le fue dictando la signatura bibliográfica, a la vez que le explicaba de dónde salía cada elemento.

Cuando sonó la campanilla avisando del final de las clases, Encarna recogió su carpeta y enfiló con paso rápido el pasillo hacia la salida. Al llegar a la calle, Matilde le hizo una seña con la mano desde la ventanilla del coche.

—No me dirás que no he sido puntual —le dijo Encarna, acomodándose a su lado en el asiento trasero. Le dio un sonoro beso en la mejilla.

—Esta vez, sí. Vamos mejorando. —Matilde le sonrió mientras entrelazaba su mano con la de ella—. Te he traído una chaquetilla de punto, por si luego refresca. Que en marzo, nunca se sabe.

—¿Le has dicho ya adónde vamos?

Tilde se inclinó adelante hacia el asiento del conductor y le indicó la dirección.

—Al Ventorrillo de La Huerta, en el camino de El Pardo.

Manuel Aguilar se lo había recomendado a Encarna la última vez que se vieron con motivo de la publicación de *Celia en el colegio*, a principios de ese año. Le dijo que, si alguna vez quería celebrar alguna ocasión especial, no dudara en reservar en esa venta-merendero, reconvertido por su nuevo propietario en una casa de comidas «de excelente cocina y a muy buen precio, no tiene nada que envidiar a algunos de los mejores restaurantes de Madrid, y se lo dice alguien que los conoce casi todos. Cuenta incluso con reservados de lo más discretos», susurró, guiñándole un ojo de complicidad. Encarna desvió la vista al notar que se sonrojaba. ¿A santo de qué le decía eso?, ¿qué sabría él? Cuando se lo contó a Tilde, ella la tranquilizó asegurándole que le repetiría lo mismo a todo el mundo, no tenía por qué haberlo dicho «con segundas». ¿Cómo iba él a saber nada, si solo las había visto juntas una vez?

Sea como fuere, el día en que le llegó el nuevo pago de las regalías por la venta de su libro, decidió que lo celebraría invitando a Tilde a una comida allí, en el famoso merendero.

—Te he traído dos cosas —dijo, rebuscando en su carpeta—. Una te la daré después, la otra es esta. —Le tendió dos papeles en los que aparecían dibujados sendos bocetos de *Celia*—. A ver cuál te gusta más.

Matilde examinó en silencio cada uno de los bocetos y le indicó uno de ellos. Encarna sonrió satisfecha.

—Precisamente es el mismo que hemos elegido Julio Olmos y yo.

Por más rabia que le diera reconocerlo, el boceto de *Celia* que les había presentado ese joven ilustrador, Serny, le había gustado más que el de Viera Esparza. En el momento de la evaluación, iba predispuesta a defender la alternativa de Viera, pero cuando tuvo ante sí el dibujo de la Celia pizpireta y graciosa surgido de la pluma de Serny, cambió de parecer. En cuanto lo vio, lo supo: así exactamente era como se la imaginaba ella.

—Esta semana saldrá el nuevo *Gente Menuda* con formato de revistilla independiente de *Blanco y Negro* y con las ilustraciones de Serny en el cuento de *Celia*. ¡Estoy deseando tenerlo en mis manos! Viene con secciones nuevas, con una preciosa portada a color, con más personajes…

—Este domingo iré al quiosco para comprarlo.

—No, boba. Ya te traeré yo un ejemplar.

El coche se desvió por un camino de tierra entre encinas y chopos hasta llegar a un viejo caserón remozado. Por fuera no llamaba nada la atención, pero el interior mostraba una mezcla curiosa entre rusticidad y elegancia que a las dos las deslumbró. Un señor calvo y orondo las recibió al entrar y, tras comprobar la reserva, las condujo a través de la sala principal hasta una pequeña salita con dos mesas separadas entre sí por un panel de cuarterones en madera. Ocuparon una de las mesas, sentadas una enfrente de la otra. Matilde se colocó sus lentes y examinó la carta con gesto desenvuelto. No podía permitirse esos lujos, pero cuando le llegaban a través de amigas como Encarna o incluso de su hermano Aurelio, ¡cómo las disfrutaba! Apreciaba la exquisitez del placer de una buena comida, un buen vino y un buen servicio en un entorno distinguido.

—Creo que en alguna vida anterior debí de ser noble o rica o ambas cosas —admitió, entre risas, después de que se hubiera marchado el camarero con la comanda—. Confieso que si pudiera, sería adepta al más absoluto hedonismo. Me abandonaría al placer, a la sensualidad y al lujo sin ningún tipo de miramiento.

—¿Por qué lo ibas a tener?

Tilde se encogió de hombros.

—Si me sobrara el dinero a espuertas, no lo tendría. Pero si me diera algún capricho ahora, algo que no me puedo permitir, te aseguro que no dormiría del remordimiento.

—El dinero está para gastarlo bien gastado, como hoy. En cosas bonitas o que nos alegren la existencia. —Se interrumpió y, mirándola a los ojos fijamente, le dijo—: Sabes que si precisas dinero, estaré encantada de dártelo, ¿verdad? Solo tienes que pedírmelo.

Matilde desvió la vista, incómoda.

—No es necesario, pero te lo agradezco —murmuró.

Por un instante, el ambiente pareció enrarecerse y Encarna se apresuró a cambiar de tema:

—Con parte del dinero que me han pagado, le he pedido al jardinero que pode bien el jardín y plante todo el arriate alrededor de la valla de rosales y hortensias. Y en el parterre junto al porche, que plante claveles y muchos más geranios, que dan alegría. Así, cuando vengas en verano a casa, echaremos la siesta en las hamacas a la sombra del pino, rodeadas de flores por todas partes.

El camarero regresó con una botella de vino que sirvió en sus copas. Las dos aguardaron calladas hasta que terminó.

—¿Y Eusebio?

—Eusebio puede hacer lo que él quiera. No te he contado que tiene un lío con la criada nueva.

—¡No! —exclamó Tilde—. ¿Con Candi?

—No, mujer. Con Maruja, la muchacha que entró para sustituir a Rosa. Fue tan rápido e inesperado, que no pude elegir demasiado. Esta llegó con buenas referencias a través de una vecina de la calle. Es buena mujer, no creas. Es muy apañada y tiene mucha mano para la cocina. Más que Rosa, que ya es decir. Pero, hija, Eusebio se pasa el día metido en la casa y algo así tenía que ocurrir... Yo hago como dice el refrán: ver, oír y callar.

—Lo dices con una tranquilidad...

—Con la que tengo. A mí no me importa, Tilde. Yo estoy contigo; él, que se junte con quien quiera. Ese fue nuestro acuerdo. Yo casi lo prefiero; al menos, tiene una ilusión.

—¿Y si vuelve Rosa?

—Si vuelve, ya veremos. Pero me da a mí que no va a regresar. Todavía no puede caminar, pero dice su hijo, que es el que me viene a cuidar el jardín, que el hueso de la pierna ya le ha soldado. Cuando fui a visitarla al poco de caerse, aquello parecía como la pata de un elefante de grande. En dos o tres meses dicen que ya estará bien, pero no sé yo.

—He estado pensando que podríamos hacer un viajecito juntas —dijo Matilde—. En Valencia tengo una buena amiga que nos podría alojar en su casa o, si no, también podríamos viajar a algún pueblecito de la Costa Brava que yo conozco bien. —Extendió la mano por encima de la mesa y tomó la de Encarna, acariciándola—. Lejos de Madrid, de la gente. Las dos solas. ¿No te gustaría?

Claro que le gustaría, pero ¿en qué momento? El compromiso semanal de *Gente Menuda* la tenía maniatada de manera permanente, y ahora la revista *Crónica* le había ofrecido una colaboración en la sección infantil. Querían empezar con un cuento, y más adelante ya verían. Y por si fuera poco, Luis regresaba de Suiza en mayo; se encerraría a estudiar, pero no podía desaparecer una o dos semanas así como así. ¿Cómo le explicaría que se iba de vacaciones con su amiga Tilde? ¿Qué iba a decir?

—Tengo ganas de estar contigo todo el tiempo, día y noche, Elena.

—A mí también me gustaría, pero ¿cómo quieres que lo haga? Tengo muchas obligaciones que atender —dijo, devolviéndole las caricias de la mano.

—¿Y si te quedas en casa conmigo el próximo fin de semana? Como el año pasado...

Lo recordaba. Fue después de la pelea con Eusebio. Seis días de felicidad y amor que derivaron de repente en un horror. Transcurrido el tiempo, visto en perspectiva, le parecía como si fueran las dos caras de una moneda: el anverso y el reverso del amor en su vida.

—No lo sé. Tendré que ver cómo me organizo.

El viernes siguiente tenía la comida homenaje a Magda Donato que estaban montando entre varias personas, incluida ella, en señal de apoyo y admiración por la osadía de sus reportajes periodísticos. El último, publicado en el diario *Ahora*, era un retrato de las mujeres ingresadas en los manicomios, lo cual no habría sido tan singular de no haberse sabido que, para redactarlo, se había hecho pasar por enferma mental con el fin de que la ingresaran en el sanatorio para mujeres dementes y pasar con ellas varios días, para luego poder contarlo a sus lectores. Era digno de admiración y mucho más. Encarna conocía a Magda —Carmen Eva Nelken, se llamaba— de los tiempos en que Eusebio formaba parte de la compañía de Valle-Inclán, y desde entonces no había dejado de seguirle la pista. Era una persona de lo más imaginativa, divertida, resuelta. Durante esos años, Encarna y ella habían coincidido en algún evento infantil porque, además de reportera y aficionada al teatro, la Donato escribía también cuentos muy divertidos que ilustraba su pareja, Salvador Bartolozzi, el padre de Piti, la dibujanta. Habían congeniado tan bien, que hasta habían fantaseado con la idea de escribir juntas una obra de teatro para niños. No lo habían hecho, pero a Encarna no se le había borrado la idea de la cabeza. La tenía ahí flotando, como una nube que va absorbiendo agua de los paisajes por los que pasa hasta que llega el momento de descargarse en forma de lluvia.

—Si te quedas conmigo, yo te puedo ayudar con lo que me pidas. Este mes tengo menos trabajo. Espero que el mes que viene me encarguen más traducciones, porque si no, no sé qué va a ser de mí...

—Yo te diré lo que va a ser de ti. Dame tu mano.

—¿Ahora lees la mano?

Encarna se la agarró y le dio la vuelta para examinar la palma suave y rosada.

—Lo he aprendido en un libro de quiromancia. —Con el dedo índice, recorrió despacio las líneas de la mano, y mirándola, le reveló—: Vas a recibir un golpe de la fortuna. Mucho trabajo, renombre, muchísimo dinero: no te va a faltar hasta el final de tus días. Pero amor, lo que se dice amor... —Volvió a examinar la palma con el ceño fruncido en un gesto de suma concentración.

—¿Qué? ¡Elena!

Ella se hizo de rogar.

—En amor, regular. Tendrás que conformarte, solo y exclusivamente, conmigo —dijo, mirándola muy seria, antes de explotar de risa.

—¡Qué mala eres! Ya pensaba lo peor...

—¿Qué pensabas? —se rio. De repente recordó el regalo que le había traído. Abrió su bolso y extrajo un paquete plano—. Toma, lo prometido es deuda.

Matilde abrió el envoltorio y sonrió encantada al ver la portada del libro. Era un ejemplar de *Celia en el colegio*, uno dedicado expresamente. Abrió la tapa y leyó:

> Para mi maestra espiritual, mi compañera, mi amiga del alma, mi queridísima Tilde.
> Con profundo amor,
>
> Tu Elena

Matilde la miró con ojos enamorados, le cogió la mano y se la apretó con suavidad. En ese instante apareció el camarero con los platos de comida y las dos separaron las manos con rapidez, disimulando.

Desde que rompió su obligación matrimonial con Eusebio y se adueñó de su vida, seis meses atrás, había disfrutado como nunca de la sensación de libertad con la que se levantaba cada mañana. Era libre para entrar y salir, para encerrarse a trabajar sin estar pendiente de él, para reunirse con sus amigas las veces y el tiempo que quisiera sin la obligación de soportar luego las malas caras o los comentarios sarcásticos de Eusebio. Incluso para querer a Tilde se sentía más liberada, aunque todavía le costara romper la barrera de sus limitaciones sensuales.

Por esas fechas se produjo un episodio que la impresionó mucho. Como cada jueves, acudieron a la reunión de su círculo íntimo de amigas en el estudio de Víctor. Encarna y Tilde llegaron de las primeras. Aparte de Víctor y su nueva amiga —una guapa actriz de teatro—, había otra pareja femenina ajena al grupo habitual. Eran Lilí Álvarez, «campeona internacional de tenis en los torneos más importantes, aunque aquí no nos enteremos demasiado», la presentó Víctor. Era esbelta, atractiva y dueña de una cautivadora sonrisa capaz de desarmar a su peor contrincante, se dijo Encarna. La otra era Regina Bras, reportera fotográfica para revistas y agencias de noticias de todo el mundo. Era una mujer de gran belleza, de enormes ojos verdes y mirada turbadora. No había conocido a una pareja más dispar en su vida. Más que dispar, eran como el día y la noche. Ambas ocupaban el mullido banco de madera forrado de cojines, y pese a que estaban sentadas muy juntas, la actitud y la postura de cada una revelaban una relación extraña entre ellas. Mientras Lilí hablaba sin parar en voz muy alta y moviendo mucho los brazos, como si quisiera dominar el espacio a su alrededor, Regina permanecía encogida sobre sí misma, absorta, en silencio. Matilde y ella aprovecharon para acomodarse juntas en la codiciada *chaise longue* antes de que llegaran las demás. Vic les dijo que Lilí y Regina habían traído una botella de champán que abrirían más tarde y un disco de una música que, al parecer, se estaba extendiendo por muchas ciudades norteamericanas. Lo colocó en la pletina del gramófono y la música empezó a sonar.

—Es jazz, lo tocan bandas de músicos negros por los cafés de Nueva Orleans —habló Regina por primera vez, al tiempo que se encendía un cigarrillo.

Antes de que hubiera terminado de dar la primera calada, Lilí se giró hacia ella, se lo arrancó de la boca y lo apagó con fuerza en el cenicero.

—Ya sabes que no te conviene.

Fue un gesto brusco, agresivo, ante el cual Regina no protestó ni se quejó. Siguió en la misma postura, con la mirada gacha, jugando con el mechero entre los dedos. Poco después, cuando Víctor les preguntó qué deseaban tomar, Lilí respondió por las dos: un coñac para ella y una copa de vino para su amiga.

—¿Blanco o tinto, Regina? —preguntó Vic.

—Blanco, ¿verdad, cariño? —respondió Lilí, mirándola.

La otra asintió con un movimiento de cabeza.

—Blanco está bien.

El resto de las amigas no tardaron en llegar: Marisa, Adelina, Julia y Mati. Victoria Kent hacía tiempo que no aparecía en la buhardilla, desde que tuvo que compaginar su puesto de directora de prisiones con el escaño de diputada en las Cortes. La fluctuante Rosa Chacel se hallaba de viaje fuera de España una temporada. Encarna no la echaba de menos en la tertulia; a veces expresaba sus opiniones con un aplomo arrogante, como si les echase en cara su superioridad intelectual.

Al inicio de la reunión, la atención de todas ellas giraba en torno a la llamativa deportista. Querían saberlo todo sobre ella: cómo había empezado a jugar al tenis, quién le enseñó, dónde había jugado, quién le había confeccionado la extraña falda pantalón con la que aparecía retratada al finalizar los partidos en las fotografías publicadas en la prensa. Ella estaba encantada de responder, se la notaba acostumbrada a ser el centro. Presumía sin ninguna modestia de sus victorias o casi victorias, de sus influyentes amistades en la alta sociedad vinculada a los negocios, a la política, a la moda, al arte, allá donde jugara: Inglaterra, Estados Unidos, Italia, Francia o Suiza, país donde residía desde muy niña. Acaparó la conversación durante más de una hora, sin apenas dejar espacio a nadie más.

Más tarde, cuando Vic puso un disco de foxtrot y algunas como Adelina, Mati y Julia se lanzaron a bailar, Regina hizo amago de unirse a ellas, pero Lilí la aferró del brazo con una sonrisa taimada, la forzó a sentarse y le dijo algo al oído. El único momento en que Encarna vio a la amiga relajarse fue cuando Lilí se marchó al baño.

—¿Os conocéis de hace mucho? —le preguntó. Quería ser amable con ella.

—Desde hace dos años, en el torneo de Wimbledon —respondió, demasiado escueta. Se produjo un silencio incómodo del que ella misma debió de ser consciente porque, de pronto, añadió—: Fui a realizar un reportaje fotográfico de las mujeres que competían, y ella estaba allí. No consiguió el título, pero no importaba, destacaba entre todas las demás.

—No me extraña, es muy llamativa.

—Sí.

—Debe de ser difícil estar con alguien así.

—Estamos juntas, pero yo tengo mi trabajo, no dependo de ella —replicó a la defensiva.

—Eso está bien. En mi opinión, todas deberíamos aspirar a la independencia. Sin ella no hay manera de ser libre —afirmó Encarna—. ¿Lleváis mucho tiempo aquí?

—No, poco más de una semana. Me encargaron una serie de fotografías de las instituciones norteamericanas asentadas en Madrid y Lilí organizó su agenda para acompañarme. Ya casi he terminado, no sé adónde iré después.

—Yo sí lo sé, cariño: tú te vienes conmigo a Gstaad. —Lilí había vuelto justo para escuchar sus palabras—. Ya tengo los billetes de tren.

—Tendré que hablar antes con la oficina de Londres.

—Bueno, pues habla con ellos y les dices que no estarás

disponible las próximas dos semanas. Ya lo habíamos acordado, ¿recuerdas?

Regina se volvió a refugiar en un silencio sumiso.

Era de noche cuando abandonaron el estudio de Vic. La calzada estaba mojada de la lluvia caída en algún momento de la tarde. La temperatura había descendido bastante. Matilde la enganchó del brazo y echaron a andar las dos juntas en busca de un taxi que la dejaría a ella en su portal antes de continuar hacia el hotelito de Chamartín. En el trayecto, Encarna comentó con Tilde la extraña relación entre esas dos mujeres. No entendía qué podía retener a una mujer guapa e inteligente como Regina con alguien que la tenía sometida, que la dominaba igual que un hombre domina a su esposa.

—El amor, supongo —contestó Tilde, apretujándose contra ella.

—¿Qué amor? Lilí quizá la quiera como quien quiere a una muñeca que maneja a su antojo. Eso no es amor de verdad, es una relación envenenada.

—Si ella lo acepta, será porque quiere. Es libre de dejarla.

—No. Ese tipo de personas son como una medusa, no hay manera de escapar de ellas.

24

A mediados de mayo, Eusebio y ella acudieron juntos a la estación a recibir a Luis, que regresaba por fin de Zúrich. Se le enturbiaron los ojos al verlo asomar por la portezuela del vagón: ahí estaba, vestido con un traje de chaqueta marrón y pajarita al cuello. El joven resuelto y sonriente que cargaba con una abultada maleta recordaba poco al confuso muchacho que se había subido a ese mismo ferrocarril casi dos años atrás, camino de su futuro. El mes anterior había cumplido veinticuatro años. Casi un hombre. «Sin el "casi". Está hecho un hombre», la había corregido Eusebio con orgullo paterno.

Después de la emoción cegadora de los primeros días, Encarna se dio cuenta de que el regreso de Luis a las rutinas domésticas no iba a ser tan natural como esperaba, a los tres les llevaría un tiempo adaptarse los unos al otro y viceversa. Ellos, al hijo adulto acostumbrado a vivir independiente, sin rendir cuentas a nadie, que había vuelto al redil. Luis, a unos padres a los que les costaba recordar que ya no era un niño, ni tampoco un muchacho al que vigilar, y que debían establecer nuevos límites. Y luego estaba la relación conyugal entre Eusebio y ella, que resultó ser más fácil de lo esperado.

En realidad, apenas necesitaban fingir. Coincidían a la

hora del desayuno y del almuerzo, salvo los días en que Encarna tenía clase de Biblioteconomía en la Residencia, tres a la semana. El resto del tiempo, los dos trabajaban durante horas en sus respectivos despachos, al igual que habían hecho durante los últimos años, también mientras Luis vivía en la casa. Y en caso de que hubiera cambiado algo, tampoco el hijo lo habría notado, porque se encerró en su dormitorio a repasar el temario hasta la fecha de los exámenes.

Se presentó a las cuatro asignaturas del curso. En septiembre lo haría a dos de las tres que le quedaban, y en la convocatoria extraordinaria de febrero, a la última pendiente. Si todo salía como él había previsto, se licenciaría en febrero de 1933, y podría presentarse a las oposiciones al Cuerpo Diplomático. De repente le habían entrado las prisas por terminar la carrera.

Unos días después se marchó a la facultad en busca de las notas y Encarna no lo oyó entrar por la puerta hasta bien avanzada la tarde. Estaba en el salón leyendo cuando vio aparecer a su hijo canturreando una cancioncilla alegre, con los tres aprobados en el bolsillo.

—¿Sabes a quién me he encontrado en la calle, madre? —Luis tomó asiento en el sillón frente al suyo. Ella lo miró interrogante—. ¡A Carolina! Qué coincidencia, ¿no?

Pues sí, la verdad. La última vez que la vio fue un par de semanas después del incidente de Eusebio. Vino un día de visita para comprobar cómo evolucionaba «su paciente». Pero hablaban por teléfono con frecuencia. Carolina la llamaba de vez en cuando para interesarse por ella y preguntarle por Eusebio. Era un amor. Conociéndola, dudaba de que le hubiera mencionado nada de lo ocurrido a Luis, pero no pudo evitar que sus sentidos se pusieran en alerta mientras escudriñaba los gestos de su hijo.

—¿Y qué te ha contado?

—Poca cosa. Me ha dicho que ahora está trabajando en el Clínico, en cirugía, lo mismo que hacía en el hospital del Niño Jesús —respondió mientras se desanudaba la corbata—. La he visto muy guapa y contenta. ¿Sabes si tiene novio?

—No lo sé. Que yo sepa, no.

—Ella tenía un poco de prisa y no hemos podido hablar mucho, pero hemos quedado en vernos un día a tomar café. Quería que le contara todo lo que he hecho en Suiza. Me ha preguntado por padre y por ti. Le he dicho que estáis muy bien, pero que venga un día a visitarnos, ¿te parece bien?

—Claro que me parece bien. Carolina y su padre son...

—Ya lo sé, madre... —dijo Luis en el tono de quien ha repetido varias veces la lección—. Son como de la familia.

Es que así era. Carolina no había parado hasta averiguar quién era el especialista de psiquiatría en su hospital y, una vez que lo supo, usó sus contactos para acceder al doctor y pedirle el favor de examinar a «su tío», que había sufrido una crisis nerviosa. El médico accedió a verlo en su consulta en consideración a su trabajo de enfermera en el hospital, pero Eusebio se negó a acudir. Por más que intentaron convencerlo entre Carolina, Santiago y Encarna, no hubo manera. Repetía insistente, visiblemente irritado, que él no era un enfermo, que no estaba loco, que aquello había sido solo un accidente, una equivocación.

Encarna se disculpó con la joven más de cien veces. «No tiene que disculparse, doña Encarna, ya contaba con que tendríamos que convencerlo, pero creí que, entre todos, le haríamos entrar en razón», le dijo.

Unos días después, Luis apareció a desayunar vestido y aseado. La fragancia de su colonia flotó sobre la mesa y a

Encarna le vino un recuerdo de años atrás, de su fase de estudiante rebelde.

—¿Vas a salir tan temprano?

—Tengo que ir a la estación a recoger a una amiga que llega de Suiza. Te hablé de ella la última vez: Anne Marie.

Ah, la sobrina del casero; Ana María, para ella. La recordaba perfectamente. Encarna tenía una memoria absorbente para todo lo que le decía su hijo. Lo miró inquisitiva.

—¿Y viene sola a Madrid?

—Sí. Acaba de terminar la carrera en la universidad y, como premio, le pidió a sus padres que le dejaran venir a Madrid de vacaciones. Se va a alojar en la Residencia de Señoritas, yo mismo le ayudé a solicitarlo.

—Pero ¿sois novios?

—No, madre. ¡Qué cosas dices! Somos solo amigos. En Suiza, los chicos y las chicas salen juntos sin que nadie piense que están haciendo algo pecaminoso o que van camino del altar —repuso Luis, sirviéndose una taza de té.

—Pues invítala a comer a casa uno de estos días y así conocemos a tu amiga —recalcó con énfasis esas dos palabras—. ¿Habla español?

—Lo chapurrea. Le he estado enseñando durante mi estancia en Zúrich, pero necesita mejorar bastante. ¿Tú crees que podría asistir de oyente a alguna de las clases de español que imparten en la Residencia? Solo va a quedarse dos semanas, pero de algo le servirá.

—Supongo que sí, se lo comentaré a Enriqueta cuando la vea. Ahora ella se encarga también de eso. —Encarna extendió con cuidado un poco de mantequilla sobre una rebanada de pan—. ¿Sabes que estoy realizando un curso de Biblioteconomía allí mismo?

Luis la miró con curiosidad.

—¿Para qué? Creí que estabas contenta con tus colaboraciones y tus libros.

—Ah, pero nunca se sabe. Y a mí ordenar y manejar libros siempre me ha gustado mucho. Estoy aprendiendo materias de lo más interesantes —dijo antes de darle un mordisco al pan con mantequilla.

—Entonces, puede que te cruces alguna vez con Anne Marie. —Le dio un sorbo a su té humeante con gesto pensativo. Luego añadió—: Mientras ella esté en Madrid, pasaré más tiempo fuera de casa, porque tendré que enseñarle la ciudad, igual que ella me enseñó Zúrich y los alrededores. Su familia se portó muy bien conmigo.

La conocieron unos días más tarde, cuando Luis la llevó a casa a comer, como le había pedido Encarna. A ella le gustó nada más verla. Ana María tenía una cara dulce, de mirada limpia y sonrisa acogedora. Era prudente pero no tímida. Enseguida se lanzó a hablarles en un español voluntarioso entremezclado con palabras en francés y alguna en alemán que Luis les traducía muy ufano. Le maravilló escuchar a su hijo mantener una conversación con la chica en ese idioma de sonidos tan rudos. Él diría lo que quisiera, pero por la devoción con la que ella lo miraba, se barruntaba que aspiraba a algo más que una mera amistad. Ana María les contó que estaba muy contenta en la Residencia de Señoritas, donde compartía habitación con una estudiante norteamericana y otra alemana. ¡Se sentía casi como si estuviera en casa! Su padre trabajaba en un banco y su madre era enfermera. Tenía un hermano bastante mayor que ella, asentado desde hacía años en Estados Unidos. «¡Y me encanta España y españoles!», reconoció con una sonrisa adorable.

Encarna miró a su hijo, que se había sonrojado como una amapola.

—Si quieres, puedo llevarte a conocer el Lyceum. Es el único club cultural de señoras de Madrid, hermano de los que hay en Londres o en Nueva York —se ofreció Encarna—. Ahora hay una exposición maravillosa de figurines para teatro de una buena amiga mía, Victorina Durán, que es catedrática de Indumentaria en el Real Conservatorio de Música. Creo que te gustaría.

Luis tradujo lo que no entendió y ella asintió risueña.

—Sí, sí, gusta.

Al día siguiente por la tarde, Encarna pasó por la Residencia de Señoritas a recogerla. Cuando el coche se detuvo junto a la acera, Ana María la esperaba frente a la puerta enrejada con un sencillo trajecito rosa pastel de manga corta y la melenita por encima del hombro, lindísima. La joven se sentó a su lado en el coche y de ahí continuaron hacia el Lyceum.

Empezó por enseñarle el salón de té, muy tranquilo a esas horas tempranas de la tarde. Le explicó que las señoras acostumbraban a llegar a partir de las cinco y media y permanecían allí hasta las siete y media o las ocho en verano. Encarna la guio hacia la biblioteca y le mostró los estantes repletos de libros de todo tipo. Con palabras sencillas, le contó que colaboraba como voluntaria una o dos tardes a la semana, desde que se fundó el club. Luego subieron al piso superior y visitaron la exposición, que, como ella había supuesto, le entusiasmó. Los figurines para teatro de Víctor eran coloristas y originales, tanto en sus líneas de diseño como en los tejidos y elementos de adorno. Una auténtica fantasía.

Al finalizar, salieron de nuevo al vestíbulo y se tropezó con Isabel de Oyarzábal, que se dirigía a su despacho.

—¡Encarna! ¡Qué alegría verte! —exclamó—. ¿Son imaginaciones mías o vienes menos por aquí?

—Vengo algo menos. Entre las clases de la Residencia, el trabajo y ahora que ha regresado Luis de Zúrich, no dispongo de mucho tiempo —se excusó—. Mira, esta es Ana María, una amiga suiza de mi hijo que ha venido de visita a Madrid.

Isabel la saludó en alemán y la muchacha le respondió en el mismo idioma con una sonrisa sorprendida.

—Ay, hija. Se me ha olvidado lo poco que sabía, qué desastre —se lamentó. Se giró a Encarna y le dijo—: Y tú no te pierdas tanto. A ver si también vas a desertar a «la Cívica» de Mariola, como María Rodrigo y Pura. El mes pasado vino a darse de baja de socia y me llevé un disgusto grandísimo... Con lo que ha sido Pura para el club. ¡Y la Lejárraga, claro! Sin embargo, Mariola siempre ha tenido tantos compromisos, viajes y demás, que no ha sido demasiado asidua, pero Pura Ucelay...

Desde que Mariola le enseñó el proyecto de creación de la Asociación Femenina para la Educación Cívica dirigida a las mujeres trabajadoras y empleadas, Pura se había volcado en él con entusiasmo. La había ayudado a encontrar el local de la plaza de las Cortes que albergaba la sede, había recabado financiación para las clases de taquigrafía, corte y confección, y otras que ofertaban, además de las conferencias sobre derechos políticos, higiene y salud o arte impartidas por catedráticos amigos de la Lejárraga.

—Es una lástima —convino Encarna—. Yo le dije a Mariola que estaba dispuesta a colaborar con ellas si me necesitaban para algo, pero no nos hemos vuelto a ver. Por lo que he oído, les va muy bien, no llevan ni tres meses y ya se les han agotado las plazas para los cursos de formación.

—Sí, si el proyecto es magnífico y muy necesario, yo nunca lo he discutido. Pero ¿hacía falta darse de baja del Lyceum? Me dijo que debía elegir, que no podía comprometerse con los dos. Mariola le había ofrecido hacerse cargo del club de teatro de la Cívica, y eso le hacía muchísima ilusión.

Ana María las escuchaba hablar con expresión divertida, aunque no se enteraba de casi nada. Sus ojos saltaban de una a otra como si asistiera a un partido de tenis, intentando cazar al vuelo palabras que le resultaran comprensibles, pero no debía de ser fácil.

—¡Qué se le va a hacer! Al menos es por una buena causa.

—¿Qué es «buena causa»? —le preguntó Ana María, después de que se hubieran despedido de Isabel.

Encarna pensó cómo explicárselo mientras terminaban de bajar las escaleras en dirección a la salida.

—Algo que merece la pena, que sirve a unas ideas más elevadas. En este caso, es para instruir a mujeres trabajadoras y que sean conscientes de sus derechos, igual que el hombre, ¿me entiendes? —Había hablado despacio y escogiendo palabras comprensibles, pero temía que fuera demasiado complicado para ella.

—Sí, sí. En Suiza, las mujeres y los hombres, iguales.

—Ya me imagino. Aquí todavía no.

—Luis piensa igual que Suiza.

Encarna se rio, divertida.

—Quieres decir que mi hijo cree que mujeres y hombres son iguales. —Lo pensó unos segundos, y al final afirmó—: Sí, es posible que nos considere más iguales que la mayoría de los hombres en este país. En casa he intentado transmitirle eso.

—Yo también enseña… —se interrumpió, asaltada por la duda del tiempo verbal—. ¿Enseñé? ¿Enseñaba? —Sonrió agradecida cuando ella la corrigió—: Yo también he enseñado mujeres iguales en Suiza y en España y en todos países.

Encarna se volvió a reír, de buen humor. ¡Qué muchacha tan lista y tan graciosa, esta Ana María! La enganchó del brazo y echaron a andar hacia la calle Alcalá. Habían quedado a merendar con su hijo en un café de la plaza del Sol.

Durante el tiempo que estuvo la joven suiza en Madrid, Luis salía todas las tardes de paseo con ella. Callejearon sin descanso por el centro, la llevó a comer platos típicos en una de las tabernas del barrio de Huertas, e incluso hicieron un par de excursiones por los alrededores: una a El Escorial y otra a la sierra de Guadarrama. Ana María era muy andarina, una gran amante de la naturaleza. Formaba parte de un club de excursionistas de Zúrich con el que salía cada semana a realizar rutas por los Alpes. Gracias a ella, Luis se había unido a menudo a esas excursiones y se había aficionado también a recorrer los paisajes montañosos. Dos días antes de tomar el tren de regreso a su país, Luis se presentó de nuevo en la casa con ella. Ana María deseaba despedirse de los Gorbea y agradecerles su acogida. A Encarna le entregó como obsequio una caja de bombones que le había mandado su madre desde Zúrich, y a Eusebio, una botella de un licor suizo, ese vino especiado del que les había hablado Luis cuando regresó el año pasado a los exámenes de septiembre.

—¡Ay, Señor! No tenías que haber traído nada, querida. ¡Bombones de chocolate suizo, además! Son mi perdición...

—Hay una fábrica de chocolate muy conocida en Zúrich —le aclaró su hijo.

Le pareció un detalle tan encantador, que fue en busca de un ejemplar de *Celia* con el que corresponderle. Luis le había contado a Ana María que su madre era escritora, que colaboraba en prensa y que también había publicado dos libros de cuentos infantiles, pero no le había enseñado nada de lo que publicaba, no se le había ocurrido. «Además, no sé si lo entenderá», se excusó. ¡Pero si eran libros infantiles! ¿Cómo no los iba a entender? Los textos eran muy sencillos, precisamente ahí radicaba su éxito, en escribirlos de tal forma que a los niños no les costara leerlos.

—Mujer, no sé yo si es lo mejor para una estudiante de español. Tiene algunos fallos gramaticales —replicó Eusebio, quitándose la pipa de entre los labios.

Encarna no le hizo caso. Se volvió a Ana María y le dijo:

—Es el primero de mis libros. Trata sobre las aventuras y ocurrencias de una niña pequeña muy avispada, verás como te gusta. —A continuación, cogió la estilográfica y comenzó a redactar una cariñosa dedicatoria.

Ana María lo hojeó entre sus manos con sumo interés. Luis le dio más detalles de su contenido, y ella levantó los ojos a Encarna rebosantes de una profunda admiración. Se giró a Luis para preguntarle algo en alemán, a lo que su hijo asintió varias veces con una sonrisa orgullosa. Sí, sí. Lo había escrito su madre, aunque el nombre que apareciera en la portada no fuera el suyo, era un... se paró, pensativo. No sabía cómo decirlo en alemán, pero se lo explicó lo mejor que pudo.

—*Ah, ein Pseudonym!* —exclamó Ana María.

—Eso, un seudónimo —confirmó Luis.

La joven leyó uno de los párrafos muy concentrada y, al terminar, la miró risueña. ¡Era fácil de leer! A la vista del entusiasmo que había provocado en la joven, Luis corrió al despacho de su madre y bajó con varias revistas de *Gente Menuda* que le mostró. A Ana María le encantaron las ilustraciones y las historietas, las examinó con mucha atención. No dejaba de proferir pequeños gritos de asombro y de elogio ante cada nueva página.

—Puedes llevarte alguno para el tren, si te gusta —le dijo Encarna.

Al despedirse esa tarde de ellos, llevaba el libro de *Celia lo que dice* y tres números del suplemento infantil guardados en el bolso.

Luis se presentó en septiembre a las dos asignaturas que había estado preparándose en el verano y las aprobó. Ya solo le quedaba una para licenciarse: Derecho Mercantil. En su día se le había atragantado, no tanto por el temario, sino por el profesor, un catedrático más interesado en hablar de sus estudios y publicaciones que en explicar la materia. Pero ahora que había comenzado a hincarle el diente, le parecía de lo más interesante, le confesó a Encarna durante el almuerzo. Incluía la regulación de las relaciones comerciales entre las empresas y su actividad, ya fuera dentro de España o con otros países del mundo. Si su editorial, por ejemplo, quería vender sus libros en México, debía guiarse por la legislación internacional que regulaba la relación comercial entre ambos países y, además, ajustarse a la legislación específica mexicana, si fuera el caso. Y para el negociado comercial de las embajadas, era de gran importancia conocerlo bien.

—Ah, cambiando de tema. Mañana he quedado con Carolina. Creo que iremos a merendar a algún sitio.

Encarna lo miró desconcertada. Luis conversaba con Ana María con frecuencia, lo sabía porque le oía hablar en alemán por teléfono. ¿A qué venía de pronto ese interés renovado por Carolina? En su día ella había aplaudido encantada el noviazgo entre ambos, pero ahora ya no estaba tan segura. La cosa terminó tan mal… Fue una época complicada para Luis, bien cierto era, aunque no podía ser excusa para reconocer que su hijo no se portó demasiado bien con ella, eso también lo sabía. Carolina no le había contado detalles, pero no había hecho falta. Una madre sabe.

Observó a su hijo mientras limpiaba con minuciosa paciencia el pescado de su plato. Era un buen chico; era cariñoso, amable y tenía un gran corazón, que era lo importante. Además, había madurado mucho desde entonces. El Luis sentado frente a ella no tenía nada que ver con el muchacho rebelde de entonces. Quizá ahora fuera distinto, quién sabía. Sin embargo, guardó un prudente silencio. No sería ella quien los empujara a ennoviarse otra vez.

25

Encarna cerró el libro con un suspiro embriagado de gozo. Contempló la cubierta: *Júbilos*, de Carmen Conde. Murcia, 1934. Júbilo, el que había sentido ella al leerlo. Una emoción parecida a lo que transmitía Gabriela Mistral en el prólogo que acompañaba a la obra. ¡Qué dulzura la que derramaba esa joven entre las páginas de su poemario! Qué pluma tan certera y, al mismo tiempo, tan delicada a la hora de captar emociones y sentimientos. Ya le había pasado con el poemario que le regaló cuando se conocieron en el club a través de Ernestina de Champourcín: *Brocal*. Había releído algunos de sus poemas hasta grabárselos a fuego:

> *Alrededor de mí, tú.*
> *Estás buscando un punto para clavarte a él. Acaso esto no sea posible. No porque yo no quiera ser inundada por ti, sino porque yo estoy lejana de todo. De puntillas sobre mi corazón.*

«*Alrededor de mí, tú*», se repitió. Y pensó en Tilde, de repente.

Encarna y Carmen se habían estado carteando de vez en cuando esos años. La primera le escribió para felicitarla después de leer *Brocal* por primera vez, y la segunda le respondió con una carta muy cariñosa, agradeciéndole los elogios. En otra carta, Carmen le habló de la inauguración del proyecto compartido con su marido, la Universidad Popular en Cartagena para la formación de la clase trabajadora, y a principios de ese mismo año la había invitado a viajar a Murcia para dar una conferencia sobre cuentos infantiles a su alumnado. Muy a pesar suyo, tuvo que declinar la invitación, ya no daba más de sí. Entre el trabajo del suplemento, los artículos para *Crónica*, los libros y las clases del curso de Biblioteconomía que, gracias a Dios, finalizaba en unos días, le había sido imposible.

Sin pensárselo dos veces, saltó de la cama, se enfundó la bata y fue a su escritorio en el despacho. Del cajón superior extrajo un mazo de cuartillas, cogió la estilográfica y se puso a escribir la carta que le debía a la joven desde hacía más de un mes, cuando recibió el ejemplar del poemario con una dedicatoria preciosa. Entre unas cosas y otras, no había encontrado la hora de leerlo hasta esa noche de turbada inquietud en la que, ya fuera por el suave ulular del búho que habitaba su pino, por la quietud del cielo estrellado o por la tenue fragancia de las flores del jardín, había entreabierto sus páginas.

Le contó lo muchísimo que le había gustado. Ya vería cómo don Manuel se tiraría de los pelos por no haberle hecho caso. Se arrepentiría de no haber publicado en su editorial ese poemario, como le aconsejó que hiciera. Era pura gloria. Don Manuel no se había atrevido, decía que no era buen momento, que la poesía se vendía mal y le daba miedo arriesgarse con una obra así, de una joven totalmente desconocida. ¿Cómo que desconocida? ¡Pero si el prólogo se lo había escrito Gabriela Mistral, ni más ni menos! Encarna le había dado a leer *Brocal*, para que pudiera hacerse una idea de la belleza y hondura de la poesía de Carmen.

«Yo le insistí —le escribió—: Esa joven tiene por delante un futuro literario prometedor, y usted podrá arrogarse el mérito de haber sido quien la descubriera».

No lo había convencido. Las cifras no les cuadraban, había añadido Rebecca, que solo entendía de la lírica de los números. Encarna se fijó en el nombre sobrescrito en la cubierta: Editorial Sudeste. Parecía que a sus dueños sí les habían cuadrado los números para publicarlo.

Y eso que a don Manuel el negocio no le debía de ir mal. Aguilar tenía muy buena reputación entre los autores, que anhelaban ver sus libros editados bajo su ala. Nadie como don Manuel se preocupaba de hacer publicidad, organizaba actos de promoción y distribuía sus libros por las librerías de toda España. Lo que hiciera falta para vender más ejemplares, aunque algunos lo criticaran por ese afán comercial con la literatura. ¡Pero si hasta había conseguido poner de acuerdo a todo el sector editorial el año pasado para organizar la primera Feria del Libro de Madrid en el paseo de Recoletos! La de este año había recibido todavía más público que la anterior. Ella no se podía quejar: en los últimos dos años su *Celia* se había vuelto aún más popular de lo que era; la conocía todo el mundo. Tenía la intuición de que, en parte, ese éxito suyo lo había propulsado aún más Serny con sus dibujos, tan del gusto de las niñas. Ahora la reclamaban para lecturas de libros en escuelas, para charlas sobre el mundo literario infantil, para colaboraciones en revistas, ¡para todo!

«El próximo año deberías hacer por venir a esta feria, Carmen, aquí es donde tienes que dar a conocer tus poemas —continuó escribiendo—. Aquí se dan cita editoriales, librerías, críticos literarios, autores y cientos, ¡miles!, de lectores». Todavía sentía agujetas en la mano de los más de doscientos ejemplares de *Celia* que había firmado en una sola tarde. Cuando llegó Tilde al estand, lo primero que le pidió fue que le masajeara un poco la mano, la tenía totalmente agarrotada. «*Alrededor de mí, tú. Yo estoy lejana de todo*». Don Manuel había estado anunciando por todas partes que *Celia* esperaría a sus amigos en la caseta de la editorial y familias enteras habían hecho cola durante más de media hora solo por comprar su libro. Cómo se reía Tilde cuando las niñas se acercaban a Encarna a preguntar por Celia, convencidas de que la encontrarían allí.

—Sí, querida, pero como tenía que estudiar, se ha ido ya a casa —les respondía—. Si hubieras venido esta mañana temprano… Pero ella sabía que venías y te ha dejado este ejemplar firmado.

—¿Sí? ¿Y cómo lo sabía? —replicaba la niña, mirándola con ojos suspicaces.

—No lo sé. Se lo habrás dicho tú.

—¡Uy, no, señora! Pero si hasta mediodía no he sabido que venía. ¿Y usted es la tía Cecilia?

—Sí, hija, sí. ¿Cómo lo has adivinado?

—No lo sé. Pero en cuanto la he visto, le he dicho a mamá: «Aquella es la tía Cecilia». —La niña miró alrededor buscando algo—. ¿Y las nenas? ¿De verdad se llaman Pili y Miss Fly? ¿Y cómo no han venido? ¿Y Cuchifritín? ¿Cómo no ha venido?

—Hija, porque daban mucha guerra… Ya han estado un ratito esta mañana, pero todo lo revolvían y hemos tenido que mandarlos a casa.

—¡Qué lástima! Si yo lo hubiera sabido, habría venido esta mañana… ¿Van al Retiro a jugar o al parque del Oeste? ¿Dónde podría verlos?

Ay, la pobre. ¿Y qué le iba a decir? Pues que a veces iban al Retiro, otras al parque del Oeste, otras al parque Berlín, adonde los llevara su mamita. Y con eso parecía que se conformaban. Hasta que venía otra niña detrás y volvía a preguntarle que dónde estaba Celia, que quería ser su amiga e invitarla a su casa a jugar. Si por ella hubiera sido, se habría quedado allí todo el día, respondiendo a la curiosidad de las niñas. Había terminado tan contenta y hacía una tarde tan maravillosa, que había invitado a Tilde a picar algo en una de las terrazas cercanas. «*Tú, de puntillas sobre mi corazón*». Qué satisfacción tan grande la de comprobar cómo su Celia había saltado de las páginas de sus cuentos y vivía en la imaginación de todas aquellas niñas. Esas horas en la feria le habían reavivado las ganas de sentarse delante de su escritorio a terminar el prólogo del que sería su cuarto libro: *Celia en el mundo*. El tercero, *Celia novelista*, lo había entregado hacía un mes escaso y lo publicarían para después del verano, coincidiendo con el inicio del curso escolar.

«Ya verás como tu libro se vende bien, Carmen, solo hay que darle algunos empujoncitos, para que con ayuda de unos y de otros, empiece a rodar solo». Se ofreció a hablarles de ella a dos importantes críticos literarios amigos suyos: uno publicaba en el diario *La Voz* y el otro, Melchor Almagro, en varios periódicos y revistas de la capital. Terminó mandándole muchos besos y abrazos y la promesa de viajar a Cartagena la próxima vez que la invitara, y si era en Navidades, mejor que mejor. Era una época que se prestaba mucho a las lecturas de cuentos infantiles.

El curso de Biblioteconomía finalizó a mediados de mayo de 1934 y como doña María de Maeztu era de la opinión de que todo esfuerzo se merecía el debido reconocimiento, organizó una ceremonia de graduación en la que Enriqueta Martín le haría entrega a cada alumna de su correspondiente diploma de auxiliar de bibliotecas. A continuación, se ofrecería un té con pastas a las alumnas y los familiares que hubieran asistido a la graduación. En un principio, Encarna no pensó en invitar a nadie. Luis no levantaba la cabeza del temario de la oposición que estaba preparando y Tilde últimamente estaba rara. O quizá la rara era ella, que a veces se cansaba del agasajo continuo al que la sometía su amiga, siempre pendiente de cuanto hacía, decía, deseaba, como si toda su vida gravitase en torno a ella. Tilde tenía cincuenta y tres años; ella, cuarenta y ocho. Ya no era edad para tonterías, le recriminaba en su interior una voz severa que se parecía demasiado a la de Eusebio. No soportaba la admiración excesiva que le profesaba, los elogios desmedidos, las miradas arreboladas, como si ella fuera una reina o una diosa de las letras. Y lo malo era que lo decía con sinceridad, de corazón. Lo creía de veras, y a Encarna se le caía el alma a los pies porque cómo explicarle que no deseaba esa especie de adoración ciega en la que se había transformado su amor, que quería de vuelta a su Tilde, a la que era su mentora, su faro, su inspiración. Ese había sido el motivo de la fuerte discusión que tuvieron a principios de la primavera, después de acudir a la presentación de un libro en la editorial Aguilar en la que Tilde se convirtió en su sombra, una sombra muda y sumisa que la seguía a todas partes, como si fuera su secretaria particular. Al salir de allí, Encarna le dijo que si lo hubiera sabido, no la habría invitado a acompañarla, que no necesitaba una convidada de piedra a su lado sin nada que decir. Fue cruel, Matilde no se lo merecía. La había hecho llorar. «¡Pero es que te quiero tanto!». Estuvieron dos semanas sin verse y Encarna no podía dejar de pensar en ella. La echaba de menos, echaba de menos su cariño, sus besos apasionados, su ironía inteligente, los comentarios acertados de sus lecturas, el olor a lilas de su piel. Se presentó en su casa una mañana y le pidió perdón, no pretendía hacerle daño, era solo que llevaba una temporada agotadora y a veces se sentía absorbida por ella. No podía respirar. Hablaron a lo largo de varias horas. Se sinceraron como nunca hasta entonces, lloraron juntas, se besaron. Besos dulces aderezados con el sabor salado de las lágrimas de la reconciliación.

Sin embargo, aquella tarde después de la reciente Feria del Libro, le habló de pasada del acto de graduación y Tilde enseguida se mostró dispuesta a asistir. Le hacía mucha ilusión visitar de nuevo la Residencia, aprovecharía para saludar a doña María de Maeztu, a quien hacía siglos que no veía. Así que allí estaba Tilde, sentada en la segunda fila de sillas, aplaudiendo emocionada cuando la vio subir a la tarima a recoger el diploma de manos de Enriqueta y de doña María.

—Señora Ras, ¡cuánto tiempo! Qué sorpresa verla por aquí —la saludó la directora.

—Si no es por mí, no viene, doña María —dijo Encarna.

Maeztu miró a una y a otra alternativamente y sonrió.

—Ah, no sabía que eran tan amigas, eso está muy bien —dijo complacida. Luego clavó sus ojos severos en Matilde y le reprochó en tono burlón—: Usted todavía me debe una charla sobre grafología, no crea que me he olvidado.

—¡Ay, doña María! ¡Qué memoria tiene usted! —se rio Matilde—. Cuando quiera, dígamelo y vengo encantada.

—Este año ya tenemos el programa cerrado, pero cuando nos pongamos a planificar el que viene, me acordaré de usted, no tema. —Si no hubiera sonreído, habría sonado casi amenazante. Se volvió a Encarna, a quien pilló metiéndose en la boca un bocadito de chocolate delicioso—: Y a ti te quiero hacer una propuesta, querida.

Encarna deglutió de golpe el pastelito, se limpió la boca con una servilleta y respondió:

—Usted dirá, doña María.

—Se me ha ocurrido que podrías impartir un taller de técnicas del cuento infantil para estudiantes de la Residencia. Tengo unas cuantas que están estudiando Filosofía y Letras y les gusta escribir, estoy segura de que les interesará. ¿Qué te parece? ¿Te atreves?

—Claro que sí. Pero ¿cómo sería? ¿Lo ha pensado?

—Más o menos. Mi idea es que sea una actividad de verano. Arrancaría a mediados de junio y terminaría hacia finales de julio, no más. En agosto regresan a sus casas muchas de las chicas. Las clases podrían ser una mañana o dos a la semana, aquí, en la biblioteca de la Residencia. Y te pagaríamos una pequeña compensación, como es lógico.

—Eso es lo de menos.

—Ni lo de menos ni lo de más, es lo justo. Porque tu tiempo te llevará preparártelo e impartirlo —afirmó rotunda—. ¿Te vendría bien reunirnos este jueves que viene y lo hablamos con tranquilidad? No sé si iremos un poco justas, porque tendremos que hacer los carteles para anunciarlo entre las alumnas y abrir plazo de inscripción, pero…

—No se preocupe, lo veremos cuando venga el jueves —la tranquilizó Encarna.

—Muchas gracias, querida. Sabía que podía contar contigo —le dijo. Antes de marcharse, se despidió de Matilde también—: Señora Ras, un placer verla de nuevo.

Cuando quisieron darse cuenta, ya eran casi las ocho de la tarde. Encarna se despidió de sus compañeras de curso y abandonaron el edificio de la Residencia en dirección a la calle. Se notaba muy cansada, estaba deseando llegar a su casa, cenar cualquier cosa y tumbarse en el salón abandonada a la ensoñación, sin que nadie la molestara.

—¿Cogemos un taxi o vamos andando? Estamos muy cerca de mi casa…

—Creo que yo me voy a ir a la mía, Tilde.

—¿Por qué? ¿No te apetece venir un rato? Como pensaba que vendrías, he dejado preparado un ajoblanco para cenar.

—Estoy muy cansada, no sería buena compañía. —Al ver la cara de decepción de su amiga, se le ocurrió otra idea mejor—: ¿Por qué no te vienes mañana a comer a Chamartín? A Luis le toca ir a «cantar los temas» a la academia y no volverá hasta la tarde. Eusebio está en Ortigosa resolviendo unos asuntos de la finca. Estaremos las dos solas y, con estos días tan espléndidos que está haciendo, podríamos almorzar en el jardín tan a gusto.

Matilde pareció pensarlo unos segundos antes de aceptar. De acuerdo, se organizaría para estar allí alrededor del mediodía.

—Le voy a decir a Maruja que prepare unas buenas truchas, que sé que te gustan.

Mientras desayunaba, observó el ir y venir de Luis por la casa. El día que le tocaba cantar los temas a su preparador era mejor no dirigirle la palabra, salvo que fuera él quien hablara primero. A ella le parecía que el tiempo de estudio que requerían unas oposiciones era inhumano. Su hijo llevaba casi un año preparándolas, desde que Ana María y él se hicieron novios. Después de aprobar en febrero la asignatura que le quedaba, Luis se licenció en Derecho. Por desgracia, uno de los requisitos para poder presentarse al examen del Cuerpo Diplomático, convocado para el mes de abril, era estar en posesión del título de licenciado, y él no lo tenía todavía. En la universidad le dijeron que aún tardarían en expedírselo; como poco, seis meses. Y eso era en casos excepcionales. Lo normal era un año. Así pues, si quería entrar en el Cuerpo Diplomático, tendría que esperar a la siguiente convocatoria, prevista para 1937.

En esa época, Ana María se había instalado en Londres una temporada para mejorar su inglés y, tras licenciarse, Luis decidió hacerle una visita. Cuando regresó, al cabo de diez días, venía exultante. Londres era una ciudad increíble, dinámica, cosmopolita, moderna. Ana María le había enseñado los rincones más bonitos, habían navegado en barco por el Támesis, habían visitado los jardines del palacio de Buckingham, la Torre de Londres, el British Museum y... ¡se habían hecho novios!

Lo cierto es que tanto a Eusebio como a ella les pilló un poco por sorpresa. Sabían que él seguía en contacto con la joven suiza, pero desde el verano anterior no se habían visto. Encarna también estaba al tanto de que, a veces, Luis quedaba con Carolina a dar un paseo o a merendar en algún café. Los dos decían que solo era amistad, pero con los jóvenes ya no podía una fiarse de nada. Lo importante era que su hijo estaba contento, se había olvidado de los sinsabores de los últimos meses y había hecho planes de futuro con Ana María: buscaría unas oposiciones a las que presentarse y, en cuanto las aprobara, se casarían y se instalarían a vivir en España.

—Pero ¿y las oposiciones al Cuerpo Diplomático? —le preguntó Encarna.

—Faltan cuatro años para que se convoquen, madre. No puedo esperar cuatro años sin hacer nada. Tendría que buscar un trabajo mientras tanto, y no sería fácil sabiendo que al cabo de tres años tendría que dejarlo para ponerme a estudiar. Creo que es mejor que me olvide de eso.

—Pero te hacía tanta ilusión ser diplomático... —se lamentó su madre.

Él se encogió de hombros. No parecía muy afectado.

—Qué se le va a hacer. Las circunstancias son como son; hay que ser prácticos, madre.

Esto fue en la primavera de 1933. Después del verano, Luis se enteró de que habían convocado oposiciones a inspector de ferrocarriles del Estado y comenzó a prepararlas. Estudiaba horas y horas, día tras día, sin apenas descanso, acuciado por la impaciencia de Ana María, que había regresado a Zúrich y había empezado a trabajar como oficinista en una correduría de seguros. No era lo que ella deseaba, pero ¿para qué se iba a molestar en buscar un empleo mejor, si más pronto que tarde tendría que renunciar a él para marcharse a España? Sin embargo, los plazos que ella debía de haber trazado en su cabeza no hacían más que demorarse meses y meses, a la espera de un examen de oposición que, inexplicablemente para ella, acostumbrada a la rígida previsibilidad suiza, nunca parecía llegar. Así llevaban algo menos de un año. Y ahora que por fin se había hecho pública la fecha del examen para dentro de tres meses, lo notaba desquiciado. Saltaba a la mínima, comía de cualquier manera, lo oía andar por la casa bisbiseando los temas como si rezara un rosario interminable. Encarna estaba preocupada: como siguiera mucho tiempo así, iba a caer enfermo.

—¿Has visto mi cartera, madre? —le preguntó esa mañana después de dar mil vueltas.

—Creo que la he visto debajo de las escaleras.

Luis se dirigió hacia allí y volvió con ella en la mano. La apoyó encima de la mesa y metió dentro sus apuntes, la billetera y una manzana.

—Me marcho. Volveré por la tarde. Dile a Candi que no toque ni limpie mi escritorio.

—Alguna vez lo tendrá que limpiar, hijo.

—Ya lo limpiará cuando yo le diga.

«Señor, qué cruz».

Casi al mismo tiempo que ponía el punto final en el cuento para el diario *Crónica*, sonó el timbre de la cancela de entrada. Se quitó la bata de andar por casa y bajó a recibir a Matilde. Le sorprendió verla aparecer con un alegre vestido de topos azul marino y escote en uve, tan distinto a su habitual estilo clásico que incluía pocas prendas, aunque de buena manufactura, en tejidos elegantes y colores neutros. Encarna pensó que le favorecía mucho, le restaba parte de ese empaque involuntario que destilaba su figura, y que más de una en su círculo de amigas (Víctor, por ejemplo, tan llana y transparente) achacaba a un cierto elitismo, una forma de marcar distancias entre ella y las demás, como si sus asuntos mundanos no le afectaran, no fueran con ella. Pero no era cierto, Encarna la conocía bien. Era solo apariencia, una pátina de educación tras la que se ocultaba la mujer sensible, apasionada y reflexiva que la había enamorado desde el primer momento.

Tilde la besó en la mejilla, uno de sus generosos besos metralleta, y le entregó la bandejita de pasteles que había traído para el postre. Siempre tan cumplida, ella.

La enlazó por la cintura y juntas se dirigieron a la casa con andar acompasado. Matilde arrastró la mano sobre las flores de la lavanda crecida en el borde del sendero y respiró hondo, celebrando la exuberancia primaveral del entorno. De camino al jardín, Encarna se detuvo en la cocina para dejar los pasteles y avisar a Maruja de que almorzarían ahí fuera.

—Ven, que te enseño tus geranios. Verás cómo han crecido.

Tilde se echó a reír, alegre.

—Querrás decir «tus geranios».

—Nuestros geranios —concedió Encarna.

Había macetas de floridos geranios repartidas por todo el porche, así como en los extremos de los escalones que bajaban hacia el terreno.

—¡Pero si están ya más grandes que los de mi balcón! —se rio asombrada, y se giró a contemplar el resto: el pino, los magnolios, los preciosos rosales junto a la valla—. ¡Qué hermosura, Elena!

Ella lo contempló también, orgullosa. Desde que empezaba la primavera, no había otro sitio donde le gustara más estar que allí. Enganchó del brazo a su amiga y la condujo al pequeño cenador montado bajo las ramas del gran pino. Cuatro sillones de mimbre alrededor de una mesa de hierro y cerámica, un carrito-camarera de madera con varios libros y papeles encima, y un par de metros más allá, un banco balancín con un toldito de loneta que había adquirido recientemente. Era muy parecido al que tenían en el jardín de la Residencia de Señoritas, en el que sus compañeras y ella se sentaban a charlar durante el recreo. Estaban tan a gusto en él, que luego les costaba volver a clase. Le preguntó a doña María dónde lo habían comprado y, en cuanto se lo dijo, encargó uno para su casa. Era una delicia recostarse en él a leer un rato después de comer.

—He escrito un cuento para *Crónica* que quiero que leas, a ver qué te parece. Se me ocurrió a partir de lo que me contaste sobre el camino del samurái en Japón.

—¿El *bushido*?

—Sí. Lo tengo en mi escritorio; luego lo iré a buscar —dijo.

Candi venía con una bandeja en la que traía los platos y los cubiertos. Extendió el mantel sobre la mesa y dispuso el servicio para cada una. Vio acercarse a Maruja con paso bamboleante y la fuente sopera sujeta entre las manos.

—Pisto manchego, señora —dijo, depositando en el centro la sopera con gesto alegre.

—Muchas gracias, Maruja. Estará riquísimo, como siempre.

Ellas tomaron asiento a la mesa mientras las dos criadas se marchaban dejándolas solas.

—¿Maruja? No me digas que es… —Encarna la miró con una sonrisa de complicidad, al tiempo que le hacía una señal para que bajara la voz—. ¿Todavía sigues con ella? —preguntó Tilde, incrédula.

—Ya te dije que es buena mujer y necesita el trabajo. No tiene donde vivir, me lo ha contado Candi. ¿Y qué culpa tiene ella de que Eusebio la persiguiera? —respondió mientras servía la sopa en los platos hondos.

—Mujer, visto así… Pero entonces, ¿ya no están juntos?

—No, creo que no. Tampoco me preocupa demasiado, qué quieres que te diga. Estos últimos meses él ha pasado por una de sus crisis de apatía depresiva. No se levantaba de la cama más que para ir al baño, así que dudo que haya tenido cuerpo para muchas alegrías.

—¿Y Luis sabe algo?

—A Luis no le interesa nada que no sean las oposiciones —replicó Encarna—. A ver si se examina de una vez y respiramos todos tranquilos.

Después de comer, Encarna fue a su despacho y regresó enseguida con el cuento. Matilde se balanceaba suavemente en el banco balancín con la mirada perdida. Tomó asiento a su lado y le tendió las cuartillas. Tilde comenzó a leer despacio, sus ojos recorrieron las líneas escritas con esa letra que ella conocía tan bien, a su boca asomó una leve sonrisa inconsciente, mientras sus dedos iban pasando hoja tras hoja, sin parar. Cuando lo terminó, la miró sonriente.

—¡Está muy bien! Me ha gustado muchísimo la idea de

crear un vínculo entre los dos niños, separados por la distancia, la cultura y el plano temporal, a través del diario del pequeño samurái. ¿Sabías que la libélula es un símbolo en Japón?

—Lo leí en un libro de la biblioteca de leyendas del Lejano Oriente.

—Ay, Elena… Tienes tanto talento, que podrías escribir lo que te propusieras.

—No tanto —dijo Encarna, riendo.

Cada vez que intentaba escribir algo serio, adulto, le salían ideas revoltosas con inclinación a la risa. Y personajes de colorines, y animalitos desobedientes y charlatanes que no dejaban de parlotear, y claro, así era difícil.

—Pues yo tengo una idea para una novela que podríamos escribir entre las dos, mano a mano —le dijo Matilde.

—¿Mano a mano? No sé cómo nos apañaríamos… Pero bueno, cuéntame, ¿qué idea es esa?

Tilde le rodeó los hombros con el brazo, la atrajo a su lado y comenzó a contarle lo que se le había ocurrido. Trataría sobre un grupo de jóvenes internas en un colegio, «unas muchachas con gustos así, como nosotras, y las historias de amor que surgen entre ellas», le explicó.

—Pero no querrás que sea infantil…

—¡No, mujer! Es una novela para adultos, como esas que tanto le gustan a Víctor.

Esa era la idea, el resto era confuso. Tenía varios personajes esbozados y alguna escena suelta pero, en definitiva, necesitaba trabajarlo más.

Encarna se removió inquieta. No podía evitar que la vista se le desviara a la casa, temerosa de que alguna de las criadas las vieran así, en una postura demasiado reveladora, quizá. Decidió que mejor le daban la vuelta al banco, lo podrían de espaldas a la casa. Así, sí. Se recostó sobre el pecho de Tilde, cuyo corazón oía latir lento, rítmico, bajo su mejilla.

—Bueno, podemos pensarlo —dijo Encarna.

—¡Madre! —La voz de Luis la arrancó de la suave modorra en la que se habían sumido.

Se incorporó rápidamente y miró por encima del respaldo. Su hijo venía hacia ella.

—¡Luis! ¡Qué pronto has venido! ¡Espera, ya voy!

Matilde se incorporó también y Luis se detuvo por un instante, sorprendido.

—¿Qué hacéis ahí las dos?

—Nada, ¿qué vamos a hacer? Le he dado a leer un cuento a Matilde después de comer y, no sé cómo, nos hemos quedado un poco traspuestas.

Tilde se recompuso el vestido y se arregló el pelo, azorada. Luis las observó con ojos suspicaces.

—Te ha llegado carta de la madre de Anne Marie —dijo muy serio. Le enseñó el sobre que traía en la mano—. Debe de ser que no se fía de lo que yo les digo y quiere que se lo cuentes tú misma.

—¡Señor! Pero ¿tú le has explicado a esa chica que no vives más que para estudiar? —le preguntó, guardándose el sobre en el bolsillo de la falda.

—¿No la vas a leer ahora?

—La leeré después, cuando se haya ido Matilde.

—Yo ya me voy —dijo ella, recogiendo sus cosas.

—¿Por qué? No nos hemos tomado los pasteles que has traído. Quédate y le digo a Candi que nos los sirva con el té.

Tilde observó a Luis, plantado al lado de su madre muy tieso, como si fuera su guardián. Llevaba entrando en su casa desde hacía años. Delante de él, Encarna y ella siempre se habían comportado como dos buenas amigas que pasaban tiempo juntas, nada más. Y, sin embargo, a Luis nunca le había gustado verla con su madre, lo notaba. No le caía bien.

—No, creo que mejor me marcho. Tengo trabajo que hacer y, si me quedo, se me hará muy tarde.

Encarna le dijo a Luis que fuera a buscarle un taxi a la parada mientras ella la acompañaba a recoger sus pertenencias dentro de la casa. Luego, salieron juntas a la calle donde ya aguardaba el taxi y Tilde se acomodó en su interior.

—He pasado un día estupendo aquí contigo, querida. Ojalá no tuviéramos que preocuparnos de nadie más que nosotras. ¡Estaríamos tan bien!

Encarna retornó a la casa despacio. Sacó del bolsillo el sobre procedente de Suiza y lo rasgó. Dentro había dos cuartillas de papel de seda escritas en francés. Seguramente habría sido Ana María quien aconsejara a su madre usar ese idioma, el único en el que se podían comunicar sin intermediarios entre ellas. Le decía que estaba preocupada por su hija, que se había comprometido con Luis convencida de que era un muchacho de fiar. Ella misma también lo creía así. Cuando lo conoció, le pareció un joven formal y educado; de hecho, se había alegrado muchísimo al saber que su hija y él se habían hecho novios y planeaban casarse. Pero el tiempo transcurría y no veían que hubiera avances en los planes de futuro que ambos jóvenes habían hecho cuando se comprometieron, y como comprendería, una madre debía velar por el bienestar de su hija y aconsejarle lo que mejor le conviniera. Anne Marie quería mucho a Luis, estaba muy ilusionada con casarse e irse a vivir a España con él, pero todo tenía un límite y su hijo debía demostrar que realmente quería casarse con su hija y no alargar más una situación cada vez más insoportable para su familia.

¡Dios mío! Qué complicado iba a ser convencerla de que Luis no levantaba cabeza de los libros, que estaba obsesionado con la oposición y que si se había producido ese retraso no era culpa suya, ni de nadie. Ese era el funcionamiento normal de las oposiciones en España para trabajar en la Administración Pública.

Se dirigió a la habitación de su hijo, que se hallaba otra vez sentado a su escritorio con el libro delante.

—Ya la he leído. Me dice lo mismo que te dice a ti Ana María, pero en otro tono. ¿Qué quieres que le responda? —le preguntó, enseñándole la carta.

—No lo sé, madre. Yo ya le he intentado explicar que estoy deseando casarme con ella, pero que ahora no podemos.

—Respóndeme con sinceridad, Luis: ¿tú crees que puedes aprobar?

—Sí, estoy convencido —afirmó sin dudarlo ni un instante.

—Pues entonces voy a escribir ahora mismo a esta señora y le diré que fijen una fecha para la boda el año que viene. Confiemos en que todo se resolverá.

26

El tranvía frenó de manera repentina antes de llegar a la parada de Cuatro Caminos. Varios guardias civiles habían cortado la circulación en la calle. Uno de los guardias intercambió unas palabras con el conductor, al cabo de lo cual se volvió a los pasajeros y les comunicó que, por orden de la autoridad, el trayecto terminaba ahí; debían descender del vagón. Encarna y otros a bordo se asomaron intrigados a la ventanilla. Desde allí solo podían vislumbrar un barullo de gente en un lado de la glorieta, rodeados por una fila de guardias civiles. Encarna se bajó, se arrebujó en su abrigo, cruzó la calle hacia la acera contraria y recorrió la glorieta en dirección a La Casa de los Niños, no sin antes detenerse a preguntar a un grupo de mirones congregados en la acera qué ocurría.

—Pues ya ve, que unos cuantos jóvenes anarquistas y otros tantos falangistas han montado ahí abajo una batalla campal. Mire, ya se los llevan detenidos.

Algunas personas se dispersaron meneando la cabeza con resignación. Desde la revolución de los mineros en Asturias un año atrás, en otoño del 34, que se levantaron en armas contra la entrada en el Gobierno de la Confederación Española de Derechas Autónomas (CEDA) y fueron duramente reprimidos por el ejército, se estaba extendiendo en la sociedad un fuerte sentimiento de decepción y desafección hacia los políticos y el Gobierno de la república. El país entero se hallaba dividido entre los partidarios de la derecha y los de la izquierda. No había semana que no se convocara alguna huelga, que no apareciera en la prensa algún altercado o enfrentamiento violento entre las juventudes de unos y otros partidos, que no se escuchara en los cafés, en las tabernas o en la calle discusiones subidas de tono sobre lo mismo, reflejo del ambiente bronco y soliviantado que dominaba las sesiones en el Congreso de los Diputados. Al igual que muchas otras personas de bien, Encarna asistía a este clima político y social con el corazón en un puño, temiendo que en cualquier momento la situación saltara por los aires. Y por si no tuvieran suficiente con eso, en las últimas semanas se había conocido un caso de corrupción con licencias de casinos que afectaba a varios miembros del Gobierno, lo que presagiaba la convocatoria anticipada de nuevas elecciones en los siguientes meses. Si no era antes de Navidad, sería después, a principios de 1936.

—¡Encarna! Ya creí que te había pasado algo… Los pequeñines han preguntado por ti más de cien veces. —Enriqueta la recibió con dos besos al verla aparecer en el umbral de la puerta de entrada al edificio.

Como todos los domingos, el comedor de La Casa de los Niños se había transformado en sala de lectura y se encontraba atestado de críos y crías de todas las edades repartidos por las mesitas leyendo los cuentos y revistas que podían coger prestados de la biblioteca.

—Ha sido por unos altercados que ha habido en Cuatro Caminos, nos han obligado a bajarnos del tranvía —explicó, quitándose el abrigo—. Pero habrán llegado mis chicas de los cuentos, ¿verdad?

—Sí, sí. Pero ya sabes cómo son los chiquillos, no quieren que les cuente el cuento nadie más que tú. Me daba apuro por la pobre Luisa, que le pone todo el interés del mundo, pero hija, esos niños te adoran…

A un lado de la puerta, una pequeña fila de niños esperaban su turno para devolver los libros que habían tomado prestados la semana anterior y llevarse otro en su lugar. Encarna llamó la atención a un crío que estaba molestando a las niñas que tenía delante de él. Si no se estaba quieto, lo mandaría al final de todo. Las niñas se volvieron a mirarlo con disimulo vencedor.

—No te preocupes, eso es solo al principio —le dijo a Enriqueta, restándole importancia—. A los dos minutos, en cuanto conocen a los personajes, se olvidan de quién se lo está contando. Y sé que Luisa lo hace muy bien, es una de mis mejores alumnas.

Fue una de las seis muchachas que se apuntaron al taller sobre técnicas del cuento infantil que impartió en la Residencia de Señoritas el año anterior. Luisa destacaba porque se metía en los cuentos como una niña más, aunque, en realidad, todas sus alumnas habían demostrado ser excelentes narradoras. Una vez finalizó el taller, a Encarna se le ocurrió que podrían poner en práctica lo aprendido con los niños de la Casita, proyecto al frente del cual seguía estando su amiga, la incansable Consuelo Bastos. Lo habló con ella y aceptó encantada, como imaginaba. Consuelo no decía que no a nada que considerara beneficioso para los niños y sus familias; prueba de ello era la pequeña biblioteca que Encarna le había propuesto crear en la Casita con ayuda de sus compañeras del curso de Biblioteconomía. Estaría abierta a todos los niños del barrio, y así podrían identificar mejor a las familias más necesitadas. Consuelo no lo dudó ni un instante. Enseguida se encargó de colocar en un aula dos estanterías que pudieran llenar con los libros y revistas ilustradas infantiles que reunieron gracias a donaciones desinteresadas o adquiridas con el dinero obtenido en rifas benéficas. Acordaron que las voluntarias se turnarían para abrirla los domingos por la tarde, el único día de la semana en que la Casita permanecía cerrada. El primer domingo acudieron unos veinticinco niños; el siguiente, cuando comenzó a propagarse entre los chiquillos que en la Casita prestaban cuentos y revistas gratis para leerlos allí y llevárselos luego a casa una semana entera, la cifra ascendió a más de sesenta. Y desde entonces, raro era el domingo que bajaban de noventa. Sobre todo, desde que sus alumnas del taller de cuentos se habían sumado a las bibliotecarias y acudían también los domingos por la tarde para leerles cuentos a los más pequeños que todavía no sabían leer bien.

—Hoy hemos contado ciento veinte niños, doce más que el domingo pasado —le dijo Consuelo, que apareció a su lado de repente—. Y han venido también una docena de madres, a ver si les podíamos dar algo que llevarse para comer, porque los maridos han perdido el trabajo o los han detenido o se han marchado, y ellas apenas encuentran trabajillos mal pagados. Si esto sigue así, habrá que aumentar las suscripciones para que podamos darles a estos niños una merienda más sólida que un vaso de leche con galletas. Estoy segura de que es lo único que comen en todo el día muchos de ellos, por eso las madres nos los mandan aquí.

—Eso se te da muy bien a ti, Chelo. No conozco a nadie que haya conseguido reunir tantas donaciones y suscripciones como tú —le dijo Encarna.

—Sí, hasta ahora ha sido así. Pero últimamente no resulta tan fácil. Algunas señoras han empezado a mirar con recelo nuestro proyecto. Me preguntan si estamos en la órbita de la Institución Libre de Enseñanza, porque, al parecer, en ciertos sectores conservadores la culpan de la desafección de la gente por la Iglesia y de todos los males que sufre este país.

—Sí, yo también he oído comentarios parecidos —convino Enriqueta—. El otro día, un señor que vino de visita a la Residencia criticó la labor de las Misiones Pedagógicas, las llamó «apostolado del diablo», cuando lo único que hacen los cientos de voluntarios que participan en ellas es llevar la cultura y la educación a los niños y a las gentes de los pueblos más recónditos de España. Organizan encuentros de lectura, montan sesiones de cine, de música, de teatro popular, los ayudan a crear bibliotecas rurales... Todo lo que pueda contribuir a elevar la cultura del pueblo. ¿Qué tiene eso de diabólico?

—Que no se preocupan de enseñar las doctrinas de la Iglesia, debe ser —respondió Encarna.

—Pues eso mismo deben de pensar algunas de nuestras benefactoras. Yo les digo que los niños no tienen culpa de nada, pero aun así, no creas que es fácil convencerlas... —se lamentó Consuelo.

Una de las jóvenes voluntarias se acercó a ella y le murmuró al oído que la madre de Amparito había pedido hablar con ella en privado. Venía con un bebé colgado del pecho y otro de poco más de dos años de la mano. Antes de marcharse, Consuelo les dirigió una mirada con la que parecía expresar «¿veis a lo que me refería?».

Enriqueta apiló unos libros que vio desperdigados encima de una mesa. Mientras ella tuviera fuerzas, no pensaba renunciar a crear bibliotecas allí donde fuera necesario, como esta de la Casita.

—Mira y dime si no es una maravilla contemplar una sala de lectura con tantos lectores y tan entregados como estos niños, Encarna. Solo por eso, ya merece la pena —afirmó.

Ella no tenía ninguna duda. Los libros eran una puerta abierta a la imaginación, la curiosidad y el conocimiento infantil. Cualquier niño o niña, ya fuera de familia rica o pobre, viviera en la ciudad o en un pueblo perdido, debería tener acceso a una biblioteca a su medida. Dejó que su vista deambulara por la sala y solo entonces se fijó en la compañera que estaba colocando en la estantería los libros devueltos por los críos.

—¡Remedios! ¡Cuánto tiempo! —La mujer se dio media vuelta y sonrió al verla—. ¿Cómo es que has venido?

—Pues ya ves, que os echaba mucho de menos. ¡Cualquiera diría que no te alegras de verme! —bromeó.

—Mujer, cómo dices eso… He preguntado por ti varias veces a Amalia, que sé que vivís cerca.

—Eso era antes de divorciarme. Porque sabrás que me he divorciado, ¿verdad?

Sí, algo le habían contado, pero tampoco había querido preguntar demasiado, por no parecer una chismosa. Todas sabían que el marido de Remedios, funcionario en un ministerio, tenía la mano demasiado larga, porque a veces ella aparecía en clase con algún moratón en la cara o en el cuello, imposibles de ocultar bajo la ropa. Ella no les contaba nada, por supuesto. Si sabían algunos detalles era por Amalia, que era vecina suya y oía las broncas del matrimonio. Llevaba años diciéndole que se separara de él, que algún día la iba a matar, pero ¿cómo iba a separarse? Solo tenía el bachillerato, su marido no la dejaba trabajar y, si lo abandonaba, lo primero que él haría sería quitarle a su hija, la ley lo amparaba. Amalia la convenció de que se apuntara al curso de Biblioteconomía con ella, y para que su marido no se lo impidiera, le pidió a su madre que le prestara el dinero de las cuotas mensuales sin que él se enterara. El día de la graduación a todas les extrañó que no apareciera. Luego supieron que su marido le había dado tal paliza que no se atrevía a salir de casa de la vergüenza que sentía al mirarse en el espejo. Ese día, Amalia la agarró del brazo y la llevó al bufete de un amigo de su hermano para que le explicara sus derechos con la recién aprobada ley de divorcio.

—Así que ya ves, ahora mi hija y yo vivimos en casa de mi madre. Mira, esa de ahí, la rubita de las dos trenzas —señaló a una niña de unos nueve años, sentada en una de las mesitas, con un libro de *Celia* entre sus manos—, es mi hija. Me la he traído conmigo porque le gusta muchísimo leer.

—¡Cuánto me alegro por ti, querida! Si es que somos tontas, nos casamos demasiado jóvenes y sin saber muy bien lo que hacemos. Así nos pasa lo que nos pasa.

—Eso es porque desde pequeñas nos meten muchos pájaros en la cabeza y claro… Por cierto, que me he enterado de que, en su colegio, los niños van a representar una de tus obras en la función de Navidad. Creo que se llama *Miguelito, posadero*.

—¡Ay, sí! Esa la escribí, precisamente, para representarla en esas fechas. En la propia obra incluí todas las indicaciones para los niños de cómo montar ellos mismos el escenario y crear el vestuario. Y los diálogos son muy fáciles de recordar, porque incluyen canciones y dichos populares. ¡Se lo van a pasar en grande!

—Creo que la maestra los está ayudando a montarla.

—Mejor aún. Si tienes ocasión, dile a su maestra que si precisan alguna otra explicación, que me lo diga y se la doy encantada. Me ayudaría mucho saberlo para otras obras infantiles de teatro que estoy escribiendo.

—Se lo diré, pero es capaz de pedirme que te lleve a alguno de los ensayos para que puedas comprobar tú misma cómo lo van a representar.

Bueno, eso tampoco le parecería nada mal.

Esa tarde, al llegar a la casa, se encontró a Luis y Ana María acomodados tan a gusto los dos en el sofá del salón, leyendo al calor de la lumbre en la chimenea. En cuanto la vio aparecer, su hijo cogió de la mesa un sobre abierto y fue a su encuentro para enseñárselo. Era la notificación de su destino definitivo, una vez aprobadas las oposiciones de inspector de ferrocarriles que se sacó a finales del año anterior, en 1934. Le había tocado Albacete, y aunque no era un lugar que hubiera elegido él, tampoco le parecía tan mal. En la facultad conoció a un compañero de Albacete, Perico Gómez, que presumía de que allí se vivía muy bien y que todo era mucho más barato que en Madrid.

—Dicen que tengo que tomar posesión de mi plaza dentro de tres meses, a finales de febrero del año que viene.

—¡Eso está a la vuelta de la esquina! Y con las Navidades de por medio... —replicó Encarna, que se dejó caer en el sofá cansadísima. Eso le recordó... Se volvió hacia Ana María—: ¿Has hablado con tus padres, querida? ¿Habéis decidido si vais a pasar la Navidad con ellos u os quedáis aquí?

Había transcurrido poco más de cinco meses desde la boda de Luis y Ana María, «los hijos», como los llamaba ella. Se habían casado el pasado mes de junio, en Zúrich. Su nuera y sus padres se habían encargado de organizarlo todo, mientras Luis se reponía del tremendo esfuerzo que le supuso la oposición, que a punto estuvo de costarle la salud: al terminar los exámenes, sufrió un síncope agudo que le dejó paralizado medio cuerpo durante casi una semana. Con su habitual aprensión para las enfermedades, su hijo lloraba pensando que no volvería a caminar jamás, que sería un lisiado, y entonces ¿cómo se iba a casar? «¡Señor! Tan hipocondriaco como su padre». El médico le recetó unas inyecciones de un reconstituyente y recuperó la movilidad de un día para otro. Sin embargo, lo peor fue el agotamiento mental que le diagnosticó el doctor, para el cual solo había un tratamiento: alimentarse bien, pasear, hacer un poco de ejercicio al aire libre y dormir mucho. Le costó varias semanas hasta volver a ser el que era.

Fue una ceremonia civil sencilla y familiar. Muy bonita por lo íntimo del enlace y por la ausencia del consabido boato con el que se celebraban las bodas en España, pensó Encarna. Por parte de la novia acudieron los padres y ocho familiares más. Por parte de Luis, solo ellos dos. ¿Cómo iban a pedirles a los hermanos de Eusebio y a sus familias que se desplazasen a Suiza para asistir a la boda del sobrino? Era un viaje demasiado largo y costoso. Eusebio habló con ellos por teléfono, primero con uno, luego con otro, y les transmitió lo mismo: estaban invitados al enlace, pero si optaban por no acudir, lo entenderían perfectamente, no se lo tomarían a mal. Tras la boda, Luis y Ana María se marcharon de viaje de novios a Viena, mientras que Eusebio y ella se quedaron unos días más en Zúrich durante los cuales sus consuegros los llevaron a conocer algunos pueblecitos alpinos situados en unos paisajes espectaculares. Lo disfrutaron muchísimo, a pesar de que ambos debían fingir que eran un matrimonio bien avenido. Lo cierto es que no les resultó difícil; la boda y todo cuanto la rodeó había salido tan bien, que los dos se sentían demasiado contentos como para reparar en detalles sin importancia. Además, y eso Encarna se lo agradecería de corazón, Eusebio se comportó en todo momento de lo más respetuoso con ella. Como el hombre divertido, amable y educado que era cuando se lo proponía.

—Sí, he dicho a ellos que pasaremos la Navidad allí. Luis y yo hemos decidido así, porque quizá el año que viene no tendrá *mucho vacances* para viajar —contestó Ana María en un español que cada día dominaba mejor. Era asombrosa la facilidad que tenía para los idiomas.

—Creo que deberíamos visitar Albacete antes de marcharnos a Zúrich, cariño —le dijo Luis a su mujer—. Así podríamos conocer un poco la ciudad, para cuando nos toque mudarnos. Si Perico está viviendo allí, puedo llamarle para que nos oriente sobre las zonas residenciales y el precio de los alquileres. Estoy seguro de que se alegrará de verme.

Encarna permaneció en silencio distraída con la visión del fuego. El traslado de los hijos a Albacete añadía una tarea más de la que ocuparse en sus planes del año siguiente.

—¿Sabes si tu padre ha vuelto de su tertulia?

Luis le ofreció una copita de oporto; sirvió otra para él y una más para Ana María.

—Ha llegado, nos ha dado las buenas noches y se ha subido a su dormitorio. ¿Sabes qué le pasa? ¿Le han vuelto a rechazar una obra?

Una y dos y tres. Ninguna de las obras que escribía con tanto afán había hallado a la persona dispuesta a representarla en el teatro y terminaban, una tras otra, apiladas en el cajón de su escritorio. En ese último año, Eusebio se había unido al Club Anfistora de la Cívica que dirigía Pura Ucelay, a quien se presentó en cuanto tuvo ocasión. Cuando supo que Federico García Lorca y Pura habían acordado representar su obra *Don Perlimplín con Belisa en su jardín* —la misma que él representó con el papel de don Perlimplín bajo la dirección de Rivas Cherif en el año 1929, antes de que la censura ordenara retirarla de la cartelera—, se ofreció a colaborar con ellos en lo que necesitaran; incluso si tenía que hacer de apuntador, no le importaba. Esa obra había sido su única ilusión en los últimos meses y Encarna, pese a que ya apenas compartían tiempo ni conversaciones juntos, sentía compasión de él al ver sus esfuerzos por hacerse un hueco, por pequeñito que fuera, en el mundo del teatro.

Unos meses más tarde, en febrero de 1936, Luis ocupó su plaza en Albacete casi al mismo tiempo que se conocía el resultado de las nuevas elecciones nacionales que habían llamado a las urnas a todo el pueblo español. El vencedor, de manera inesperada y por estrecho margen, fue el Frente Popular, un alianza electoral que aglutinaba a todos los partidos de izquierdas, frente a las derechas católicas, que acudieron divididas. Las primeras semanas de marzo, ya con Manuel Azaña al frente del Gobierno recién formado, su hijo y su nuera comenzaron su nueva vida en Albacete alojados provisionalmente en una casa de huéspedes que su amigo Perico le recomendó mientras buscaban una en alquiler que les gustara. Sus escasos muebles y pertenencias —el dormitorio de matrimonio que Encarna y Eusebio les habían regalado y la mesa de comedor con sus sillas que los padres de Ana María habían enviado desde Suiza— los dejaron en un guardamuebles de Madrid a la espera de instalarse en la que sería su casa definitiva. A finales de ese mismo mes de marzo, Luis la llamó por teléfono diciéndole que ya habían firmado el contrato de arrendamiento de un piso. Entrarían a vivir en él el 1 de abril de 1936.

—He hablado con el dueño del guardamuebles para que nos los envíen aquí esta misma semana. ¿Crees que podrías venir a ayudar a Anne Marie a montar la casa, madre? Yo salgo a trabajar a las ocho de la mañana y no regreso hasta media tarde, y no quiero que ella se haga cargo de todo sola.

Encarna no lo dudó ni por un instante. Cuarenta y ocho horas después, se subió al tren que la llevó a Albacete, y a lo largo de dos semanas los ayudó a amueblar y decorar el pequeño piso que habían alquilado en el centro de la ciudad. Fueron unos días de enorme actividad que ella disfrutó muchísimo. No solo porque le encantaba comprar enseres y objetos bonitos con los que decorar el piso, sino porque enseguida se contagió de la ilusión y el buen humor que destilaba la pareja de recién casados a su alrededor. Los dos estaban felices de tenerla allí, y ella, a su vez, se sentía feliz de serles útil y compartir esos momentos con ellos. Hacía demasiado tiempo que no disfrutaba de la compañía relajada y alegre de su hijo ya adulto. Casi había olvidado lo divertido, tierno y cariñoso que era.

Durante esos días, acompañó a su nuera a comprar una vajilla y cubiertos de diario, cazuelas, sartenes, lo imprescindible para la cocina; les regaló dos juegos de toallas y las cortinas de la salita, que colgaron entre Luis y Ana María. Por las mañanas, recorrían juntas el mercado de abastos hasta dar con los puestos de mejor género, exploraron los comercios del barrio, se pasearon por los parques invadidos de plantas de tomillo que perfumaban con su fragancia la ciudad entera. Cuando se despidió de ellos en la estación del ferrocarril, lo hizo con una mezcla de pena y alegría. Se volvía tranquila al comprobar lo bien que se llevaban entre ellos, lo felices que eran los dos juntos, pero, al mismo tiempo, le entró una leve sensación de melancolía al darse cuenta de que su hijo era ya un hombre adulto e independiente que había creado su propia familia. El último hilo de juventud que lo mantenía unido a ellos ya no existía, se había borrado. Era ley de vida.

Al llegar esa tarde a su casita de Los Álamos, encontró a Eusebio sentado en su despacho, revisando papeles. Parecía muy alterado, pero a Encarna no le preocupó demasiado, acostumbrada como estaba a los ánimos cambiantes de su marido. Entró a contarle con detalle qué había hecho en Albacete, cómo se habían quedado los hijos allí. Luis le había insistido mucho en que le dijera que esperaban que fuese a visitarlos pronto.

—No sé, no sé, Encarna. Está el ambiente muy raro por Madrid. El otro día comí con antiguos compañeros del ejército y parecían muy seguros de que algunos generales están organizando una sublevación militar para derrocar al Gobierno de Azaña. Al parecer, en el ejército circulan rumores bien fundados de que se está preparando un golpe de Estado.

27

Encarna levantó la vista al cielo cubierto de nubes de un gris blancuzco, como de panza de burra. Iba a nevar. Aguzó el oído, no se oía nada. Recogió el correo del buzón y, sin mirarlo, volvió aprisa por el caminito de grava hasta la puerta principal entornada. La casa estaba en silencio. Revisó las dos cartas que habían llegado. Una era de Eusebio; la otra, de Marieta, desde Londres. El matasellos era de hacía casi un mes, enero de 1937. El estallido de la guerra los había pillado en la capital inglesa después de que a Ricardo lo relevaran de su puesto de embajador en Chile y decidieron quedarse hasta decidir qué hacer. Las depositó encima de la mesa del comedor. No le apetecía leerlas en ese momento, le faltaba ánimo. Se frotó los brazos con fuerza, hacía frío. ¿Dónde se habría metido Maruja? Se asomó por la ventana de la cocina que daba al jardín, lo barrió con la vista de un lado a otro. Por allí no estaba. Habría salido a por leche.

Deambuló por el salón sin saber qué hacer. Sócrates se subió de un salto al respaldo del sofá y la miró desafiante, como si esperara la regañina. «Gato chulapo, te voy a dar yo a ti chulería», murmuró, espantándolo con la mano. El gato saltó al suelo con un largo maullido. Pensó en intentar llamar otra vez, a ver si había suerte. Descolgó el teléfono y marcó el número de Luis y Ana María. Esperó a que sonara el tono unos segundos y luego clic, se cortaba. No había comunicación. Llevaba sin hablar con ellos casi una semana; estaba preocupada.

Recordó las semanas tan felices que pasó con ellos en Albacete, ayudándolos a instalarse. ¡Qué días tan lejanos aquellos! A su regreso, se encontró un Madrid sumido en el pesimismo y la inquietud por los actos de violencia de tintes políticos que se sucedían en las calles. Frente a tanta desazón, ella se refugió en su despacho abierto al jardín, en las meriendas con Tilde y en las reuniones de su círculo de amigas. Había avanzado mucho en la escritura de las obritas de teatro infantiles con las que se divertía tanto, porque no solo debía imaginarse los personajes y los diálogos, sino también todo el atrezo necesario para que los niños pudieran representarlas ellos mismos. Eso sin contar las constantes llamadas telefónicas que debía atender de los responsables de las publicaciones con las que colaboraba reclamándole algún artículo, algún cuento más. Y del siempre inquieto don Manuel, que la llamaba para hablarle de actos de promoción o para contarle nuevas ideas que se le habían ocurrido. Ahora recordaba ese ajetreo con nostalgia. ¡Si hubiera sabido lo rápido que desaparecería todo cuanto había construido en esos años!

El timbre del teléfono interrumpió sus cavilaciones. Al descolgarlo le llegó la voz lejana de Luis entre interferencias. No hubo mucho tiempo para hablar. Le dijo que estaban los dos bien, que él había empezado a defender a presos de la guerra en los juzgados, que les habían cortado el teléfono de la casa, por eso no habían llamado antes. Le preguntó por ella, por el padre, por Maruja. ¿Qué le iba a decir? Todos también bien, hasta donde ella podía saber.

Recordaba perfectamente lo que hizo el día anterior a la sublevación, un viernes. Víctor se había sacado el carnet de conducir y se había comprado un coche con el que recorría Madrid de una punta a otra. Igual se iba a Atocha a recoger a su amiga a la salida del teatro, que salían una tarde de visita a El Pardo o aparecía de pronto en la puerta de su casa de Chamartín en una visita inesperada. El día anterior, Víctor y Mati, que también disponía de coche, les habían propuesto ir a uno de los merenderos de la Cuesta de las Perdices al caer el sol y cenar allí, que quizá se estuviera más fresco que en las calles de Madrid, abrasadas por el calor sofocante de esa semana de julio. Tilde se resistió, no le hacía mucha gracia el ambiente de los merenderos, frecuentados por gente vividora, parejas clandestinas o señores con sus amantes, pero Encarna la convenció con la evidencia: su casa era un horno, se iba a cocer viva si se quedaba allí encerrada. Las nueve amigas se repartieron entre los dos coches y, al atardecer, enfilaron Argüelles para tomar la carretera que iba en dirección a La Coruña. A mitad de la Cuesta de las Perdices, se desviaron por un camino de tierra que conducía hasta uno de los merenderos. Ocuparon una de las mesas de la terraza y enseguida un camarero vino a tomarles nota. En una de las mesas escucharon una pelea de amantes. La mujer se levantó y se alejó con movimientos marciales de brazos y piernas, hasta que el hombre fue a por ella, la agarró del brazo y la trajo de vuelta a tirones. Él le decía que adónde se creía que iba, que andando no llegaría a ninguna parte, y menos con esos tacones que llevaba.

—Guapa, ¡vente con nosotras, que aquí te vamos a cuidar mejor! —gritó Víctor.

Todas se rieron. Víctor estaba contenta y enamorada, pero no de la actriz que tenía sentada a su lado, no. Encarna conocía su secreto. La tarde que se presentó en su casa fue a contarle sus penas; había otra mujer, una viuda joven y con cuatro hijos que la traía por la calle de la amargura porque no se terminaba de decidir: un día era que sí, otro era que no, pero «sus ojos, Encarna, esos ojos aguamarina que tiene, no me engañan: yo sé que me quiere, me desea, pero detrás de ella hay una familia entera que está decidida a velar por su buen nombre, aunque tengan que casarla con el primero que pillen por la calle».

Sonó una música procedente del interior, y Marisa y Adelina salieron a bailar las dos juntas, muy animadas. Un par de señores de otra mesa cercana las observaban con avaricia, hasta que Marisa le plantó un beso en los labios a Adelina y los hombres protestaron con muchos aspavientos: que qué vergüenza, cómo podían permitir algo así, que si hubiera un guardia cerca, las denunciaban.

—Deberíamos marcharnos, Elena —le dijo Tilde. Desde que habían llegado, había estado muy callada y seria. No se sentía cómoda allí, le dijo.

—Pero si aquí corre un aire muy rico y lo estamos pasando bien.

Hizo un gesto escéptico con la boca. No estaba a gusto. Encarna no le hizo caso. Ya estaban allí, ¿cómo iban a marcharse? Además, ella sí que lo estaba pasando bien.

Cuando dejaron a Tilde en el portal de su casa, su amiga se marchó enfadada, sin despedirse de ella.

Al día siguiente, sábado 18 de julio, la radio retransmitió la noticia de una sublevación militar en el ejército desplazado en Marruecos. No se imaginaba que ese día empezaría la guerra.

El domingo temprano la llamó por teléfono Julio Olmos. Los milicianos habían incautado las publicaciones de Prensa Española. Habían ocupado las redacciones de *ABC* y *Blanco y Negro*. No habría más números de *Gente Menuda* hasta nuevo aviso.

Al principio no calibró lo que realmente significaba eso, pero enseguida fue consciente: se había quedado sin trabajo de la noche a la mañana. Ya no publicarían más historias en el suplemento infantil. Se acabó.

Esa misma tarde la llamó don Manuel Aguilar. Ya se había enterado de lo de *Gente Menuda*. No debía preocuparse, él seguiría publicando sus libros. En cuanto se aclarase la situación, la volvería a llamar. Lo importante era que estuviese tranquila y continuara escribiendo. Eso no duraría mucho, pronto volvería todo a la normalidad.

—Pero si *Gente Menuda* ya no sale, ¿qué voy a escribir yo? ¿Para quién?

—¡Para la editorial Aguilar! —exclamó don Manuel—. Quizá sea el momento de escribir una novela desde cero, como le comenté hace tiempo, ¿lo recuerda? Le dije que antes o después querríamos que nuestra Celia se independizara de la Celia de *Gente Menuda* y tuviera su serie de novelas, al margen de las demás. —Hubo un silencio del otro lado del auricular. Don Manuel tosió con fuerza y luego continuó—: Además, así puede retomar el personaje de Celia que tanto gusta a las niñas y contar qué ha sido de ella desde que se despidió para dar paso a Cuchifritín.

¿Y qué había sido de ella? En los últimos tres años se había dedicado a escribir cuentos de las aventuras de Cuchifritín y sus amigos. Celia había crecido, ya no era la niña traviesa de siete, ocho o diez años, con la que se identificaban las pequeñas lectoras del suplemento; al alcanzar ese limbo fronterizo que son los trece o catorce años en las niñas cuando están a punto de convertirse en mujeres, tuvo que despedirla de *Gente Menuda*. Ya no encajaba en sus páginas. De ahí que cediera todo el protagonismo a su hermano. «Sí, todo eso está muy bien, pero ¿qué sabes tú de ella ahora, Encarna?», se preguntó. Tendría que interrogarla y que le contara qué había sido de su vida.

Oyó el chirrido de una puerta. Se quedó quieta, escuchando.

—¿Maruja? ¿Eres tú?

No hubo respuesta. La casa volvió a sumirse en el silencio. Cogió las cartas y se sentó en el sofá a abrirlas. Primero, la de Eusebio. Era muy corta, solo le escribía para decirle que había solicitado una cédula de identificación para ella, así podría reunirse con los hijos en Albacete o viajar a Barcelona, donde se hallaba él, o adonde quisiera. Él seguía al mando de la Escuela de Automovilismo de Aviación, cuya dirección le habían asignado en el mes de octubre, después de que le concedieran la vuelta al servicio activo en el ejército. Cuando la sublevación de los militares fracasó en Madrid y triunfó en otras ciudades de España, se plantó en el que había sido su antiguo lugar de trabajo, el Ministerio de Guerra, y pidió que le dejaran reincorporarse al ejército. Quería defender la república y los ideales democráticos, no podía quedarse de brazos cruzados mientras antiguos compañeros suyos intentaban destruirla. El capitán que escuchó su solicitud le preguntó su edad.

—Cincuenta y cinco años. Pero estoy en condiciones de hacer lo que necesiten.

El capitán lo observó con cierto escepticismo.

—No puede ir al frente.

—Eso tal vez no, pero habrá otras misiones que cumplir, digo yo. No creo que estén en situación de prescindir de nadie.

Tras varios meses de espera, a principios de noviembre

de 1936, lo destinaron a Barcelona. Allí debía organizar la Escuela de Automovilismo de Aviación ubicada en Pedralbes, que hasta ese momento era un auténtico desastre. Necesitaban formar a más personal para el transporte de bombas y materiales en camiones.

—Pero ¿qué sabes tú de organizar una escuela de automovilismo de aviación? ¡Y en Barcelona! —protestó Encarna.

Eusebio dispuso la maleta abierta encima de la cama y abrió de par en par su armario ropero.

—No será tan difícil. Es cuestión de saber lo que hay, lo que se necesita, y establecer la mejor manera de conseguirlo. Es la misión que me han asignado y es la que voy a hacer lo mejor que pueda —respondió mientras guardaba la ropa en la maleta.

—Si no digo que no, pero estarías mejor aquí, en Madrid, cerca de tu hogar.

—Estaré mejor donde me necesiten, Encarna. ¡Estamos en guerra! Tú sí que debes quedarte aquí. En ningún sitio vas a estar mejor que en esta casa mientras Madrid resista. Y resistirá, ya verás. En cuanto llegue a Barcelona, te llamaré para darte mi dirección y un teléfono de contacto, por si lo necesitaras.

Esta vez, el sonido le llegó con claridad proveniente de la calle. Se asomó a la puerta y vio una figura delante de la cancela. Preguntó a voz en grito quién era, qué quería.

—¡Elena! ¡Ábreme! ¡Soy yo, Tilde!

Al oír su nombre salió corriendo y abrió la portezuela tras la que apareció su amiga. Venía con un aspecto lamentable: el abrigo polvoriento, la cara sucia de carbonilla, y el cabello, siempre impecable, lo traía desgreñado. Le agarró la maleta que sujetaba con mano temblorosa y le dijo que pasara, que allí fuera se iban a quedar heladas.

—¿Qué ha ocurrido? ¿Cómo has llegado hasta aquí?

—Han bombardeado mi casa, el edificio entero. Solo han dejado en pie el portal. Mis libros, mis cuadros, mis muebles... Todo ha volado por los aires. Y Eneas... no sé qué habrá sido de él, no lo he encontrado por ninguna parte. El pobrecito. Me he quedado sin nada —dijo en voz átona, como si no le hubiera ocurrido a ella—. Solo me ha dado tiempo a meter algo de ropa y cuatro cosas más en una maleta y salir corriendo de allí antes de que me cayera algo encima. ¡Ay, Elena! ¡Qué miedo he pasado! No sabía adónde ir.

—¿Pues adónde ibas a ir? Aquí conmigo, que es donde debes estar. Vamos.

Encarna le rodeó la cintura con el brazo y la empujó con suavidad hacia la casa. La condujo escaleras arriba hasta la habitación de Eusebio. Dejó la maleta encima de la cama y descorrió las cortinas para que entrara luz.

—Aquí estarás bien. Eusebio sigue en Barcelona, puedes acomodarte tranquilamente.

Matilde se movía despacio, como si le costara centrar la atención. Encarna la ayudó a quitarse el sombrero y el abrigo. Se fijó en que llevaba dos vestidos puestos, uno encima del otro.

—Desvístete mientras te preparo un baño de agua caliente, te vendrá bien.

Mientras Matilde comenzaba a desabotonarse despacio el vestido, Encarna la dejó sola. Ya empezaba a escasear el carbón, pero esa era una emergencia, se dijo antes de abrir el grifo. Solo llenaría la bañera poco más de una cuarta, lo suficiente para cubrirla. Cuando estuvo lista, la acompañó al baño e hizo ademán de ayudarla a terminar de desvestirse, pero Tilde le dijo que podía hacerlo sola, de modo que

Encarna se dirigió a su habitación para coger una bata abrigada en la que envolverla luego. ¡Qué desmejorada la había encontrado! Se había echado varios años encima de los cincuenta y cinco que en realidad tenía: la cara chupada, los ojos a punto de salírsele de las cuencas. Toda ella destilaba desconcierto, desolación.

Después de que se marchara Eusebio, tres meses atrás, Encarna cogió una mañana el tranvía y fue a buscarla. Le propuso que se mudara con ella a Los Álamos, pero Matilde no quiso. No podía, le dijo. Las escasas pertenencias que poseía estaban entre esas paredes. Sus escritos, sus grabados, sus plantas, la vida entera. Temía que, si se marchaba, los milicianos se adueñarían de su hogar, destrozarían sus muebles, harían fuego con sus libros y papeles, lo destruirían todo. Y, al final, había bastado una bomba para arrasar la casa.

La ayudó a lavarse el pelo con cuidado. Lo tenía largo, liso, de un rubio entremezclado con mechones gris ceniza que le conferían su aspecto distinguido. Se lo secó y la ayudó a peinárselo en un moño sencillo. Se miraron las dos en el espejo; el paso del tiempo había empezado a dejar su huella en los rostros, también en el de Encarna: esos últimos años había dejado de respetarla. Pero seguían siendo ellas, se conocían bien. En el año anterior a la guerra habían tenido sus más y sus menos, «porque las personas cambian con las circunstancias; evolucionan», se decía Encarna. Unas veces avanzaban en la misma dirección con el paso acompasado y otras no era así, pero quería creer que si había amor, respeto, paciencia, podían encontrarse de nuevo en el camino. ¡Y ellas se habían querido tanto!

Cuando terminaron, Matilde se tumbó en la cama y se quedó dormida de inmediato. Encarna la arropó con cuidado de no despertarla.

Al bajar, se topó con Maruja en la cocina, limpiando un cajón de verduras mustias.

—Me las ha dado Juan, el jardinero. No sé de dónde las ha sacado, pero qué más da, ¿verdad, señora? De la cazuela no nos las va a quitar nadie.

—A partir de ahora seremos tres a comer. Ha venido mi amiga, la señora Ras. Le ha caído una bomba en su casa, en la calle Trafalgar.

La mujer meneó la cabeza en un gesto de pena.

—Ya nos apañaremos. En cuanto pasen estos fríos, le he dicho a Juan que a ver si puede plantar en el jardín judías, calabacines o aunque sea alguna lechuga, que crece rápido.

Matilde tardó unos días en recuperarse y volver a ser, ya no la misma, que eso era imposible, se decía Encarna, porque ninguna persona seguía siendo la misma desde que comenzó la guerra, tampoco ella, pues a todos les habían arrebatado algo —familia, esperanza, dignidad—, pero al menos sí una Tilde reconocible en aquella que fue.

—Necesito trabajar, no puedo estar aquí sin hacer nada.

Encarna levantó la vista de la cuartilla y la miró. Llevaba un rato sentada en su butaca de lectura, cavilando. Continuó diciendo:

—Un buen amigo me ha estado encargando traducciones de una editorial francesa con las que he podido mantenerme mínimamente. Ningún diario quiere ya el consultorio grafológico, como es natural. A nadie le interesa lo que diga o no su grafía cuando teme por su vida, ¿verdad? —Esbozó una sonrisa triste—. Debería terminar la última traducción en la que estaba trabajando.

—Hazlo, el trabajo te vendrá bien para distraer la mente. A mí me ayuda mucho, yo sigo escribiendo todos los días, ocurra lo que ocurra.

Continuaba colaborando con la revista *Crónica*, una de las pocas que seguían publicándose. Todas las mañanas se sentaba delante de sus cuartillas en blanco, estilográfica en mano, y ponía su inventiva a trabajar. Le bastaba con aprovechar sus salidas por Madrid, observar lo que ocurría a su alrededor, escuchar las conversaciones de las mujeres o describir su propia experiencia cuando acudía a echar una mano a la casa de acogida para niños en la guerra o en la Escuela del Hogar de la Mujer, antaño dedicada a enseñar delicadas labores de aguja, y ahora reconvertida en centro de corte y confección de uniformes para los soldados, sacas o calzones. De todo eso hablaba en sus reportajes, esforzándose en conservar el tono animoso y esperanzador. Suficiente desolación se respiraba ya.

—No sé, no tengo yo mucha cabeza para escribir ahora... —suspiró Matilde. Paseó la vista desganada por los estantes de libros que recubrían una de las paredes de su despacho.

—¿Qué te parece si retomamos aquella idea tuya de escribir a medias una novela? ¿No te gustaría? No habrá mejor ocasión para hacerlo. Estamos aquí las dos, podemos ponernos a trabajar en ello.

Eso pareció animarla un poco más.

—Creo que he salvado la libreta en la que apunté las ideas que se me iban ocurriendo —la miró con un brillo de ilusión en los ojos.

—Pues ve a buscarla. Yo voy a terminar de escribir este capítulo de la novela con la que estoy ahora, y luego nos sentamos las dos juntas.

—¿Qué novela es?

—Una sobre Celia adolescente que me pidió don Manuel.

Desde aquel día, el primero de la guerra, en que le preguntó a Celia qué había sido de ella, la niña no había dejado de hablarle. Estudiaba el bachillerato en un instituto cercano a casa, sus mejores notas las sacaba en Lengua y Literatura; en Geografía e Historia también, pero menos. Quería estudiar Filosofía y Letras en la universidad. Su hermana pequeña, Teresina, había cumplido tres años. A Cuchifritín lo habían mandado a estudiar fuera, a Inglaterra, y todos lo echaban de menos. Su padre había perdido su trabajo y había tenido que aceptar otro fuera de Madrid, y su madre estaba embarazada otra vez.

Pero entonces comenzaron los bombardeos en Madrid, la gente huía aterrorizada, las calles olían a pólvora y miedo, los días se ensombrecieron y la voz de Celia enmudeció dentro de su cabeza durante varias semanas. La volvió a oír al día siguiente de marcharse Eusebio. Estaba triste. Su madre había fallecido al dar a luz. Le dijo que su abuelo la reclamaba en Segovia, debía hacerse cargo de sus hermanas pequeñas. *Según él, me había convertido en una niña moderna con la cabeza llena de pájaros. Lloré sobre mis catorce años que habían sido felices hasta la muerte de mi madre, mis tres cursos de bachillerato, que consideraba perdidos, y los pájaros de mi cabeza, que aleteaban moribundos.*

La titularía *Celia madrecita.*

Durante las semanas que siguieron, las dos trabajaron juntas en ese proyecto de hijo literario en común que iba tomando forma poco a poco. Estaba ambientado en un pensionado femenino, el pensionado de Santa Casilda. Allí convivían un grupo de muchachas que entablarían relaciones de amor, amistad, envidias, compañerismo y rencores, lo normal entre las jóvenes de esas edades. Al salir de allí, cada una se enfrentaría a la realidad de sus vidas, muy distintas a como las imaginaban.

Matilde y ella se pasaban horas hablando, discutían las escenas, los personajes: «Esta tiene los rasgos orientales de Adelina; esta otra, el carácter arrollador de Víctor». Por la tarde, Encarna se metía en su despacho a escribir con esas ideas bullendo dentro de su cabeza. De vez en cuando se distraía y la mirada se le perdía en las florecillas que empezaban a brotar en el jardín, en el trinar de los pájaros en los árboles, en las andanzas de sus gatos sobre el murete, en los cielos azules de la primavera, y parecía como si, al menos durante un rato, se olvidara de que no muy lejos de allí había hambre, caos, muerte, destrucción. Matilde entraba en el despacho con sigilo, le traía una infusión o le cambiaba las margaritas mustias cogidas unos días antes por otro ramillete que arreglaba con primor en el jarrón.

Una vez que terminaba el capítulo, se lo daba a leer a su amiga, que lo comentaba, lo corregía y sugería cambios. Luego ella se encargaba de pasarlo a máquina en el despacho de Eusebio. Discutieron cómo lo firmarían. Encarna no quería firmar con su nombre literario; aquella era una novela muy distinta a su línea habitual. Matilde tampoco estaba dispuesta a firmarla, máxime cuando era obra de las dos. Podrían inventarse un seudónimo. Las dos pronunciaron posibles nombres hasta que dieron con uno que les sonaba bien: Rosa María Castaños.

Los días comenzaron a alargarse. La primavera avanzaba entre chaparrones repentinos y días soleados que reverdecía las plantas y templaban el aire. Esos días aprovechaban para disfrutar del jardín: Encarna se bajaba sus papeles para escribir y Matilde algún libro que estuviera leyendo o, si no, su labor de costura. Comían lo poco que Maruja lograba cocinar y, tras el almuerzo, a Matilde le gustaba recostarse con ella en el banco balancín y arrancarle escalofríos mientras le recorría el envés del brazo con una ramita de espliego. Esa madrugada había caído una buena tormenta, pero a mediodía lucía un sol espléndido. Las dos dormitaban recostadas en el banco, escuchando el canto de pájaros e insectos en el jardín.

—Me ha escrito mi amiga Caridad. Me dice que me vaya con ella a Valencia, que allí la situación está tranquila —dijo de pronto Tilde.

—¿Para qué? Aquí también estamos bien.

Matilde guardó silencio un rato.

—Pero ¿qué pasará cuando vuelva Eusebio?

—No lo sé. Ya veremos. ¿Qué sentido tiene pensarlo ahora?

—Antes o después habrá que hacerlo.

Encarna ronroneó sin responder y Tilde prosiguió:

—Cuando vuelva, seguirás con él, nunca lo vas a dejar. Y entonces, ¿adónde iré yo?

Encarna giró la cabeza y la miró.

—Tú no sabes si lo voy a dejar o no. Ni siquiera yo lo sé. Si él encontrara a una mujer que le quisiera y le cuidara, yo me apartaría de lo más contenta. ¡Ya me gustaría a mí!

—Pero eso no depende de ti. Y si no ocurre, volverás a acogerlo a tu lado, como siempre haces.

El tono del comentario le molestó. Ni que lo hiciera alegremente.

—¿Y qué quieres que haga? Esta también es su casa. No puedo dejarlo en la calle, sigue siendo mi marido, para bien o para mal.

—¿Ves? A eso me refiero. Que nunca me has querido tanto como para dar tú el paso de separarte de él. No te atreves, nunca te has atrevido. Si de mí dependiera, no habría dudado en ningún momento de que quiero estar contigo, pero tú…

—Yo tengo una familia, cosa que no tienes tú —replicó con brusquedad—. Para ti es muy fácil. Estás tú sola, nadie depende de ti. Puedes hacer lo que te dé la gana. Yo tengo obligaciones familiares y profesionales, y también me debo a mis pequeñas lectoras. ¿Qué pensarían de mí?

Tilde suspiró, desviando la mirada hacia la casa. Vio a Maruja correr las cortinas de la ventana del dormitorio de Encarna.

—Eso son solo excusas. No te pido que vayamos exhibiendo nuestro amor por ahí, no es eso lo que quiero. Yo solo quiero tener una vida contigo, envejecer juntas.

Encarna guardó silencio. Años atrás ella también había querido eso mismo. Vivir las dos en esa casita suya, y tan felices. Pero ahora las cosas eran diferentes. Sus sentimientos hacia Tilde eran diferentes. La quería, sí, pero no de aquella manera deslumbrante y enamorada que la empujaba hacia ella sin remedio. Ahora la quería como podría querer a una vieja amiga, con una ternura distinta.

—No sé si puedo dártelo. Creo que no.

—Por eso pienso que debería marcharme, querida. No tiene sentido quedarme más tiempo contigo. No nos hace bien.

Queridísima:

Son las diez. A las ocho te he dejado en el tranvía y he vuelto a casa. Aun antes de entrar, he ido a la cola de las cebollas. La casa está ya bien vacía. Ni muebles ni espíritu. Tú, tan pequeñita, tan poquita cosa, eras como una lamparita tenue que todo lo iluminaba.

He retardado el momento de entrar en tu cuarto sin pensar en ello. He limpiado la habitación de mi marido, he cambiado el agua de las flores... y he buscado las tijeras sobre tu mesa. Ahora sé lo que es haberte perdido. Tu cama deshecha, papeles en el suelo.

Al desarmar la camilla de tu cuarto he sentido de pronto lo que esto suponía de adiós a unas horas deliciosas. Nuestra lección, nuestras charlas. ¡Querida mía! Nadie nunca me ha hecho tan bien como tú, mi maestra espiritual. Anoche entré a verte después de acostada. Estabas palidísima. Eras una rosa de té, todo perfume.

He querido ahorrar palabras que nos hubieran enternecido a las dos, y ¿para qué? No quiero llorar ya. Quiero ser más fuerte y más capaz de renunciar a todo. Es preciso. Pero ¡qué ternura veo en mi cacharro de margaritas primorosamente colocadas! Ayer una mano queridísima las cortó para mí.

No creas que se me han pasado inadvertidas tantas y tantas muestras de ternura inteligente. Las margaritas siempre frescas, el renunciar a lo que sabías me gustaba, el cuidado incesante de no molestar, de evitarme inquietudes, y tantas y tantas cosas... Y siempre la palabra buena y amable, y siempre el elogio y la mirada llena de amor.

Y yo, ¿qué te he dado en cambio? Querida mía, perdona mi falta de tacto, mi indiferencia, mi brusquedad... Estoy un poco desequilibrada ahora. Creo que el único pecado que tengo sobre mi conciencia es haberte hecho llorar. Abraza a Caridad en mi nombre. Aún no sabe el tesoro que se ha llevado.

Querida mía, te beso con mucho cariño,

Elena

Epílogo

[Notas de diario]

Sète (Francia), 30 de marzo de 1939

Cinco días llevo estancada en este barracón de Sète, junto a los demás pasajeros de mi barco, tristes compañeros de infortunio. Paso las horas escribiendo cartas a Eusebio y a los hijos, a Mercedes, a Mariola y a otras amigas de las que conozco su paradero, que no son tantas. ¡La guerra nos ha dispersado a todas! No dejo de tomar notas de todo lo vivido. No quiero olvidar detalle de los tres años pasados, de las vivencias de estas últimas semanas. Todavía no sé si las utilizaré en una nueva novela de Celia o en mis memorias, ya lo pensaré más adelante, cuando mi espíritu se tranquilice y el tiempo me ayude a tomar distancia. Ahora solo sé que escribir, recordar y escribir, es lo único que me ayuda a sobrellevar estos días mientras espero a que las autoridades francesas decidan qué hacer con nosotros, el grupo de españoles desharrapados que desembarcamos como pudimos de un barco que hacía aguas por todos los lados. Solo Dios sabe cómo aguantamos. Cada noche que pasaba en esa bodega húmeda, desvelada por el frío, los lamentos y la desesperación de mis compañeros, pensaba que nunca llegaríamos a pisar tierra firme, que ahí terminaba todo, nos hundiríamos en las aguas del Mediterráneo, al igual que decían que se habían hundido otras barcazas con exiliados como nosotros, deseosos de huir de España, alejarse hacia donde fuera. Nadie volvería a saber de mí. Tampoco Eusebio, ni los hijos. Al menos me consuela saber que ellos ya están a salvo en la casa de los padres de Ana María en Zúrich, adonde han conseguido llegar no sé cómo.

¡Si me hubiera marchado con ellos cuando nos reunimos todos en Barcelona! Pero ¿cómo lo iba a saber, Señor? Yo había logrado llegar hasta allí pidiendo favores a unos y a otros, pero no tenía más remedio que regresar a Madrid para entregarle en mano a don Manuel mi novela recién terminada, *Celia madrecita*, que me reclamaba con insistencia.

Por otra parte, albergaba tantas dudas, tantas luchas internas respecto a mi situación personal, entre lo que me pedía el corazón y lo que me dictaba la razón… Entre divorciarme al fin de Eusebio y quedarme en Madrid o marchar con ellos al exilio.

En aquel entonces, principios de 1938, Eusebio y los mandos del ejército destacado en Barcelona todavía tenían esperanzas en la victoria. Él gozaba del reconocimiento en el Ministerio de Guerra por su labor al frente de la Escuela de Automovilismo de Aviación. Yo misma lo pude comprobar el día que me llevó a visitar las dependencias del alto mando. Lo habían nombrado comandante y su coronel le atribuía unas dotes organizativas encomiables que, de no haberlas oído de su propia boca, jamás habría creído. ¡Pero si en nuestra vida de casados siempre había sido un cero a la izquierda! Al parecer, debía de guardar estas habilidades en algún rincón oculto de su personalidad. Puede que ni siquiera él fuera consciente de que las tenía.

Bienvenidas sean, de todos modos. Gracias a su posición pudimos sacar a Luis y a Ana María de Albacete poco después. Las raras veces que conseguíamos hablar con ellos nos decían que ya no podían aguantar más. Entre los bombardeos y las amenazas a su trabajo de abogado en los tribunales, vivían escondidos en una casa medio derruida, pasando hambre y frío. Con la resolución del hombre que de repente era, Eusebio logró montarlos en uno de los camiones que transportaban armas y munición. Así llegaron a Barcelona, escondidos entre un arsenal de bombas. Yo misma fui a recogerlos, me abracé a ellos al verlos bajar del camión sin apenas fuerzas con las que mantenerse en pie. Llevaban dos días sin comer ni dormir del miedo y, a medida que avanzaban a lo largo de las líneas del frente y el camión sorteaba carreteras sembradas de malheridos y cadáveres de ambos bandos, habían tenido que deshacerse de todo su equipaje. No hacía falta que me contaran nada, bastaba con verlos: exhaustos, derrotados, hambrientos. Habían atravesado el infierno.

Ana María quería proseguir viaje hasta la frontera y, desde ahí, atravesar Francia con destino a Zúrich, donde estarían a salvo, pero ¿adónde pensaban ir en ese estado? ¿Quién los llevaría? ¿Con qué garantías? Eusebio los convenció de que se quedaran en Barcelona; allí estarían bien, él podría protegerlos. Entre los dos los ayudamos a recomponerse, los instalamos en el piso de Eusebio, quien se encargó, además, de buscarle a Luis una ocupación en el Ministerio de Guerra. Las noticias eran inciertas: un día los rebeldes avanzaban posiciones importantes, al otro día eran los republicanos los que anunciaban victorias cruciales, pero en Barcelona reinaba cierta esperanza.

¿Cómo íbamos a saber que apenas dos semanas después de que yo llegara a Madrid las carreteras quedarían cortadas y las comunicaciones, interrumpidas? Las tropas nacionales lanzaron una gran ofensiva contra Barcelona. Antes de las Navidades, Luis y Ana María cruzaron la frontera francesa hasta llegar a Perpiñán. Desde allí, mi hijo me mandó un telegrama diciéndome que nos esperarían hasta que pudiéramos reunirnos con ellos, Eusebio por su lado, yo por el mío, antes de seguir camino todos juntos a Suiza.

En febrero, Eusebio atravesó los Pirineos al mando de una tropa y, al llegar a Francia, los recluyeron a todos dentro de un campo de refugiados cercano a la frontera. De todo esto me enteré después, cuando Luis me escribió contándome el calvario que habían sufrido hasta averiguar el paradero de su padre y sacarlo de allí. Seguía impactado por el estado en el que había encontrado a Eusebio. Demacrado, sin fuerzas, débil de salud y, sobre todo, de ánimo. Era la viva imagen de la derrota física y moral. «Debes salir como sea, te necesitamos aquí, madre», escribió. Le convencí de que ellos continuaran viaje a Suiza. Era lo mejor para todos, ya me las apañaría para llegar allí.

Y mientras, yo permanecía en mi casa de Madrid con la única compañía de la leal Maruja, debatiéndome, una vez más, sobre qué camino tomar. La mayoría de mis amigas ya no estaban, una tras otra se habían marchado al exilio.

Víctor fue de las primeras en salir hacia Argentina, en el 37; no se marchó sola, se llevó consigo a su enamorada, María del Carmen, la joven viuda con sus cuatro hijos. Ella también huía, pero de otros miedos muy distintos. También Victoria Kent salió pronto de España y llegó a París, donde se ha dedicado a ayudar al resto de los exiliados que han ido llegando, como Magda Donato y su marido, Salvador, o María Teresa León con Rafael. Marieta de Baeza y su familia abandonaron Londres y tomaron un barco con destino a Buenos Aires. Isabel y Ceferino consiguieron huir a México, al igual que Ernestina y su marido. El mismo destino que acogió a Julia de Meabe, que perdió a su hijo nada más empezar la guerra en un accidente en el laboratorio químico donde trabajaba. Zenobia y Juan Ramón obtuvieron visado para viajar a Estados Unidos. A través de María Lejárraga, que me ha escrito desde su casa en Niza, supe que habían decidido establecerse en Miami; albergan la esperanza de que el clima soleado y cálido le siente bien al ánimo melancólico de Juan Ramón. Me contó también que a Carmen Baroja la guerra la pilló en la casa familiar de Navarra y allí se ha quedado, mientras su marido cuidaba de la imprenta en Madrid. Clara Campoamor escapó a Suiza; Matilde Huici me han dicho que está en Chile. Rosa Chacel y su familia creo que intentan llegar a Brasil. Doña María de Maeztu también se marchó muy al principio, después de que a su hermano Ramiro lo fusilaran los milicianos por su adhesión a los sublevados. Dimitió de la Residencia de Señoritas y lleva desde entonces en Buenos Aires, dando clases en la universidad, al parecer. De Carmen Conde no sé nada; he oído que escapó de Murcia, pero nadie sabe adónde. Mati Calvo, Adelina Gurrea y Viera Esparza han optado por quedarse. Doña María Goyri y Pura Ucelay, también. Pura dice que no puede abandonar Madrid. Su marido está enfermo; todas sus hijas excepto Margarita, que huyó a Estados Unidos con su marido, se han quedado aquí; una de ellas ya la ha hecho abuela. Dice que su refugio ante lo que venga será el que construya dentro de sí misma, en su interior. Ese será su exilio.

Y Tilde, mi querida Tilde, me escribió diciéndome que un buen amigo suyo la había invitado a refugiarse en Lisboa y había aceptado. Atravesaría la Península de este a oeste en cuanto pudiera salir de Valencia.

La derrota era ya inevitable. ¿Qué destino me esperaría a mí en Madrid si me quedaba? ¿En qué condiciones? Estaría sola, aislada, señalada. Lejos de mi familia. Aunque me divorciara de Eusebio, seguiría siendo la esposa de un militar que había luchado en defensa de la república. Dudaba mucho de que me lo perdonaran. Don Manuel me aseguraba que, en cuanto la guerra terminara, la editorial retomaría la actividad y volverían a publicar mis libros. Cada vez que hablábamos, me decía que no sería fácil, que al principio les iba a costar levantarla de nuevo porque el país se ha quedado devastado, pero que con paciencia y buena letra, lo conseguirían. Los niños necesitaban olvidarse de los horrores vividos y recuperar la alegría. No quería que me marchara.

Al margen de don Manuel, ¿qué me quedaba a mí en Madrid, más que tristeza y desolación?

A mediados de marzo conseguí embarcar en un barco que zarpó del puerto de Valencia con destino a Marsella. El mismo barco en el que casi perecemos todos por culpa de una tormenta y del que desembarcamos aquí, en Sète.

[Notas de diario]

Sète, 2 de abril de 1939

Ha venido el alcalde de la ciudad y ha puesto el grito en el cielo al ver las condiciones en las que estamos dentro de este barracón. Ha ordenado que nos trasladen fuera de inmediato: se han llevado a los enfermos al hospital; a los hombres, a un campo de concentración, y a las mujeres, a un asilo de ancianos. Al saber que soy escritora de libros infantiles, el alcalde se ha ocupado personalmente de buscarme alojamiento en un hotel, me ha dicho que soy libre de moverme por donde quiera, pero yo sigo aquí, a la espera de lo que decidamos Eusebio, los hijos y yo. Luis y Ana María quieren que nos vayamos todos a Estados Unidos, donde reside su hermano. Eusebio y yo lo hemos hablado: preferimos un país más parecido a España (México, Chile o casi mejor Argentina, donde ya se han asentado algunos de nuestros amigos), en el que se hable español y así no nos cueste tanto empezar de cero y ganarnos la vida con lo único que sabemos hacer: escribir.

Buenos Aires, 5 de noviembre de 1945

Queridísima Mercedes:

¡Cómo me gusta saber de ti, de Eduardo y de tus hijos! Florinda ya con novio, hay que ver… Para mí siempre será mi pequeña Ponina. Nosotros estamos bien, dentro de lo que cabe. ¿Sabes que he empezado a trabajar en la Biblioteca Municipal de Buenos Aires? De algo me han servido por fin mis estudios en Biblioteconomía en la Residencia de Señoritas. Entre libros soy feliz. El trabajo árido y monótono que realizaba en el Registro Civil me estaba matando, pero como comprenderás, no estábamos en condiciones de renunciar a un salario. Menos aún desde que la editorial con la que colabora Eusebio ha reducido su actividad y él cada vez recibe menos trabajo. Nos mantenemos gracias a mi sueldo y a lo que me manda don Manuel por los libros, y Eusebio se encierra más y más en sí mismo, en sus rencores. Ya sabes lo orgulloso que es para eso. No sé cómo podrá encontrar otro trabajo él solo, si casi no se relaciona con nadie. A Ricardo Baeza no podemos recurrir más, suficiente nos han ayudado desde que llegamos, tanto él como Marieta.

Dices que no te cuento nada de nuestra vida diaria aquí, de nuestras amistades. ¡Pero si apenas hacemos vida social! Eusebio está cada vez más ermitaño, no sale de casa salvo cuando quedamos a merendar con dos amigas muy cariñosas que hemos conocido en esta tierra. Una de ellas se llama Manuela y trabajó conmigo en el Registro; le profesa una admiración infinita a Eusebio, y él se siente halagado en su maltrecha vanidad: hacía mucho tiempo que no lo veía conversar así con nadie. La otra es profesora de lengua en un colegio. Se llama Inés Field. ¡Ojalá pudieras conocerla! Te encantaría. Es una mujer culta, interesantísima, amante de la literatura como yo, y con unas convicciones religiosas muy profundas, pero no a la manera beata y fetichista con la que creen muchas señoras en España, y que a mí siempre me ha espantado, no. Aquí la Iglesia católica es distinta, más limpia, más luminosa y cercana a las personas. La fe es casi una filosofía, un estilo de vida más afín a las enseñanzas de Jesús que nada de lo que podamos ver en la Iglesia española. Tal vez por eso he vuelto a ella, a la religión de mis padres; siento que le proporciona mucha paz a mi espíritu.

Yo tampoco salgo demasiado. Entre el trabajo, la casa y los libros en los que estoy inmersa, no me queda mucho tiempo libre. ¿Te ha llegado *Celia, institutriz en América*? Se deben de haber cruzado nuestros envíos, porque no me mencionas nada de ella. Si la lees, verás que es un poco distinta a las otras *Celias*, parece más una novelita rosa para jovencitas que otra cosa. Te confieso que me ha costado Dios y ayuda escribirla. Las ideas y las palabras se me atascaban en la cabeza, no fluían solas como siempre me había ocurrido hasta ahora. Supongo que es porque el asunto no me interesaba en absoluto. Si la he escrito ha sido por darle gusto a don Manuel, que siempre me está pidiendo novelas nuevas, y eso que solo puede publicarlas con editoriales de aquí, porque en España estoy prohibidísima. A él todo lo que escriba de Celia le parece poco.

Los sábados nos reunimos algunas amigas en el Bambi, el salón de té que regenta una conocida, y hacemos tertulia. La mitad son argentinas (entre las que se encuentra mi amiga Inés), la otra mitad son exiliadas españolas como yo. Entre ellas están mis amigas Marieta de Baeza y Victorina Durán, la escenógrafa y figurinista teatral de la que te he hablado alguna vez, que aquí ha logrado mucho reconocimiento después de trabajar con Margarita Xirgu y con los mejores directores teatrales. ¡A Victorina le debemos tantísimo! Fue ella la que logró que nos dejaran desembarcar en Buenos Aires y nos presentó a Natalio Botana, que en paz descanse, y a su exmujer, sin los que no habríamos salido adelante en este país. Nos consiguieron trabajo, casa, unos mimbres con los que construir una nueva vida. Nos insuflaron esperanza.

Por eso no podemos dejarlo todo y mudarnos a Estados Unidos, como quieren Luis y Ana María. No dejan de insistirnos, de exigirnos casi, que nos vayamos a vivir con ellos. Por lo que nos cuentan, los dos se pasan el día trabajando, llegan a casa para la cena, no conocen a casi nadie, aparte del hermano de Ana María, que vive cerca. Menos mal que no tienen hijos, sería una desdicha para las criaturas. ¿Qué pintaríamos nosotros allí? Yo cumplo cincuenta y nueve en dos semanas; Eusebio tiene ya sesenta y cuatro. Estamos muy mayores para comenzar de nuevo, aprender un idioma y adaptarnos a otro lugar, a otras costumbres muy distintas, ¿no te parece? Le he dicho a Eusebio que cuando don Manuel me envíe la siguiente remesa de dinero, podríamos hacerles una visita a Nueva Jersey y disfrutar de una temporada con ellos, pero luego nos volveríamos a Buenos Aires. A mí me gustaría, los echo mucho de menos. ¡Hace más de seis años que no los vemos!

También a vosotros os echamos mucho de menos, a pesar de las cartas. Si algún día nos volvemos a ver, Mercedes, no nos vamos a reconocer. Seremos dos abuelillas encantadoras.

Escríbeme pronto.

Con cariño, tu amiga,

ENCARNA

Buenos Aires, 7 de noviembre de 1947

Tilde queridísima:

Esta noche me he despertado de pronto soñando contigo. No me acuerdo del sueño, pero ya sabes lo que pienso de estas cosas: son señales que no se deben ignorar. Puede que haya tenido que ver con que hace unos días encontré en el fondo de un cajón el manuscrito que escribimos juntas en Los Álamos, ¿te acuerdas? *El pensionado de Santa Casilda*. Al releer algunos capítulos, me venían a la memoria las circunstancias exactas en las que escribimos algunas escenas, si estábamos en mi despacho o en el jardín, los debates que teníamos en torno a ellas, tus comentarios, mis dudas. ¡Qué preciosos momentos aquellos! Me ha dado pena llegar al final que dejamos inacabado. Tal vez algún día nos volvamos a encontrar y podamos darle un cierre como Dios manda, aunque solo sea por quedarnos a gusto.

No me pidas que te explique por qué, ni yo misma lo sé, pero estos últimos años he sentido la necesidad de escribir una novela con tintes autobiográficos sobre la búsqueda de la propia identidad y el camino que cada persona debe recorrer para realizarse en plenitud. Quizá es que me estoy haciendo mayor y necesito ordenar y darle sentido a lo que ha sido mi vida. El personaje es una mujer así, parecida a mí hasta en los errores y los aciertos que comete en su vida, aunque en vez de escritora, tiene talento para la pintura. Lo he titulado *Oculto sendero* y la autora es una tal Rosa María Castaños, ¿te suena? ¡Ojalá estuvieras aquí para leerlo y darme tu opinión, como solías hacer con mis escritos! Casi me parece oírte decir «¡Envíamelo!». Pero no me puedo arriesgar a mandarlo por correo, creo que la censura abre toda la correspondencia que entra en España, y si llegaran a leer esta novela, me crucificarían por siempre jamás. Así que aquí lo tengo, escondido junto con *El pensionado*, sin saber qué hacer con él.

Esto de guardar novelas en un cajón me da mucha tristeza. Tengo otro manuscrito más que no sé si algún día podré publicar: *Celia en la revolución*. La escribí hace tres o cuatro años con la ayuda de las anotaciones en mi diario de mis vivencias durante los tiempos de la guerra. Dudé si escribirlas a modo de memorias o en formato de novela, pero al final pensé que tendría más interés reflejar mi experiencia de la guerra a través de los ojos de Celia adolescente. Ni siquiera le he hablado de ella a don Manuel, ¿para qué? Mis libros no se pueden publicar en España. He sabido que incluso han censurado *Celia en el colegio* y *Cuchifritín, el hermano de Celia*, ¿te lo puedes creer? Él está convencido de que pronto conseguirá que me levanten el veto, por eso me pide que no deje de escribir, que ya se encargará él de publicarlos como sea. Quiere que mi Celia se case, y a mí me surgen las dudas, porque me parece oírla protestar con toda la razón del mundo: que si eso era lo que le deparaba el destino después de tantas aventuras, fantasías y vicisitudes como había vivido en los libros, ¡qué despropósito! Pero, hija, es a lo que parecen abocadas las niñas, que ven el matrimonio como si fuera parte del juego con su casita de muñecas. ¡Qué poco hemos cambiado en eso!

Ahora tengo entre manos una novela que me tiene muy ilusionada. Tiene como protagonista a Mila, la hermana pequeña de Celia, una niña que quizá no sea tan ocurrente, pero tiene un espíritu más aventurero que su hermana mayor. Espero terminar el primer borrador pronto.

Víctor se ríe de mí, dice que no ha visto a nadie que le saque más jugo literario a una familia que yo. El sábado pasado le di a leer tu última carta, porque a ella también le hace mucha ilusión saber de ti y de las amigas de Madrid.

Mati Calvo le escribe alguna vez, no tanto como le gustaría. Imagino que, si antes ya eran difíciles las cosas para mujeres como nosotras, ahora no te quiero ni contar. Mati, al igual que las demás, habrá tenido que ocultar todavía más su manera de sentir.

Eusebio ya está recuperado de lo suyo, gracias a Dios. Fue algo grave, no te creas. Estuvo ingresado más de un mes en el hospital y, al principio, los médicos eran muy pesimistas. Pero salió adelante, milagrosamente. Aun así, fue un susto muy grande para él y para mí, para los dos. Aunque no me lo diga, sé que le horroriza morir lejos de España y no volver jamás. Te dirás que estoy loca, pero estoy pensando en viajar a Madrid yo sola. Me han dicho que están empezando a conceder amnistías a los exiliados políticos sin delitos de sangre y Eusebio estaría en esa situación, porque él nunca empuñó un arma contra nadie durante la guerra. Sería un viaje de prospección, por ver si se dan las condiciones para que le apliquen la amnistía y podamos volver los dos más adelante. Allí sigue estando nuestra casa, nuestras pertenencias.

Si mi hijo supiera de mis planes, pondría el grito en el cielo. No quiere de ningún modo que volvamos a pisar España, se enfurece cada vez que lo mencionamos, dice que no tendríamos dignidad si volviéramos a un país que nos ha humillado, que nos ha condenado a vagar sin patria por el mundo. Dice que nos olvidemos, que ya no queda nada para nosotros allí. Luis era todavía joven cuando abandonó España, y para él fue traumático tener que huir de Albacete y atravesar media Península por carreteras sembradas de sangre y cadáveres, dejando atrás toda su vida. Es normal que piense así, pero Eusebio y yo lo teníamos allí todo: la familia, nuestro hogar. Es nuestra patria, la tierra donde yacen enterrados nuestros padres, nuestro hijo Bolín. ¿Cómo vamos a olvidarnos de aquello?

Cuando tenga fecha para mi viaje, te avisaré, querida mía. Me haría mucha ilusión verte.

Cientos de besos de tu

ELENA

Madrid, 26 de diciembre de 1948

Inesita de mi alma:

Lo único que me da paz en estos instantes es pensar en ti, en las palabras tan conmovedoras que me escribes en tu carta. Ya no me quedan más lágrimas para este dolor tan inmenso que siento. Al principio, cuando recibí tu llamada para darme la noticia de su muerte, «un accidente fatal», me dijiste, «es lo único que te puedo contar ahora», me desesperaba imaginando qué habría sucedido, cómo habría sido; no soportaba pensar que Eusebio hubiera muerto solo en nuestra casa, abandonado de todos. Sé que Manuela y tú estabais pendiente de él, pero era tan especial para algunas cosas... Si yo hubiera estado allí con él, como era mi deber, no tendríamos ahora que lamentar nada.

Ahora que ya sé lo ocurrido, el dolor es el mismo, pero al menos sé que se ha ido en el momento y la forma que él dispuso, suavemente, sin sufrimiento. Me han dicho que el gas es lo que provoca: un sueño dulce del que ya no despiertas. ¡Parecía tan feliz, tan ilusionado en sus últimas cartas con la perspectiva de volver a España! Me pregunto si con tanta expresión de alegría pretendía tranquilizarme, distraerme de sus planes. Debía de tenerlo todo organizado para irse como se fue, sin molestar a nadie.

Ahora lo único que os suplico, a ti y a las demás, es que Luis nunca conozca la verdadera causa de la muerte de su padre. Díselo también a Victorina. Que piense que ha sido un accidente desgraciado, solo eso. Temo que se rompa por dentro y no se recupere jamás. Tenías que haberle oído cuando hablé con él por teléfono: lloraba a gritos, desesperado, loco de dolor. Ya se echa la culpa por las cartas tan duras que le mandó en los últimos meses, pero si además se entera de cómo se ha ido, temo que no se lo perdone jamás.

A mí me quedan por delante unas semanas de trámites y permisos para poder traerme el cuerpo de Eusebio y enterrarlo en Ortigosa, según sus deseos.

Un último favor te quiero pedir, Inesita, querida: que nadie toque nada de nuestra casa hasta que yo vuelva. Espero no tardar demasiado.

Te beso con toda el alma,

tu ENCARNA

[Notas de diario]

Madrid, 20 de febrero de 1952

Antes de anoche cerré los ojos en mi habitación del sanatorio de Barcelona y hoy los he abierto en esta habitación perfumada repleta de flores de una clínica de Madrid. Entre medias, la suave inconsciencia inducida por el sedante que me inyectó el doctor para que pudiera soportar mejor el viaje, me ha dicho Carolina.

Ella se ha erigido en mi ángel cuidador desde que empezó este calvario de mi enfermedad, hace ya casi un año. Los doctores del sanatorio de Barcelona no atinaban a dar con lo que tenía. Un día era una atrofia del corazón, al siguiente eran los bronquios, luego era la tisis, mientras mi estado empeoraba sin tregua. Con lo bien que me había sentido desde que desembarqué allí de regreso de mi estancia con Luis y Ana María en Nueva Jersey.

El doctor que me ha atendido esta mañana aquí me ha suministrado una medicación que parece hacerme efecto, me encuentro mejor. Tengo menos tos y el dolor del pecho me ha dado un respiro. Me ha dicho Carolina que los hermosos ramos de rosas, claveles, alhelíes, tulipanes que inundan la habitación han estado llegando desde por la mañana temprano enviados por las amigas, por la revista con la que había vuelto a colaborar a mi regreso y por un grupo de niñas que, al enterarse de que la autora de *Celia* se hallaba ingresada aquí, han venido a desearme que me mejore. Ha sido un detalle precioso.

La enfermera que me ha traído el almuerzo —un caldo de pollo ligero y un yogur— ha esperado a que terminara de comer para sacarse de debajo del mandil del uniforme *Celia en el mundo* y *Mila, Piolín y el burro*. Me ha pedido, muy azorada, si podía firmárselos para sus sobrinas. Dice que los tienen todos y algunos se los han leído más de diez veces, hasta el punto de que han representado incluso alguna escena ante la familia a modo de teatrillo. No he podido más que reír, al comprobar que, a pesar de todo, a los niños todavía les gustan mis libros. Don Manuel me ha asegurado que *Mila y Patita, estudiantes* se lo quitan de las manos. Y que *Celia, institutriz en América* y *Celia se casa* los compran las mamás casi más para ellas que para sus hijas. En definitiva, que venden ahora más libros míos que antes de la guerra, afirma. Y a mí, con tan poquito como eso me basta para pasar en un estado de feliz embriaguez el resto de la tarde.

—¡Y yo que pensaba que se habrían olvidado de mí y de mis *Celias*!

—¿Cómo se te ocurre pensar eso, Elena? —me reprocha Carolina con una sonrisa—. Puede que tus libros se dejaran de vender después de la guerra, pero en esos años no han dejado de pasar de mano en mano, de familia a familia, para que los niños pudieran gozar de su lectura. A Cuchifritín lo admiran tanto los niños como admiraban a Celia las niñas.

—¿Tú crees? —me hago la sorprendida, aunque lo que quiero es que me siga acariciando mi pobre vanidad olvidada.

—¡No tengas la menor duda! Celia y el resto de tus personajes han encarnado la voz, la fantasía y la ilusión para una generación entera de niños, y estoy segura de que así seguirá durante muchos años, Elena. No creo que te olviden fácilmente.

—De mí pueden olvidarse si quieren, no me importa. Solo espero que se queden con Celia para siempre jamás.

Madrid, 8 de mayo de 1952

El trino alegre de los gorriones entra por la ventana, me arranca de mi sopor. La claridad deslumbrante apenas me deja entreabrir los ojos. Estoy sola. Carolina se ha marchado a su casa a descansar un rato, que bien merecido lo tiene; la pobre se pasa las noches enteras aquí conmigo. Oigo risas y correteos infantiles que se aproximan por el pasillo. Abren la puerta, vienen hacia mí. Siento el cosquilleo de un beso suavecito en mi mejilla, Celia se ríe en mi oído, *mira qué rica esta niña, lo que ha escrito en su carta: dice que algún día le gustaría visitarte porque si Celia ha salido de tu cabeza, seguro que eres tan lista y divertida como ella... Y de mayor quiere ser escritora, como tú, y escribir las historias que se le ocurren durante la clase de matemáticas, que no le gusta nada de nada...* Pues eso no puede ser, debería atender a la maestra, que hay que aprender de todo en esta vida. *¿Y sabes a quién he visto en el pasillo? ¡A una monja igualita a la madre Loreto! Iba vestida de negro y en la cabeza llevaba una toca con las puntas para arriba como las alas de un murciélago. Y de debajo de la manga se ha sacado una inyección grandísima con la que quería pinchar a una pequeñina que no hacía más que llorar y la sor me ha mirado y me ha dicho que luego me tocaba a mí, porque era una niña muy mona pero muy fisgona, y por eso me he escapado...*

Sonrío divertida. Ay, mi Celia querida... qué buenos ratos hemos vivido todo este tiempo. ¿Recuerdas el bullicio de las jóvenes en la Residencia de Señoritas, el día que la pisamos por primera vez? El ambiente estudiantil, las conversaciones vibrantes, la frescura de los nuevos tiempos. Mirara adonde mirara, se respiraba ilusión, alegría, modernidad. Una modernidad a la que me subí antes de que fuera demasiado tarde para mí, dispuesta a recorrer mi propio camino, que fui desbrozando paso a paso de la mano de esa comunidad de mujeres brillantes, inquietas, generosas, combativas algunas, cómplices de sus luchas otras (entre las que me cuento). Amigas todas que me han acompañado desde entonces, en mi vida y en mi pensamiento. Aquí están, las veo reunidas en nuestro salón de té del Lyceum, como tantas y tantas tardes, en torno a un banquete de deliciosas charlas y risas cuyos ecos llegan a mí a través del tiempo: las clarividentes doña María de Maeztu y doña María Goyri, acompañadas de Mariola, Marieta, Isabel, Víctor, Carmen, Zenobia, Adelina, Victoria, Magda y el resto, cada una de ellas indispensable en algún punto de mi recorrido. Y Tilde, mi querida Tilde, recostada en nuestro banco balancín. Su mirada amorosa me busca, me llama: «Elena, ven a mi lado, cuéntame una de tus historias», y yo apoyo mi cabeza en su pecho y comienzo: «Pues, Señor, esto era...».

Apuntes y agradecimientos

Esta novela habría sido casi imposible de escribir sin la enorme, minuciosa y pertinaz labor de investigación que realizó la profesora Marisol Dorao en los años ochenta y principios de los noventa del siglo pasado sobre la vida de Encarnación Aragoneses. El resultado de ese trabajo lo plasmó en *Los mil sueños de Elena Fortún* (1999), la única biografía realizada sobre la autora. El trabajo de la profesora Dorao me ha servido de brújula e inspiración para imaginar cómo pudo ser la vida de Elena Fortún en aquellos años cruciales para la formación de su identidad literaria y personal.

Asimismo, estoy en deuda con la catedrática de la Universidad de Exeter Nuria Capdevila-Argüelles y la profesora universitaria María Jesús Fraga por la abrumadora labor de investigación que han realizado sobre la vida y obra de Elena Fortún, así como de su relación amorosa con la grafóloga Matilde Ras. Sus análisis —exhaustivos, sugerentes, interesantísimos— que acompañan la reedición de varias obras de Fortún y Ras en la editorial Renacimiento me han ayudado a entender e interpretar la personalidad de Encarnación Aragoneses y han aportado luz a mi desconocimiento inicial de esa época tan fecunda en el desarrollo artístico, intelectual y social de tantas y tantas mujeres deslumbrantes que vieron truncada su vida personal y profesional con la Guerra Civil y la dictadura posterior que las encerró de nuevo en el hogar, limitadas a un único papel: el de esposas y madres. Y peor todavía: borró cualquier rastro de ellas de nuestra historia, de nuestra memoria. Valga esta pequeña referencia a ambas investigadoras como reconocimiento de mi admiración y gratitud por su trabajo de recuperación de nuestra memoria femenina colectiva de la época anterior a la Guerra Civil.

Mi agradecimiento también al Patronato de Carmen Conde-Antonio Oliver en Cartagena, que tan amablemente me ha autorizado a reproducir un pequeño fragmento de la carta que Elena Fortún envió a Carmen Conde el 11 de mayo de 1934: me refiero al diálogo que la escritora mantiene con una niña que ha acudido a que le firme un ejemplar de *Celia* en la Feria del Libro de Madrid, y que Encarna le transcribe a Carmen en su misiva. Si bien el resto de la carta no lo he reproducido, en ese mismo capítulo de la novela reflejo algunos de los asuntos editoriales que Encarna le cuenta a Carmen.

Además del fragmento mencionado, también he reproducido la carta de despedida que Elena le envió a Matilde el 27 de abril de 1937, justo después de que sus caminos se separaran definitivamente. Esa carta es auténtica y está extraída de la antología de artículos publicados, ensayos, diarios y correspondencia de Elena Fortún y Matilde Ras, recopilados por la profesora María Jesús Fraga y analizados por la catedrática Nuria Capdevila-Argüelles en el libro *El camino es nuestro*, editado por la Fundación Banco Santander.

El resto de la correspondencia y entradas de diarios que aparecen en la novela son recreaciones mías a partir de la numerosa documentación reunida tanto en el archivo de

Elena Fortún de la Biblioteca Regional Joaquín Leguina de Madrid, donado por la familia de Marisol Dorao, como en el del académico y director de cine José Luis Borau, creador de la serie televisiva *Celia*, cuyo archivo personal se encuentra depositado en la Real Academia Española. De este último, me ha sido muy útil el estudio de las notas de Elena Fortún en su salida al exilio, realizado por Inmaculada García Carretero.

Si bien he intentado ceñirme en lo posible al devenir histórico y social en el que se enmarcan las tramas de la novela, me he tomado pequeñas licencias literarias cuidando que no afectaran significativamente a la realidad de los acontecimientos.

Los agradecimientos son, como siempre, más de los que puedo aquí reflejar. Sin embargo, no quiero dejar de mencionar a mis editoras Clara Rasero y Maya Granero por sus aportaciones durante el proceso de escritura y edición posterior. A Carmen Romero, que confió en mí para contar esta historia.

A Pablo Álvarez y David de Alba, de Editabundo, que están siempre que los necesito.

A mis amigos y amigas de tertulias varias, y a cuantos me han apoyado a lo largo de la escritura.

Y, sobre todo, a mi marido, Martín, sin cuyo amor y apoyo diario no sería posible.